Laura Kaye est l'auteure de nombreux livres de romance contemporaine et de bit-lit. Petite, elle se faisait conter des histoires de fantômes et de mauvais œil qui ont alimenté son goût pour l'écriture et le surnaturel. Elle vit avec son mari, ses deux filles et un vilain chien craquant dans le Maryland, où elle savoure chaque jour une vue splendide sur la baie de Chesapeake.

CE LIVRE EST ÉGALEMENT DISPONIBLE
AU FORMAT NUMÉRIQUE

www.milady.fr

Laura Kaye

De plus en plus mâle

Hard Ink – 1

Traduit de l'anglais (États-Unis) par Mathias Lefort

Milady Romance

Milady est un label des éditions Bragelonne

Titre original : *Hard As It Gets*
Copyright © 2013 by Laura Kaye

Publié avec l'accord d'Avon Books, une marque du groupe
HarperCollins Publishers
Tous droits réservés.

© Bragelonne 2016, pour la présente traduction

ISBN : 978-2-8112-1708-2

Bragelonne – Milady
60-62, rue d'Hauteville – 75010 Paris

E-mail : info@milady.fr
Site Internet : www.milady.fr

*À Jenn, qui a été le point de départ.
À celles avec qui je partage tout,
mes meilleures et plus fidèles amies.
À Brian, qui par son dévouement
m'a permis d'aller au bout.
À Christi, qui s'est surpassée de générosité.
Merci du fond du cœur.*

Remerciements

Comme c'est souvent le cas, ce roman est le fruit d'une collaboration. L'univers de Nick Rixey est né lors d'un repas d'anniversaire en compagnie de mes grandes amies et consœurs géniales, Stephanie Dray et Christi Barth, qui m'ont aidée à en poser les bases. Avec l'aide de Jennifer Schober, cet embryon est devenu un projet bien plus ambitieux que ce que j'avais d'abord imaginé, mais aussi quelque chose d'incommensurablement plus électrisant. Puis est apparue ma fantastique éditrice, Amanda Bergeron, qui a aidé à réaliser ce rêve d'écrivain. Sans ces quatre femmes, il ne m'aurait jamais été donné de rencontrer Nick, Becca et tous les autres fabuleux personnages qui ont poussé la porte de *Hard Ink Tattoo*. Coucher cette histoire sur le papier a été l'un des plus grands défis de ma vie ainsi que l'un des plus gratifiants. Je n'aurais absolument pas été capable de le relever sans les constants encouragements et le soutien infaillible de mes amies écrivains : Lea Nolan, Joya Fields, Christi Barth et Stephanie Dray. Christi s'est surpassée de générosité en lisant le manuscrit de bout en bout avant d'en faire une critique minutieuse et pertinente, tout cela en un temps record. Stephanie aussi m'a offert un avis éclairé sur le manuscrit qui m'a poussée à l'améliorer. Amanda Bergeron m'a fait bénéficier d'un suivi éditorial perspicace et engagé, et m'a incitée à creuser les personnages ainsi que l'histoire. Je ne pourrai jamais assez vous remercier toutes.

Je me dois aussi de remercier comme il se doit mon mari, Brian, et mes filles, Cara et Julia, qui ont accepté de composer avec une mère absente le temps qu'a duré mon immersion dans le monde de *Hard Ink*. Ce livre n'aurait jamais vu le jour sans leur dévouement et leur soutien, et je leur en suis infiniment reconnaissante. Enfin, je tiens à rendre hommage à mes fans officiels, Laura's Heroes, pour tout ce qu'ils font pour moi, ainsi qu'à remercier tous mes lecteurs d'accueillir dans leur cœur et leur esprit les personnages de cet univers, et de se laisser volontiers conter ces histoires.

L.K.

Merci aussi aux lecteurs suivants, qui ont proposé les noms d'animaux domestiques utilisés dans ce livre.
Sadie : Cathe Green, Michelle Wilson, Dawn Howell Tinari, Kelly Ridgely DeLeon, Alison Gail Rush.
Georgia : Sheri Vidal, Sara Long Butler.
Phoebe : Julie Cooper Barber, Polly Greathouse Coffy, Amanda Brown.
Shiloh : Nancy Lux-Nicholson.
Trinity : LaVerne Clark, Carrie Marcinkevage.
Clochepatte : Amy Villalba.
Tripède : Linda Eisenberg.
Cujo : Carlyn McGill
Ilene : Laura Stein Bubley.
Eilene : Elicia Brand Leudemann, ma copine de Panera.
Je voulais aussi inclure d'autres noms comme Clover (Joanne O'Mear) et Hope (Amy Villalba, Hayley Reynolds, Crystal Sworden, Grace Zamora, Christina

Mesmiller), mais je ne pouvais pas charger l'histoire davantage. Merci aux presque deux cents personnes qui ont suggéré un nom pour le chiot de Becca. Vous êtes les meilleurs!

Chapitre premier

Becca Merritt poussa la lourde porte d'acier et pénétra dans un autre monde. Au-dessus de sa tête, un haut-parleur émit un grésillement strident qui fit bondir son cœur dans sa poitrine. En cette fin avril, le temps était étonnamment clément. En comparaison, la fraîcheur à l'intérieur du bâtiment donnait l'impression d'entrer dans une chambre froide à l'atmosphère épaisse et glaciale – ou peut-être n'était-ce que la terrifiante angoisse permanente de ces derniers jours qui lui jouait des tours. Elle croisa les bras et se les frictionna.

— Je suis à vous dans une minute, lui lança d'un ton bourru quelqu'un de l'arrière-salle.

On entendait provenir du fond la ligne de basse effrénée d'un morceau de rock saturé.

Becca resserra le bras autour de son sac à main et passa en revue les images colorées qui tapissaient chaque centimètre carré de mur. Oiseaux en formes tribales, cœurs ailés, crânes aux yeux percés par des poignards, roses épanouies, croix et personnages de bandes dessinées furent les premiers dessins qu'elle remarqua dans la multitude.

Hautes en couleur, gore, belles et troublantes, beaucoup de ces images étaient à la fois très artistiques et étrangement percutantes.

Les tatouages l'intriguaient, et beaucoup de patients qui passaient par le service des urgences en arboraient. Elle n'avait toutefois jamais songé à s'en faire faire un. Son père aurait bondi au plafond, et elle avait toujours attribué bien trop de valeur à la parole paternelle pour jouer les rebelles. Cela étant, maintenant qu'il n'était plus là, la seule chose qui l'empêchait de sauter le pas était de ne pas savoir quel genre de dessin elle serait prête à se faire graver à vie sous la peau.

Aussi douce qu'un raclement d'ongle sur un tableau, la sonnette de l'entrée derrière elle retentit de nouveau et la porte se referma dans un lourd claquement. Becca fit volte-face, s'attendant à… Elle ne savait pas quoi au juste. Après tout ce qu'elle avait vécu au cours des derniers jours, plus rien ne lui semblait impossible. Mais ce n'était qu'une femme qui venait d'entrer. Elle était toutefois absolument fascinante. Malgré son accoutrement exclusivement noir, elle était comme un véritable feu d'artifice de couleurs : entre le rouge foncé de plusieurs mèches dans sa chevelure noire qui lui tombait jusqu'aux épaules, et qu'elle avait arrangée en deux nattes maladroites qui lui allaient pourtant très bien, les couleurs bariolées de son contour des yeux et les tatouages bigarrés qui lui couvraient les bras, elle avait tout du yin gothique face au yang banal de Becca.

L'inconnue en question trimballait en équilibre périlleux une pile de cartons de pizza et un sac en plastique plein de canettes de soda.

— Toutes nos excuses si vous poireautez depuis longtemps.

— Non, non, la rassura Becca tout en se précipitant à son aide. Je peux vous donner un coup de main ?

— Oh, vous êtes chou. Oui, je veux bien, sinon mon poignet va lâcher, accepta la nouvelle venue en tendant le bras afin que Becca puisse l'alléger du sac plastique.

Celui-ci avait creusé dans l'avant-bras de la femme de profondes marques rouge vif.

— Ça va que je les aime ces deux-là, reprit-elle en lançant à Becca un rapide sourire, avant de déposer les boîtes de pizza sur le comptoir d'accueil, qui lui arrivait presque à la poitrine tellement elle était petite. (Elle prit une profonde inspiration et planta ses poings sur ses hanches.) Alors, qu'est-ce que je peux faire pour vous ?

Becca sentit son estomac se nouer. Allait-elle enfin obtenir des réponses aujourd'hui ?

— Je cherche un certain M. Rixey.

En face d'elle, la femme haussa une arcade percée.

— Monsieur Rixey ? C'est pas souvent qu'on l'appelle comme ça, répondit-elle en ricanant avant de décocher un clin d'œil à Becca.

Entre sa pétulance et l'éclat de malice qui brillait dans ses yeux, la jeune gothique semblait si pleine d'assurance que sa présence emplissait la pièce et la faisait paraître bien plus imposante qu'elle ne l'était en réalité.

— Et puis-je savoir qui le demande ? poursuivit-elle.

— Je m'appelle Becca Merritt. Mais je n'ai pas de rendez-vous.

La chaude odeur épicée des pizzas lui serra l'estomac. Depuis combien de temps n'avait-elle rien avalé ?

— Je crois qu'il termine avec un client, mais je vais lui faire savoir que vous souhaitez le voir. Vous pouvez aller vous asseoir, si vous voulez, lui proposa-t-elle en désignant d'un geste le fond de la salle où se trouvait un canapé en similicuir qui, d'après sa couleur vert pomme, datait des années disco.

— Merci, dit Becca en allant s'asseoir, le faux cuir grinçant sous son poids.

La femme reprit son chargement de sodas sur le comptoir et disparut derrière une cloison.

— Ah! Monsieur Rixey, vous êtes demandé à l'accueil, lança la jeune gothique sur un ton guilleret.

La réponse fut noyée sous les exclamations de joie accueillant l'arrivée du repas. Les personnes dans l'arrière-boutique se lancèrent toutes sortes de jolis noms d'oiseaux et de commentaires sarcastiques. Becca sourit car cela lui fit penser à Charlie, son frère cadet. Elle s'était toujours sentie un peu comme une mère pour lui, même s'il n'avait qu'un an de moins qu'elle. Il avait toujours été le plus discret et s'était replié de plus en plus sur lui-même à chaque décès qu'avait subi leur famille. Cela faisait maintenant presque une semaine qu'elle n'arrivait plus à le joindre – depuis qu'ils s'étaient disputés –, même en passant par le canal qu'il avait créé seulement pour eux deux.

Le seul message qu'elle avait reçu depuis l'avait tellement inquiétée qu'elle se retrouvait là à attendre sur ce canapé. Une boule se forma dans son estomac, un mélange de culpabilité et de peur qui fit taire la faim qui la tenaillait.

Cinq minutes s'écoulèrent. Puis dix, puis quinze. Becca fit machinalement jouer ses doigts dans les breloques en argent qui ornaient son bracelet, formant un enchevêtrement presque incongru de barres et de cercles. Ensuite, ses yeux se posèrent sur un album contenant les photos de clients satisfaits exhibant leur nouveau tatouage. Elle en feuilleta les pages, scrutant chaque réalisation, jugeant pour chaque dessin si elle aurait envisagé de se le faire faire. Puis, dans un soupir, elle reposa l'album sur la table.

Seigneur, fallait-il être désespérée pour se pointer chez un tatoueur dans l'espoir de tomber sur quelqu'un qui aurait la moindre idée de ce qui vous arrivait.

En entendant quelqu'un venir de l'arrière-boutique, Becca se leva et vit un homme apparaître à ce moment-là derrière l'accueil. Il portait un tee-shirt gris délavé sur lequel on pouvait voir un panneau routier avec l'inscription « route 69 ». Le regard de Becca resta rivé dessus et elle écarquilla les yeux lorsqu'elle comprit l'allusion salace. L'inconnu avait des tatouages qui dépassaient au-dessus du col et qui lui descendaient le long des bras jusqu'aux poignets. Il était jeune et avait une coupe de cheveux Emo, longs et noirs, mal coiffés mais totalement sexy. Deux anneaux en argent ornaient son arcade droite. La jeune femme demeura un instant bouche bée, pas vraiment sûre de ce à quoi ou à qui elle s'était attendue. Tout un essaim de papillons prit son envol à l'intérieur de son ventre.

Le nouveau venu s'appuya nonchalamment sur le comptoir.

— Salut. Désolé de t'avoir fait attendre. Tu voulais me voir ?

Allez, Becca, ressaisis-toi.

Elle n'avait pas pu fermer l'œil de la nuit et avait déjà franchi la limite vers une possible dépression nerveuse depuis facilement cinq bonnes tasses de café. Elle se força à prendre une grande inspiration.

— Euh, oui. Vous êtes monsieur Rixey ?

L'homme esquissa un rictus en coin et fit jouer sa langue sur le piercing qu'il portait à la lèvre inférieure, à la commissure.

— Ouais. Qu'est-ce que je peux faire pour toi ?

Becca s'approcha du comptoir, ne sachant soudain plus par où commencer. Elle opta pour une formule classique :

— J'ai besoin de votre aide.

Son interlocuteur fronça les sourcils, mais elle enchaîna :

— Je suis désolée de débarquer ici comme ça, mais il se pourrait que j'aie des problèmes, et je suis quasi sûre que mon frère en a déjà. Il m'a envoyé ça, déclara-t-elle en lui tendant un bout de papier qu'elle venait d'extraire de son sac à main.

Le jeune homme fronça les sourcils de plus belle lorsqu'il eut déplié la feuille froissée. Becca connaissait le message par cœur…

— Y a erreur sur la personne.

Prise de panique, elle sentit son cœur s'emballer.

— Non. Mon frère m'a envoyée ici. Il n'aurait pas fait cela s'il pensait que vous ne pouviez rien faire pour moi.

Le tatoueur secoua la tête, ses yeux d'une étrange couleur jaune-vert pleins d'apaisement et de compassion.

— Non, je veux dire, c'est pas moi. Celui que tu cherches, c'est mon frère, Nick. Moi, c'est Jeremy.

Becca sentit une migraine percer l'arrière de ses globes oculaires. Elle appliqua le bout de ses doigts sur ses tempes et se massa en légers cercles.

— Oh.

Le jeune homme retourna la feuille de papier sur le comptoir et planta le doigt sur le message.

— En fait, je le connais pas, ton frère, et je connais aucun colonel non plus. En revanche, je suppose que ça a quelque chose à voir avec l'armée. Et ça, c'est plutôt dans les cordes de mon frère. Moi, c'est pas trop mon truc, expliqua-t-il avec un sourire qui lui donnait un air à la fois tout mignon et hyper sexy.

Becca reprit la feuille sur laquelle elle avait imprimé le dernier message privé adressé par Charlie, celui qui lui disait de «trouver Rixey, l'unité du colonel, salon *Hard Ink*», puis s'affaissa contre le comptoir.

— Savez-vous où je peux trouver Nick? Il faut vraiment que je lui parle.

— C'est moi, Nick Rixey. Vous êtes qui?

La jeune femme sursauta quand retentit la voix profonde du nouvel arrivant. Merde, depuis quand était-il là? Et puis, comment avait-elle fait pour ne pas entendre approcher un colosse pareil? On aurait dit qu'il venait de se téléporter là.

Sa surprise à le voir apparaître si soudainement déclencha en elle une décharge d'adrénaline. L'accélération de son pouls n'était en rien due à la vue de ses biceps massifs qui mettaient à mal les coutures des manches de son tee-shirt noir, ni de l'encre que l'on voyait dépasser sur le haut de ses bras, ni même de ce visage sévère à la beauté sombre. Et encore moins à la vue de ce jean qui lui tombait négligemment bas sur les hanches. *Non. Pas du tout.*

Étant donné le métier qu'exerçait son père, ou qu'il avait exercé, c'était plutôt ce genre de type-là qu'elle s'était attendue à rencontrer en suivant les instructions nébuleuses de Charlie. Même si les cheveux foncés du Nick en question étaient un peu longs, on voyait tout de suite à ce corps puissamment sculpté et à la force contenue qui émanait de lui qu'il était militaire.

— Je m'appelle Becca, parvint-elle finalement à répondre. J'ai des raisons de penser qu'il est arrivé malheur à mon frère, et le dernier message que j'ai reçu de lui me pousse à venir vous trouver.

Elle tendit à son interlocuteur la feuille de papier d'un geste rapide qui fit tinter les breloques de son bracelet.

Les bras croisés, une épaule reposant contre la cloison qui séparait l'entrée de l'arrière-boutique, Nick Rixey passait pour l'homme le plus nonchalant et le plus indifférent sur cette planète. Pourquoi diable, alors, lui faisait-il penser à un félin tout droit sorti de la jungle prêt à bondir, telle une masse de muscles contractés sonnant le glas de sa proie ? Il avait accroché son regard et elle vit dans ses pupilles quelque chose d'absolument glacial et scrutateur. Elle se sentit comme observée, jaugée même. Il avait les yeux de la même couleur que ceux de son frère, à la différence que son regard n'avait rien de chaleureux. Becca mit un point d'honneur à tout faire pour ne pas flancher sous l'intensité de cet examen.

À l'instant même où elle se résignait au fait qu'il avait flairé le bluff, il accepta le bout de papier qu'elle lui tendait toujours, ne baissant les yeux que pour lire le contenu du message. Il plissa le front en une expression de colère.

—Vous avez un nom de famille, Becca ? demanda-t-il d'un ton placide à vous glacer le sang.

Elle dut se retenir pour ne pas lui renvoyer à la figure le « non » qui la démangeait. Après la semaine de merde —l'année de merde, en fait— qu'elle avait passée, Becca n'était absolument pas d'humeur à jouer à ce petit jeu, pas même avec M. Muscle, son air sombre et son dangereux corps de rêve. Elle prit donc sur elle et, avec un sourire, ravala sa réponse sarcastique. Après tout, elle était venue là pour obtenir son aide.

—Merritt, je m'appelle Becca Merritt.

La mâchoire de l'homme se crispa et son regard perçant la gela sur place.

— Je peux pas vous aider.

La jeune femme chercha du secours auprès de Jeremy, qui était toujours appuyé contre le comptoir et regardait le mélodrame qui se déroulait sous ses yeux, puis reporta son regard sur l'aîné des deux.

— Mais, mon frère…

— Si votre frère a des problèmes, vous devriez aller voir les flics, l'interrompit-il en laissant retomber le message de Charlie sur le comptoir sous son nez.

— C'est ce que j'ai fait. Ils ne veulent pas nous aider.

Becca sentit son cœur sombrer. Elle ne savait rien de ce Nick Rixey, mais il était la seule et unique branche à laquelle se raccrocher.

Il haussa les épaules.

Il hausse les épaules ?

— Je sais pas quoi vous dire d'autre.

Le sang de Becca se mit à bouillir, et la colère, la peur et le désespoir la consumèrent.

— Charlie ne m'aurait pas envoyée ici sans une bonne raison. Je ne sais pas quoi faire d'autre, ni vers qui me tourner, insista-t-elle la mâchoire serrée, maudissant le ton implorant dont elle ne put se défaire.

— Désolé, répondit-il d'une voix qui disait le contraire.

Becca fixa son regard sur lui, observant l'impossibilité du visage de cet individu qu'elle avait trouvé si incroyablement attirant seulement quelques minutes plus tôt. À présent, elle crevait d'envie de lui sauter à la gorge et de défoncer cette belle gueule. Simplement pour obtenir une réaction. Simplement pour l'obliger à sortir de son indifférence.

Elle en avait vraiment ras le bol de tout cet océan de mystère, d'angoisse et d'incertitude qui se déchaînait dans son existence. Depuis la mort de leur père, Charlie avait sombré dans la paranoïa, il s'était coupé du monde. Cela avait encore empiré récemment – et ce n'était pas peu dire pour quelqu'un qui adhérait absolument à toutes les théories du complot imaginables. Becca avait toujours aimé et admiré son père, mais elle lui en voulait tellement d'être mort au combat et de ne pas avoir su arranger les choses avec Charlie avant de partir. Par ailleurs, elle était tout aussi verte de peur pour son frère que de rage envers elle-même pour avoir envoyé Charlie paître lorsqu'il était venu lui parler du complot qu'il avait découvert. Maintenant qu'il avait disparu, sa théorie ne semblait plus aussi folle. En revanche, elle n'arrivait toujours pas à voir en quoi cela pouvait concerner ce M. Rixey.

Et voilà qu'elle se heurtait à un nouveau mur – celui-ci sous la forme d'un enfoiré borné d'un mètre quatre-vingt-dix. De toute évidence, elle avait fondé injustement bien trop d'espoir en cet inconnu. Et pour cette raison, elle s'en voulait tout autant qu'à lui.

Becca prit le bout de papier et le fourra négligemment dans son sac à main, puis reprit d'une voix tendue :

— Moi aussi. Je suis désolée de vous avoir dérangé.

Ensuite, elle se tourna vers le tatoueur. Elle aurait voulu le remercier de s'être montré prêt à écouter ce qu'elle avait à dire, mais se trouva incapable de faire preuve de reconnaissance.

— J'aime bien votre tee-shirt, déclara-t-elle à la place.

Parfait.

Sans attendre de réponse et sans lever les yeux sur le frère militaire, elle tourna les talons, longea le mur couvert de dessins et quitta le salon *Hard Ink*.

Très bien. Elle allait tirer ça au clair elle-même. Elle trouverait bien un moyen. Elle espérait seulement que rien n'arriverait à Charlie jusque-là.

De toute façon, il était hors de question qu'elle perde encore un membre de sa famille. *Pas à nouveau.* Il était tout ce qui lui restait.

—C'était vraiment pas cool, mec, désapprouva Jeremy.

Étouffant l'envie qu'il ressentait de la rattraper, Nick décrocha le regard de l'endroit dans la pièce où Becca s'était tenue et décocha un coup d'œil assassin à son frère. Sa conscience le houspillait suffisamment ainsi sans que Jeremy y mette son grain de sel.

—T'as pas quelque chose à faire ?

Le plus jeune des Rixey croisa les bras et renvoya à son aîné le même regard glacial qu'ils avaient tous deux hérité de leur père.

—Nan. Sérieux, mec, pourquoi t'as même pas essayé de l'écouter ?

« *Trouver Rixey, l'unité du colonel, salon* Hard Ink. »

Parce que ce message ramenait à la surface tout un tas de merdes qu'il n'avait aucune envie de remuer. Il avait eu son lot de problèmes avec les Merritt, merci bien. Il n'avait plus aucune envie de s'embarquer dans une autre de leurs aventures. C'est bon, il avait déjà donné. Des cicatrices, voilà tout ce que cela lui avait apporté – et un aller simple pour la vie civile. D'accord, ces beaux yeux bleus larmoyants l'avaient chamboulé. D'accord, une partie de lui-même avait envie de faire renaître sur ce si touchant visage l'espoir qu'il y avait vu lorsqu'elle avait levé sa tête vers lui pour la première fois. *Et alors ?* Il donna une poussée contre le mur pour se redresser.

—Je vais me chercher à bouffer.

Jeremy le suivit à l'arrière.

—Super. Fais comme tu veux. En tout cas, t'as fait ta pute et tu le sais très bien.

Nick dépassa les trois salles de tatouage, celle réservée au piercing, et le bureau de gestion qui représentaient le cœur même de *Hard Ink*, avant d'entrer dans le vaste espace détente qui comprenait deux tables en son centre, un canapé contre l'un des murs et un écran de télé suspendu dans un angle.

—Ton opinion, je me la carre où je pense.

—Ah, ouais ? Tu dois avoir mal à force, rétorqua Jeremy en le talonnant.

Jess leva les yeux de sa part de pizza.

—Oh, regardez, voilà les frères Taloche. Je vous jure, il suffit que vous soyez dans la même pièce pour régresser jusqu'en maternelle.

—La ferme, répliqua Jeremy en adressant un sourire à Jess, qui était la perceuse de *Hard Ink* ainsi qu'artiste à temps partiel, réceptionniste et un peu la femme à tout faire.

Il aimait Jess comme sa sœur, en partie parce qu'il lui avait sauvé la vie quelques années plus tôt. Nick ne connaissait pas les détails de cette histoire, et cela ne le concernait en rien. Ce qui était sûr, c'était qu'il respectait Jess pour la loyauté indéfectible dont elle faisait preuve depuis envers Jeremy. Elle avait depuis longtemps prouvé qu'elle méritait la seconde chance que son frère lui avait offerte au sein de son salon.

Dans un éclat de rire, Taz se leva et alla jeter son assiette en carton à la poubelle.

—Merci pour la graille, Jerem. J'y vais.

Jeremy échangea une poignée de main avec celui qui comptait parmi ses plus anciens et plus fidèles clients.

— Pas de quoi. On se revoit dans quelques semaines pour commencer la couleur du monstre.

— Ça roule.

Taz dit « au revoir » à tout le monde avant de s'en aller. Jeremy et Nick prirent place à table, et acceptèrent les assiettes jetables et les canettes que Jess leur tendit.

— Merci, dit Nick en se servant deux belles parts de pizza.

Il en prit une grosse bouchée…

— Alors, qu'est-ce qu'elle voulait, cette jolie demoiselle ? s'enquit Jess.

L'aîné des Rixey parvint à engloutir ce qu'il avait en bouche sans s'étouffer.

« Jolie » ? Si ça ce n'était pas un euphémisme ! Becca Merritt était l'archétype de l'Américaine modèle, avec ses yeux bleu ciel et de longs cheveux bouclés blonds comme les blés. Et il y avait fort à parier qu'elle avait un goût de paradis. *Et puis, bon sang, ce corps !* Nick s'était trouvé à peine capable d'empêcher sa mâchoire de se décrocher devant ces courbes parfaites mises en évidence par ce tee-shirt moulant, ou ses yeux de s'attarder sur la dentelle visible à travers la fine épaisseur de coton. Il lui avait semblé que le soleil avait ouvert la porte du salon, déversant sur lui sa lumière et sa chaleur. Seuls les cernes qu'elle avait sous les yeux étaient venus rompre la comparaison.

Une part de lui-même s'était sentie plongée dans le froid et l'obscurité lorsque la porte s'était refermée derrière cette fille. Elle n'avait fait que ce qu'il lui avait suggéré en décampant, alors il ne voyait pas bien ce qui justifiait le vide qui se creusait dans sa poitrine. Mais il n'allait certainement pas regarder ça de trop près, non plus.

— Quelque chose à propos de son frère qui a des problèmes, expliqua Jeremy, tirant son frère de sa rêverie. Mais c'est pas moi qu'elle venait voir, c'était Nick. Sauf qu'il l'a même pas laissée parler. Pourtant elle avait de bons goûts en matière de tee-shirts.

Jess fit passer son regard de l'un à l'autre et continua de manger tout en plissant le front. À la façon dont elle gardait un sourcil arqué, Nick comprit tout ce qu'il y avait à comprendre quant à son opinion sur le sujet.

Ce dernier poussa un soupir et se releva d'une poussée des bras, se repassant en boucle l'image de la douleur et de la déception qu'il avait lues sur le visage de Becca. Il prit son assiette et se servit une part de pizza. La rencontrer avait ravivé le souvenir de tout ce bordel avec son père. Il était d'une humeur de merde. C'était souvent le cas chez les gens qui perdent leurs amis, leur carrière et leur honneur.

Ah. Fait chier!

— Je vais là-haut.

Il fit abstraction de l'écho de leurs protestations et rejoignit la porte à l'arrière du salon qui donnait sur l'escalier menant à l'étage. Jeremy avait acheté ce bâtiment avec l'argent que lui avaient laissé leurs parents, et Nick lui avait prêté une grande partie de son héritage, devenant ainsi une sorte d'investisseur en même temps qu'artiste tatoueur intérimaire dans le salon de son frère. Étant donné qu'il n'avait pas été là pour aider Jeremy à traverser toutes ces épreuves à la mort de leurs parents dans cet accident de voiture, c'était littéralement la moindre des choses de sa part.

Merde. Il allait vraiment choper le cafard s'il continuait à ressasser comme ça.

Sur le palier du premier étage, il s'avança vers la porte de droite et tapa le code d'entrée. Un déclic métallique résonna et Nick poussa la lourde porte d'usine qui donnait sur le loft qu'il partageait avec son frère. À la base, leur colocation était censée ne durer qu'un temps mais, dix mois plus tard, l'ancien soldat ne semblait toujours pas prêt à se construire une nouvelle vie, car il ne voyait absolument rien qui puisse remplacer, même de loin, celle qu'il avait perdue.

L'appartement avait conservé une atmosphère industrielle, avec ses murs de brique, ses poutrelles apparentes, ses hauts et larges pans de fenêtres, et sa hauteur de plafond de cinq mètres. Jeremy avait toutefois fourni un énorme travail de réorganisation et de modernisation des espaces dans ce vieux bâtiment. Qu'il s'agisse d'art graphique, de tatouage ou de décoration intérieure, ce type avait véritablement de l'or dans les mains. Même s'il pouvait aussi être un emmerdeur de première, il fallait bien admettre qu'il était doué. Nick traversa le vaste salon, avec un énorme canapé de cuir et deux fauteuils relax passablement usés qui trônaient au centre, et descendit le couloir jusqu'à son bureau. Il s'installa devant son ordinateur portable, alluma ce dernier et mâchonna sa part de pizza en attendant de voir apparaître l'écran d'accueil.

Une fois la machine lancée, Nick ouvrit son navigateur et fit une recherche sur Becca Merritt. Il ne savait pas exactement ce qu'il comptait trouver, mais elle avait dit quelque chose qui le taraudait et ne le lâchait plus.

« Ils ne veulent pas nous aider. » Pas *« m'aider »*, mais *« nous aider »*. De qui d'autre voulait-elle parler ? Faisait-elle simplement référence à ce frère auquel elle avait fait allusion ? Peut-être s'agissait-il de son mari ? De son gamin ?

Et pourquoi deux de ces trois options le faisaient à ce point enrager ? C'était ridicule.

Il ne parvenait pas à comprendre non plus pourquoi et comment les Merritt se retrouvaient à faire appel à lui, entre tous. Il ne s'attendait pas à ce que les enfants du colonel sachent que c'était très loin d'être l'amour fou entre lui et leur père, ce héros soi-disant mort pour la patrie. Après tout, comment auraient-ils pu savoir puisque l'armée avait réécrit l'histoire et si bien effacé ses traces avant de livrer sa version au public. Le plus grand mystère était alors de découvrir comment ils étaient arrivés jusqu'à lui – ou même de savoir ce qui leur faisait penser qu'il pourrait les aider.

Rien de tout cela n'avait de sens.

Après tout, qu'est-ce qu'il en avait à faire ? Qu'est-ce qu'il devait à Frank Merritt ? Nada ! Et encore moins à sa fille.

Oui, mais Nick ne pouvait nier qu'il ressentait une sorte de curiosité morbide quant aux raisons qui avaient amené la fille de l'homme qui avait détruit sa vie à venir le trouver, lui et pas un autre, pour lui demander de l'aide.

Il passa en revue les résultats de sa recherche, qui se partageaient entre des Becca et des Rebecca Merritt. Il élimina les résultats qui concernaient des personnes habitant trop loin ou dont la photo associée montrait clairement qu'il ne s'agissait pas de sa Becca.

Sa Becca ? Non, ce n'était pas du tout ce qu'il voulait dire, bordel !

Il finit par sélectionner deux candidates potentielles : une Becca qui était infirmière urgentiste au CHU et une Rebecca qui était institutrice de maternelle dans une école privée de Baltimore. La femme qu'il avait rencontrée était du genre douce et bienveillante, de celles qui réconfortaient, et s'occupaient d'autrui – et les deux professions convenaient à une telle personnalité. Nick alla sur le site des pages blanches et se mit à sélectionner des adresses plausibles.

Mais, au fait, pourquoi faisait-il cela, déjà ? Pourquoi aurait-il besoin de son adresse s'il avait décidé de ne pas se mettre à sa recherche, de ne pas la revoir – et de ne pas l'aider ?

C'était juste pour s'assurer qu'elle allait bien. Il avait sacrifié douze ans de sa vie à défendre la patrie précisément parce qu'il souhaitait protéger la population, et quelque chose chez Becca avait réveillé cette fibre en lui qui hibernait depuis presque un an. Jadis, il avait idolâtré le colonel Merritt, son ancien supérieur ; mais c'était avant que tout foute le camp. Alors, bon, ce n'était pas la mer à boire de consacrer une soirée à vérifier que tout était en ordre. Cela n'avait rien à voir avec son job d'huissier, où le face-à-face était quasiment un prérequis. Là, il lui suffisait de rester en marge, planqué. Nick était doué pour passer inaperçu sauf quand il en décidait autrement. Et puis, de toute façon, il n'avait rien de mieux à faire.

Youpi, comme d'hab, quoi.

Finalement, il ne s'agissait que d'une petite patrouille simplement pour éviter que sa curiosité ne l'empêche de trouver le sommeil – comme s'il ne souffrait déjà pas assez d'insomnie.

Une fois la liste d'adresses imprimée, Nick fonça dans sa chambre pour enfiler un pantalon cargo noir. Il attacha un couteau dans son étui à la cheville, puis fit passer son holster à son épaule gauche par-dessus son tee-shirt. Il s'accroupit alors face au placard qu'il venait d'ouvrir et entra le code pour déverrouiller le coffre-fort qui contenait ses armes. Le poids du M9 dans sa main était une sensation familière. Il inspecta l'arme, la rengaina et glissa un chargeur dans la poche à sa cuisse. Veste, clés, téléphone et liste d'adresses en main, il sortit de l'appartement et se dirigea vers la porte qui donnait sur l'arrière de la bâtisse. Il ne voulait pas risquer d'avoir à subir un interrogatoire de la part de Jess et Jeremy.

Le gravier du parking crissa sous ses rangers. La lumière mourante du soleil tentait futilement d'éclairer ce qu'elle pouvait et le ciel crépusculaire se teintait de stries rose et violet. Le bâtiment industriel plongeait toutefois le parking dans une profonde obscurité dissimulant presque sous sa noirceur la Charger noire dont seules les bandes de course argentées ressortaient encore. Ah, ce qu'il l'aimait, cette voiture ! Après douze ans passés à se faire secouer dans des véhicules blindés fabriqués dans une optique de stabilité plutôt que de confort, il s'était fait la promesse de s'offrir à la minute où il serait de retour à la vie civile un petit bijou qui en avait sous le capot et qui respecterait son cul.

Seulement, il ne s'était pas imaginé qu'il y reviendrait aussi rapidement – ni contre son gré.

Fait chier.

Nick se laissa choir dans le siège du conducteur et tira toute une batterie de plaisirs à entendre le ronronnement féroce du moteur. Des petits plaisirs, d'accord, mais il ne pouvait pas se permettre de faire la fine bouche ces temps-ci.

Bon, à présent, il devait trouver Becca et s'assurer de sa sécurité. Ensuite, il pourrait dire « adieu » aux Merritt une bonne fois pour toutes.

Chapitre 2

Trois heures plus tard, Nick était en planque dans sa voiture garée en bordure d'une rue obscure et silencieuse, et se demandait pour la centième fois ce qu'il foutait là. La première adresse de sa liste l'avait conduit du côté de la banlieue huppée de Roland Park, au nord-ouest de Baltimore. Voyant que la femme qui habitait là avait les cheveux foncés et courts, il avait retraversé la ville jusqu'à la seconde adresse, située au cœur de Patterson Park, un quartier pour les classes moyennes. Et c'était là qu'il était resté depuis, ne quittant pas des yeux la maison de ville qu'habitait Becca et qui était pour l'heure plongée dans le noir. Il attendait d'avoir un visuel sur la situation pour être sûr que la jeune femme n'avait aucunement besoin de lui – merci d'être passé.

Plus l'heure passait, plus il se disait qu'il s'était lancé dans une chasse aux fantômes. Et cette pensée l'emmenait dans des recoins de son esprit qu'il préférait éviter.

Avant d'avoir les fesses complètement ankylosées, Nick s'extirpa de son bolide et prit une inspiration crispée en sentant une forte douleur lui transpercer le côté gauche, dans le bas du dos. Même s'il n'avait que trente-trois ans, il se retrouvait grâce à deux jolies blessures par balles avec le dos d'un homme de soixante-quinze ans. Ou du moins, c'était ce qu'il lui semblait parfois.

La mâchoire serrée, il traversa l'étroite rue en sens unique, sentant ses muscles se relâcher lentement à mesure qu'il les mettait à contribution. Il était parti pour l'examen de routine : faire le tour de la maison, vérifier les entrées et jeter un coup d'œil par les fenêtres, puis bye-bye – il enterrerait le passé sous toutes ses merdes.

Parler à Becca aurait été la manière la plus facile d'obtenir des informations, c'était évident, mais à l'intérieur de la maison en duplex, tout était noir et silencieux. Et ç'avait été comme ça toute la nuit. C'est pourquoi il délaissa la porte d'entrée et emprunta le passage couvert exigu qui ouvrait sur le trottoir et donnait sur le jardin. Cet espace d'obscurité infinie, qui semblait absorber toute source de lumière voisine, était une véritable aubaine pour n'importe quel type d'agresseur.

Nick s'arrêta à la limite du couloir d'obscurité et posa la main sur son M9. Tous ses sens en alerte, il jeta un coup d'œil à l'angle de la bâtisse pour essayer de percer la noirceur impénétrable du jardin. Tout était tranquille, immobile, vide. Il fit encore un pas en avant et passa de la lumière à l'ombre.

L'autre côté de la demeure donnait sur une ruelle qui filait le long de toute la mitoyenneté. L'ancien militaire examina tout le périmètre visible avant de sortir de l'ombre, puis vérifia encore la zone de l'arrière de la maison voisine à 3 heures jusqu'à l'arrière de celle de Becca à 9 heures. Une voiture descendit la rue et Nick s'accroupit encore plus bas, avança encore plus silencieusement. Le périmètre était délimité par la ruelle qui coupait le pâté de maisons en deux. Il se faufila jusqu'à la palissade et fit un nouvel examen des lieux.

Tout était en ordre. *Tout à fait normal.*

Plus qu'à mettre les voiles.

Une faible lumière provint de l'avant de la maison. Une pièce après l'autre, l'intérieur s'éclaira. Puis, Becca – ce rayon de soleil toujours aussi brillant – apparut dans la lucarne de la porte qui s'ouvrait sur le jardin.

Le cœur battant soudain la chamade, Nick alla se fondre dans l'ombre d'un arbre dans un des coins du carré d'herbe. Becca n'était qu'une simple silhouette découpée sur la vitre par la lumière de la cuisine, dont il ne parvenait pas à discerner les traits mais dont il devinait l'or des cheveux que la jeune femme avait attachés à l'arrière. Elle se colla à la vitre pour pouvoir scruter à gauche et à droite, puis tira brutalement les rideaux pour couper toute visibilité. Elle passa ensuite à une deuxième fenêtre et répéta l'opération : gauche, droite, rideaux.

Nick fronça les sourcils. Que cherchait-elle ? Peut-être n'était-ce qu'une mesure de sécurité. Ou peut-être était-elle parano. Après tout, c'était la fille du colonel. Elle tenait forcément un peu de ce salopard, les chiens ne font pas des chats.

Ou alors, peut-être qu'il y a quelque chose qui la rend parano.

Elle était quand même venue lui demander de l'aide.

Elle était de retour chez elle, à présent, et tout allait pour le mieux, pour autant qu'il puisse en juger. Il devait foutre le camp de là. *Tout de suite.* Mais alors, pourquoi restait-il planté là à veiller sur elle ?

Il l'aperçut passer d'une pièce à l'autre pendant quelques instants, puis la perdit de vue. Quelques secondes plus tard, un éclairage tamisé gagna les deux fenêtres à l'étage. Puis, la lumière s'alluma dans ce qu'il devina être la salle de bains grâce aux briques de verre ondulé qui obstruaient la vue.

Rien d'autre ne se produisit pendant le quart d'heure qui suivit, jusqu'à ce qu'une ampoule éclaire la pièce jouxtant la salle de bains et que Becca apparaisse entre les deux rideaux. En peignoir, les cheveux détachés et mouillés, s'il en jugeait par leur couleur plus sombre.

Une vive tension s'empara du corps de Nick et se cristallisa dans une partie de son anatomie en une suggestion parfaitement déplacée. Becca réitéra l'enchaînement : gauche, droite, rideaux une dernière fois, et le spectacle fut terminé.

S'obligeant à se concentrer, l'ancien soldat scruta une nouvelle fois le périmètre avant de se rencogner contre le tronc rugueux de l'arbre, décrétant qu'il était préférable de garder un œil sur la jeune femme un petit moment. *Seulement jusqu'à ce qu'elle aille se coucher.*

Il fallut une heure de plus. Elle fit un autre tour de la maison pour éteindre la lumière dans toutes les pièces du bas, puis du haut, terminant par sa chambre. Et la bâtisse replongea dans l'obscurité. Becca était au chaud sous la couette. Est-ce que ses cheveux étaient encore mouillés ? Était-elle plutôt vieux tee-shirt pourri ou nuisette sexy ? Nick se cogna l'arrière du crâne contre le tronc d'arbre afin de chasser de son esprit la réponse imagée à ces deux options.

Qu'est-ce qui lui prenait, nom d'un chien ?

Voilà une autre chose à propos de laquelle il lui faudrait éviter de réfléchir.

Après de longues minutes, et alors que la lune avait déjà parcouru une bonne partie de sa course, Nick conclut que tout était en ordre. Il n'y avait rien à signaler dans les parages. Dans l'espoir d'apporter un peu de réconfort à son dos martyrisé, il fit rouler ses épaules, pivoter son bassin, et jouer ses trapèzes, ses dorsaux et ses obliques avant de rejoindre silencieusement sa voiture.

Son petit bijou fut tiré de sa torpeur dans un ronronnement mécanique. Alors qu'il entamait un demi-tour à contresens, la lumière bleutée de l'horloge sur le tableau de bord attira son attention. Il était minuit vingt-deux.

Aïe! Il allait s'en vouloir au réveil. Rendez-vous chez le chiropracteur à sept heures et demie – arrivant à point nommé, étant donné l'état actuel de son dos – suivi par une journée d'astreinte à devoir remettre des papelards à de pauvres bougres : les convoqués au tribunal, cités à comparaître, condamnés, expulsés, divorcés et tout ce qui bougeait dans le collimateur de la loi. Nick était spécialisé dans ce qu'on appelait les situations délicates, ce qui l'amenait parfois à devoir retrouver la trace de tel ou tel témoin ou prévenu – parfois même à devoir retrouver un fugitif, à éviter de rencontrer les phalanges du type en question, ou à courir aux trousses d'un salopard qui devait bientôt être incarcéré. *Que des joyeusetés.*

Au moins n'y avait-il pas un chat sur Eastern Avenue à cette heure-là. Nick piqua une pointe sur le boulevard désert habituellement si animé pendant les heures d'ouverture des nombreux magasins de spiritueux et autres bureaux de prêteurs alignés en alternance étroite avec les locaux reconvertis en églises et les restaurants étrangers implantés là depuis des décennies. *Hard Ink* se trouvait à quelques pâtés de maisons en marge de l'avenue principale, entre la galerie abandonnée et une des zones industrielles de la ville.

C'était une bâtisse toute en longueur étirée dans l'angle d'un croisement, comme deux bras de brique remontant sur cent mètres chacun le long de leurs rues respectives et abritant au creux de ses ailes, à l'arrière du bâtiment, l'étendue de gravier qui servait de parking. Jeremy travaillait doucement mais sûrement à transformer une partie de l'espace qu'il avait en trop, au rez-de-chaussée, en appartements afin de les mettre en location. En gros, exception faite du salon et du loft, il s'agissait encore d'un chantier en cours. Néanmoins, le salon de tatouage possédait une clientèle fidèle et était une entreprise rentable grâce à la réputation grandissante de Jeremy. Et ça leur allait très bien comme ça.

Nick gara la Charger où il l'avait prise six heures plus tôt, puis sortit et traversa le parking plongé dans la fraîcheur nocturne jusqu'à l'entrée arrière du bâtiment, éclairée par un lampadaire. Il déverrouilla la porte en tapant le code à cinq chiffres et attendit le lourd déclic métallique avant d'entrer et de verrouiller derrière lui. Puis, il se traîna dans les escaliers. L'appartement était plongé dans le noir et le silence, et le cerveau de Nick se brancha sur pilote automatique : armes, vêtements, douche, lit.

Il tira le drap sur lui et une vive douleur dans son dos lui fit penser à prendre ses médicaments. Toujours dans le noir, il trouva sans problème la boîte d'ibuprofène et en avala quatre comprimés qu'il fit passer avec un fond d'eau d'une bouteille qu'il gardait exprès.

Il s'enfonça ensuite dans le matelas. La douleur le quitta peu à peu et son esprit vogua… vers l'image de Becca Merritt dans l'encadrement de sa fenêtre, vêtue d'un peignoir entrouvert. Elle glissa ses doigts dans ses cheveux mouillés afin de les aider à sécher, faisant ainsi bâiller de plus belle l'épais peignoir de bain, exposant la naissance de ses seins. Après quelques instants, elle posa la paume de sa main sur la vitre et scruta à droite puis à gauche.

Comme si elle avait su où il était, son regard se planta sur lui. D'abord, ses yeux étaient un véritable brasier qu'il sentit s'insinuer dans sa gorge et irradier jusque dans son caleçon. Le sang afflua, tirant de son sommeil une partie de son corps qui était restée inactive si longtemps qu'il avait cessé de compter les mois. Mais alors, le bleu glacial de ce regard changea. Des cercles de ténèbres se dessinèrent autour de ses yeux grands ouverts, rivés sur lui avec un désespoir proprement abject. Elle remua les lèvres ?

« Je ne sais pas quoi faire d'autre, ni vers qui me tourner. »
Et le sommeil se dissipa en une fraction de seconde.

Sentant son cœur battre dans ses tempes, Nick demeura allongé à contempler le plafond, ses yeux s'habituant peu à peu à l'obscurité, et devinant progressivement le motif dessiné par la plomberie, la charpente métallique et les conduits d'aération. Le sommeil se refusait à lui tandis qu'il avait le cœur lourd de culpabilité.

Putain de merde.

Frank Merritt avait ruiné sa carrière, sa réputation, lui avait ôté six de ses meilleurs amis ainsi que la capacité de rester assis ou debout trop longtemps sans lui refiler l'envie de chialer comme une gonzesse. Bon Dieu, qu'est-ce qu'il était censé sacrifier de plus ? Quand est-ce que cela allait finir ?

Tandis qu'il se débattait avec ces questions, une vague de froid mortel lui remonta le long du dos. À cet instant, le radar à chieries de Nick se mit à biper comme un malade.

C'était son sixième sens – cette intuition inexplicable qui avait toujours su le tirer des mauvais pas au cours des innombrables opérations sur le terrain – qui lui disait que Becca Merritt avait déposé sur le pas de sa porte un beau paquet d'emmerdes, du genre monstre vengeur d'outre-tombe qui cherche par tous les moyens à vous entraîner par le fond.

Becca savait d'avance que ce n'était pas la bonne clé. Avant même de la glisser dans la serrure, elle le savait. Par acquit de conscience, cependant, elle insista encore. La clé rentrait mais ne tournait pas.

Charlie avait changé les serrures. *Encore une fois.*

Il n'aimait pas qu'elle rentre chez lui. Il avait une sainte horreur de savoir que quelqu'un pouvait pénétrer dans son espace, surtout avec l'équipement qu'il conservait. Pourtant, son dernier message, qu'elle était bien forcée de considérer comme un appel à l'aide étant donné qu'elle était depuis incapable de retrouver sa trace, changeait la donne. Il fallait qu'elle trouve où il se cachait et pourquoi. Donc, elle devait commencer par fouiller son appartement.

Elle poussa un soupir et posa les mains sur ses hanches. Il n'y avait aucun endroit pour dissimuler une clé dans cette étroite cage d'escalier.

Oh, Charlie. Mais qu'est-ce qui a bien pu t'arriver ?

Peut-être que le voisin du dessus pourrait la renseigner. Elle grimpa les marches en béton au trot, prit un virage serré en parvenant sur le palier et frappa trois fois à la porte.

Rien. Encore trois fois, mais toujours pas de réponse.

Si elle voulait accéder à l'appartement de Charlie, un minuscule studio en sous-sol, alors il ne restait que les fenêtres. Elle descendit du perron et décida immédiatement de laisser de côté celle située en bord de rue – une planche de plexiglass fissurée était boulonnée au trottoir et empêchait que quelqu'un tombe dans l'ouverture qui permettait à la lumière de passer. Non que son frère ait eu tellement besoin de cette source de lumière naturelle. Une des premières choses qu'il avait faites à son arrivée avait été d'obturer la fenêtre avec plusieurs couches de papier journal.

Dans l'espoir que celle donnant sur la chambre lui laisse plus de chances, Becca fit le tour du pâté de maisons à pied et s'engouffra dans l'allée qui conduisait logiquement à l'arrière de la bâtisse dans laquelle logeait Charlie. Ses baskets remuèrent le tas de détritus qui jonchaient le sol au revêtement déformé et il en résulta un vacarme qui vint troubler la quiétude de ce passage désert. Pour la énième fois, Becca regarda par-dessus son épaule, se sentant d'une discrétion à toute épreuve dans sa blouse d'infirmière, et certaine qu'on ne manquerait pas de la trouver louche.

Le souvenir de la nuit où leur mère était morte d'une rupture d'anévrisme surgit de nulle part. Lorsque l'ambulance s'était éloignée, Charlie était allé se cacher. Elle, Scott et leur père l'avaient cherché pendant une demi-heure avant que Scott le retrouve assis dans l'obscurité de la cabane perchée dans les arbres du jardin. Dans son cœur de petite fille de treize ans, elle avait acquis la certitude qu'elle allait perdre sa mère et son petit frère en même temps. Le soulagement qu'elle avait ressenti lorsqu'ils avaient retrouvé Charlie avait brutalement laissé place au chagrin.

C'était ce qui s'était passé cette nuit-là qui l'avait poussée à devenir infirmière. Elle avait eu besoin d'être capable de faire quelque chose si une situation similaire survenait de nouveau. Depuis, elle avait aidé à sauver bon nombre de vies grâce à son travail ; sauf que ça n'avait jamais été celles des membres de sa famille. Aujourd'hui, Charlie était la dernière chance qu'elle avait.

Becca compta jusqu'à la cinquième bâtisse en partant de la rue et émit un grognement de dépit. *Génial.* Le portail rouillé qui fermait le grillage séparant la maison de l'allée était bloqué par une chaîne cadenassée.

J'arrive pas à croire que je fais ça.

Elle avait l'impression d'être dans un épisode des *Infirmières se rebellent*. Enfin, si ce genre d'émission existait – mais c'était probablement le cas.

Elle prit appui d'un orteil dans un trou du grillage et attrapa le dessus du portail rouillé afin de se hisser par-dessus. Elle atterrit dans l'herbe haute et s'empressa de traverser le petit jardin, sondant du regard les fenêtres de chaque maison avoisinante. C'était un jeudi, et la plupart des gens devaient bien être au travail, non ? Le côté parano de Charlie devait avoir déteint sur elle car elle avait la chair de poule et la sensation désagréable d'être épiée. Mais peut-être était-ce normal pour quelqu'un qui s'apprêtait à commettre une effraction – ou du moins à essayer. Ce n'était pas là un domaine dans lequel elle avait beaucoup d'expérience.

À la différence de la fenêtre qui donnait sur la rue, celle-ci n'était ni couverte de journaux, ni ouverte sur un vide. Mais il s'agissait plus d'une lucarne. Becca s'agenouilla dans l'herbe et se pencha contre la vitre, protégeant ses yeux avec ses mains des reflets du soleil tardif. Une paire de stores jaunis bloquait la vue, ne lui permettant de voir que par les endroits où ils étaient pliés ou tirés de travers. *Mais impossible de percer la pénombre.*

Une poignée de porte tourna et des gonds couinèrent.

— Hé, là ! Qu'est-ce que vous faites, bon sang ?

Becca s'agenouilla précipitamment, s'éraflant la tempe sur le linteau en brique de la fenêtre dans son affolement. Elle étouffa un cri de douleur et tomba à la renverse, se réceptionnant sur les fesses, bouche bée, les yeux levés sur l'homme qui sortait en trombe de la maison par la porte de derrière, au-dessus d'elle. Était-il chez lui depuis tout ce temps ?

— Je suis… je…, bredouilla-t-elle.

Elle tenta d'avaler sa salive mais avait la gorge complètement sèche. Alors, elle se contenta de secouer la tête. Le vieil homme qui l'avait surprise avait le visage couvert de taches de rousseur qui lui auraient conféré un air plutôt sympathique sans le regard courroucé qu'il lui jetait, ou cette batte qu'il brandissait.

— Le gars qui habite là, c'est mon frère. Je n'ai pas eu de nouvelles depuis une semaine, s'empressa-t-elle d'expliquer.

L'homme baissa sa batte, écartant visiblement l'idée de s'entraîner sur elle, et toute tension sembla évacuer ses épaules tombantes. Il porta ensuite la main à une oreille et régla un appareil auditif. C'était donc pour cela qu'il n'avait pas répondu lorsqu'elle avait frappé.

— Vous dites que vous êtes la sœur de Charlie ? Z'auriez une pièce d'identité ?

Elle portait toujours autour du cou le cordon avec son badge du CHU. Elle le retira tout en se levant.

— Becca Merritt.

— Mmh, dit-il, sceptique. (Il fit passer son regard du badge à la blouse verte qu'elle n'avait pas pris la peine d'ôter après son service.) Z'êtes médecin ?

— Infirmière. Auriez-vous vu Charlie ? Il ne répond pas au téléphone, ni à mes messages.

— Vous saignez, là, observa-t-il en montrant du doigt sa propre tempe.

Elle avait déjà deviné à la douleur aiguë qu'elle ressentait.

— Ça ira. Est-ce que vous l'auriez vu, par hasard ? S'il vous plaît.

Le vieil homme posa sa batte contre la porte et secoua la tête.

— Je crois qu'il est plus là depuis un bout de temps. Je le vois plus rentrer ni sortir, y a plus la lumière et j'entends plus la musique qu'il met d'habitude.

— Depuis combien de temps, diriez-vous ? s'enquit Becca en sentant son estomac faire du trampoline.

— Ben, je dirais…, commença-t-il en posant la main sur le portail en fer rouillé. Une semaine. Peut-être deux. Son loyer est payé, en revanche.

— Vous êtes son propriétaire ? demanda Becca en sentant l'espoir calmer son ventre nauséeux. Est-ce que vous pourriez me laisser entrer chez lui ?

— Il a des problèmes, c'est ça ? Ah. Pas étonnant vu ce qu'il sait faire avec un ordinateur.

— Qu'est-ce que vous voulez dire par là ? questionna-t-elle, pleine d'appréhension.

— Disons simplement que mon fils a reçu une contravention, mais que c'est de l'histoire ancienne.

Le vieil homme haussa les sourcils et lui laissa le temps de parvenir à ses propres conclusions.

C'était tout Charlie. Il avait développé étant gosse une véritable passion pour l'informatique et le codage Web, puis avait commencé à pirater des sites à l'adolescence simplement parce qu'il en était capable. Pur autodidacte. Heureusement, il avait su utiliser ses compétences de hacker pour exercer un métier honnête en tant que consultant en sécurité informatique – un joli nom pour dire que des firmes le payaient une blinde pour qu'il pirate leurs systèmes de sécurité afin d'en éprouver l'efficacité. Seulement, il lui arrivait encore d'enfreindre les lois cybernétiques. Juste comme ça.

— C'est tout lui, commenta-t-elle.

Le vieux monsieur plongea la main dans sa poche et en ressortit un trousseau de clés, puis il lui fit signe de le suivre à l'intérieur.

—Allez, je vais vous ouvrir, mademoiselle Becca. Venez.

—Merci, répondit-elle en le suivant.

Une grande hésitation s'empara de Becca à mesure qu'elle approchait de la porte d'entrée, mais elle la repoussa et se rassura en repensant au ton paternaliste qu'elle avait relevé chez cet homme lorsqu'il s'était mis à parler de Charlie.

À l'intérieur, la cuisine donnait l'impression d'avoir fait un voyage dans le temps jusque dans les années soixante-dix, avec tout cet électroménager vert et or. À part cela, la pièce était bien tenue et il flottait dans l'air une bonne odeur de café frais. La collection de coqs miniatures qui couvrait un pan de mur entier conférait à la pièce une sorte de charme vieillot et dénotait la présence d'une femme – à un moment donné du moins. Le salon était dans le même style. Dans l'entrée, le soleil frappant à travers le verre teinté de l'imposte décorée, si typique des petites maisons de ville à Baltimore, déversait sur le parquet une myriade de taches bleues et rouges. Becca sortit de l'appartement et s'engagea après le vieil homme dans l'escalier en béton où elle s'était trouvée seulement quelques minutes plus tôt, au début de son aventure.

La clé du propriétaire s'enfonça sans aucun mal dans la serrure. Il entrouvrit la porte mais esquissa alors un pas en arrière et lui fit signe de passer devant.

—Merci, monsieur...

—Appelez-moi Walt. C'est comme ça que tout le monde m'appelle.

Elle sourit et passa devant lui.

—Merci, Walt.

À l'intérieur, une obscurité épaisse englobait tout le studio, seulement crevée par le rai de lumière naturelle qui pénétrait par la porte entrebâillée.

— Je m'occupe de la lumière, annonça le vieil homme.

Becca avança à l'aveugle et son pied rencontra un obstacle.

La pièce s'éclaira.

L'appartement était sens dessus dessous. Les étagères avaient été renversées, les livres et les magazines éparpillés au sol avec le contenu de tous les tiroirs, fournitures et vêtements pêle-mêle, et des cartons avaient été vidés en tas çà et là.

Le cœur de Becca fit un bond dans sa poitrine et elle se précipita dans la pièce. *Charlie!*

Une main la retint par le bras.

— Attendez. Laissez-moi jeter un œil, intervint Walt en essayant de la repousser en direction de la porte d'entrée toujours entrouverte. Vous avez un portable ?

La jeune femme hocha la tête, son esprit fonctionnant à toute allure. Nul besoin pour le propriétaire de lui dire ce qu'elle devait faire ensuite.

— Nous ferions peut-être bien d'attendre tous les deux.

Elle ne tenait pas à ce que le vieil homme ait des problèmes à cause d'elle.

— Ça ira, vous en faites pas, répondit-il en adoptant une expression furieuse. Quelqu'un a fichu la pagaille chez moi.

Becca composa le 911 tout en suivant des yeux le propriétaire qui faisait le tour de l'appartement sur ses gardes. Lorsque le permanencier décrocha, elle lui déclina son identité et la raison de son appel.

— Charlie n'est pas là, lança Walt de la pièce du fond. (Elle éprouva un profond soulagement.) Il n'y a personne, d'ailleurs.

Elle relaya l'information. Tout ce qu'elle pouvait faire à présent était attendre l'arrivée de la police. Walt revint auprès d'elle, sur le seuil de l'appartement. Il secoua la tête et émit un grognement sourd empreint de perplexité.

Plusieurs minutes passèrent ainsi et Becca ne put plus supporter de rester les bras ballants.

Mue par une curiosité née de son inquiétude, et prenant bien garde à ne rien toucher, elle traversa le studio jusqu'à la petite chambre. Du moins était-ce censé être une chambre. Sauf qu'un bureau était une pièce bien plus indispensable à son frère. Il passait ses nuits sur le canapé et dédiait cette pièce entière à son immense secrétaire d'angle et tout son matériel informatique.

Le carnage était encore pire ici. En temps normal, une rangée d'ordinateurs portables occupait toute une partie du bureau et les étagères murales étaient chargées de toutes sortes de gadgets que Becca n'avait jamais vus ailleurs et dont elle n'avait aucune idée de l'utilité. Des papiers, des boîtiers de CD ouverts, des piles de câbles en tout genre, de vieux cartons de pizza et d'autres détritus encore jonchaient le sol et la table de travail. Le fauteuil avait été renversé. Le meuble d'archives avait été vidé et tous les tiroirs du bureau étaient ouverts.

Et tous les ordinateurs avaient disparu.

Elle ne pouvait rien faire d'autre que secouer la tête d'incompréhension. Ça ne pouvait pas être vrai. Ce devait être un cauchemar.

Mais cela signifiait que son instinct avait vu juste. Et à partir de maintenant elle allait devoir l'écouter attentivement, parce que Charlie avait bel et bien des problèmes. La chair de poule couvrit tout son corps.

On avait complètement retourné l'appartement, et avait continué le massacre ensuite. Qu'est-ce que ces gens cherchaient ? Est-ce qu'ils l'avaient trouvé ? Et est-ce que Charlie était là à leur arrivée ?

Le hoquet étranglé qu'elle laissa échapper était complètement involontaire. Elle porta une main tremblante à ses lèvres.

Ne pense pas à ça. Il ne lui est rien arrivé de grave. Oh, mon Dieu ! Non. Pas ça.

Au loin, des sirènes se mirent à hurler, s'approchant toujours plus, à vive allure.

— Mademoiselle Becca, voilà la police, dit Walt en ne prononçant quasiment pas le « O ».

Certaine que sa voix allait flancher, la jeune femme se contenta de hocher la tête en regardant le chaos ambiant et se fraya avec une grande précaution un chemin à travers l'hécatombe des fragments de la vie de son frère.

Walt resta à ses côtés sur le pas de la porte, son regard débordant de gentillesse et de compassion. Ils avaient déjà partagé beaucoup ensemble, en si peu de temps. Pour autant qu'elle sache, il se pouvait que le vieil homme soit la dernière personne à avoir vu Charlie.

Vivant, songea-t-elle ensuite, envisageant la possibilité que sa pire crainte se réalise, et songeant ensuite à son frère aîné, Scott. Ce dernier était mort d'une overdose quelques semaines seulement après l'obtention de son diplôme, et sa disparition avait été un choc terrible pour chacun d'eux. Ils étaient inscrits chacun dans une université différente et elle n'avait même jamais soupçonné que Scott puisse se droguer. Elle ne serait pas capable aujourd'hui de devoir enterrer son autre frère. Elle s'y refusait.

Becca sentit des larmes lui brûler les yeux. *Non.* Elle n'allait pas craquer maintenant. Et elle s'interdisait d'envisager le pire. Elle trouverait Charlie, découvrirait ce qui se passait – et mettrait la main sur le responsable. Maintenant que leurs deux parents étaient morts, ils n'avaient plus que l'un l'autre. Et elle n'était pas prête à laisser tomber son frère. Elle avait fait suffisamment de mal en refusant d'écouter ce qu'il avait à lui dire une semaine plus tôt.

La jeune femme passa en mode gestion de crise, se blindant dans cette carapace de discipline froide et clinique si indispensable lors des situations les plus difficiles aux urgences. C'était cette armure qui la maintenait au niveau pour sauver des vies plutôt que d'en perdre.

Dans son esprit, elle vit surgir d'abord les yeux vert clair. Puis, le reste du visage de cet homme – mâchoire carrée, nez effilé et mine sombre – vint s'ajouter à ce regard froid. *Nick Rixey.* Si le message laissé par Charlie signifiait que cet homme avait été un membre de l'unité des forces spéciales commandée par leur père, alors cela voulait aussi dire que Nick avait l'entraînement et les compétences dont elle avait le plus besoin en ce moment. Mais le déroulement de leur première rencontre en avait décidé autrement. Si seulement il avait consenti à ne serait-ce que la laisser parler.

Et si, et si, grommela-t-elle intérieurement, un accès de colère lui faisant serrer les poings. Il ne servait à rien de regretter ce qu'elle ne pourrait jamais changer.

Au-dehors, des portières de voiture claquèrent et Becca sortit de la maison en plissant les yeux, éblouie par le soleil couchant dont la luminosité contrastait douloureusement avec la pénombre qui régnait dans l'antre de Charlie.

Les policiers allaient-ils l'écouter plus attentivement que lorsqu'elle était allée signaler la disparition de son frère ?

Oh, mon Dieu, faites en sorte qu'ils ouvrent une enquête cette fois.

Mais s'ils avaient le malheur de la laisser encore se débrouiller, elle n'attendrait plus après eux.

Elle trouverait un moyen de tirer tout ça au clair.

La vie de Charlie en dépendait peut-être.

Chapitre 3

Le cerveau de Nick était resté scotché à l'arbre dans le jardin de Becca, refusant en dépit du bon sens d'abandonner son poste d'observation. Et ça avait duré toute la journée. Le manque de concentration le rendait négligent.

Et la négligence avait le don de le mettre en rogne.

C'était comme ça que l'on commettait des erreurs. Par exemple, en loupant l'occasion parfaite d'intercepter le témoin dans une affaire d'agression qu'il essayait de retrouver depuis le déjeuner. Il avait l'impression que son esprit avait besoin de passer en révision. En tout cas, c'était certain qu'il ne carburait pas à fond.

Assis à son bureau à remplir la paperasse liée aux trois injonctions qu'il avait réussi à remettre, il ne se faisait aucune illusion quant aux raisons de cette absence de concentration.

Son instinct refusait d'oublier le mystère soulevé par cette femme. C'était comme avoir un caillou dans la chaussure qui se déplaçait à chaque pas pour s'enfoncer toujours plus loin. D'habitude, il laissait toujours parler son intuition – parfois, même, c'était tout ce qui vous raccrochait à la vie. Et généralement, il faisait confiance à son instinct. Celui-ci ne l'avait presque jamais trompé.

Presque.

La seule exception indéniable avait conduit à un véritable fiasco aux lourdes conséquences : plusieurs morts, plusieurs blessés et des vies bouleversées à tout jamais – la sienne y comprise.

Et ce fiasco était dû à un Merritt.

Aujourd'hui, il ne savait plus s'il devait faire confiance à cet instinct qui le houspillait à propos de Becca ou si celui-ci était détraqué depuis les récents événements.

L'imprimante cracha les formulaires par saccades et Nick apposa sa signature à différents endroits. Ensuite, il s'adossa dans le fauteuil et s'étira, le dos calé dans le siège inclinable. Puis, il se passa les mains dans les cheveux. La luminosité de la pièce baissa significativement, et il jeta un coup d'œil par la fenêtre. Le ciel se chargeait de nuages, occultant la lumière du soleil couchant.

Tout était silencieux. Tout était calme. Tout était vide.

Voilà à quoi se réduisait sa vie ces temps-ci.

Putain, ce que les gars lui manquaient. Ceux qui y étaient restés et ceux qui s'en étaient sortis.

Ah, non ! Tout mais pas ça.

Becca...

Nick était debout au milieu de la pièce avant même d'avoir eu l'intention de se lever.

Lorsqu'il entra dans sa chambre, il s'habilla comme la veille avec un lourd sentiment de déjà-vu.

Il n'y avait qu'une manière de se vider l'esprit de toutes ces conneries, et c'était d'aller sur le terrain, d'avoir un visuel sur sa cible. *Merde !* Il fallait aussi qu'il en apprenne davantage, et il allait donc devoir lui parler, cette fois.

Il ramassa ses clés, son téléphone et sa veste, puis traversa le salon.

Son frère ouvrit la porte d'entrée au moment où Nick avançait la main vers la poignée. Le regard de Jeremy se posa instantanément sur l'arme que son aîné portait sous son bras gauche et le jeune homme haussa un sourcil interrogateur.

—Tu travailles ce soir ?

—Nan, répondit Nick.

Il était généralement suffisamment efficace pour éviter d'avoir à faire des heures supplémentaires la nuit, où la situation avait plus facilement tendance à tourner en eau de boudin.

—Rien à voir avec le boulot, ajouta-t-il.

—Et t'as besoin d'être armé ? s'étonna Jeremy.

Aucunement disposé à subir un interrogatoire sur ses faits et gestes – d'autant qu'il n'en voyait lui-même pas bien la raison –, Nick éluda la question.

—T'as fini ta journée ?

Hard Ink ne fermait généralement pas avant 21 heures. Jeremy secoua la tête, ce qui fit tomber une mèche de ses longs cheveux devant ses yeux. Il l'écarta de la main.

—Non, je viens chercher un truc à grignoter avant mon prochain rendez-vous. Pas très fin comme diversion pour un agent secret.

—Agent secret ? Jamais. C'est pour la CIA, ça, rétorqua Nick avec un rictus tout en posant la main sur la poignée métallique.

—Ouais, ouais, c'est ça.

Jeremy ouvrit la porte du frigo, dont la lumière éclaira d'un halo jaune le coin de la cuisine, et Nick quitta l'appartement.

—Hé, Nick ?

L'ancien soldat passa la tête dans l'encadrement de la porte et vit sur le visage de son frère, au-dessus de la porte du réfrigérateur, un sérieux qui ne lui ressemblait guère.

—Sois prudent.

C'était comme ça que l'on disait « te fais pas descendre » chez les civils. *Bien reçu.*

— Ouais, promit Nick avant de refermer la porte.

C'était la deuxième fois en deux jours qu'il se rendait chez Becca, et il fut frappé en bifurquant dans sa rue de constater à quel point le domicile de la jeune femme était proche de *Hard Ink*. La veille, son détour à l'autre bout de la ville et son retour au bercail avec la tête dans le fondement ne lui avaient pas laissé le loisir de s'en rendre compte. Ils n'habitaient qu'à douze minutes de voiture l'un de l'autre.

Pourtant, la distance qui les séparait était bien plus importante que les kilomètres.

Par un coup de chance, il trouva une place libre juste de l'autre côté de la rue, en face de chez Becca. Il se gara sans chercher à être discret puisqu'il avait l'intention d'aller lui parler. Dans le voisinage, un chien se mit à pousser une série d'aboiements haut perchés lorsque Nick sortit du véhicule, enfila son blouson, traversa la route et grimpa les marches du perron.

Il frappa sans ménagement trois coups à la porte, puis fouilla toute la rue du regard de sa position. Entre chien et loup, la dernière lumière du jour plongeait les façades des maisons et le couvert des arbres dans l'obscurité. Nick se mit ensuite à observer la demeure de Becca. Des jardinières rectangulaires dépourvues de fleurs ornaient les appuis des deux fenêtres donnant sur la rue. La porte était en bois massif noir avec un contour blanc, et était munie d'une serrure Schlage, remarqua-t-il avec approbation.

Nick frappa de nouveau et regarda au sol. Sur le bord du perron, un exemplaire du *Baltimore Sun* était toujours emballé dans son film plastique. *Pas encore rentrée ?*

Tant pis, il allait l'attendre.

Il alla se rasseoir dans la Dodge et sortit son portable de sa poche avant de passer en revue son répertoire. Pour tuer le temps, il consulta la liste des appels entrants et sortants pour Shane McCallan. C'était son meilleur ami, autrefois. Après qu'ils s'étaient tous fait renvoyer de l'armée, et une fois de retour à la vie civile, son ancien frère d'armes l'avait appelé et lui avait envoyé des e-mails à de nombreuses occasions. Mais Nick, trop occupé à affronter sa propre souffrance physique et émotionnelle, n'avait pas une seule fois pris la peine de répondre. *Quel con!* Il avait à présent l'impression qu'il était trop tard. Mais en réalité, c'était une excuse vraiment lamentable. *Le lâche!*

Toutefois, en qualité de commandant en second, Nick Rixey aurait dû comprendre. Il aurait dû anticiper. Il aurait dû être capable d'empêcher tout ça avant qu'ils se retrouvent tous dans la merde jusqu'au cou. Si seulement il avait écouté son intuition. Mais non. Il avait fait confiance à Merritt sans le remettre en question et avait fermé les yeux sur ce qui ne collait pas. Comment Shane et les autres pourraient ne pas le tenir pour responsable après ça?

Gros lâche, oui.

Il comprenait parfaitement qu'ils lui en veuillent. Personne ne pouvait lui en vouloir autant que lui-même.

De l'autre côté de la rue, une portière se referma en claquant. Nick verrouilla son clavier et laissa le téléphone tomber entre ses jambes tout en regardant par la fenêtre du côté du conducteur.

Une femme remontait le trottoir et il reconnut Becca lorsqu'elle passa sous un réverbère. Il fit ensuite courir son regard sur la rangée de voitures garées jusqu'à trouver celle qu'il n'avait pas vue avant. Il s'agissait d'une Prius récente gris métallisé – un modèle qui convenait très bien à la jeune femme.

Cette dernière grimpa les marches du perron à petites foulées et se baissa dans un effort las pour récupérer le journal. Elle releva son courrier dans la boîte aux lettres murale puis déverrouilla sa porte d'entrée. Elle disparut momentanément dans l'obscurité intérieure et Nick sentit son pouls accélérer. Bientôt, cependant, la lumière fut allumée dans le vestibule et il vit sa silhouette passer devant une fenêtre.

Au même instant, il aperçut par la fenêtre située directement au-dessus d'elle une ombre se mouvoir à toute vitesse.

Il n'était pas certain d'avoir bien vu, mais il se figea et ne quitta plus des yeux la fenêtre en question.

Là, encore du mouvement. Une ombre presque imperceptible se déplaçant dans les ténèbres de la pièce à l'étage.

Dans un réflexe instinctif, et aidé par une poussée d'adrénaline, il sortit de la voiture en trombe. Becca Merritt n'était pas seule dans cette maison.

La police allait ouvrir une enquête pour violation de domicile avec effraction. C'était déjà infiniment mieux que l'indifférence méprisante à laquelle elle avait eu droit lorsqu'elle s'était rendue au poste plusieurs jours auparavant afin de signaler la disparition de Charlie. Mais même ainsi, l'enquête n'allait pas faire l'objet d'une grande mobilisation en termes de ressources. Les flics le lui avaient dit quasiment texto avant de quitter l'appartement de Charlie.

Becca fit le tour du rez-de-chaussée de sa maison de ville, allumant toutes les lumières. Elle avait besoin de manger quelque chose et de prendre une douche. Ensuite, elle prendrait le temps de réfléchir pour décider où commencer ses recherches. Elle appuya sur l'interrupteur de la cuisine et laissa tomber son sac à main en même temps que ses clés sur le plan de travail.

Tandis qu'elle se retournait, son regard fut attiré par le paillasson de l'entrée de derrière. Il était de travers et décollé du pas de porte. Il lui semblait pourtant que ce n'était pas le cas le matin avant qu'elle parte pour le travail. Elle s'approcha à pas furtifs, comme si le paillasson pouvait à tout moment lui sauter dessus et la mordre. Du bout de l'orteil, elle le remit droit.

Elle sentit un frisson parcourir son dos et tout son crâne, puis la chair de poule suivre.

Elle expira profondément. Ce qui avait été fait à l'appartement de Charlie l'avait mise sur les nerfs. *Forcément.* Qui que ce soit, le coupable n'avait pas épargné le moindre objet. Le simple fait de songer à une telle violation de l'intimité d'une personne la répugnait. Une grande tristesse s'empara d'elle à la pensée de la réaction de son frère. Il allait péter un câble. Elle ferait peut-être mieux d'aller mettre un peu d'ordre dans tout ça avant qu'il rentre. Le problème, c'était qu'il savait avec une absolue certitude où tout était censé être. Même si elle jugeait que tout avait été remis à sa place, Charlie n'aurait aucun mal à détecter des centaines de petits détails qui lui mettraient la puce à l'oreille. Alors quoi qu'elle fasse, elle ne pourrait pas lui épargner cette pénible épreuve.

Et puis, il fallait aussi dire que tant qu'elle n'avait pas découvert dans quel pétrin s'était fourré son frère, elle ferait sans doute mieux de ne pas trop se montrer là-bas.

La sécurité de l'appartement de Charlie était clairement compromise.

Becca avança jusqu'à la porte et regarda par la vitre pour inspecter le jardin, puis elle tira les rideaux vert pâle pour repousser le regard pénétrant de la nuit. Elle frissonna. Ce n'était pas la première fois qu'elle rentrait le soir et trouvait quelque chose qu'elle était convaincue de ne pas avoir laissé ainsi en partant. D'ordinaire, toutefois, elle parvenait à trouver une explication rationnelle et se persuadait que c'était elle qui se faisait des idées.

Après tout, qui faisait vraiment attention à la position exacte de la carpette dans le salon, ou de l'angle exact que formait telle pile de documents par rapport au coin du bureau sur lequel elle se trouvait ? Pas elle en tout cas, jusqu'à récemment.

Penser à autre chose. Il était temps de se faire quelque chose à manger avant de devenir autophage.

À peine avait-elle pivoté en direction du frigo qu'elle entendit un bruit étouffé. Becca se figea et tendit l'oreille. *Peut-être le voisin ?* Après tout, leurs maisons étaient mitoyennes. Sauf que le bruit venait du côté de la rue, pas de celui du voisin.

Allez, reprends-toi, Becca, se morigéna-t-elle en levant la main vers la poignée du réfrigérateur. Elle allait peut-être se faire des œufs brouillés. Ou alors se servir un bol de céréales. Elle n'avait pas la force de se préparer un repas complet.

« Criii ! »

Un frisson la parcourut soudain et son cœur se mit à tambouriner dans sa poitrine. Elle connaissait ce grincement. L'escalier qui menait à l'étage. *Première marche en haut, un tout petit peu sur la droite.*

Quelqu'un se trouvait chez elle. Et ce quelqu'un descendait les escaliers. Impossible qu'il ne l'ait pas entendue rentrer du travail quelques minutes plus tôt. Une décharge d'adrénaline aiguisa ses sens et fit cavaler son cœur.

Se cacher ? S'échapper par la porte de derrière ? Attraper un couteau ? Attaquer la première ? Est-ce que le gars dans l'escalier était seul ? Est-ce qu'il y en avait d'autres dans la maison ? Elle aurait donné cher pour avoir sur elle son pistolet, mais celui-ci était dans son étui, dans sa chambre, à l'étage. Elle l'avait reçu lors de sa pendaison de crémaillère après avoir acheté cette maison de ville : il lui venait de son papa poule. Seulement, l'arme aurait aussi bien pu se trouver chez le pape que ça n'aurait rien changé.

Son esprit la bombarda d'exhortations contradictoires, si bien qu'elle se retrouva pétrifiée d'indécision.

Puis, elle sortit de sa torpeur. Faisant la grimace à chaque léger bruit que ses pas produisaient, elle décrocha son téléphone et composa le 911. De peur d'attirer l'attention du malfaiteur, elle posa le combiné sur le plan de travail afin d'assourdir la voix de la personne qui prendrait son appel. En constatant qu'il n'y avait personne au bout du fil, le permanencier du 911 enverrait une patrouille ainsi que les pompiers sur les lieux. Puis, avec l'espoir de voir arriver bientôt la police, Becca se dirigea à pas de loup vers la porte de derrière. Lorsqu'elle parvint à hauteur de la planche à découper en bois, elle saisit un épais couteau de boucher et se mit à prier toutes les divinités qui daigneraient lui prêter l'oreille pour ne pas avoir à utiliser son arme, car si elle devait s'en servir, cela voudrait dire que l'intrus serait suffisamment proche pour qu'elle l'atteigne – et cela signifierait aussi qu'elle serait suffisamment proche pour que lui l'atteigne. Sauf que lui aurait sans doute mieux qu'un couteau.

Putain de bordel de merde! Pense pas à ça, Becca.

Ça ne voulait pas dire que ce n'était pas vrai.

« Criiiiii! »

Oh, mon Dieu! Quatrième marche en partant du haut. Barre-toi de là!

Elle retint sa respiration, glissa son portable dans sa poche et poursuivit sa progression vers la porte. À la seconde où elle l'ouvrirait, l'intrus saurait ce qu'elle avait l'intention de faire. Becca allait donc devoir courir vite et éviter de se retourner au cas où le malfaiteur se serait lancé à sa poursuite. Elle se mit à échafauder un plan d'évasion : sortir de la maison, descendre les marches, rejoindre la ruelle derrière. Puis elle continuerait de courir jusqu'à ce qu'elle trouve un endroit où se cacher ou qu'elle entende les sirènes de police.

Mais il n'était pas exclu qu'elle meure d'une crise cardiaque avant, si son cœur ne cessait pas de battre à tout rompre.

Elle porta la main à la poignée de la porte.

Qui se mit à tourner toute seule.

Pendant une fraction de seconde, son esprit fut incapable d'assimiler cette information.

Puis, elle comprit. Quelqu'un tentait d'entrer par la porte de derrière. Elle était prise au piège.

Tout se passa très rapidement.

La porte s'ouvrit lentement. Un homme tout en noir sortit du couvert de la nuit, un pistolet à la main.

Becca étouffa un hurlement de terreur et plongea en avant, brandissant son couteau.

Chapitre 4

Un reflet de lumière sur du métal.

Ce fut tout ce qui permit à Nick de comprendre qu'un objet métallique et tranchant s'abattait sur lui.

Il rengaina son arme de la main droite et esquiva en arrière tout en empoignant la main qui maniait le couteau de boucher. Il rabattit de force le bras de Becca par-dessus son épaule, la contraignant alors à se pencher au-dessus de l'évier. La forte pression sur ses articulations lui fit lâcher son arme, et Nick la lui arracha avant de lui plaquer une main sur la bouche tout en bloquant son corps avec le sien.

— Chut, Becca, c'est moi, Nick Rixey. Quelqu'un est entré chez vous, expliqua-t-il à voix basse, tout à côté de son oreille. (Il sentait les veines battre sous la peau de la jeune femme partout où leurs corps se touchaient.) Je vais vous lâcher maintenant, mais vous ne devez pas faire de bruit.

Elle acquiesça, son souffle chaud et court contre ses phalanges.

Il retira la main de devant sa bouche et s'éloigna. Elle ouvrait ses yeux bleus comme des soucoupes et sa jugulaire tambourinait dans sa gorge. Elle le dévisagea avec insistance, le regard plein de méfiance, mais elle finit par indiquer du doigt la pièce adjacente en articulant silencieusement :

— Dans l'escalier.

— Restez ici, murmura-t-il en lui glissant le manche du couteau dans la main afin de la rassurer quelque peu.

Il allait faire tout ce qu'il pouvait pour qu'elle n'ait pas à s'en servir. Doigt sur la détente, il s'approcha silencieusement du mur qui séparait la cuisine de la salle à manger et dans un enchaînement bien rodé, il passa la porte, balaya la pièce du regard et du canon de son arme.

Un « clic » provint de l'avant de la maison et fut suivi par un frottement métallique. C'était la porte d'entrée.

Le canon du M9 pointé droit devant lui, Nick avança en direction du bruit et arriva juste à temps pour voir l'intrus disparaître par la porte. Il s'élança à sa poursuite. Lorsqu'il atteignit le perron, il vit le malfrat sauter à l'arrière d'une berline de couleur sombre qui roulait sans feux. Les pneus crissèrent et la voiture descendit la rue en sens unique à toute allure, grilla le stop et bifurqua à l'angle sans ralentir.

Fils de…

Nick referma la porte à clé, jeta un coup d'œil dans l'escalier plongé dans les ténèbres puis retourna dans la cuisine au pas de charge.

— C'est Nick, s'annonça-t-il avant de franchir la porte.

Il ne tenait pas à risquer encore de se faire trancher la gorge. Becca expulsa bruyamment l'air qu'elle avait dans les poumons et baissa les bras, les jointures de la main qui tenait le couteau blanches.

— Il est parti ? s'enquit-elle dans un léger murmure.

— Un intrus s'est échappé, mais je n'ai pas encore inspecté le reste de la maison.

La jeune femme aplatit avec les mains des mèches de cheveux qui s'étaient libérées de sa queue-de-cheval. Ce fut à ce moment que Nick aperçut la plaie qu'elle avait à la tempe, et que son sang se glaça dans ses veines.

— Qu'est-ce que vous avez à la tête ?

Elle porta les doigts à la vilaine éraflure, l'effleurant à peine, comme si cette blessure était aussi douloureuse qu'elle en avait l'air.

— C'est une longue histoire.

Plus tard. Becca lui raconterait cela plus tard. *Et tout le reste avec.* Tout ce qu'il ne lui avait même pas laissé le temps de raconter lorsqu'elle était venue le trouver au salon la veille. Sa culpabilité le rendit malade. Jeremy n'avait pas eu tort : il avait bel et bien agi comme un connard. Pire que ça, même. S'il avait daigné laisser une chance à Becca, elle ne serait pas là, blessée, morte de peur et serrant un couteau dans ses mains comme si c'était tout ce qui la retenait à la vie.

Elle expira de nouveau et tous ses muscles semblèrent se relâcher. Elle se retourna brusquement, laissa tomber son couteau et se pencha au-dessus du plan de travail, les coudes reposant sur la surface stratifiée, et enfouissant le visage dans ses mains tremblantes.

— Nom de Dieu de merde, lança-t-elle d'une voix rocailleuse. Ça va. Ça va.

Nick baissa les yeux sur la cambrure de son dos jusque sur les courbes parfaites de ses fesses qui ressortaient devant lui. Le fin tissu de sa blouse verte ne dissimulait pas très efficacement ses formes. Un spasme lui secoua la main et il sentit son sexe se raidir avec intérêt.

Sa réaction était totalement, absolument, carrément inappropriée.

— Comment se fait-il que vous débarquiez chez moi juste au moment où il y a un intrus ? demanda-t-elle en regardant par-dessus son épaule.

Nick ne lui en voulait pas pour cet éclat de méfiance qui luisait dans son regard encore apeuré.

— J'aurais dû écouter ce que vous aviez à dire hier, et je suis désolé de ne pas l'avoir fait. J'ai décidé de vérifier que tout allait bien pendant un jour ou deux. Je voulais m'assurer que vous ne risquiez rien.

Et bien sûr, ce n'était pas le cas. Si quoi que ce soit lui était arrivé, il en aurait été responsable.

Il vit toute une palette d'émotions se succéder rapidement sur son visage.

— Donc vous m'avez… observée ?

Oh, oh ! Autant y aller franco.

— C'était juste de la surveillance. Mais… on peut dire ça, oui.

Pendant un long moment, elle garda le silence et se contenta de le dévisager. Elle aurait eu tout à fait le droit de lui balancer toutes sortes de reproches, et lui n'aurait eu qu'à baisser les yeux en attendant que la tempête passe.

— Vous avez fait partie de l'unité des forces spéciales commandée par mon père ?

Nick dissimula sa surprise.

— Pendant cinq ans.

Après un instant encore, elle hocha la tête.

— Bon. Merci beaucoup. Je suis heureuse que vous soyez là.

Nick éprouva deux sentiments contraires en réaction. D'abord, de l'admiration de la voir prendre les choses avec autant de sagesse même si elle avait tous les droits de sortir les griffes ; puis de l'agacement devant le fait qu'elle venait apparemment de se servir de son père pour juger s'il était digne de confiance. Nom de Dieu, c'était le comble !

— Écoutez, je ferais bien de faire le tour de la maison. Vu comment ce type est parti, je crois pas qu'il y ait quelqu'un d'autre, mais je préfère être sûr.

Elle se redressa, les mains appuyées contre le plan de travail, et acquiesça.

— D'accord. Que voulez-vous que je fasse ? J'ai un pistolet, mais il se trouve dans ma chambre.

Alors comme ça, la douce et gentille Becca possédait un flingue ?

Au loin, des sirènes résonnèrent dans la nuit. Becca écarquilla les yeux, puis se précipita vers le second plan de travail afin de soulever le combiné du téléphone qui était resté décroché.

— Allô ? Allô ? dit-elle.

Ses épaules s'affaissèrent et elle raccrocha. Un bruit de freinage brusque provint de la rue et des lumières rouges se mirent à danser sur les murs de la salle à manger.

— J'ai appelé le 911 quand j'ai compris qu'il y avait quelqu'un dans la maison, expliqua-t-elle.

— Vous avez bien fait, la rassura Nick en rangeant son pistolet avant de remonter la fermeture de son blouson.

Elle avait appelé le centre d'urgence, avait trouvé une arme et s'était défendue. Et elle gardait son sang-froid à l'arrivée des secours.

Elle en a dans le pantalon, celle-là.

Becca se plaqua les mains sur le haut du crâne et prit une profonde inspiration qui eut pour effet d'attirer le regard de Nick sur le soulèvement de sa poitrine.

Faut que tu te la fasses. Seigneur !

— Venez, dit-il en l'emmenant vers l'entrée alors même qu'on frappait à la porte.

Il lança un coup d'œil soupçonneux en direction de l'escalier, nerveux à l'idée de tourner le dos à une zone non contrôlée. Becca se dépêcha d'aller ouvrir la porte.

— Merci d'avoir fait si vite, dit-elle aux deux agents de police qui se trouvaient sur le seuil. Il y avait un intrus, mais il s'est enfui par cette porte il y a quelques minutes.

Les policiers les prièrent de sortir sur le perron au moment où une seconde patrouille débarquait dans la rue. Les deux flics qui venaient d'arriver s'occupèrent de faire le tour de la maison afin de sécuriser le périmètre et de s'assurer qu'il ne restait personne à l'intérieur. Becca répondit aux questions de procédure – décliner son identité et les faits –, que lui posaient les deux premiers agents.

Nick examina la rue des deux côtés. Ayant compris qu'une assistance médicale n'était pas nécessaire, les pompiers rembarquaient leur matériel à l'arrière de leur camion. Certains voisins étaient sortis sur le pas de leur porte pour voir ce qui se passait.

— Et vous, qui êtes-vous ? lui demanda un des officiers.

Nick se tourna vers lui.

— Nick Rixey. Je suis un ami de la famille, répondit-il en parvenant à ne pas s'étrangler avec le mot « ami ».

À une époque, cela avait été vrai. Frank Merritt avait été plus qu'un mentor. Il était devenu pour lui un ami et un confident. Mais ça, c'était avant que ce vieux salaud viole tous les principes chers à leur cœur depuis toujours : la loyauté, la confiance, l'intégrité et l'honneur.

— Nick est un ami de mon défunt père. Ils ont combattu ensemble en Afghanistan, expliqua Becca avec une désinvolture qui ne fit qu'attiser son exaspération.

Qu'est-ce qu'elle savait de lui et de ce qui s'était passé en Afghanistan ? *Peau de balle.* C'était l'armée elle-même qui s'en était assurée.

— Ah, oui ? J'y étais en 2006 et 2007. Dans les marines. Je suis réserviste, aujourd'hui. Et vous ?

Le flic approchait de la trentaine. Il était trapu, avait le crâne rasé sur les côtés et les cheveux très courts. Forcément, qu'il était dans les marines.

— Les forces spéciales américaines. Le suspect est entré en crochetant la serrure à l'arrière, ajouta Nick pour replacer la conversation sur les rails.

— Les enquêteurs vont arriver d'une minute à l'autre. Ils vont examiner ça de plus près, déclara le policier réserviste.

Ils se présentèrent trente minutes plus tard. Il s'agissait de deux autres agents qui transportaient de grosses valises pleines de matériel. Ils entrèrent immédiatement. Nick sentait dans ses tripes que laisser Becca exposée, au milieu de la rue et en pleine nuit, n'était pas une bonne idée mais tous deux ne pouvaient rien faire d'autre qu'attendre le feu vert pour pouvoir réintégrer le domicile de la jeune femme, ce qui de façon assez surprenante ne prit qu'un quart d'heure supplémentaire.

— Très bien, mademoiselle Merritt. Pourriez-vous venir faire le tour de votre domicile avec moi et me dire s'il manque quelque chose, demanda l'un des officiers.

Une fois à l'intérieur, Becca s'engagea directement dans l'escalier qui menait à l'étage. Apparemment, la salle de bains, première pièce sur le palier, était intacte. La chambre située juste à côté aussi. En revanche, la jeune femme s'arrêta sur le seuil de la chambre principale dans un hoquet de stupeur et Nick se précipita à ses côtés.

Plusieurs tiroirs du bureau étaient ouverts et des papiers sortaient d'un des compartiments du meuble d'archives comme si celui qui l'avait fouillé n'avait pas voulu prendre le temps d'effacer les traces de son passage. Alors c'étaient les tiroirs qu'il fouillait ? Mais à la recherche de quoi ?

— Il semblerait que rien n'ait été volé, dit-elle perplexe. Du moins aucun objet de valeur. (Elle se tourna vers les agents qui l'avaient accompagnée.) Mais il ne peut pas s'agir d'une coïncidence, si ?

— Que voulez-vous dire, m'dame ? s'enquit le plus âgé des deux.

— J'ai déposé une autre plainte cet après-midi. J'étais allé chez mon frère pour essayer de le retrouver – ça fait quelques jours que je suis sans nouvelles de lui – et j'ai trouvé son appartement complètement saccagé.

Nick avait l'impression que la voix de Becca était lointaine et confuse, comme s'ils se trouvaient dans un tunnel. Bon Dieu, mais qu'est-ce que c'était que ce bordel ? Son intuition carbura pleins gaz et lui présenta un fait évident : Becca Merritt était la victime d'une sorte de scénario catastrophe. Et son frère aussi, s'il en croyait ce qu'elle racontait à la police.

Fait chier.

Pendant un quart d'heure encore, Becca répondit à de nombreuses questions de la part des officiers, qui lui donnèrent ensuite des conseils à la mords-moi-le-nœud – « Fermez à clé », « Faites venir un serrurier demain et faites changer toutes les serrures », « Vous avez déjà songé à faire installer une alarme ? Et à prendre un chien ? »

Chien ou pas chien, la porte de derrière était ouverte quand Nick était entré. Et la serrure n'avait pas été forcée. La vitre était intacte. Et ce n'était sûrement pas Becca qui avait laissé la porte ouverte, vu le comportement paranoïaque qu'il avait pu observer chez elle la veille. Quelqu'un avait crocheté la serrure. Si le salopard qui avait fait ça voulait retenter sa chance, ce n'était pas une nouvelle serrure qui allait l'en empêcher. Sauf si la jeune femme optait pour des équipements de très haute qualité.

Et il était évident que quelqu'un voulait quelque chose des Merritt.

Les policiers s'en furent après avoir vaguement expliqué à Becca comment allait se dérouler l'enquête. Si enquête il y avait. Baltimore, huitième ville la plus dangereuse des États-Unis, comptait chaque année mille quatre cents crimes violents et près de neuf mille effractions, cambriolages et vols. C'étaient ces chiffres qui assuraient à Nick de ne jamais être au chômage technique. Mais ces chiffres signifiaient aussi que le vol avec effraction mais sans dommages avérés dont avait été victime Becca ne retiendrait pas longtemps l'attention des autorités.

Le désespoir qui se lisait sur les traits de la jeune femme montrait qu'elle aussi en était consciente. Alors qu'elle remerciait encore les officiers, Nick prit le temps de bien observer la fille de son ancien supérieur à l'armée. Elle avait les épaules alourdies par une grande lassitude, celle-là même qui brouillait le bleu de ses grands yeux. Des mèches de cheveux éparses avaient échappé au nœud qui retenait sa queue-de-cheval et elle avait des cernes très marqués. Pourtant, Becca Merritt restait sacrément canon : un visage de poupée, des mensurations parfaites, un corps athlétique mais authentique. Et il la trouvait d'autant plus attirante qu'elle venait de traverser une épreuve hyper stressante et qu'elle avait su garder la tête froide, bien plus que ce dont étaient capables la plupart des civils.

Il ne laisserait rien lui arriver de mal, pas tant qu'il veillait sur elle. Et pour le moment, elle ne pouvait compter que sur lui pour l'aider.

C'était ballot.

Elle referma la porte d'entrée, la verrouilla et se retourna vers lui. Avant même qu'elle ouvre la bouche, il fit un geste en direction de l'escalier.

—Allez préparer des affaires. Prenez suffisamment pour quelques jours au moins. Je ne veux pas que vous restiez ici. Allez.

Surprise, Becca cligna des paupières. Nick semblait on ne peut plus sérieux et la sévérité qui se lisait dans ses yeux vert pâle la défiait d'essayer de discuter avec lui. Il lui avait fichu la trouille de sa vie tout à l'heure, lorsqu'elle l'avait vu entrer par la porte de derrière. Elle avait aperçu une montagne de muscles armée d'un pistolet, habillée tout en noir – la Mort en personne. Mais il était venu l'aider. De plus, son père avait dû le juger digne de confiance puisqu'ils avaient combattu dans la même unité pendant si longtemps. Mais ce n'était pas une raison pour qu'elle se laisse donner des ordres sans broncher.

—Et où est-ce que vous comptez m'emmener ? C'est chez moi, ici. Et puis, sans vouloir vous offenser, je ne vous connais pas suffisamment pour vous laisser m'emmener où que ce soit.

Elle ne pouvait pas se laisser guider par la peur, même si elle n'avait jamais été aussi terrifiée de sa vie. Elle devait pour tenir bon serrer les poings, à tel point que ses phalanges la faisaient souffrir.

Le refus de Becca ne sembla déclencher aucune réaction chez Nick, mais le ton de ce dernier se fit tout bonnement glacial.

—On perd du temps, là. Préparez vos affaires.

Rien à faire de la peur. Quelqu'un était entré chez elle. La colère prenait le pas sur tout le reste. Elle se campa droite, les poings sur les hanches.

— Merde, je refuse de laisser un pauvre enfoiré me virer de chez moi.

La paupière de Nick tressaillit presque imperceptiblement.

— Et vous ferez quoi si ce pauvre enfoiré décide de revenir au milieu de la nuit ? Il n'a pas forcé la serrure, il l'a crochetée. Et il n'aura aucun mal à recommencer. Mais la prochaine fois, il pourrait ne pas se contenter de fouiller dans vos papiers.

La jeune femme fronça les sourcils, prête à lui opposer une dizaine d'arguments foireux, mais sentant déjà la remarque de Nick lui donner des sueurs froides. Ce dernier profita de son hésitation et du silence qui s'ensuivit pour pousser son avantage.

— Allez faire votre sac. Tout de suite. Nous verrons après pour le reste.

« Nous » ? pensa-t-elle en croisant les bras.

— Ah, bon ? Alors vous avez décidé de m'aider, finalement ?

Nick répondit d'un simple hochement de tête.

La veille, il n'avait même pas daigné la laisser exposer son problème. Et là, il était prêt à s'embarquer là-dedans avec elle ? Que s'était-il passé au cours de ces vingt-quatre heures qui justifie ce revirement ? Pouvait-elle vraiment compter sur lui ?

— Pourquoi ? Qu'est-ce qui a changé ?

Il s'approcha d'elle, suffisamment près pour qu'elle parvienne à distinguer les éclats dorés dans ses yeux.

— Le fait que vous soyez en danger, avoua-t-il de sa voix profonde, l'insistance qu'il avait mise sur le « vous » et l'intensité de son regard déclenchant une déferlante de chaleur dans tout son corps las. (Puis, il désigna l'escalier d'un mouvement de la tête.) Allez faire votre sac, ou c'est moi qui m'en charge.

Elle l'imagina farfouiller dans ses tiroirs de sous-vêtements et sentit une pointe d'angoisse mêlée d'excitation.

— Très bien, céda-t-elle.

Elle ne pourrait plus venir en aide à Charlie s'il lui arrivait malheur. Alors, elle dépassa Nick et s'engagea dans l'escalier en priant pour que son protecteur ne relève pas la teinte rouge qu'avait prise son visage. Au milieu de l'escalier, elle perçut du mouvement dans son dos et s'arrêta pour regarder par-dessus son épaule.

Il était juste derrière elle.

Elle ne l'avait absolument pas entendu bouger, mais avait simplement ressenti sa présence. Elle fit passer son regard sur lui. Ses épaules étaient vraiment impressionnantes sous ce blouson noir.

— Vous surveillez mes arrières ?

— Je vais regarder vite fait s'il n'y a pas de mouchards pendant que vous préparez vos affaires.

— Ah. Des mou… Oh !

Becca se sentit soudain mal à l'aise. Elle n'avait même pas songé à cela. Arrivée sur le palier, elle prit sans tarder à gauche en direction de sa chambre et alluma la lumière. Elle balaya du regard cette pièce où elle couchait depuis quatre ans. Ses yeux passèrent de la commode au lit, aux tables de chevet. Le malfaiteur s'était-il introduit là ? Cette simple éventualité lui donna envie d'arracher les draps et de les mettre directement dans la machine. Puis elle frissonna.

— Je vais commencer par ici, dit-il en entrant à sa suite. Ensuite, vous pourrez faire votre sac pendant que j'irai vérifier le bureau.

Elle acquiesça et le regarda faire. Il commença par démonter le combiné du téléphone. Il procédait de façon détachée et méthodique, avec des gestes sûrs et rapides. Même s'il semblait ne pas prêter attention aux objets personnels qui se trouvaient là, elle ne put s'empêcher de se demander à quoi il pensait.

La guitare tant appréciée par Scott reposait sur son support dans un coin de la pièce. Sur la table de chevet, une pile de livres de poche côtoyait le réveil et des cadres contenant des photos de famille de Becca. Un large plat en cristal trônait sur la commode et était rempli de coquillages qu'elle avait amassés au fil des ans. Elle en avait rapporté un de chaque sortie qu'elle avait faite à la mer depuis son enfance. À côté de ce plat étaient posés des bijoux qu'elle n'avait pas pris la peine de ranger dans leur boîte, pourtant aussi sur la commode, qui avait appartenu à sa mère. Elle ne s'embêtait jamais à tout ranger comme il fallait. Est-ce que Nick la jugeait par rapport à cela ?

Ce dernier vérifia chacune des lampes, puis s'accroupit à côté de la table de chevet. Il tira de sa poche un outil avec lequel il entreprit d'ôter le cache de la prise murale. Il farfouilla un instant puis revissa le socle avant de passer à la seule autre prise accessible, puis enfin à l'interrupteur. Il dégageait un savoir-faire réellement impressionnant, qu'elle trouvait étrangement attirant et qui l'aidait à contenir l'angoisse menaçant de la submerger.

— Ne prenez que le strict nécessaire pour ce soir, d'accord ? lui recommanda Nick avant de gagner le couloir.

— D'ac, répondit-elle en relâchant le souffle qu'elle avait inconsciemment retenu.

Elle ouvrit son placard et en sortit un petit sac de voyage qu'elle jeta sur le lit. Elle fit ensuite le tour de la chambre pour réunir des vêtements, des blouses, quelques-uns de ses tee-shirts préférés pour la nuit, et suffisamment de culottes et de soutiens-gorge pour tenir quelques jours. Elle n'omit pas de prendre son ensemble préféré, en satin jaune pâle et dentelle blanche – mais uniquement parce qu'elle se sentait bien et belle dedans ; cela n'avait aucun rapport avec ce Musclor qui arpentait sa maison en ce moment. *Non. Ça, ce serait vraiment nul.*

Non ?

Lorsqu'elle eut terminé d'empiler ses affaires sur son lit, Becca referma la porte de sa chambre. Elle portait cette blouse depuis si longtemps qu'elle ne voyait d'autre solution que de la mettre au feu après s'être changée. Tandis qu'elle se déshabillait, son cœur s'emballa. Nick n'était qu'à quelques mètres, dans la pièce d'à côté. Et s'il entrait sans frapper ? Des vapeurs incontrôlables lui montèrent à la tête, comme si son corps ne se refusait pas à une telle idée. La jeune femme enfila un jean et un tee-shirt jaune à col tunisien. Voilà, elle était déjà plus présentable ainsi.

Elle mit sa blouse au sale, dans un panier qui se trouvait à l'intérieur de son placard, et se dirigea vers la salle de bains.

Le regard de Nick tomba sur elle à la seconde où elle ouvrit la porte. Bon sang, ces yeux clairs avec ces cheveux bruns, c'était irrésistible.

— Vous avez trouvé quelque chose ?

— Rien à signaler. Mais j'aurais besoin de matériel pour être sûr.

Une petite victoire, mais après une journée pareille, elle n'allait pas s'en plaindre.

— Très bien. Bon, j'ai presque fini, déclara-t-elle lorsqu'elle passa devant lui et se sentit tenue de dire quelque chose.

La lumière de la salle de bains révéla l'effet désastreux de la journée. Elle se pencha vers le miroir et examina l'égratignure rouge foncé qui montait du coin de son sourcil gauche jusqu'en haut de son front, au-dessus de la tempe. Elle mit du savon sur un gant de toilette et nettoya la blessure, grimaçant sous le coup de la douleur aiguë. Ensuite, elle appliqua une crème antibiotique. Pour le reste, elle attendrait. Charlie avait disparu, alors elle s'en fichait bien que sa coiffure ne ressemble à rien ou qu'elle ait besoin d'une bonne douche.

Elle eut soudain l'impression désagréable d'être observée et tourna vivement la tête sur sa droite. Nick, avec son imposante stature, semblait avoir à peine assez de place pour tenir sur le palier en haut des escaliers. Son blouson noir, son pantalon cargo et ses rangers — sans oublier le holster qu'elle savait caché sous sa veste — lui conféraient vraiment un air de paramilitaire et on voyait ressortir le soldat qu'il avait jadis été. Il ne la regardait pas franchement, mais elle se rappelait que son père paraissait tout voir à trois cent soixante degrés, et elle supposait qu'il en allait de même pour Nick.

Becca chassa cette désagréable sensation et rassembla ses affaires de toilette avant de retourner dans sa chambre. Rien dans l'attitude de Nick ne laissait penser qu'il s'impatientait, mais Becca comprit à quelque chose dans son silence qu'elle ferait mieux de se dépêcher. Alors, elle fourra tous ses effets pêle-mêle dans son sac.

— Becca, voyez-vous la moindre raison pour laquelle quelqu'un chercherait à s'introduire chez vous ? Et chez votre frère, aussi ? Savez-vous ce qu'on pourrait rechercher ?

Elle s'arrêta avant de refermer son sac. C'était ce genre de questions qui la taraudait depuis qu'elle avait découvert l'état dans lequel avait été laissé l'appartement de Charlie. Elle repensa à la dispute qu'ils avaient eue la semaine passée, et se souvint à quel point son frère avait insisté sur le fait que leur père n'était pas réellement comme elle croyait – et qu'il pouvait le prouver. Mais quel rapport y avait-il avec tout cela ?

— Il y a quelques jours, j'aurais supposé que le cambriolage chez Charlie avait quelque chose à voir avec son travail de consultant en sécurité informatique, que quelqu'un cherchait à mettre la main sur quelque secret. Mais aujourd'hui, après le message de Charlie et ce qui s'est passé ce soir, je n'en ai pas la moindre foutue idée.

Par ailleurs, la confusion dans laquelle la plongeait cette situation commençait à lui filer une migraine intolérable. Becca passa la bandoulière de son sac par-dessus son épaule, attrapa son oreiller préféré et sortit de nouveau de sa chambre.

— Est-ce que c'est dans les habitudes de Charlie de disparaître comme ça ? Ça lui est déjà arrivé ? demanda Nick en plissant les yeux, plantant un regard scrutateur dans le sien.

— Non. Il est plutôt du genre pantouflard. Il l'a toujours été, même quand il était gamin. Notre mère est morte quand nous étions jeunes et Charlie s'est depuis renfermé sur lui-même, passant tout son temps sur l'ordi. Ce n'est pas son style de disparaître comme ça.

— Est-ce qu'il a des amis ailleurs ? Chez qui il pourrait être allé ?

Becca secoua la tête.

— D'après ce que je sais, il s'est fait la plupart de ses amis sur le Net. Il travaille avec des entreprises pour sécuriser leurs réseaux, mais même ses réunions de travail se passent généralement sur Skype ou par téléphone. Je ne sais pas exactement quelles sociétés l'ont engagé. Apparemment, on lui demande de signer des clauses de confidentialité dans ses contrats, alors il ne peut pas en parler.

Une ombre traversa le visage de Nick, et sa mâchoire tressaillit.

— On va tirer ça au clair, dit-il en tendant la main pour prendre son sac.

Il effleura de sa main celle de la jeune femme posée sur la poignée du sac et elle sentit sa chaleur, sa force. Ce « on » n'aurait pas dû être d'un tel réconfort pour elle.

— Oh, mais ce n'est pas nécessaire…

— Si, je m'en occupe, l'interrompit-il en lui prenant le sac avant de le glisser sur son épaule.

— Bon, d'accord. Écoutez, il faut absolument que je vous dise. J'apprécie beaucoup que vous m'aidiez. En revanche, je ne voudrais pas que vous pensiez que parce que je suis incapable de retrouver Charlie toute seule, je suis incapable tout court.

Elle serra son oreiller tout contre son ventre. Nick la jaugea du regard et hocha la tête.

— Entendu, répondit-il en baissant les yeux sur l'oreiller à fleurs.

— Quoi ? Ça fait partie du strict nécessaire. Je ne supporte pas les coussins des hôtels, se défendit-elle en serrant davantage son oreiller.

— Alors ça tombe bien, dit Nick en lui faisant signe de passer devant.

— Pourquoi donc ? demanda-t-elle en s'engageant dans l'escalier.

— On va pas à l'hôtel.

— Pardon ? Je vais dormir où, alors ?

Elle s'arrêta en bas de l'escalier et se retourna vers lui alors qu'il descendait à son tour. Malgré sa carrure, il parvint non seulement à ne pas faire de bruit, mais évita aussi les endroits où les marches grinçaient, comme s'il savait où ils se trouvaient et où marcher pour les esquiver.

— Comment avez-vous fait ça ?
— Quoi ?
— Les marches.

Bon sang, elle avait l'impression d'être avec son père. Becca sentit un petit pincement au cœur. En fin de compte, la comparaison n'était pas si mauvaise.

— Non, rien, reprit-elle. Revenons à cette histoire d'hôtel.

— Vous n'allez pas à l'hôtel, insista-t-il en secouant la tête. C'est plus sûr chez moi.

Chez lui ? s'étonna-t-elle tandis que son estomac vacillait.

— Euh…, fut tout ce qu'elle trouva d'intelligent à dire.

Où allait-elle dormir, une fois chez lui ? Et puis, allait-elle réussir à dormir en sachant qu'il était si près d'elle ?

— Je ne veux pas vous embêter, ajouta-t-elle ensuite.

— Ça ne m'embête pas. (Il alla de fenêtre en fenêtre afin de fermer chaque rideau.) On va laisser les lumières allumées. Avec un peu de chance, ça découragera quiconque de faire une nouvelle tentative ce soir et ça nous laissera le temps de faire changer les serrures pour du plus haut de gamme.

Elle en eut la chair de poule. Voilà qu'il recommençait avec ce « nous ».

— Vous pensez que ces individus reviendront ?

Nick s'arrêta devant la dernière fenêtre et pivota dans sa direction avec une expression indéchiffrable.

— Sans mentir, précisa-t-elle.

Il ferma les rideaux et se tourna de nouveau vers elle avec un regard plus doux que tout ce qu'elle avait pu voir chez lui depuis qu'elle le connaissait. Il n'avait pourtant rien perdu de son sérieux.

— Je pense qu'ils reviendront. En revanche, la prochaine fois nous serons prêts.

Chapitre 5

—Une seconde. Vous vivez ici ? s'étonna Becca en reconnaissant dans la nuit le bâtiment industriel en brique dans lequel elle était entrée la veille.

Tout le quartier était composé d'entrepôts semblables abandonnés, à quelques rues à peine de la fin des docks.

—Ouais, répondit Nick.

Elle se contenta de le dévisager en attendant qu'il ajoute quelque chose. Il replongea toutefois dans son silence et tourna au niveau du parking de gravier situé à l'arrière du hangar, agrippant le volant entre ses mains gigantesques, ses traits anguleux découpés sévèrement de l'obscurité par la lumière crue qui émanait du tableau de bord. Il coupa ensuite le moteur et lança un coup d'œil à sa passagère.

—Bienvenue chez moi.

Becca regarda par la fenêtre de son côté et vit l'ancien entrepôt aux briques foncées.

—Bienvenue dans le salon de tatouage de votre frère, vous voulez dire.

Nick lui adressa un clin d'œil et sortit de la voiture.

—Le salon n'occupe qu'une partie des locaux, dit-il en ouvrant le coffre pour récupérer le sac de la jeune femme.

Toute sa vie partait en vrille : Charlie était porté disparu, probablement avait-il été enlevé ; on la poussait à la porte de chez elle ; et là elle se réfugiait dans un entrepôt abandonné dans un quartier plutôt malfamé de la ville.

—C'est bon à savoir. Enfin je crois, marmonna-t-elle.

Ensuite, elle empoigna son oreiller et son sac à main et sortit de la voiture. Elle faillit heurter Nick, qui avait vraisemblablement fait le tour pour lui ouvrir la portière. Son cœur s'emplit d'une grande chaleur, même si elle ne voyait pas très bien pourquoi cette preuve de galanterie la touchait à ce point après tout ce qu'il avait fait d'autre pour elle ce soir-là.

—Désolée, murmura-t-elle.

Il déposa sa main dans le creux du dos de la jeune femme et elle sentit la chaleur de sa peau irradier à travers la fine épaisseur de coton.

—Par ici, la guida-t-il.

Becca n'était pas vraiment petite, mais elle en avait presque l'impression en marchant à ses côtés. Ce n'était pas uniquement dû à sa grande taille, même s'il dépassait d'une bonne vingtaine de centimètres son mètre soixante-dix, mais aussi à sa stature imposante et à cette façon protectrice de la guider. C'était sa présence tout entière, à la vérité. Nick souleva un cache en métal placé entre les briques près de la porte arrière du bâtiment et composa un code sur le clavier rétroéclairé. Le verrou s'ouvrit dans un claquement sec après un bourdonnement électrique. Nick poussa la porte et d'un geste invita Becca à entrer.

À l'intérieur, tout était à peu de choses près ce à quoi elle s'attendait. Des murs en brique, des escaliers en béton peints en gris avec une rambarde en métal gris. Au mur, une applique grillagée permettait de diffuser dans l'entrée une lumière blafarde, relayée en bas des marches par une lampe identique.

—On accède à *Hard Ink* par là, expliqua Nick en pointant du doigt une porte contiguë à l'escalier. D'ailleurs…

Il ouvrit la porte en question et la retint pour Becca après être passé. Elle bloqua la porte dans son dos mais ne fit pas mine de le suivre. Elle se promenait avec un oreiller dans les bras, bon sang! Elle allait passer pour une tarée aux yeux de tous ceux qui seraient au salon.

—Hé, lança Nick à quelqu'un qu'elle ne pouvait voir.

Puis, il lui fit signe d'entrer.

Oh, tant pis, après tout. Finalement, il valait peut-être mieux que quelqu'un d'autre sache qu'elle était là. Même si, à la vérité, le sentiment de sécurité qu'elle ressentait en présence de Nick ne lui semblait absolument pas injustifié. Était-ce parce qu'il avait connu son père et avait combattu à ses côtés, ou qu'il était arrivé à sa rescousse au moment où elle en avait le plus besoin? Elle posa son oreiller au pied du mur et passa la porte pour le rejoindre.

La pièce dans laquelle elle pénétra était vaste et aérée. Trois des murs étaient en briques apparentes et sur le plus long d'entre eux avait été réalisé un énorme graffiti qui disait: «Verse le sang qui nous liera tels des frères.» Le dessin était saisissant, les lettres paraissaient comme déchiquetées, mélange de rouges, de gris et de noirs.

Le frère de Nick, Jeremy, était assis à une table ronde installée au milieu de la pièce et travaillait sur un complexe dessin abstrait, un cahier de croquis, des photos imprimées et un ouvrage sur l'art contemporain éparpillés devant lui.

—'lut, lança-t-il en haussant à peine les yeux.

Quand il se rendit compte qu'elle était là, il releva la tête avant de la secouer pour chasser les mèches qui lui tombaient devant les yeux, puis se redressa sur sa chaise.

—Oh. Salut… Euh…

— Becca, ajoutèrent spontanément la jeune femme et Nick en même temps.

Ouais. Pas du tout gênant.

— Salut, Becca. Ravi de te revoir, dit Jeremy en faisant passer son regard de son frère à elle avec un sourire railleur.

— Tu travailles sur quoi ? s'enquit Nick sans prêter attention à la question muette mais évidente de Jeremy.

— Oh. C'est un tatouage abstrait que je dois commencer demain, répondit le cadet en baissant les yeux sur son œuvre.

Nick s'approcha de la table.

— Grosse pièce.

— Le gars est déjà tatoué, mais c'est la première fois avec moi. Ça va facilement me prendre quatre ou cinq heures. Peut-être en deux séances. D'ailleurs, à ce propos… (il changea de page sur son cahier de dessin) y a un type qu'est passé juste avant la fermeture. Il a demandé un motif dans ce style, à peu près de cette taille.

Piquée de curiosité, Becca s'approcha elle aussi. Elle nota que Jeremy avait une lettre à l'encre noire tatouée sur chaque phalange, mais elle n'eut pas le temps de lire le mot qu'elles formaient.

— Et ? interrogea Nick en fronçant les sourcils après avoir examiné le dessin de Jeremy.

— Celui-là, c'est ton bébé, mon grand, décréta-t-il en levant les yeux sur son frère aîné.

Il semblait indifférent au message clair que faisait passer Nick par son expression corporelle : un « Mon cul ! » franc et massif. Becca ne put s'empêcher à cet instant de comparer les deux frères. Même s'ils partageaient cette chevelure foncée et ces yeux vert clair, Jeremy était maigre là où Nick avait de la masse, et il était littéralement recouvert de tatouages à l'exception de son visage. Mais ils ne se différenciaient pas seulement par leur apparence. Jeremy paraissait toujours s'amuser de tout tandis que Nick traînait partout un indéridable sérieux.

— J'ai des trucs à faire, déclara Nick.

Une petite seconde, Nick savait tatouer ?

— Tu ne sais même pas pour quand il faut le faire, rétorqua Jeremy dans un éclat de rire.

Eh bien, il semblerait que ce soit le cas. Becca ne s'attendait pas du tout à cela. Et soudain, elle fut encore mille fois plus curieuse de voir un tatoueur à l'œuvre. Le voir travailler la peau de ses mains puissantes, ça devait être quelque chose. La jeune femme se prit à rêver que c'était son corps qu'il tatouait, et elle sentit son ventre reprendre ses exaspérants loopings.

— Vous êtes aussi tatoueur ? demanda-t-elle avant même de s'en rendre compte.

Les deux hommes se tournèrent vers elle.

— Oui, dit Jeremy.

— Pas vraiment, répondit en même temps Nick.

— Faites pas gaffe à ce qu'il dit, ajouta le cadet en adressant à Becca un clin d'œil. Il est doué. Enfin, quand j'arrive à lui mettre une machine dans les mains. Il est particulièrement doué pour les personnages et les visages. C'est d'ailleurs pour ça que ce tatouage te revient.

Puis, Jeremy tourna son cahier de dessin pour que Becca puisse voir le motif.

Il ne s'agissait que d'un rapide croquis représentant un homme en mouvement, moitié pompier, moitié soldat. Son visage était baissé, laissant apparaître le casque qu'il portait. Du côté du pompier, il tenait une hache d'incendie posée sur l'épaule. De l'autre, le bras du soldat brandissait contre son épaule une arme automatique. Un seul personnage, deux identités. C'était génial. Et Nick pouvait faire ça? Becca, elle, arrivait à peine à dessiner un bonhomme allumette.

— Demande à Ike de s'en charger, dit Nick sans quitter le dessin des yeux, comme s'il l'étudiait de près.

— Ike ne revient pas avant lundi et le client veut le faire ce week-end. En plus, si tu acceptes, je te laisse cinquante-cinq.

Cinquante-cinq quoi? se demanda Becca sans oser poser la question pour ne pas interrompre leurs négociations.

Nick se tourna vers elle, comme si cela le gênait d'être le centre d'attention.

— Quand?

— Je lui ai dit que je l'appellerais. N'importe quand pendant le week-end. C'est toi qui vois.

— Samedi, dans ce cas, décida Nick après un long moment de réflexion. Première heure ou juste avant la fermeture.

Jeremy rabattit le plat de la main sur son cahier de dessin.

— Ça marche. (Puis, il s'adossa confortablement et croisa les bras, visiblement satisfait.) Et vous deux, ça roule?

Face à cette allusion à peine dissimulée, la jeune femme se sentit rougir.

— Becca va rester ici quelque temps. Je vais lui donner la chambre de Katherine.

C'était qui, cette Katherine? Le malaise qui tourmentait Becca monta encore d'un cran, laissant une sorte de vide au creux de son ventre. Ou alors était-ce le fait de ne rien avoir avalé depuis… Ah! Le petit gâteau qu'elle avait grignoté au matin dans la salle de repos.

— OK. Bon, bienvenue au *Hard Ink hotel*, dit Jeremy en souriant avant de lui adresser une révérence exagérée. Tu peux rester aussi longtemps que tu veux. Je te promets de faire un effort pour ne pas me promener tout nu tant que tu seras là.

— C'est gentil. Je crois.

Nick donna une tape à l'arrière du crâne de son frère, qui éclata de rire avant de répliquer d'un coup de poing qui ne fit que brasser de l'air.

— Venez, dit Nick en la guidant en direction de la porte. Et ne vous en faites pas, il ne fait pas ça d'habitude. Enfin, pas souvent.

— À plus, Becca, lança de loin Jeremy, un rire audible dans la voix.

— Salut, répondit-elle en ramassant son oreiller derrière la porte, ne sachant s'il convenait de rire ou de pleurer.

— L'appartement est par là, expliqua Nick en prenant l'escalier. Tout le bâtiment nous appartient, donc aucun risque de voir qui que ce soit d'autre aller et venir.

La jeune femme hocha la tête et sentit son cœur se soulever. Arrivés en haut des escaliers, ils se retrouvèrent sur un palier métallique qui desservait deux portes industrielles des plus banales. Nick se dirigea vers celle de droite et la déverrouilla en composant un autre code.

Si l'entrée du bâtiment avait été conforme aux attentes de Becca, l'appartement quant à lui ne l'était pas. D'après les meubles de cuisine aux couleurs foncées, le plancher à la patine étudiée et les équipements chic à thématique industrielle, on aurait aussi bien pu se croire dans un de ces anciens entrepôts aménagés en lofts dans Fells Point, un quartier huppé sur les quais.

— C'est vraiment sympa ici.

Seul un long îlot central, équipé d'une cuisinière et d'un plan de travail haut en granit noir qui servait de mange-debout, séparait la cuisine ouverte du vaste salon.

Il était moins surprenant en revanche de trouver dans un appartement occupé par deux hommes ce gigantesque écran plasma accroché au mur face à un énorme canapé en cuir marron et deux vieux fauteuils relax allégrement rembourrés. Une bibliothèque pleine à craquer occupait le petit mur qui séparait la pièce du couloir au fond de l'appartement.

Nick regarda tout autour de lui, comme s'il entrait là pour la première fois.

—Ouais. Moi, j'y suis pour rien. C'est Jerem qui a tout fait. (Il traversa la pièce et entraîna la jeune femme vers le couloir du fond en lui faisant la visite.) Là, c'est la chambre de mon frère. Là, c'est la salle de bains. Ma chambre est là-bas. Et là, commença-t-il en pénétrant dans une pièce avant d'allumer la lumière, c'est la vôtre. Elle est mieux que notre chambre d'amis.

Il déposa ensuite le sac de Becca sur le parquet de planches larges.

La jeune femme s'adossa contre le montant de la porte, hésitante, ressentant une gêne particulière à l'idée d'envahir l'espace d'une autre femme. Pourtant, elle vit au premier coup d'œil que la pièce ne contenait aucune touche féminine évidente et aucun effet personnel. Le mur du fond était en briques apparentes et contre celui-ci se trouvait un lit double avec un robuste cadre en chêne et une couette bordeaux. À côté, une longue commode en chêne était surmontée d'un miroir. Le reste des murs, peints en une chaude couleur chocolat, complétaient l'atmosphère.

—Qui est Katherine ?

Nick tourna vivement la tête dans sa direction.

— Notre petite sœur, dit-il. Elle est avocate à Washington, donc elle vient rarement ici. Mais quand elle nous rend visite, c'est là qu'elle dort.

Leur sœur. Cela faisait donc deux frères et une sœur, comme pour elle. *Autrefois, du moins.*

Avant la mort de leur mère, Becca, Charlie et Scott avaient été proches – Charlie adorait d'ailleurs jouer à Batman, Robin et Batgirl. C'est après cela que les choses avaient commencé à changer. Leur tante était venue s'occuper d'eux dès que leur père partait en mission, puis l'âge et les divergences d'intérêts les avaient menés chacun de leur côté. Ils avaient toutefois toujours conservé ce lien puissant né du chagrin de la perte d'un être cher, et cela leur avait permis de trouver refuge dans cette proximité lorsqu'ils en ressentaient l'envie ou le besoin. Bon sang, ce qu'elle aurait voulu que Scott soit là aujourd'hui ! Comme leur père était souvent à l'étranger, Scott était devenu très protecteur envers elle et Charlie. Lui, il aurait su quoi faire, par où commencer. Que se passerait-il si elle ne trouvait pas ?

Du coin de l'œil, elle vit Nick bouger à côté d'elle et s'aperçut qu'elle était restée plantée dans l'encadrement de la porte. Elle prit par ailleurs conscience qu'elle n'était peut-être pas aussi seule qu'elle le pensait, en définitive.

Becca entra dans la pièce et laissa tomber son oreiller sur le lit. À cet instant, son estomac se mit à gargouiller si fort qu'elle crut entendre le bruit courir sur les poutrelles et les conduits d'aération au plafond. Elle plaqua une main contre son ventre et risqua un coup d'œil vers Nick.

Ce dernier esquissa un sourire.

— Inutile de vous demander si vous avez faim ?

— Oh, oui, répondit Becca avec un petit rire incontrôlable. Je ne m'étais pas rendu compte à quel point.

— Eh bien, voilà une chose à laquelle je peux remédier. Dites-moi que vous aimez la viande.

Nick allait lui faire à manger ? *Enfin, au moins un morceau de viande.* Voilà qui n'était pas banal.

— Et si ce n'est pas le cas ?

Elle jura le voir faire une moue, et cette bouille était tout aussi inattendue que craquante sur ce visage très masculin.

— Je dirais que c'est vraiment dommage, parce que dans ce cas je ne pourrai pas vous préparer ma spécialité.

— Vous avez une spécialité ?

— Évidemment que j'en ai une, s'insurgea-t-il en croisant les bras.

Elle aurait dû le savoir. Ce gars était un soldat, il lui avait porté son sac, avait voulu lui ouvrir la portière de la voiture, lui offrait de l'héberger pour sa sécurité, et maintenant lui proposait de lui faire à manger. Il était périlleux de s'approcher trop de lui, et Becca ne s'en était pas pleinement rendu compte la première fois qu'elle s'était présentée à lui pour obtenir son aide.

— Très bien, alors. Je n'ai rien contre la viande.

Le coin gauche des lèvres de Nick se souleva en un rictus malicieux et creusa une fossette dans sa joue.

Seigneur, une fossette ! L'unique preuve de douceur chez ce type au corps anguleux sculpté dans le béton. Becca fit de son mieux pour détourner les yeux. *Non, sérieusement.* Mais elle se retrouva à lutter contre l'envie de déposer un baiser à cet endroit… *Pour commencer.*

— Bon. Prenez autant de temps que vous voulez pour vous installer. Vous trouverez des serviettes et tout ce qu'il faut dans la salle de bains, juste à côté. Rejoignez-moi dans la cuisine quand vous serez prête.

— Mais il ne faut pas vous embêter, dit-elle en chassant cette absurde pensée. On pourrait commander une pizza ? Je me sens déjà assez mal de vous…

— Ça ne m'embête pas, Becca, la rassura Nick en s'approchant d'elle, l'inondant de sa chaleur corporelle et de son parfum masculin, cuiré et musqué.

Sa raison l'abandonna. L'espace d'un instant, elle se trouva incapable de respirer, et le désir pressant de se coller contre lui, d'appuyer sa tête contre son torse bombé et d'enfouir ses mains dans ses vêtements faillit la faire vaciller. Est-ce qu'elle sentirait contre sa peau un corps aussi tendu qu'il en avait l'air de prime abord ? Est-ce que ses bras la serreraient fort ou est-ce que ses mains se poseraient tendrement au bas de son dos, les doigts entrelacés ? Son sang se mit à bouillonner telle de la lave dans ses veines. Elle rassembla toutes ses forces pour reculer d'un pas.

— Je peux vous aider ? interrogea-t-elle.

Nick plissa les paupières presque imperceptiblement alors qu'il étudiait son visage. Avait-il ressenti cette même puissance d'attraction ?

— Non, je m'en occupe.

— D'ac, dit-elle en souriant, se demandant ce qu'il allait bien pouvoir lui préparer mais acceptant de le laisser lui en faire la surprise.

— Criez si vous avez besoin de quelque chose, conclut Nick avant de sortir de la chambre et de refermer doucement la porte derrière lui.

Pendant quelques secondes, Becca se contenta de contempler la porte fermée. Puis, la fatigue accumulée au cours de cette journée pesa tout d'un coup sur elle et elle s'écroula sur le lit. Le dos confortablement calé sur le matelas, elle laissa son regard se promener sur les éléments d'architecture du plafond.

Mais ses yeux, eux, ne voyaient que Nick Rixey. Cet homme était vraiment beau comme un dieu. En plus, il lui préparait à manger. Et cette nuit, il dormirait à l'autre bout du couloir.

Entre la réaction qu'il avait eue lorsqu'elle était venue demander son aide la veille et son passé dans les forces spéciales, il ne faisait plus aucun doute pour la jeune femme que ce type était un problème sur pattes.

Sauf qu'elle avait bien assez de problèmes comme cela avec la disparition de Charlie. Son frère se trouvait Dieu savait où, empêtré dans une affaire louche. Rien d'autre ne comptait pour l'instant. Peu importait que Nick soit si canon, ou qu'il fasse naître en elle des désirs qu'elle n'avait plus ressentis depuis très longtemps, ou à quel point elle se sentait en sécurité avec lui. Elle souffla péniblement. Bientôt, elle sentit ses paupières s'alourdir et son corps s'enfoncer dans la couette moelleuse.

Lève-toi, lève-toi, lève-toi, se répétait-elle.

Voilà ce qu'elle allait faire : se lever, aller à la cuisine voir ce que ce beau militaire lui préparait de bon. Cette pensée la fit sourire, bien qu'aussi somnolente elle ne puisse véritablement dire si ses joues avaient suivi le mouvement. Mais oui, elle allait se lever tout de suite. *Juste une petite minute...*

Chapitre 6

Nick enleva la large poêle du feu et souhaita une fois de plus qu'un bon repas parvienne à distraire quelque peu Becca de cette anxiété qui la tenaillait depuis qu'elle s'était installée dans le siège du passager de sa voiture. Elle avait tenu bon – une vraie championne –, mais il ne fallait pas être un génie pour se rendre compte que les événements récents pesaient sur ses épaules plus lourd que le poids du monde et menaçaient de l'ensevelir. C'était par ailleurs tout à fait normal.

Lorsqu'elle avait demandé qui était Katherine, l'esprit de Nick avait imaginé sa sœur vivre la même situation que Becca. Cet exercice mental, bien que rapide, lui avait noué l'estomac et avait par la même occasion réveillé tout son côté protecteur.

Et maintenant, il était là à préparer du Sloppy Joe – son plat préféré, celui que sa mère avait l'habitude de faire pour remonter le moral de l'un de ses enfants – pour la fille de son ancien commandant mort au combat.

Quel bordel.

Il sortit tout ce dont ils auraient besoin pour se faire les sandwichs et prépara deux verres d'eau. Ensuite, il traversa le couloir pour aller frapper doucement à la porte de la chambre. *Pas de réponse.*

— Becca ? Je voulais seulement vous prévenir que le dîner est prêt. Prenez votre temps. (Le silence qu'il reçut en réponse lui fit froncer les sourcils et il entrouvrit la porte après un instant d'hésitation.) Hé, Becca ?

Elle dormait comme un loir au bord du matelas, la tête sur le côté et les pieds toujours en contact avec le sol. Elle semblait être tout bonnement tombée de fatigue. S'il en croyait les cernes qu'elle avait autour des yeux, c'était sans doute le cas.

Sur le pas de la porte, Nick tenta de décider s'il convenait de la laisser tranquille ou de la réveiller. Elle avait clairement besoin de se nourrir, mais peut-être avait-elle plus besoin encore de se reposer. Cette indécision qui le prenait l'énerva, et il choisit finalement d'entrer dans la chambre et d'approcher du lit.

— Becca ? Hé, Becca, réveillez-vous.

Pas de réponse. Elle dormait profondément. Alors, il écarta les draps du lit afin de pouvoir installer Becca plus confortablement puis, s'agenouillant à côté d'elle, il lui enleva ses baskets avant de se pencher sur elle.

Bon sang, ce qu'elle était belle. Comme sa peau semblait douce et nacrée, comme ses lèvres se révélaient pulpeuses et bien roses. Son tee-shirt était de la même couleur que ses cheveux, qu'elle avait attachés en une queue-de-cheval. Elle paraissait baignée d'une aura lumineuse qui l'attirait irrésistiblement. Et Dieu savait que son existence était loin d'être lumineuse en ce moment. Tout était noir et froid, et il portait comme un fardeau le poids insupportable de sa culpabilité et des regrets ainsi que de ses ambitions réduites à néant. Au milieu de tout cela, Becca était un rayon de soleil, source de vie et de chaleur.

Une boule se forma soudain dans son ventre. Que se serait-il passé si elle avait décidé d'aller à l'étage plus tôt dans la soirée ? Que se serait-il passé si le gars qui fouillait son bureau avait eu une arme ? Et si Nick n'était pas arrivé à ce moment-là ?

Il ne pouvait répondre à cela, bien entendu, mais il savait à l'avance qu'il détesterait chacune des éventualités.

Il passa un bras dans le dos de Becca et un sous ses genoux, puis la souleva. Il sentit la chaleur de ce corps filtrer en lui, lui donnant envie d'en absorber toujours davantage, surtout lorsque la jeune femme cala sa tête contre son torse. Bon sang, depuis combien temps n'avait-il pas ressenti la caresse d'une femme ?

— Charlie, appela-t-elle dans un murmure.

L'espace d'un instant, Nick éprouva un fort accès de jalousie, jusqu'à ce que ses synapses s'activent pour raisonner son instinct protecteur et lui rappeler que Charlie était le frère de Becca. *Merde !* Qu'est-ce qui lui arrivait, enfin ? Au nom de quoi se donnait-il le droit d'être jaloux ?

Sans se laisser le temps de chercher des réponses, il allongea la jeune femme sur le lit et rabattit la couverture sur elle. Elle s'agita, marmonnant quelque chose et esquissant une moue triste, puis redevint immobile.

Nick, dont le corps se contractait sous la force de désirs malvenus, tourna les talons, éteignit la lumière et referma la porte de la chambre.

De retour dans la cuisine, il planta ses bras contre le bar et posa les yeux sur les assiettes en carton, les serviettes et les boissons qu'il avait préparées. Finalement, il valait peut-être mieux que ce repas n'ait pas lieu. Becca ne savait pas vraiment qui pouvait être cette personne qui s'était introduite chez elle et Nick allait avoir besoin de fouiller un peu pour décider de comment s'y prendre pour retrouver son frère prétendument disparu. De quoi d'autre auraient-ils pu parler ?

Hé, vous saviez qu'à cause des mensonges et de la trahison de votre père six de mes amis sont morts, mon honneur a été sali et ma carrière militaire détruite ? Vous pouvez me passer un pain à burger ?

Il ne valait mieux pas. *Jamais.* D'abord, pourquoi le croirait-elle lui plutôt que la version de l'armée ? Surtout quand ceux qui décidaient avaient fait des pieds et des mains pour s'assurer que personne ne croirait jamais un mot de ce que lui ou un des autres pourrait bien avoir à dire sur ce qui s'était passé. Et puis l'armée avait fait en sorte que sa liberté ainsi que celle de son unité soient soumises à condition – la signature d'une clause de confidentialité –, et il ne pouvait donc pas piper mot à ce sujet, même si l'envie lui prenait de le faire – ce qui n'était pas le cas. Frank avait mérité son sort. Toutefois, sa fille ne méritait pas de découvrir que son père n'était pas le héros militaire pour lequel l'armée l'avait fait passer. Nick était bien des choses, mais certainement pas un enfoiré rancunier et mesquin. Et pourtant, cela le révulsait de faire quoi que ce soit en faveur de l'homme responsable de la misère qu'était devenue sa vie.

Dans le couloir, une porte s'ouvrit et Nick se figea. Il entendit le bruit de pieds en chaussettes traîner sur le parquet.

— Je suis vraiment désolée, dit Becca. J'ai dormi combien de temps ?

Nick se retourna et la trouva debout à l'entrée de la cuisine, le sommeil encore accroché à ses paupières lui donnant un air d'innocence juvénile.

— Pas longtemps. Ne vous en faites pas pour ça, répondit-il en espérant que sa soudaine mauvaise humeur ne transparaisse pas dans ses propos.

— Vous m'avez mise au lit, fit-elle remarquer en croisant les bras pour se réchauffer.

Aucune réponse ne lui vint qui ne trahirait une certaine sensibilité, et il opta donc pour un haussement d'épaules. L'embarras vint se mêler dans son cœur à la colère engendrée par le souvenir du père de Becca.

— Bon, alors, vous avez faim ou quoi?

Elle afficha un air choqué et détourna le regard, resserrant les bras autour d'elle. Puis, elle esquissa un pas en retrait.

Bordel, t'as pas affaire à son père, là, gros con!

— Attendez. Je suis désolé. Il m'arrive d'avoir un tempérament de merde. Venez vous asseoir.

Becca hésita un instant, puis s'approcha lentement d'un tabouret de bar sur lequel elle se hissa avant de faire courir son regard jusque sur la poêle. Un petit sourire apparut sur ses lèvres.

— Vous avez préparé du Sloppy Joe?

Nick croisa les bras et acquiesça, un léger malaise s'emparant de lui. Comment se faisait-il que cette femme lui fasse autant perdre ses moyens? Et pourquoi, d'ailleurs, lui avait-il proposé de lui faire à manger?

— C'est ça, votre spécialité? s'étonna-t-elle en levant les yeux sur lui, prête à se fendre d'un sourire.

Il n'avait aucune réponse qui n'indiquerait qu'il soit sur la défensive ou qu'il manque d'assurance. *Sloppy Joe à la con!* Il se passa une main dans les cheveux.

— Je sais, c'est pas non plus un filet mignon…

— C'est parfait. Le Sloppy Joe fait partie de mon top cinq de mes petits plats préférés. Sans blague.

Nick prit place sur un tabouret, les démons de son esprit légèrement dissipés par les mots de Becca.

— Sérieux ?

— Ouais, j'adore ça. Alors merci beaucoup.

Côte à côte, ils préparèrent leurs sandwichs – un pour Becca et deux pour Nick. La jeune femme mordit dans le sien et écarquilla les yeux.

— Miam. C'est délicieux. Ce n'est pas de la sauce en boîte, si ?

« En boîte » ?

— Et puis quoi encore ? Comment je pourrais en faire ma spécialité si mon rôle s'était résumé à ouvrir une boîte ?

Elle partit d'un rire naturel et plein de joie qui libéra un peu de la tension que Nick avait dans les épaules. Puis, la jeune femme dut reposer son burger lorsqu'un fou rire menaça de le lui faire lâcher et elle se couvrit la bouche avec une serviette.

— Désolée, dit-elle lorsqu'elle se calma. Je n'avais pas l'intention de vexer le chef.

Un intense sentiment de fierté gonfla en lui à la vue du plaisir évident qu'elle avait à manger ce qu'il lui avait préparé. Elle n'avait pas besoin de savoir que c'était un des quatre seuls plats qu'il savait cuisiner.

— Une boîte, répéta-t-il en secouant la tête avant de mordre dans son sandwich.

— Oh, ça va. C'est bon aussi en boîte. C'est comme ça que je fais, moi.

— Non, mais vous le faites exprès ?

Elle partit d'un nouveau rire, comme il l'avait espéré, et ce rire résonna dans tout son être, étrangement. Voilà, ça, c'était ce qu'il avait souhaité arriver à faire en lui proposant de lui préparer à manger – l'aider à se détendre, détourner son esprit de tous ses problèmes. Si seulement il parvenait à garder bâillonné le trou du cul qui était en lui, même si le fait de savoir qui était le père de cette femme rendait la chose presque impossible.

Nick prit une autre bouchée et regarda Becca. Il la surprit en train d'observer son bras, là où un tatouage courait tout le tour de son biceps, du coin de l'œil. Il s'agissait des silhouettes de six soldats reliées par la bande noire du sol qu'ils foulaient. Une silhouette pour chacun des hommes – chacun de ses frères – qu'il avait perdus dans ce qui s'était révélé être une embuscade visant à supprimer les douze membres que comptait l'unité. Maintenant, lorsqu'il repensait à ce jour-là, le coup fourré lui semblait tellement gros qu'il se réveillait toujours avec des sueurs froides la nuit, criant pour avertir son moi du passé de ne pas continuer. Mais on ne refaisait pas le passé et la confiance qu'il avait si mal placée avait conduit au désastre. Il s'était fait faire le tatouage après un temps, comme une manière de commémorer le sacrifice de ces pauvres bougres, ceux qui étaient morts alors que lui était encore vivant. Et ça lui foutait la gerbe.

Les grands yeux de poupée de Becca se levèrent sur son visage, un pli sur le front incurvant les sourcils de la jeune femme, qui détourna brusquement le regard.

— Hum. Je me demandais. Sauriez-vous pourquoi Charlie m'a envoyé vers vous ? interrogea-t-elle en reposant la moitié de son sandwich dans son assiette avant de pivoter sur le tabouret pour faire face à Nick.

— Non. J'allais vous poser la même question.

— Il ne m'a pratiquement rien dit, et c'est sans doute ma faute, expliqua-t-elle dans un soupir.

La tristesse qu'il vit surgir dans son regard fit naître en lui le besoin d'arranger tous ses problèmes. Mais ça n'allait pas être aussi simple que cela.

— Et si vous me racontiez tout depuis le début ?

— Eh bien, je vous ai déjà dit que Charlie est consultant en sécurité informatique. Il s'est engagé dans cette voie après avoir été hacker. Apparemment, il était très doué. Depuis, il n'enfreint plus la loi, la plupart du temps, mais au cours de sa carrière de cybercriminel, il a appris des choses que personne n'est censé savoir et est devenu adepte de la théorie du complot.

— Ce doit être un prérequis dans le métier.

— Sûrement, poursuivit Becca. Ces derniers temps, nous ne communiquions plus que par ce forum de discussion qu'il a créé. Il ne voulait plus parler au téléphone, et il n'était quasiment plus jamais chez lui. La semaine dernière, nous nous sommes disputés parce qu'il ne cessait de dire des horreurs sur notre père : selon Charlie, le colonel n'était pas celui que je croyais et il avait trouvé de quoi le prouver. Ce n'était pas la première fois que ce sujet était abordé. Charlie et mon père ne s'entendaient pas, et…

— Pour quelle raison ? Enfin, si ce n'est pas trop indiscret, intervint Nick.

Cette histoire avait tiré la sonnette d'alarme chez lui. Sur quoi Charlie avait-il bien pu mettre la main ? Étant donné le mal que s'était donné l'armée pour maquiller l'histoire du colonel Merritt, il aurait été vraiment surprenant qu'elle ait oublié d'effacer une de ses traces. Serait-il possible que le colonel ait rapatrié ses magouilles dans son cercueil ?

Becca leva brusquement les yeux sur lui avec méfiance.

—Charlie est gay. Mon père n'a pas bien réagi quand mon frère a fait son coming out et il n'a pas pris le temps d'essayer de réparer ses erreurs avant de mourir.

Nick se renfrogna.

L'enfoiré.

Il accueillit cette révélation avec amertume, voyant le masque du héros qu'avait si bien porté son commandant s'effriter encore un peu plus. Étant donné que Jeremy marchait volontiers à voile et à vapeur, Nick n'avait aucune tolérance envers les homophobes et leur stupidité. Pour autant qu'il sache, Jerem n'avait jamais eu de relation sérieuse avec un homme, mais cela ne regardait que lui.

—Certaines des choses qu'ils se sont dites…, poursuivit Becca en poussant un long soupir avant de secouer la tête. Ce n'était pas rare de voir Charlie se mettre à dénigrer notre père. Alors quand ça lui a pris la semaine dernière, j'ai refusé de l'écouter et je lui ai déclaré qu'il était temps qu'il passe à autre chose. Notre père étant mort, je ne voyais pas ce que cela pouvait lui apporter de continuer à ressasser le passé. (Elle baissa les yeux sur le plan de travail et Nick se mit à observer attentivement la jeune femme tandis qu'elle se repassait cette histoire en boucle dans sa tête.) Après ça, il a mis le forum hors ligne et je n'ai plus réussi à le joindre. Le jour avant de venir vous trouver, je me suis aperçue qu'il avait posté le message que j'ai imprimé et qui disait de venir vous chercher à *Hard Ink*.

Ça en faisait des données à traiter, tout ça. Et parmi les choses importantes, il apparaissait que Becca et Charlie s'étaient disputés la dernière fois qu'ils s'étaient parlé, ou qu'ils avaient chatté. Et voilà qu'aujourd'hui il était porté disparu. Mais pourquoi et comment Charlie avait-il vu un lien entre ce qu'il avait découvert au sujet de Frank Merritt et lui, un membre de l'« unité du colonel », comme il l'avait appelée ? Pour quelle raison Charlie avait-il jugé que Nick serait à même de les aider ? Et en quoi tout cela avait-il un rapport avec sa disparition ?

— Quelle merde. Ça va pas beaucoup nous avancer.

Sur le visage de Becca resurgit cet air implorant qu'il avait vu la veille et qui le transperça de nouveau.

— C'est un début. Nous allons trouver un moyen. J'ai un ami qui est détective privé et je vais l'appeler demain matin à la première heure. D'accord ?

Le pli qui lui barrait le front s'effaça quelque peu et elle hocha la tête. Nick termina son premier burger et s'essuya la bouche. Il n'arriverait pas à remédier à ça ce soir, mais peut-être parviendrait-il à lui faire penser à autre chose.

— Alors, dites-moi, il y a quoi d'autre dans le top cinq ? demanda-t-il pour changer de sujet.

— Le top cinq ? s'étonna la jeune femme en grignotant le bord de son pain.

— De vos petits plats préférés.

— Ah. Voyons voir, dit-elle en prenant son sandwich entamé. Eh bien, le Sloppy Joe, évidemment. Ah, les lasagnes, la tourte au poulet. Euh, les macaronis au fromage. Un bon rôti, peut-être. Ou alors du pain de viande avec de la purée. Oh, ou alors des haricots rouges avec du riz.

— Ça fait un top sept, fit remarquer Nick, trouvant l'enthousiasme de Becca grisant. (Par ailleurs, lui faire la conversation l'aidait à dissiper les idées sombres qui le hantaient.) En revanche, c'est impardonnable de ne pas inclure le chili et le pain de maïs.

— C'est vrai, c'est bon aussi, le chili. Comme vous pouvez le voir, je ne suis pas difficile.

Et bon sang ce qu'il aimait ça chez elle !

Elle termina son sandwich et tendit le bras pour reprendre un pain, puis se pencha au-dessus du bar pour atteindre la poêle et se servir en Sloppy Joe. Quand elle eut fini de faire son burger, elle le porta à sa bouche et lança à Nick un regard en coin.

— Quoi ?

Nick secoua la tête et croisa les doigts pour que sa diversion continue de fonctionner, ne serait-ce qu'encore un peu.

— Rien. Mangez.

Ils terminèrent leurs seconds sandwichs et mettaient leur vaisselle dans l'évier lorsque Jeremy entra dans l'appartement.

— Sérieux ? Vous avez fait du Sloppy Joe et vous me prévenez même pas ? Vaudrait mieux pour vous qu'il en reste, menaça-t-il en avançant jusqu'à l'îlot central pour vérifier le contenu de la poêle. *Yes !*

Becca émit un petit rire.

Le regard de Jeremy se braqua sur elle et Nick vit son frère hésiter, puis se tourner vers lui. Merde, l'étincelle qui brillait au fond de ses yeux indiquait qu'il allait se mettre à jouer les emmerdeurs. Depuis que Nick avait quitté l'armée, ce dernier n'avait encore jamais ramené de fille à la maison, et encore moins cuisiné pour elle. Alors à n'en pas douter, ce petit couillon allait tirer toutes sortes de conclusions.

— Alors, Becca, il est bon, ce Sloppy Joe préparé avec amour ?

— Oh, oui, répondit-elle en s'accoudant au bar. C'était super bon.

Elle semblait ne pas saisir l'allusion de Jeremy, pourtant pas très fine.

Nick, si. Et il connaissait suffisamment son gros malin de frère pour savoir qu'il allait être comme un bouledogue sur un os. Il ne cesserait pas, même s'ils le suppliaient. Par ailleurs, ce petit manège allait saper ses efforts pour établir avec elle un rapport sans stress.

—Jeremy, dit-il en appuyant chaque syllabe pour souligner la mise en garde que son frère entendrait sans le moindre doute.

Avec un rictus, son frère ajouta :

—Eh ben, c'est vraiment chic de sa part d'avoir…

Nick attrapa la poêle sous le nez de Jeremy et alla se planter devant la poubelle, qu'il ouvrit en appuyant sur la pédale.

—Hé! s'écria le cadet dans un sursaut de stupeur, attentif au moindre mouvement de son aîné.

—Tu disais donc? demanda Nick tout en inclinant la poêle à quarante-cinq degrés au-dessus de la poubelle, prêt à jeter les restes.

Jeremy eut un hoquet d'horreur et leva les mains pour arrêter Nick.

—Mais t'es taré? Tu peux pas… Pas du Sloppy Joe! implora-t-il avec une grimace presque comique, la bouche ouverte et les yeux écarquillés.

Becca fit passer son regard de l'un à l'autre avec un sourire déconcerté. Nick lui lança un clin d'œil, puis reporta son attention sur son frère et haussa les sourcils. Jeremy savait très bien pourquoi il faisait cela.

—OK, OK, céda son cadet en roulant des yeux avant de pointer du doigt la cuisinière. Maintenant, éloigne-toi de cette poubelle. Pas de geste brusque.

Nick décocha à son frère un regard noir, reposa la poêle sur la plaque et lâcha lentement le manche. Jeremy la ramena vers lui et la protégea de son corps comme s'il s'agissait de son tout-petit. L'ex-soldat se mit à ricaner.

— Si je ne savais pas déjà que vous étiez frères, j'aurais vite compris, plaisanta Becca avec un petit sourire.

— Pourquoi ? Parce que c'est une tête de con ? ironisa Jeremy en lançant par-dessous un regard méchant à Nick tout en se préparant un sandwich.

La jeune femme partit d'un rire, et son sourire se fit distant, triste.

— Non, c'est parce que vous venez de me rappeler mes frères.

— Vous n'en avez pas qu'un ? s'étonna Nick.

Il ne se souvenait pas d'avoir jamais entendu Frank mentionner un troisième enfant. Nick avait côtoyé le père de Becca pendant cinq ans, même s'il avait été tout sauf expansif quant à sa vie privée. Mais ce n'était pas rare. Beaucoup de soldats compartimentaient leur esprit et leur vie de famille quand ils partaient sur le terrain. Avoir en tête toutes les choses et tous les gens qui vous manquent au pays était la première cause de déconcentration et avait vite fait de vous un blessé ou une victime de guerre.

— Non, deux. Mon frère aîné, Scott, est mort il y aura huit ans cet été. Il avait vingt et un ans. Overdose d'héroïne. (Elle cligna des yeux en les levant sur lui.) Bref, entre Scott et Charlie, c'était toujours le concours de celui qui embêterait le plus l'autre. Moi, je faisais de mon mieux pour ne pas me retrouver entre eux.

La jeune femme haussa tristement une épaule, le regard perdu au loin.

— Je suis navré, Becca, dit Nick.

Et la tristesse qu'il avait perçue dans la voix de la jeune femme lui fendait le cœur.

—Merci, répondit-elle.

Jeremy fit le tour de l'îlot pour venir s'asseoir au bar. Il mordit dans son sandwich et poussa un gémissement de satisfaction. En entendant le petit rire de Becca, Nick fut heureux que son frère soit là. Ils avaient perdu leurs parents, et c'était une chose suffisamment affreuse comme ça. Il ne pouvait imaginer ce que cela lui ferait de perdre son petit frère.

Emmerdeur ou pas, Jeremy n'avait pas la moindre fibre du sale type. Il était capable de faire n'importe quoi pour les autres, et c'était souvent ce qu'il faisait. C'était aussi pour cette raison que Nick aurait depuis longtemps dû expliquer la raison de la présence de Becca à son cadet.

—Au fait, Jerem, j'aurais dû t'en parler plus tôt, mais j'ai amené Becca ici parce que quelqu'un s'est introduit chez elle aujourd'hui.

Le second Rixey tourna vivement la tête vers elle, étudiant son visage et s'attardant sur son égratignure avant de froncer les sourcils.

—Merde. C'est sérieux ? Fait chier. Ça a quelque chose à voir avec ton frère ?

Becca s'affaissa sur son tabouret à côté de lui, comme si la consternation empathique de Jeremy la mettait à l'aise. Ce qui était probablement le cas. C'était une chose innée chez son frère.

—J'en sais rien. Mais on va finir par le découvrir, déclara-t-elle en se tournant vers Nick, à la fois déterminée et en quête de soutien.

L'ex-soldat acquiesça. Il ferait tout pour chasser les ombres de son regard.

Le visage de Becca s'éclaira, et la tension sembla quitter ses épaules. Elle lança ensuite à Jeremy un regard en coin.

—Je peux en avoir un morceau? (Le jeune homme mit brusquement son sandwich hors de portée, ce qui la fit rire.) Mais non, je déconne.

Jeremy lui décocha un regard faussement méchant et se fendit d'un sourire lorsqu'elle lui donna une bourrade de l'épaule.

—Donc, tu aimes le Sloppy Joe, le bacon et te promener à poil. Autre chose que je devrais savoir sur toi? s'enquit Becca.

—Le bacon? répéta Jeremy, interloqué.

—C'est écrit là, expliqua-t-elle en désignant son tee-shirt.

Le jeune homme baissa les yeux sur son torse et pouffa.

—Aaaaah, ouais.

Celui-là, avec ses tee-shirts à la con. Sur celui qu'il portait actuellement, il était écrit «Ce type aime le bacon» et deux poings avaient les pouces levés vers lui.

Après cela, tous deux dérivèrent sur une conversation légère. Nick les observa discuter et une indicible résolution s'empara de lui. Becca avait déjà tragiquement perdu un frère. Personne ne méritait de vivre cela, alors encore moins deux fois – même si elle était la fille du gars qui avait foutu sa vie en l'air. Elle ne pouvait être tenue pour responsable des fautes de son père. Alors, il allait tout faire pour qu'elle n'ait pas à revivre cette tragédie.

Chapitre 7

Becca n'arrivait pas à dormir, malgré sa fatigue plus accablante que jamais, et cela faisait maintenant des heures qu'elle se retournait dans tous les sens. Elle ne parvenait pas à interrompre le flot de questions qui assaillait son esprit. *Où se trouve Charlie? Est-ce qu'il va bien? Est-ce qu'il a fui ou est-ce qu'il a été enlevé? Qui a saccagé son appartement? Qui s'est introduit chez moi? Comment allons-nous découvrir tout cela?*

«*Nous*». Elle et Nick.

Pourquoi fallait-il qu'il la rende aussi nerveuse? D'abord il se montrait poli, attentionné, et l'instant d'après il était froid et de mauvaise humeur. Comme si Becca n'avait pas à gérer suffisamment de choses avec le mystère de la disparition de Charlie.

Elle poussa un soupir et se retourna sur le côté. Elle avait voulu que Nick l'aide – plus que cela, même, elle en avait eu besoin. Pourtant, elle ne pouvait chasser l'impression qu'elle était en train de se mettre dans le pétrin.

La jeune femme repensa à l'image des soldats à la silhouette noire et figée que Nick avait tatouée autour du bras droit. *Six soldats. Pourquoi six?* Pourtant, sept hommes de l'unité commandée par son père étaient tombés au cours de cette embuscade. Il ne s'agissait peut-être pas d'un tatouage en leur mémoire, comme elle l'avait d'abord pensé. Ou peut-être n'était-ce qu'une façon symbolique de rendre hommage à tous ceux morts au combat. Cette pensée l'émut profondément. Ce jour-là, elle avait perdu un père, mais Nick avait perdu toute une famille, des gens qui devaient compter plus que tout pour lui. Ils s'étaient trouvés là, assis à la table haute de la cuisine en train de manger ce que Nick avait préparé, et elle avait compris qu'ils étaient liés par le chagrin qui avait découlé de cette tragédie, et cela lui avait donné l'impression qu'ils se connaissaient déjà, quelque part.

Sauf qu'en y réfléchissant bien, elle ne savait pas grand-chose de lui. C'était un ancien des forces spéciales, ça oui. Il avait vécu cette embuscade où son père avait trouvé la mort – et elle ne pouvait jamais repenser à cela sans en avoir les larmes aux yeux. Il habitait avec son frère. Il tatouait à l'occasion. Il faisait du Sloppy Joe du tonnerre. Il avait une fossette sur la joue gauche et au moins un tatouage. Et il lui était venu en aide quand rien ne l'y obligeait.

Finalement, elle le connaissait quand même un peu.

Ah, oui, et elle l'avait attaqué avec un couteau de boucher. Il l'avait néanmoins désarmée en un éclair implacable. Terrifiée comme elle l'avait été, la suite des événements lui était demeurée floue, mais elle avait tout le temps de revoir la scène à présent. Elle se la rejouait. Elle invoquait du fond de son esprit la sensation de ce corps en béton armé qui la plaquait contre le meuble de cuisine, la chaleur de ce corps viril et son souffle lui caressant la peau.

Et maintenant, ce corps en béton armé se reposait dans une pièce au bout du couloir.

Becca fut prise d'une bouffée de chaleur et repoussa la couverture. Elle se redressa dans le lit, tâtonna à la recherche de la lampe de chevet et plissa les yeux après avoir appuyé sur l'interrupteur. Rien ne servait de rester là sans rien faire. Il lui semblait que ses neurones fonctionnaient comme ceux d'un gamin qui avait trop mangé de sucreries et qui courait partout. Et elle se sentait physiquement tendue, presque au bord de l'explosion. Elle ne pourrait pas faire grand-chose pour aider Charlie au beau milieu de la nuit, mais cela ne l'empêchait pas d'en mourir d'envie.

Elle se leva, enfila un short de pyjama avec son vieux tee-shirt et sortit de la chambre. La porte s'ouvrit dans un léger grincement, et Becca s'engouffra dans le couloir plongé dans l'obscurité et le silence.

Elle garda une main contre le mur pour se guider et se dirigea vers la cuisine ouverte sur le salon. Lorsqu'elle eut atteint un bloc d'interrupteurs qu'elle avait repéré plus tôt dans la soirée, elle les essaya tous avant de tomber sur celui qui allumait la lampe suspendue au-dessus du bar. La lumière dorée se déversa des deux côtés de l'îlot central, illuminant la cuisine ainsi qu'une partie du salon.

Becca alla ouvrir le réfrigérateur et passa les différents étages en revue. Après tout, Nick lui avait dit, juste avant d'aller se coucher, de faire comme chez elle et de ne surtout pas se gêner. Elle s'était d'ailleurs demandé pendant un long moment jusqu'où cette formule rhétorique pouvait s'appliquer. Mais sans aller jusque-là, Nick avait certainement voulu lui donner l'autorisation de se servir dans le frigo en cas de fringale nocturne. C'était une de ses mauvaises, mais en même temps si bonnes habitudes.

Toutefois, le contenu du réfrigérateur pouvait être réparti en quatre catégories : la bière, les autres boissons, les plats à emporter et les restes divers – et la viande.

Elle referma le compartiment du frigo avec une moue contrariée et ouvrit celui du congélateur. Une bourrasque de fraîcheur s'en échappa en même temps que les yeux de la jeune femme tombaient sur deux rangées de pots de glace, celui au brownie fondant double chocolat retenant particulièrement son attention.

—Eh ben, voilà.

Elle referma la porte du congélateur, se retourna vers le bar, et poussa un cri.

Nick se tenait juste au bord du cercle de lumière, tel un spectre silencieux. Le bac de crème glacée échappa des mains de la jeune femme et exécuta un triple salto dans les airs, puis Becca se jeta en avant pour le rattraper, en même temps que Nick.

Elle entra en collision frontale avec une montagne de muscles et poussa un cri aigu avant de plaquer les mains sur le corps nu de l'ex-soldat. Le bac de glace, lui, tomba au sol à côté d'eux. Nick passa les bras autour de sa taille et ils faillirent tous deux être emportés au tapis par sa masse impressionnante, mais il se rétablit en plaquant la jeune femme contre le bar.

Le temps s'arrêta brièvement avant que Becca explose de rire, le ridicule de l'action qui venait de se dérouler augmentant son hilarité un peu plus à mesure qu'elle revoyait la scène. Elle se couvrit la bouche d'une main lorsque sa tête bascula en arrière sous la force renouvelée de son fou rire, qui se mua bientôt en incontrôlables hoquets étranglés. Elle ne tarda pas à chercher son souffle, venant tambouriner de son front le torse nu de Nick.

Son torse nu. Bon Dieu, il était à moitié à poil et elle avait les mains qui se baladaient sur lui. Elle sentait sa peau contre son visage, et son ventre contre le sien. Elle finit par se rendre compte de la position dans laquelle ils étaient – un éclair de conscience dans son esprit exténué.

Il était collé à elle.

Becca leva les yeux sur son torse saillant, observant longuement le tatouage tribal qui ondulait autour de son épaule musclée et lui redescendait le long du bras. Elle remonta encore et finit par accrocher ses yeux vert clair. Nick la regardait fixement, les sourcils arqués, un sourire en coin suffisant à creuser sa petite fossette.

— Salut, murmura-t-elle, se sentant plus légère et moins tendue après ce fou rire.

— Salut, répondit-il.

Il ne fit pas mine de s'écarter d'elle, ni de la laisser quitter le couvert de ses bras qui la retenaient contre le bar.

Une vague de chaleur roula sur la peau de Becca et sa respiration se fit tremblante, marquant par là la grande proximité dans laquelle ils étaient bloqués. Ses paumes, à plat contre les pectoraux de Nick, la démangeaient de partir à la découverte de ce corps. Et sa langue aurait suivi avec plaisir le mouvement.

Qu'est-ce qu'il y avait chez cet homme qui faisait disjoncter son cerveau et laissait s'exprimer son corps – haut et fort, en plus ? Becca sentit ses tétons durcir, une crispation lui contracter le bas-ventre et son bassin l'exhorter à se frotter contre lui. Avoir envie de cet homme – et laisser libre cours à cette envie – était une très mauvaise idée. Il fallait qu'elle concentre toute son énergie à trouver Charlie. Pourtant, dès qu'elle était près de Nick, le désir coulait dans ses veines et prenait corps en elle. Et il lui devenait extrêmement difficile de résister.

Comme s'il avait deviné quelque chose dans son changement d'attitude, le regard de Nick devint comme de la lave en fusion et il se pencha légèrement vers elle, ses yeux se braquant droit sur ses lèvres.

Oh, bon sang, il va m'embrasser, paniqua-t-elle en avalant sa salive, la bouche soudain très sèche.

— Hé, est-ce que tout va bien ? Oh ! Oh, merde. Désolé. Je suis pas là, dit Jeremy, disparaissant aussi brusquement qu'il était arrivé.

La porte de sa chambre se referma. À ce moment, Nick s'écarta vivement, laissant Becca glacée, le souffle court et frustrée contre le plan de travail en granit. Cette distance mise entre eux lui était vraiment insupportable, certes, mais elle lui permettait aussi de pouvoir contempler tout le corps de Nick, de ses larges épaules puissantes jusqu'aux lignes profondément marquées des muscles de son torse et de ses abdos, en passant par cette taille magnifiquement sculptée mise en valeur par son jean déboutonné. *Oui, déboutonné.* Comme s'il avait à peine pris le temps d'enfiler un pantalon. De plus, vu jusqu'où le jean tombait, il était impossible que cet Apollon porte quelque chose en dessous. Même ses pieds nus, qui dépassaient de l'ourlet élimé, étaient sexy.

— Becca, qu'est-ce que tu fais ?

La main dans le sac. Elle braqua son regard sur le sien. L'intensité qu'elle y voyait ne l'aida pas à remettre de l'ordre dans ses idées. Elle se baissa et ramassa le bac de glace, quand en réalité elle aurait plus eu besoin d'une douche froide, à condition de pouvoir retirer le pommeau de la colonne de douche, et d'avoir une pression optimale. Oh, non, il fallait qu'elle pense à autre chose.

— J'avais un petit creux, se justifia-t-elle en posant le pot au bord du plan de travail tout en priant pour que Nick pense que le voile que l'on entendait dans sa voix était dû au sommeil pas encore tout à fait dissipé. Ça te tente ?

Il garda le silence jusqu'à ce qu'elle le regarde dans les yeux.

—Oh, oui, ça me tente.

Ses mots flottèrent et ce fut comme s'il répondait à une question muette. Ou alors l'avait-elle vraiment posée ? S'ils jouaient à celui qui tiendrait le plus longtemps, alors elle avait perdu, car ce fut elle qui détourna le regard.

Après un court instant, il s'approcha du bar et s'appuya sur les coudes à côté d'elle. Dans cette position, ses biceps étaient comprimés et faisaient ressortir un autre tatouage. Juste sous l'épaule, au-dessus du cercle de soldats disparus au combat, le dessin représentait une dague par-dessus deux flèches disposées en croix. Il s'agissait de la partie centrale de l'emblème des forces spéciales, qu'elle connaissait très bien grâce à la carrière de son père, à une différence près : sur ce tatouage, les armes étaient entourées d'un cercle noir, comme une sorte de linceul.

—Tu n'arrives pas à dormir ? s'enquit-il alors.

Becca fit passer son doigt sur une pellicule de gel qui s'était formée sur le couvercle du bac.

—Non, je suis trop tendue. J'ai vraiment trop les nerfs en boule. Mais je voulais pas te réveiller.

—Je dormais pas, répondit Nick en secouant la tête.

—Ah ?

Elle se demandait bien ce qui le tenait éveillé, mais comme il ne semblait pas vouloir en dire davantage, elle n'insista pas. Elle poussa un long soupir, cherchant à se calmer physiquement. Il était trop près d'elle pour qu'elle y parvienne – elle sentait la chaleur corporelle de Nick irradier de son bras jusqu'au sien.

—J'ai peut-être un autre moyen d'évacuer la tension.

Le cœur de Becca fit une embardée. Nick avait l'air sérieux, comme s'il lui lançait un défi.

—Mieux que de la glace au chocolat ?

—Ouais. Partante ?

—Tout dépend de ce que tu proposes, rétorqua la jeune femme en repoussant le bac de glace.

Elle avait la tête qui lui tournait à force d'imaginer toutes les possibilités, et elle eut un frisson d'excitation à l'idée de ce qui allait suivre.

Le sourire que lui adressa alors Nick était une arme de destruction massive qui lui conférait un air satisfait et était à la fois vraiment à tomber. Elle fut aux prises avec deux envies : le baffer pour effacer ce sourire de son visage, et le lui arracher avec les lèvres. Et pour l'instant, ces deux envies luttaient coude à coude.

Nick prit le bac de glace et le rangea au congélateur.

—Viens, je vais te montrer, dit-il en se dirigeant vers la porte d'entrée.

—Euh, tu vas où ? s'enquit Becca les sourcils froncés.

—Viens le découvrir.

—J'ai pas tout à fait la tenue adéquate pour une balade nocturne, observa-t-elle avec un geste pour désigner ses vêtements tout en contournant le bar.

Nick la regarda de la tête aux pieds et Becca eut l'impression qu'il la caressait.

—Non, ça ira. Enfin…, hésita-t-il avant de s'éclaircir la voix. Tu ferais peut-être mieux de mettre un soutif.

Mettre un soutif ?

Les mains posées sur les hanches, elle le regarda s'efforcer de garder l'air sérieux, puis fit volte-face.

—C'est pas la réponse que j'attendais.

—Qu'est-ce que tu dis ? demanda-t-il de l'autre bout de la pièce.

—Rien, bougonna-t-elle.

Mettre un soutif, pff…

Visiblement, ils n'avaient pas la même façon d'évacuer la tension. Par ailleurs, il était évident qu'elle était beaucoup plus attirée par lui que la réciproque. Et grand bien leur fasse. Une fois dans sa chambre, elle enfila un soutien-gorge sous son tee-shirt. Elle ne devrait même pas envisager de songer à autre chose que retrouver Charlie. Tant pis si Nick la faisait se sentir femme, bien plus que n'importe quel autre homme avant.

C'est ça, Becca, tu passes toujours en premier, se réprimanda-t-elle, éprouvant soudain une terrible culpabilité.

Dès qu'elle émergea de la chambre, Nick posa les yeux sur elle. Il était adossé à la porte d'entrée et l'observait avancer droit vers lui. Bon sang, elle avait beau essayer de ne pas y penser, cet homme avait un putain de sex-appeal : ses bras ainsi croisés faisaient ressortir ses tatouages ainsi que les muscles de ses biceps et de ses épaules tout en exposant la légère toison sur son ventre qui disparaissait sous la taille de son jean à présent boutonné.

— Bon, maintenant, accouche. C'est quoi, cette activité mystérieuse qui ne peut se faire sans soutien-gorge à 2 heures du matin ?

— Par ici, se contenta-t-il de dire en lui tenant la porte.

Il sortit ensuite et désigna du doigt la porte qui se trouvait en face, qu'il déverrouilla grâce à un autre code d'accès.

— Pourquoi des serrures électroniques partout ? demanda-t-elle.

— Sécurité. Facile de changer les codes. Difficile à crocheter.

Un déclic métallique se fit entendre et Nick poussa la porte, qui s'ouvrit sur une impénétrable obscurité. Il passa le bras sur le mur de l'autre côté de la porte et appuya sur un interrupteur. Puis, la lumière révéla une immense salle, en grande partie encore en travaux. Elle leur servait apparemment de salle de musculation, si Becca en jugeait par les différentes machines, les nombreux poids et autres accessoires de sport que la pièce contenait.

Toutefois, Becca fut proprement incapable d'en contempler tous les détails car elle avait devant les yeux une vision qui captivait toute son attention : le dos nu de Nick, large et sensuel.

Et sur celui-ci, tout le long de la colonne, était tatoué un dragon enroulé autour d'une épée noire meurtrière dont le pommeau arrivait juste sous le cou et la pointe de la lame tout en bas du dos, près d'une masse de cicatrices qui partait sur le côté de la hanche et disparaissait sous la ceinture. Les ailes du dragon étaient déployées le long des omoplates de Nick et le mouvement de ses épaules donnait presque vie au monstre, comme si celui-ci se démenait pour garder appui sur le fil de la lame. Les yeux rouges de l'animal crevaient le cadre de l'image et se braquaient sur elle.

Couvrant toute son épaule, le tatouage tribal décrivait des cercles et des pointes, l'encre se révélant d'un noir un peu plus clair que celle du dragon. Lorsque l'ex-soldat tendit le bras pour prendre quelque chose sur une étagère, Becca vit qu'il avait une inscription gravée sur la cage thoracique, sous le bras droit, mais elle ne parvint pas à discerner les mots.

Personne ne portait mieux un tatouage que ce type – ça, elle en était sûre et certaine.

— Tiens, mets ça.

Il lui lança une paire de gants de boxe blancs qu'elle attrapa à la volée.

— On va faire de la boxe ?

— J'ai pensé que tu aimerais peut-être avoir la chance de me taper dessus, dit-il avec un petit rictus suffisant.

—Quoi ? s'inquiéta-t-elle, bouche bée. Mais j'ai pas envie de…

—Relax, l'interrompit-il en saisissant une paire de mitaines sous-gants noires avant d'en enfiler une sans se départir de son sourire crâne. Relax, on va utiliser le sac de frappe là-bas.

Becca tourna vivement la tête en direction du fond de la pièce, où un long sac de vinyle était suspendu à une poutrelle.

—Ah ! s'exclama-t-elle. (Se défouler sur un punching-ball lui paraissait un bon moyen d'évacuer la tension, après tout.) Cool.

—Attends, laisse-moi t'aider à les mettre, dit Nick en prenant les gants qu'il lui avait envoyés.

Il en cala un sous son bras et présenta l'autre devant la jeune femme. Le rembourrage du gant qui maintenait fermement ses doigts était frais, et Nick serra fort la bande de Velcro autour de son poignet.

—Pile poil à la bonne taille, déclara Becca.

Ils réitérèrent l'opération avec le second gant.

—Ce sont ceux de Katherine. Je me suis dit qu'ils devraient t'aller.

—Katherine fait de la boxe ?

—Ouais, répondit Nick en forçant sur le gant pour que la main de Becca rentre. Ma sœur est un petit gabarit, elle dépasse à peine le mètre cinquante. Alors avant qu'elle entre à l'université, j'ai insisté pour qu'elle apprenne à se défendre. Maintenant, c'est un vrai pit-bull.

Becca sourit en songeant à ce petit bout de femme qu'il ne fallait apparemment pourtant pas chercher, mais aussi en percevant l'évidente affection dans la voix de Nick.

— T'étais du genre grand frère hyper protecteur, limite enragé, non ?

— Non. Normal, quoi.

Becca frappa les gants l'un contre l'autre.

— Ah, oui ? Et c'est toi qui le dis ou elle ? (Son regard renfrogné la fit rire.) Ouais, c'est bien ce que je pensais. Ça me plairait bien de rencontrer ta sœur.

— Oh, oui, je suis sûr que ce serait un super moment pour moi, rétorqua Nick en se dirigeant vers le punching-ball. Tu as déjà boxé un sac ?

— Euh, non, répondit Becca en s'arrêtant à bonne distance. Il suffit pas de taper ?

— Non, sauf si tu veux te faire mal. Si tu frappes mal, tu peux te fouler le poignet, voire te le casser. Regarde-moi faire, ensuite je te montrerai.

Il alla se placer à environ un mètre du sac, se positionna de trois quarts, pied, hanche et épaule droits en arrière. Ensuite, il leva les bras, coudes serrés contre lui, les poings au niveau du torse. Il fit chaque geste au ralenti tout en l'expliquant, et recommença plusieurs fois, tous ses muscles déclenchant le coup de poing simulé.

— Le but, c'est de donner un coup sec sur le sac, pas de le pousser, ni de le faire rebondir. Comme ça.

Il enchaîna une série de coups droits, ses muscles roulant sous sa peau. Ses mouvements étaient précis, efficaces. Puis, il retint le sac d'une main pour l'immobiliser et se tourna vers elle.

— Bon, maintenant je vais te montrer comment faire un gauche-droite et puis ça sera à toi.

— OK, répondit-elle.

Une part d'elle-même avait très envie d'essayer, certaine que cela lui ferait un bien fou de frapper quelque chose, mais une autre aurait préféré aller se chercher un sachet de pop-corn et un soda, et se caler là pour regarder Nick boxer tout son soûl.

Il se remit en place et fit une nouvelle démonstration. Cette fois, il frappa le punching-ball de toutes ses forces. « Pif-paf, pif-paf, pif-paf. » L'appui léger sur ses pieds nus, son dragon prenant vie sous la tension musculaire impressionnante, l'ex-soldat percuta coup après coup le lourd sac pendant une bonne minute.

Becca remit sa mâchoire en place avant qu'il l'aperçoive béer. Mais, bon sang, c'était impressionnant ! Nick était vraiment beau à voir, avec ses gestes précis et puissants, d'une efficacité redoutable.

— À toi, dit-il en stabilisant le sac.

Becca avala avec peine. Elle était incapable d'arriver à son niveau, mais l'envie d'être capable de canaliser ainsi sa force la poussa à relever le défi sans hésiter.

Nick vint se placer derrière elle et elle sentit sa chaleur l'envahir.

— Tends ton bras pour mesurer la distance entre toi et le sac. Bien. Pied droit derrière, la hanche et l'épaule ramenées en arrière. OK, lève ta garde, maintenant. (Il posa ses énormes mains sur ses épaules et serra imperceptiblement, la tension de ses muscles déclenchant une légère douleur.) Relâche tes muscles. La seule chose qui doit être bloquée, c'est ton poignet. Il doit toujours rester ferme.

— OK, poignets fermes. Compris, dit-elle en décrispant ses épaules, guidée par les mains de Nick.

— Bien. Maintenant, fais le mouvement au ralenti pour bien graver les gestes.

Elle prépara son coup et tendit le bras, le poing venant se poser contre la surface de vinyle. Nick se plaça à côté de son bras tendu.

— Si tu n'avais pas de gants, quelle partie de ta main toucherait le sac comme ça ? demanda-t-il.

— Deuxièmes phalanges, déclara Becca après un instant d'analyse de sa position.

— Il faut frapper avec les premières phalanges, expliqua Nick en ajustant l'angle de frappe de Becca vers le bas. Réessaie. Lentement. (Elle esquissa le mouvement à plusieurs reprises sous le regard attentif de Nick.) Bien. Ça a l'air d'aller.

Malgré l'air frais qui régnait, la jeune femme sentit une bouffée de chaleur. Étant donné qu'elle n'avait encore pas fourni un effort intense, il fallait en conclure que Nick en était la cause, avec ses muscles apparents et ses mots d'encouragement.

— Je peux frapper pour de vrai, maintenant ?

— Vas-y, répondit Nick en se reculant. Mais ne te presse pas.

Les yeux braqués sur le punching-ball, Becca expira longuement. Son poing droit fendit l'air, percuta le sac, et revint se placer au niveau de l'épaule. Elle éprouva alors un vague étourdissement. Puis, elle se remit en position, inspira, frappa. Elle répéta trois fois ce mouvement avant de lever un visage radieux sur Nick.

Un feu d'une rare ardeur s'alluma dans le regard de ce dernier, qui hocha la tête.

— Bien. Encore.

Était-ce son imagination, ou sa voix était-elle plus grave ? Elle en eut des palpitations. Après quatre autres essais, la sueur commençait à perler sur sa figure.

— Je n'ai pas vraiment l'impression de frapper fort.

— Recommence au ralenti. Juste un coup droit, lui dit Nick en venant se placer sur sa droite.

Elle obtempéra, et sentit la main de Nick sur sa hanche, ce qui lui remua encore le bas-ventre.

— Lorsque tu frappes, il faut que tu t'aides de ta hanche. La force du coup vient de ton pied arrière. C'est de là que doit partir ton coup. Encore un au ralenti. (Pendant qu'elle effectuait le mouvement, il appuya légèrement sur sa hanche.) Toute seule, maintenant.

Becca se concentra et frappa. Puis, elle leva le poing en l'air.

— Ouais, c'était mieux.

— Encore, ordonna Nick avec un hochement de tête.

La jeune femme se mit à battre le sac à un rythme maîtrisé. Il fallait vraiment qu'elle ajoute cet exercice à ses séances de sport – qui se limitaient généralement à une course de quelques kilomètres dans le parc qui se trouvait à côté de chez elle –, car cela la libérait vraiment. Cela l'obligeait à se concentrer sur les mouvements et à oublier tous les problèmes qui lui rongeaient l'esprit.

— Je crois que tu es prête pour l'étape suivante, décréta Nick après encore quelques séries de coups. Essaie le gauche-droite. (Becca secoua les bras dans le vide un instant avant de se remettre en position.) Des petits pas seulement, et pense à pivoter le bassin pendant le coup. Essaie lentement.

Elle disséqua le mouvement par étapes et se rendit compte qu'elle aimait ces gestes, la façon dont ses muscles répondaient, surtout lorsque Nick se plaça derrière elle et posa ses mains sur ses hanches, l'encourageant à pivoter encore plus lors des frappes. La jeune femme frissonna, l'esprit assailli d'images brisant sa concentration. Elle imaginait son professeur qui l'agrippait par les hanches et la…

—OK, à ton tour.

Elle expira profondément et, chassant le diable lubrique de son esprit, elle concentra la tension due à sa frustration physique et à son anxiété pour la diriger sur le sac de frappe. Elle enchaîna alors les gauches-droites.

—C'est… vraiment… trop bien, dit-elle entre les enchaînements.

Et c'était vraiment le cas. Elle revit l'appartement de Charlie, repensa à celui qui s'était introduit chez elle, se rappela le moment précis où elle avait appris le décès de sa mère d'une rupture d'anévrisme lorsqu'elle avait treize ans. Elle repensa à Scott, mort d'une overdose foudroyante. Et à son père, tombé sous les balles ennemies. « Pif-paf, pif-paf, pif-paf. » Elle cogna plus fort encore.

De la sueur lui coulait sur le visage et son esprit fonctionnait à toute allure.

Où est Charlie, bordel ? Mon Dieu, si quelqu'un l'a enlevé, et si on lui a fait du mal… Elle frappa plus vite encore. *Qu'est-ce que je peux bien faire de plus ? Il doit y avoir quelque chose. Pourquoi je ne l'ai pas écouté ? Et si je ne le revoyais jamais ?*

Elle entendit gémir, mais elle n'avait en tête que le soulagement spectaculaire que représentait le fait de faire pleuvoir les coups sur ce sac.

—Becca. Becca, arrête. (Des bras costauds l'enlacèrent, l'empêchant de continuer à frapper.) Becca, ça va aller.

L'effort physique brusquement interrompu la renvoya dans son propre corps, et elle se rendit compte que ce n'était pas seulement la sueur qui coulait sur sa figure, mais aussi des larmes. Un sanglot la surprit et Nick la fit pivoter sur ses talons, la prenant dans ses bras et lui berçant la tête contre son torse du mieux qu'il pouvait avec les épais sous-gants.

—Allez, allez. Ça va aller, je suis là.

Elle secoua la tête et ravala avec peine la boule qu'elle avait dans la gorge, de peur qu'en laissant libre cours à ses émotions elle ne puisse plus jamais se calmer.

—Je vais bien, c'est bon, le rassura-t-elle, le visage contre sa peau.

—Je sais, répondit-il dans un murmure, la tête penchée contre son crâne.

Becca prit une respiration saccadée, et elle en profita pour inspirer une grande bouffée du parfum enivrant de Nick – mélange viril de sueur, de savon et de peau cuirée. Ensuite, tous ses sens refirent surface l'un après l'autre. Elle sentit d'abord la peau tendue de ce torse puissant contre sa joue, la chaleur et la vie dans cette chair. Après cela, elle vit cet hypnotisant tatouage qui lui couvrait l'épaule, et ces bras qui l'enlaçaient. Puis, elle entendit les battements de ce cœur qui s'emballait contre son visage. Et il ne restait plus que le goût…

Sans préambule, son cœur changea de cap. Ses larmes se tarirent, mais elle sentit une autre moiteur ailleurs à la simple pensée d'agir selon ses envies et de poser ses lèvres, sa langue, sur ce corps. Elle avait beau savoir que ce n'était pas une bonne idée, elle n'en était pas moins certaine qu'elle n'aurait aucun mal à s'abandonner à lui et que ce faisant, elle oublierait tout ce qui la hantait et qu'elle avait tant de mal à porter. Même si ça ne durait qu'un temps.

Son cœur cognant dans sa poitrine, sa respiration haletante caressant les pectoraux de Nick, elle recula devant la seule chose responsable à faire dans ce cas… pour mieux sauter.

— J'ai envie de t'embrasser, murmura-t-elle.

Elle sentit la pièce vaciller autour d'elle à cet aveu. Elle était sûre qu'elle serait tombée s'il ne l'avait pas retenue.

Rien dans son apparence ne semblait indiquer qu'il avait réagi, mais la proximité de leurs corps le trahit. Sa poitrine se soulevait plus rapidement, son cœur battait à un rythme effréné – et son sexe durcissant venait appuyer contre le ventre de Becca.

La satisfaction qu'elle ressentait de l'avoir excité la rendit plus audacieuse.

Elle posa les lèvres sur son torse et fit courir sa langue sur sa peau, savourant sa sueur. Le goût de son corps – ainsi que la prise de conscience de ce qui était en train de se passer – manqua de lui faire perdre l'esprit, surtout lorsqu'elle sentit l'érection de Nick enfler encore. Elle brûlait de s'accrocher à lui, de toucher les muscles profondément gravés dans ce corps, mais les gants de boxe l'en empêchaient.

— Becca, gronda Nick.

Il s'agissait d'un avertissement.

Le besoin de l'avoir était partout en elle. Elle ne pouvait le nier. Elle n'en avait pas même l'envie. Elle porta la bouche sur un de ses tétons.

Le grognement que ce geste arracha à Nick déclencha une réaction dans le bas-ventre de la jeune femme et l'emplit d'un désir qu'il lui fallait à tout prix combler.

Les mains crispées autour de ses bras, il les lui écarta sans pourtant les relâcher ensuite. La bouche ouverte, le souffle court, le corps tendu de toutes parts, Nick posa sur elle un regard noir qui ne réussit pas le moins du monde à moucher son désir.

Il arracha ses mitaines et les jeta par terre sans jamais détourner son regard incendiaire. La seconde d'après, il était au-dessus d'elle, la main dans ses cheveux, et ramenait sa tête en arrière pour l'embrasser avec une passion dévorante. Fou de désir, tendu d'excitation et dominateur. Becca entrouvrit les lèvres et laissa échapper un gémissement, il en profita pour intensifier son baiser, faisant jouer sa langue sur la sienne. Il avait une saveur mentholée, un arrière-goût de virilité et un avant-goût de plaisir érotique, et Becca en voulait encore davantage.

La pièce se remit à tournoyer autour d'elle et la jeune femme se cramponna aux épaules de Nick. Elle maudit ses gants de boxe dans un grommellement.

— Enlève, enlève, marmonna-t-elle pendant qu'il l'embrassait.

Nick s'écarta d'elle, le visage fermé par un désir incontrôlable. Il lui retira les gants en à peine deux secondes et l'attira contre lui, la serrant plus fort que jamais et l'embrassant avec encore plus de fougue.

Les mains enfin libres, Becca se crut au paradis. Elle avait tout loisir de caresser ce corps, de planter ses ongles dans les muscles gonflés de son torse, de ses épaules et de son dos. Il n'était que muscles et toute cette force, toute cette raideur faisait couler en elle une ardeur qui la tenaillait. Il lui maintint la tête d'une main et baissa l'autre pour aller caresser ses seins par-dessus son tee-shirt. La jeune femme gémit encore lorsqu'il titilla du pouce son téton excité. Elle se cramponna alors à ses cheveux, épais et soyeux, et serra les poings à mesure qu'il lui donnait du plaisir avec ses doigts et ses lèvres.

Il vint plaquer son bassin contre le sien. Dans un hoquet de surprise, Becca se cala tout contre lui. Nick étouffa un râle et baissa la main qui était dans les cheveux de sa compagne pour venir lui caresser sauvagement les fesses et l'attirer encore plus près de lui. Elle sentit entre ses cuisses une moiteur qui réveillait en elle un besoin de friction accru. C'était vraiment dingue. Elle avait envie de Nick comme jamais d'aucun homme auparavant.

Elle fit glisser ses doigts sur toute la surface de son torse, passa une main entre eux et empoigna son sexe à travers le jean. *Ah! Quel joli joujou.* Elle avait hâte…

— Stop, s'écria Nick en s'écartant avant de lui saisir les poignets.

— Pourquoi? s'enquit-elle, regrettant déjà sa chaleur.

La poitrine de Nick se soulevait sous sa respiration saccadée et il se passa la langue sur la lèvre inférieure, comme pour ne pas perdre une miette de son baiser.

— Parce que ce n'est pas facile pour toi en ce moment et que tu es vulnérable. Et ce n'est pas bien de profiter de toi. Alors je ne le ferai pas.

— Tu ne profites pas de moi si moi aussi, j'en ai envie.

Et Dieu savait qu'elle en avait envie. Elle désirait simplement se laisser emporter par ce corps, cette passion et cette force le plus longtemps possible.

Les doigts de Nick s'enfoncèrent dans ses poignets, au seuil de la douleur.

— Ce n'est pas une bonne idée.

Becca baissa les yeux sur la bosse qui s'était formée sous son jean. La vache, il n'arriverait jamais à se relever sans faire sortir son petit oiseau – *pas si petit que ça d'ailleurs*. Elle désira soudain qu'il s'essaie à l'exercice.

— Je dirais que c'est une très bonne idée, au contraire.

— Bordel de merde, lança-t-il avec une telle violence que la jeune femme releva instantanément les yeux sur lui. J'essaie de pas faire de conneries, moi.

— Mais pourquoi, si moi, j'ai envie du contraire?

—Parce que je brûle de te voir t'agripper à ce foutu sac pendant que je te prends comme tu n'as jamais été prise avant, et jusqu'à ce que t'en puisses plus. Mais après ça, quand tu te réveilleras demain matin et que tu repenseras à ton frère qui est toujours disparu et que tu ne seras pas plus près de découvrir qui s'est introduit chez toi, alors tu regrettas d'avoir à gérer en plus le fait de t'être fait sauter dans un entrepôt miteux par n'importe qui. Et je refuse de te faire ça.

Ces mots lui coupèrent littéralement le souffle et elle s'écarta de lui. Il avait réussi à ramener Charlie au centre de son attention, d'où elle n'aurait jamais dû l'écarter. Alors, son désir fut enseveli sous la culpabilité et elle sentit ses yeux la piquer.

—Très bien, dit-elle. (Elle ramassa les gants de boxe, retourna à l'autre bout de la pièce pour aller les remettre sur l'étagère et se dirigea ensuite vers la sortie.) C'est quoi, le code pour la porte de ton appartement ?

—Becca, tenta-t-il, piteux.

Elle leva les yeux sur lui. Ses traits anguleux plongeaient dans l'ombre certaines parties de son visage, rude et pourtant charmant.

—Non, rétorqua-t-elle. Je devrais te remercier. Tu as raison. Le code, s'il te plaît.

—Zéro, cinq, zéro, un, deux, dit-il en calant ses mains sur ses hanches sveltes. Mais, Becca…

—J'ai bien aimé boxer, Nick. Tu es un bon professeur.

Puis, elle ouvrit la porte et décida d'en rester là. Cependant, au vu de tout ce qu'il faisait pour elle, il méritait qu'elle lui dise la vérité. Alors, elle se retourna une dernière fois.

—Mais il y a un truc qu'il faut que tu saches. Tu as combattu aux côtés de mon père. Et maintenant tu m'aides alors que rien ne t'y force. Alors, pour moi, tu n'es pas n'importe qui.

Sans attendre sa réaction, elle sortit de la pièce et referma la porte.

Chapitre 8

—Vraiment bien joué, gros débile, se fustigea Nick en laissant échapper un long soupir, les yeux toujours rivés sur la porte par laquelle venait de disparaître Becca. Quelle que soit la route que tu prends, faut que ce soit la croix et la bannière. Fait chier.

Il traversa la pièce et claqua ses gants sur l'étagère. Il envisagea ensuite d'essayer de rattraper la jeune femme, mais se ravisa rapidement car il n'était pas certain de pouvoir se retenir de terminer ce qu'ils avaient commencé.

Il avait déjà eu suffisamment de mal à la regarder sans broncher frapper dans ce sac, ses yeux bleus focalisés sur les gestes, ses courbes ondulant sous ce fin tee-shirt, ses lèvres entrouvertes laissant échapper de petits cris de lutte contre l'essoufflement. Puis, lorsqu'elle s'était mise à pleurer et qu'il avait compris que l'exercice représentait un moyen de purger littéralement ses émotions, il avait éprouvé envers elle un sentiment de possessivité protectrice, et il avait été pris au dépourvu par un besoin impérieux de la prendre dans ses bras.

Ensuite, elle l'avait embrassé. Elle avait fait courir sa langue sur lui. Elle avait posé ses lèvres sur sa peau.

Alors, tous les désirs qu'il avait ressentis en la voyant boxer s'étaient métamorphosés en quelque chose de plus sombre, de plus intense et de plus incontrôlable. Entre ses blessures et toutes ces idées à la con avec lesquelles son esprit se débattait depuis qu'il avait quitté l'armée, plus d'une année s'était écoulée sans qu'il goûte aux plaisirs de la chair. Becca avait ouvert la cage du taureau en rut et il n'avait pas réussi à le retenir.

Le goût de ses lèvres, la chaleur de son corps, l'excitation provoquée par les courbes de ce corps sous ses doigts… Elle était putain de parfaite !

Lorsqu'elle avait pris son sexe en main, son esprit était revenu à la conscience l'espace d'un court instant. Ce qu'il lui avait dit avoir l'intention de faire, ce n'étaient pas des mots en l'air. Encore à présent, son érection se ravivait à l'image de Becca agrippée au sac de frappe pendant qu'il la prenait sauvagement.

Mais pour le moment trop de choses l'obligeaient à freiner des quatre fers avant de foncer la tête la première dans cette histoire, et parmi ces choses, se trouvait le fait que le père de Becca avait foutu sa vie en l'air, qu'il avait fait tuer six de ses amis les plus proches et avait fait de lui une personne qu'il avait aujourd'hui bien du mal à reconnaître. Nick sentit son cœur s'emplir d'un amer sentiment de culpabilité et d'un immense chagrin. Comment avait-il pu ne pas déceler les mensonges de Merritt plus tôt ? Comment avait-il pu ne pas comprendre ? Il secoua la tête et porta la main à sa poitrine, là où cette douleur familière l'étreignait. Étant donné qui était son père, il devrait sans doute éviter tout rapprochement physique avec la jeune femme. Par ailleurs, vu comme il avait merdé – lui-même et vis-à-vis de ses hommes – il ne méritait aucunement le réconfort de voir ce soleil entrer dans son existence.

C'était aussi sans compter sur le fait qu'après ce qu'avait subi son unité, il ne supportait plus le mensonge. Et il ne pouvait pas raconter la vérité à Becca à cause de cette clause de confidentialité qu'il avait été obligé de signer. Cela faisait une raison de plus de garder sa bite dans son pantalon.

Nick se frotta vigoureusement le visage. Puis, avec un dernier regard sur cette salle de musculation qu'il avait petit à petit équipée depuis son retour à la vie civile, il éteignit les lumières, traversa le palier, entra dans l'appartement silencieux et se rendit à son bureau. Il ne servirait à rien de retourner au lit et d'essayer de trouver le sommeil. Il ne retrouverait jamais les bras de Morphée tant qu'il serait aussi tendu.

Il se laissa lourdement tomber dans son fauteuil de bureau et prit son carnet de dessin sur les genoux. Sur la base de l'ébauche de Jeremy, Nick eut tôt fait de terminer le dessin du tatouage de l'homme moitié soldat et moitié pompier. En revanche, il ne comprenait toujours pas pourquoi il laissait son frère le persuader à tous les coups. C'était sans doute en partie parce que l'art avait toujours été la seule chose qu'ils partageaient. Enfin, avec les jeux vidéo. En dehors de cela, ils n'avaient rien en commun. Ils n'avaient qu'un an d'écart, mais Nick avait toujours été attiré par le sport et Jeremy par les bouquins. Là où lui avait fait la fête, avait bu comme un trou et avait fait toutes les conneries habituelles, son frère avait passé son adolescence à n'adresser la parole qu'à sa bande de potes gothiques ou punks.

Mais ce n'était pas seulement à cause de cela, et Nick le savait très bien. Il continuait à tatouer et poursuivait son apprentissage pour devenir artiste tatoueur, ce qu'il ne souhaitait pas véritablement et qu'il n'avait pas l'intention de rester très longtemps, parce qu'il se laissait seulement guider par ce putain de courant. Il n'avait aucun objectif, aucun plan, pas de mission.

Pendant plus de dix ans, tout ce qu'il avait eu à penser était de mener à bien sa mission et de ramener tout le monde sain et sauf. En Afghanistan, il avait effectué au sein de son unité des opérations de contre-insurrection, de la lutte antidrogue – ce qui souvent était revenu au même – et de formation de troupes afghanes. Il s'agissait d'un travail difficile, dangereux et parfois d'une ingratitude décourageante, mais cela avait apporté un sens à sa vie, chose qui lui avait manqué durant son adolescence.

Et aujourd'hui ? Il se retrouvait à attendre de voir ce qui suivrait, bon ou mauvais.

Il jeta son cahier sur le bureau. L'armée avait fait plus que donner un sens à son existence. Elle l'avait intégré à quelque chose qui dépassait sa simple personne, l'avait incorporé à une fratrie qui se comprenait mutuellement de façon implicite. Près d'un an avait passé et il pleurait toujours la mort de ces six braves soldats tombés sous les balles au cours de cette embuscade. Eric Zane, Carlos Escobal, Jake Harlow, Walker Axton, Marcus Rimes, Colin Kemmerer. Leur souvenir était un poids qu'il avait le privilège de porter sur ses épaules. Cependant, il ne faisait rien pour honorer leur mémoire en gâchant sa vie. Il ne fallait pas qu'il ait survécu pour rien.

Tu en as une, de mission, tête de gland. Veiller à la sécurité de Becca, retrouver son frère, faire comprendre à ceux qui les harcèlent qu'ils doivent leur foutre la paix. C'est peut-être pour ça que tu es toujours là.

Très bien. C'était une mission honorable, et cela lui redonnerait le moral pendant au moins quelques jours.

Un certain apaisement coula sur son âme, même s'il était encore très, très loin d'atteindre la paix intérieure. Mais il s'en contenterait. D'ailleurs, il n'avait pas tellement le choix. Nick jeta un dernier coup d'œil à son dessin, puis se leva pour rejoindre son lit.

Dans son cas à lui, qu'y aurait-il à côté du soldat ? Il lui faudrait bientôt décider de ce qu'il allait faire de son existence, de quelle serait sa prochaine mission. Personne n'allait le prendre par la main pour lui montrer ce qu'il devait faire. Cela étant, son esprit n'était clairement pas en état de faire le tri dans le bordel sans nom qu'était devenue sa vie – surtout à minuit et demi.

Nick s'allongea sur le ventre sans prendre le temps d'enlever son jean et son dos en compote lui rappela sans aucune tendresse que cette position était dorénavant à proscrire. Alors, l'ex-soldat se tourna sur le côté, tira la couverture jusqu'à sa taille et tapa son oreiller d'un coup de poing.

Bon sang, ce qu'il était crevé.

« Toc, toc, toc. »

Nick se releva en sursaut, ses sens aiguisés se dépêtrant de la lourdeur du sommeil. La chambre était inondée de lumière. Impossible, il ne pouvait pas déjà faire jour. *Non. Pas déjà. Bordel de merde !* Il avait l'impression d'avoir dormi environ neuf secondes trente-six centièmes.

—J'espère qu'il y a le feu, ronchonna-t-il.

Jeremy passa la tête par la porte, l'air beaucoup plus frais et plus dispos que Nick ne pourrait jamais se sentir au cours de la journée.

—Il faut que Becca soit au boulot dans quarante-cinq minutes. Sa voiture est pas là ?

Merde. Non, sa voiture n'était pas là. Il avait estimé préférable de vérifier qu'aucune sorte de balise GPS n'avait été posée dessus avant de la laisser la conduire de nouveau.

—OK, je serai là dans dix minutes.

— Ça me dérange pas de l'emmener.

— Non, répondit-il. Je m'en occupe.

La porte se referma dans un « clic ». Nick se redressa péniblement, avec le dos meurtri et une franche érection qui lui rappela instantanément ce qui s'était passé la veille. *Des baisers, des caresses, et plus.*

Putain de bordel de merde !

Pourvu qu'ils progressent rapidement pour lever le mystère sur la situation de Becca et Charlie. Plus vite elle retournerait chez elle et s'éloignerait de lui, mieux ce serait pour eux deux.

En attendant, il allait surveiller où il mettait les mains et le reste. Ce n'était pas si compliqué, bon Dieu !

— Je suis désolé de ne pas avoir demandé hier à quelle heure tu partais pour le boulot, dit Nick d'une voix pâteuse en arrivant dans la cuisine, attiré comme un aimant par la cafetière.

Il se versa une tasse et se tourna vers la jeune femme, s'appuyant de la fesse contre le bar. Becca prit une cuillerée de céréales. *Oh ! là, là !* Il était aussi beau à la faveur du jour qu'à celle de la nuit. Il venait à l'évidence de prendre une douche, et ses cheveux avaient une teinte plus foncée. Il avait enfilé un tee-shirt gris moulant qui était mouillé par endroits, comme s'il n'avait pas pris la peine de s'essuyer correctement. Le holster qu'il portait soulignait les muscles de ses épaules.

Elle s'éclaircit la voix et pria intérieurement pour qu'il n'y ait pas de malaise qui s'installe entre eux. Après tout, ils étaient adultes – et ils n'avaient fait que s'embrasser. Enfin, c'était un baiser langoureux. Bon, d'accord, ils s'étaient carrément sauté dessus.

— Non, c'est bon. On a encore un peu de temps. Et puis je ne me suis pas ennuyée, avec l'inventaire que m'a fait Jeremy de sa collection de tee-shirts.

L'intéressé sourit et hocha la tête, la bouche pleine de céréales Nesquik. Le tee-shirt qu'il portait ce jour-là était noir avec une croix rouge sur le devant et les mots « donneur d'orgasmes » inscrits par-dessus. Ce type était un charmeur et jouait les malins – deux choses qu'elle adorait chez lui.

— Tous les tee-shirts salaces du monde, il les a dans son armoire, commenta Nick en secouant la tête.

— Je suis un vrai collectionneur, monsieur, déclara solennellement Jeremy en déposant son bol dans l'évier.

— Est-ce que t'as un de ces tee-shirts Big Johnson qu'on vend sur le front de mer ? demanda Becca en souriant.

— Est-ce que j'ai… Demain j'en mets un juste pour toi.

— Oh, mon Dieu, se lamenta la jeune femme. C'était une question stupide, n'est-ce pas ?

Elle glissa hors du tabouret de bar en emportant son bol vide.

— Je t'avais prévenue. Tiens, donne-moi ça, dit Nick en tendant la main pour lui prendre son bol.

— Merci, répondit-elle en le regardant subrepticement, ses yeux vert clair lui rappelant le verre que l'on trouvait parfois sur la plage après qu'il avait été poli et rejeté par la mer.

Il soutint son regard quelques instants comme pour y déceler si tout allait bien entre eux. Elle sourit, visiblement soulagée.

— Je serai prête dans cinq minutes, dit-elle en se dirigeant d'un pas rapide vers la salle de bains.

Là, elle se brossa les dents, puis alla récupérer son sac à main avant de les rejoindre à la cuisine.

—*Adiós, muchacha*, lui lança Jeremy.

—*Hasta luego*, répondit-elle en lui adressant un clin d'œil.

—Oh. Bien joué.

La jeune femme émit un petit rire et suivit Nick en direction de la porte d'entrée.

—À plus, dit ce dernier à son frère avant de laisser sortir Becca de l'appartement. Tu te souviens du code pour la serrure ? (Elle acquiesça.) Au cas où tu en aurais besoin, celui de l'entrée du bâtiment est six, huit, zéro, un, trois.

Elle répéta deux fois la séquence de chiffres à voix haute.

—C'est bon, déclara-t-elle ensuite.

Au-dehors, l'air matinal était frais et humide. De petites flaques persistaient çà et là sur le parking, comme s'il venait à peine de cesser de pleuvoir. Ils avancèrent jusqu'à la voiture en silence et Nick passa du côté du passager pour ouvrir la portière à Becca.

Elle ne parvenait pas à comprendre comment il pouvait être à la fois un gros dur et un gentleman. Cela devait venir de l'armée. Quoi qu'il en soit, c'était vraiment très sexy.

Après un court instant, Nick s'installa au volant.

—Destination ? demanda-t-il en démarrant le moteur, qui se mit à vrombir doucement.

—Le centre hospitalier universitaire. Sur Greene et Lombard. J'aurais préféré ne pas aller travailler aujourd'hui, mais je remplace quelqu'un qui n'a trouvé personne d'autre. Si je prends ma journée, l'hôpital va être à court de personnel. En plus, c'est toujours l'enfer le vendredi. Mais je vais m'arranger pour prendre des congés jusqu'à ce qu'on retrouve Charlie.

—De toute façon, je dois arranger quelques petits trucs aussi, donc tu ne rateras rien.

Becca hocha la tête et ils rejoignirent en silence le flot de travailleurs qui circulait dans les rues au petit matin.

— Est-ce que ça t'embête de me prêter les clés de chez toi pendant que tu es au travail ? interrogea soudain Nick. J'aimerais inspecter plus en détail ta maison et ta voiture. Si tu veux, tu peux aussi appeler un serrurier et me dire à quelle heure il doit passer, comme ça je m'occupe de l'accueillir et de faire changer les serrures.

— Est-ce que tu as toujours l'intention d'aller voir ton ami détective privé ?

— Oui, répondit-il. En fait, c'est à lui que je compte emprunter le matériel de détection dont je vais avoir besoin. En plus, il pourra me conseiller sur la façon d'organiser les recherches.

— J'aimerais pouvoir venir avec toi, dit-elle d'un air renfrogné, frustrée de devoir se rendre au travail à un moment pareil.

— On pourra retourner le voir quand tu auras terminé. On fera tout ce qui peut te rassurer.

Becca sentit la gratitude étreindre son cœur.

— Merci. J'aimerais seulement comprendre ce qui se passe.

Elle regarda à travers la vitre de son côté, son inquiétude pour Charlie la submergeant.

— Tu n'as absolument pas à t'en vouloir, Becca.

Elle releva dans le ton de sa voix une compassion qui lui fit lever les yeux sur lui, et elle trouva cette même compassion dans l'expression de son visage. Quelle chance elle avait de pouvoir compter sur son aide. Mais elle se sentait quand même coupable de lui chambouler ses projets.

— Est-ce que tu es sûr de vouloir faire tout ça ? Je ne voudrais pas te faire perdre ta journée.

— Je tiens à t'aider, dit-il en tournant vivement la tête vers elle. N'essaie pas de m'en dissuader. De toute façon, je gère moi-même mon emploi du temps, donc ce n'est pas un problème.

— Ah, oui. Tu tatoues ?

C'était incroyable de penser qu'il avait la fibre artistique. Elle adorerait le voir dessiner quelque chose un jour. Peut-être lorsqu'ils auraient retrouvé Charlie et que toute cette histoire ne serait qu'un affreux souvenir. Elle refusait d'imaginer une autre issue à cette affaire.

— Quoi ? s'étonna Nick.

— Ben, tu es bien tatoueur ?

Nick partit d'un rire incrédule.

— Non. C'était sérieux quand je disais que je n'étais pas vraiment artiste tatoueur. Non, je fais de la signification à personne.

— Oh ! (C'était un travail dans lequel elle avait moins de mal à le visualiser.) Est-ce que c'est dangereux ?

— La plupart du temps, non.

Elle comprit la réponse implicite.

— D'accord. Donc parfois, oui.

Elle avait des vertiges de l'imaginer risquer sa vie même après être revenu au pays. Et voilà que maintenant il prenait encore plus de risques pour elle.

— Je veux que tu saches que j'apprécie tout ce que tu fais, reprit-elle. Quoi qu'il puisse…

Elle ne pouvait terminer sa phrase. Elle refusait de la terminer.

— Hé, dit-il en prenant sa main dans la sienne. (Elle serra ses doigts, reconnaissante pour son geste de soutien.) Essaie de ne pas trop t'inquiéter. Je vais faire tout ce que je peux.

Lorsqu'elle sentit des larmes lui piquer les yeux, elle fit de nouveau mine de prêter une attention toute particulière au décor qui défilait.

—OK.

Après un court instant, elle pressa une dernière fois sa main avant de la retirer. Puis, elle sortit son téléphone et ouvrit son navigateur. Au bout de quelques minutes, elle se retrouva à expliquer à un serrurier ce qui s'était passé chez elle. Puis, écartant le portable de son oreille, elle demanda en chuchotant :

—Quatorze heures trente, c'est bon ?

Nick hocha la tête et Becca prit rendez-vous.

—C'est fait, dit-elle en raccrochant. (Elle était grandement soulagée de savoir qu'il allait s'occuper de cela pour elle.) Quand les serrures seront changées, tu crois que je pourrai retourner chez moi en toute sécurité ?

—Sûrement. On va tout arranger, t'en fais pas pour ça.

—Merci. Et puis, je finis à 15 heures, donc je pourrai venir t'aider après.

Malgré l'heure de pointe, ils avaient descendu tout Lombard Street, ralliant l'hôpital en un temps qui leur sembla anormalement court.

—Dépose-moi n'importe où, dit-elle.

Nick rangea la voiture le long du trottoir.

—Je viens te récupérer à 15 heures, alors ?

—Puisque tu seras déjà chez moi cet après-midi, je vais prendre le bus pour rentrer, répondit-elle en le regardant non sans quelque surprise. C'est ce que je fais habituellement, de toute façon.

—Tu es sûre ? insista Nick en fronçant les sourcils d'un air désapprobateur.

—Oui, confirma-t-elle en souriant. J'arriverai vers 16 heures, max.

—OK. Fais voir ton téléphone. (Il ajouta rapidement son numéro dans le répertoire de Becca et appela sur son propre portable pour obtenir le sien.) Téléphone-moi si tu as besoin que je vienne avant.

—OK, acquiesça-t-elle en lui tendant les clés de chez elle avant d'ouvrir la portière et de descendre. (Puis, elle passa la tête à l'intérieur de l'habitacle.) Merci pour tout, Nick.

Au moins, même si elle était coincée au boulot, elle serait rassurée de savoir qu'il était à la recherche de Charlie.

—Hé, Becca ? appela-t-il juste avant qu'elle referme la portière. (Elle se pencha de nouveau.) Sois prudente.

—Ça marche. Merci.

Elle referma la portière et se faufila parmi la foule de piétons pour rejoindre l'entrée de l'hôpital toute en verre. Arrivée devant les portes, elle regarda en arrière. Nick était toujours assis au volant de sa voiture garée le long du trottoir et l'observait. En constatant qu'il attendait de la voir disparaître avant de s'en aller, elle ne se sentit plus aussi seule qu'avant. Il l'accompagnait dans cette épreuve. Ils faisaient face ensemble, Nick et elle. Un sourire de gratitude illumina son visage et elle lui fit signe de la main. Ensuite, elle entra dans le hall de l'hôpital et mit le cap sur la pagaille du service des urgences.

Chapitre 9

Nick frappa doucement sur le montant de la porte et s'appuya contre le bois.

Le combiné du téléphone coincé entre son oreille et son épaule, Miguel Olivero leva les yeux sur lui et sourit tout en lui faisant signe de la main d'entrer. Puis, il haussa un doigt pour signifier qu'il n'en avait que pour une minute.

Ses cheveux poivre et sel indiquaient qu'il avait passé la soixantaine, mais il était si plein d'entrain – dans ses expressions, dans ses gestes et dans sa voix – que personne ne l'estimait vieux.

Nick prit une chaise par le dossier et la fit glisser sur la gauche afin de ne pas devoir s'asseoir en tournant le dos à la porte, puis se laissa choir sur le similicuir et étudia la pièce du regard. La décoration devait déjà être passée de mode à l'époque de la construction du cabinet, dans les années quatre-vingt. Le lambris foncé donnait l'impression que les murs se resserraient, les néons au plafond étaient avec le temps devenus de véritables cimetières à insectes, et la surface du bureau en mélaminé s'écaillait par endroits, laissant apparaître le bois aggloméré en dessous. Mais si Nick appréciait de venir ici, c'était pour l'homme qui était assis derrière ce bureau.

Miguel rabattit durement le combiné sur son socle.

— Regardez qui voilà, tonna-t-il de son habituelle jovialité débordante. Alors, comment ça va, fiston ?

Nick ne pouvait se retenir de sourire en sa présence.

— Oh, comme d'hab.

— Et le boulot ? s'enquit Miguel en tirant sur le nœud de sa cravate comme s'il l'étranglait.

— J'en manque pas.

Nick avait fait la connaissance de Miguel par son neveu, qui était un fidèle client de Jeremy. En tant qu'ancien flic reconverti en détective privé, Olivero avait gardé de nombreux contacts au sein des forces de police, et c'est lui qui avait obtenu à Nick son boulot voilà près d'un an. Depuis, il était devenu un véritable ami.

— Et ton dos ? demanda ensuite le détective, déroulant son sempiternel interrogatoire de prise de nouvelles.

— Aussi bien qu'il pourra jamais aller, je crois. Mais ça va.

Ce n'était pas tout à fait un mensonge. Du reste, le fait de se lamenter à ce propos rappelait à Nick qu'il n'était plus le même homme qu'avant.

Miguel fronça subitement ses sourcils broussailleux.

— Bah ! Toujours en rééducation ? Ne laisse pas les toubibs te lâcher avant d'être tout à fait guéri, hein.

— T'en fais pas, je prends soin de moi, assura Nick avec un léger sourire.

— T'as intérêt. Comment va ton frangin ?

— Oh, bien. Il s'en sort bien. Et toi, quoi de neuf ? interrogea Nick dans l'espoir de détourner la conversation sur un autre sujet que l'insignifiance de son existence actuelle.

Miguel se rencogna dans sa chaise et croisa les mains sur son ventre rebondi avec un sourire fier.

—Je vais encore être grand-père.

—Félicitations, s'exclama Nick en se penchant en avant. C'est une super nouvelle.

Il tenta ensuite d'endiguer la douleur insidieuse qui lui étreignit le cœur. Dans l'état lamentable dans lequel il se retrouvait après cette année, il n'était pas sûr d'un jour avoir la chance de devenir père. Et même si un miracle se produisait, il ne verrait jamais la fierté sur le visage de son propre père.

—Ouais. Pour la troisième fois. À part ça, rien de nouveau chez moi. Fraudes à l'assurance, adultères, fauchés à retrouver. Bref, tu connais la chanson, dit-il dans un haussement d'épaules théâtral. Alors, en quoi je peux t'aider ?

—J'ai une amie qui a des problèmes. Son frère est porté disparu. Il se cache ou a été enlevé, on n'en sait encore rien. Ce qu'on sait, c'est que quelqu'un a visité son appartement. Et hier soir, quelqu'un a aussi visité la maison de cette amie. Apparemment, ils possèdent quelque chose qui attise la convoitise de quelqu'un, mais elle n'a aucune idée de ce que ça pourrait être.

Le détective prit un air grave.

—La police enquête ?

—Mon amie a déposé plainte, répondit Nick en haussant les épaules. Apparemment, rien n'aurait été volé. Tu saurais par où il vaudrait mieux commencer les recherches ?

—Je me demande si la police a relevé des empreintes, s'interrogea Miguel en se frottant le menton. Bon. Je vais appeler mon contact et demander s'il peut m'envoyer une copie des indices que les flics ont récupérés jusqu'à maintenant. Après, il faut que tu partes de l'appartement de la victime et que tu ailles dans la rue. Va parler aux voisins, montre la photo du frangin, va là où il a l'habitude de se rendre, vérifie ses relevés bancaires. Quelle est l'urgence de la situation ?

C'était le même mode opératoire que lorsque Nick devait retrouver la trace d'un quidam qui faisait tout pour ne pas croiser la route d'un agent judiciaire, sauf qu'il partait du principe que la personne recherchée se cachait plutôt que de s'être fait enlever. Dans la situation qui les concernait, les deux étaient possibles tant que rien n'indiquait le contraire, mais Nick espérait pour Becca que Charlie avait pris peur et avait trouvé une planque.

— Je dirais code orange-rouge. Becca est morte d'inquiétude, comme tu dois l'imaginer.

— Alors Becca, c'est ton amie, c'est ça ? devina Miguel avec une lueur de malice dans ses yeux marron.

L'ex-soldat partit d'un rire dépité et secoua la tête.

— Oui, c'est ça.

Mais le mot était un peu fort dans leur cas. Rien ne les rapprochait d'autre que les circonstances et un mort, et il était donc peu probable qu'ils se côtoient encore lorsque tout serait rentré dans l'ordre. Un poids se logea dans la poitrine de Nick mais il refusa d'y prêter une attention plus particulière. Il l'avait d'abord ressenti lorsque Becca avait demandé à pouvoir retourner chez elle et avait senti la masse s'alourdir lorsqu'il avait été contraint de la laisser seule à l'hôpital sans protection.

— Donne-moi le temps d'appeler mon contact dans la police de Baltimore. Cela nous donnera certainement un bon point de départ.

— Merci, dit Nick en hochant la tête. Une dernière chose. Je me demandais si tu accepterais de me prêter ce qu'il faut pour passer sa maison au crible et détecter d'éventuels mouchards. Je dois être là-bas dans une heure pour accueillir le serrurier et si je pouvais prendre le matériel cet après-midi ce serait l'occasion de faire d'une pierre deux coups.

Miguel joignit le bout de ses doigts, les poignets reposant sur son bureau.

— Où est-ce qu'elle habite ?
— Du côté de Patterson Park.
— Je te propose autre chose, dit le détective en se redressant sur sa chaise avant de poser les bras sur le sous-main. Je vais venir avec toi. Ça me fera pas de mal de prendre l'air. Et puis on ira plus vite à deux.

Cette proposition n'était absolument pas surprenante venant de lui.

— Marché conclu.
— Bien, s'exclama Miguel en frappant sur la surface du bureau du plat de la main. On va faire de toi un privé qui se respecte avant que tout ça soit fini.

Il adressa un clin d'œil à Nick, qui répondit d'un sourire forcé. Cela faisait plusieurs mois que Miguel le tannait pour qu'il devienne détective, mais il avait l'impression que ce serait encore une voie dans laquelle on l'avait poussé plutôt qu'une décision prise de plein gré.

Trois quarts d'heure plus tard, Nick bifurquait dans la rue de Becca, suivi par Miguel dans sa berline foncée tout à fait banale qu'il se plaisait à surnommer sa « planque à roulettes ». Ils se garèrent et Nick rejoignit Miguel qui ouvrait son coffre.

Celui-ci renfermait trois pièces d'équipement : une caisse en plastique de la taille d'une valise dans laquelle était rangé un détecteur de jonctions non linéaires, qui ressemblait beaucoup à un détecteur de métal classique mais permettait de déceler les signaux radio ainsi que les transmetteurs à l'intérieur des murs, des plinthes et des plafonds ; une deuxième caisse contenant un détecteur de champs magnétiques, un dispositif de la taille d'un téléphone qui permettait d'identifier les signaux audio et vidéo ; et une troisième mallette renfermant une caméra thermique capable de repérer les sources de chaleur émises par des appareils électroniques cachés dans les murs et dans les plafonds. Olivero possédait d'autres équipements destinés à la contre-surveillance, mais il avait estimé que ceux-ci suffiraient et Nick avait confiance en son jugement.

Il prit les trois caisses dans le coffre.

— Oh, pas la peine de jouer les gros bras, hein, lui lança Miguel en refermant le coffre tout en lui adressant un clin d'œil.

— Le travail ingrat, c'est pour moi. C'est la moindre des choses, répondit Nick en guidant son ami jusqu'à la maison de Becca.

— Bon, on pose le matériel à l'intérieur et on commence par vérifier le périmètre extérieur.

L'ex-soldat acquiesça et plongea la main dans sa poche pour en retirer les clés. Il lui fallut plusieurs tentatives pour trouver celle de l'entrée, mais il finit par tomber sur la bonne. Il ouvrit la porte et s'écarta pour laisser passer Miguel.

— Sainte Marie, mère de Dieu !

Nick, interloqué, s'engagea dans le vestibule derrière le détective.

— Nom de Dieu de merde !

Ces enfants de salaud avaient eu le culot de revenir, finalement.

La maison de Becca avait été mise sens dessus dessous. Nick laissa tomber le matériel au sol et dégaina son pistolet. Miguel était juste derrière lui, l'arme à la main et sur le qui-vive. Après un hochement de tête de ce dernier, ils se mirent en mouvement et inspectèrent le rez-de-chaussée ainsi que le petit sous-sol.

En revenant vers l'entrée, Nick s'aperçut que la porte de derrière était entrebâillée, et il alla la refermer. Le cœur cognant durement dans sa poitrine, l'adrénaline se déversant dans ses veines, il n'avait qu'une idée en tête : putain, heureusement qu'il avait emmené Becca chez lui la veille. Merde, penser qu'elle aurait pu être là quand ça s'était passé…

Les tiroirs avaient été arrachés des meubles, les livres tirés des étagères, les coussins déchirés. Beaucoup de dégâts matériels, mais rien d'anormal pour quelqu'un qui recherche une chose en particulier. C'étaient toutes les autres dégradations qui le remplissaient d'effroi. Des cadres et des objets de décoration avaient été brisés, des pots de fleurs renversés, la terre étalée partout au sol dessinait des empreintes sales sur le tapis. Ils étaient venus à deux, peut-être même trois, s'il en jugeait par les différentes tailles d'empreintes. Apparemment, c'était de la casse pour le plaisir de casser.

Nick indiqua d'un geste du menton l'escalier. L'arme pointée devant, il se pencha rapidement pour s'assurer que la cage d'escalier était vide, puis monta les marches ventre à terre. En se dirigeant vers la salle de bains, qu'il vérifia ensuite, il vit que rien n'était à signaler dans la première chambre. Alors, il signifia à Miguel de le couvrir et se précipita dans la chambre de Becca.

Mon Dieu!

On avait l'impression d'être sur les lieux d'un crash, avec des vêtements et des livres, des bijoux et des débris de coquillage éparpillés partout. Ces salopards avaient détruit sa guitare, et avaient vidé les tiroirs et l'armoire.

Tout ça n'avait absolument aucun sens. Cela avait dû leur demander du temps et ils avaient dû sacrifier la discrétion pour arriver à ce résultat – qui semblait d'ailleurs être une punition, visant à terroriser. Nick eut un haut-le-corps en imaginant la réaction de Becca. Et cela le minait d'être celui qui devrait lui annoncer cette terrible nouvelle.

Il alla rejoindre Miguel dans le couloir et se dépêcha de vérifier qu'il n'y avait rien à signaler dans la dernière chambre.

— Pour un enquêteur, tout ça ne rime absolument à rien, Nick, fit remarquer le détective en faisant passer son regard sur les tas épars de papiers qui couvraient tout dans le bureau de Becca.

Ensuite, Miguel posa un regard lourd de sens sur Nick, et ils se comprirent sans un mot. Ils n'avaient pas affaire à un simple cas d'effraction. Et donc, ce n'était pas une simple histoire de disparition. Les auteurs de ces crimes étaient des gens organisés, qui ne plaisantaient absolument pas, et qui étaient furax, d'après l'état de cette maison. Ceux qui avaient fait ça avaient mis bien trop de cœur à l'ouvrage, ce n'était pas anodin.

Becca. Bon sang, elle était complètement à découvert, sans protection – et elle ne se doutait de rien.

— Il faut que j'aille chercher Becca, s'exclama Nick en reculant vers la porte. Je ne sais pas ce qui se passe, mais je ne vais certainement pas la laisser rentrer en bus toute seule.

Miguel acquiesça.

— Je vais rester ici. Je me débrouille.

— Le serrurier ne devrait pas tarder. Dis-lui de mettre les meilleures serrures possible sur toutes les portes de sortie, dit Nick, une sirène d'alarme lui faisant vibrer le crâne de l'intérieur. Et demande-lui les meilleurs verrous pour les fenêtres aussi. Ne regarde pas à la dépense. Et merci, Miguel.

—Va vite la retrouver, fiston.

Nick tourna sur ses talons et descendit l'escalier au trot tout en sortant son téléphone de sa poche. Il se jouait dans sa tête tout un chœur de « Oh merde » qui l'empêchait d'analyser la situation afin de comprendre comment tout cela était lié. Il n'arrivait tout simplement pas à voir la forêt derrière l'arbre, et il n'en serait pas capable tant que Becca Merritt ne serait pas en sécurité auprès de lui, saine et sauve.

Becca était assise sur un banc dans la petite cour, un soda light et un sachet de crackers au beurre de cacahouète à la main. Elle n'avait pas vraiment faim, mais elle espérait que cela aiderait à défaire le nœud qui lui serrait l'estomac depuis le matin.

Elle jeta un coup d'œil à la ronde tout en grignotant un biscuit. La cour était bordée sur trois côtés par les hauts bâtiments de l'hôpital. C'était un des endroits favoris du personnel pour prendre l'air et trouver un peu de répit dans ce rythme infernal qu'imposait le métier. De nombreuses personnes venaient là pour s'asseoir sur les quelques bancs, passer un coup de téléphone, ou se regrouper dans le seul coin fumeurs.

Il ne lui restait plus qu'une heure avant la fin de son service, et heureusement car elle devenait folle à devoir demeurer là au lieu d'être à la recherche de Charlie. Avec tout ce qui lui arrivait en ce moment, elle avait eu bien du mal à se concentrer sur son travail, et il n'était pas recommandé d'avoir l'esprit ailleurs lorsqu'on travaillait aux urgences.

Elle ouvrit sa canette et but une gorgée. Quel soulagement de ne pas avoir à faire la journée complète. Les soirées du week-end, c'était l'enfer. À partir de 17 heures, ça allait vraiment être la cohue, mais elle serait déjà loin à ce moment-là. Peut-être Nick allait-il décider de l'emmener voir son ami détective privé, ou alors iraient-ils parler aux voisins de Charlie. Elle voulait bien faire n'importe quoi, du moment qu'elle agissait. Et plus tard ? Est-ce qu'elle retournerait chez elle ou est-ce qu'elle rentrerait avec Nick ? Elle aurait pensé n'avoir aucun mal à répondre à cette question, mais il était tellement appréciable de partager un repas avec quelqu'un et de pouvoir discuter de la journée qui les attendait en prenant le petit déjeuner.

Cela faisait bien longtemps qu'elle n'avait pas connu cela. Il lui arrivait de sortir avec des hommes, lorsqu'elle en avait le temps, la force et l'envie – conditions qui n'avaient pas souvent été réunies depuis la mort de son père, à la vérité. Même avant cela, toutefois, le problème avait été qu'elle n'avait rencontré aucun homme qui lui fasse ressentir vraiment quelque chose.

« Je brûle de te voir t'agripper à ce foutu sac pendant que je te prends comme jamais tu n'as été prise avant… »

La teneur érotique de ces mots fit resurgir le souvenir de son corps pressé contre celui de Nick, tous deux en sueur et le souffle court, et elle éprouva de nouveau ce besoin irrépressible de le faire sien, de sentir le goût de sa peau dans sa bouche, ses mains puissantes sur elle. Ce qu'elle avait vécu à ce moment-là avait été aussi puissant pour la simple raison qu'elle n'avait jamais ressenti auparavant quelque chose d'aussi enivrant d'émotion et de désir.

Jusqu'à ce foutu Nick Rixey.

Et, bon sang, Dieu sait qu'elle se serait volontiers pliée à son désir s'il n'avait pas ensuite dit toutes ces choses qui l'avaient tant fait culpabiliser.

Après avoir passé des heures à tenter de trouver un équilibre entre son inquiétude pour Charlie et les besoins nés de sa frustration sexuelle, Becca se sentait légèrement sur les nerfs.

Elle fut prise d'un incontrôlable bâillement, conséquence d'une nuit de sommeil agité et d'une journée infernale. Aux alentours de 11 heures ce matin, quelqu'un avait fait la grossière erreur d'observer que tout était calme ce jour-là. À la seconde même, les urgences s'étaient retrouvées submergées.

Deux accidents de la route ayant fait plusieurs victimes ; un enfant avec quarante de fièvre ; une overdose ; une hémorragie digestive ; plusieurs cas de douleurs pulmonaires et abdominales typiques. Et il ne s'agissait là que des pathologies qui lui revenaient instantanément.

— Salut, ma belle, je te vois pas d'habitude. Comment tu vas ?

Sa blouse rose soulignant la richesse du brun de sa peau, Janeese Evans se laissa crouler sur le banc.

Becca s'efforça de sourire à l'infirmière avec qui elle avait participé au séminaire d'accueil plusieurs années auparavant. À présent, elles avaient souvent des emplois du temps différents, mais ils correspondaient aujourd'hui du fait que Becca remplaçait quelqu'un.

— Bof. Et toi ? s'enquit-elle en se retenant de faire part de son angoisse et de sa frustration à sa collègue.

Et pour la centième fois, elle se prit à regretter que Cassie ait quitté Baltimore. Elle aurait apprécié de pouvoir parler de tout ça avec quelqu'un, mais sa meilleure amie avait déménagé à Chicago avec son nouveau mari juste après leur mariage, il y avait deux ans de cela. À présent, elles se téléphonaient sur Skype toutes les deux semaines quand la vie n'en décidait pas autrement. Becca ne se sentait assez proche d'aucune de ses autres amies pour oser leur parler d'une chose aussi grave – et elle admettait que c'était navrant.

Lorsqu'ils auraient retrouvé Charlie, Becca se jura de reprendre son existence en main. Elle passerait plus de temps avec son frère, s'inscrirait dans un cours, ferait du bénévolat pour les œuvres de charité. Elle s'était un peu trop encroûtée dans le métro, boulot, dodo ces temps-ci et trouvait cela vraiment dommage. Si quelqu'un était à même de comprendre à quel point la vie était éphémère, c'était bien elle.

— Je vais bien. Tyler vient d'avoir deux ans, déclara Janeese avec un sourire radieux.

— C'est pas vrai ? s'exclama Becca avec un gros pincement au cœur. Déjà ? Comment c'est possible ?

Elle n'en voulait absolument pas à sa collègue d'être aussi heureuse, mais elle devait bien avouer qu'elle se sentait seule. Ce n'était pas un sujet sur lequel elle s'attardait souvent ni sur lequel elle s'apitoyait, mais force était de constater que l'année qui s'était écoulée, voire la précédente avec, avait été bien plate. Plaisanter comme elle l'avait fait avec Nick et Jeremy chez eux la veille avait mis en évidence le contraste avec sa routine dépeuplée. Bien qu'elle ne les connaisse pas beaucoup, cela lui avait fait du bien d'avoir l'impression d'être entourée d'une famille le temps de quelques heures, même sans en faire partie intégrante.

— M'en parle pas. C'est dingue. Il a tellement grandi. Et il ne cesse pas de parler, et de courir après le chien. Hé, ça va ? demanda Janeese en posant sur elle un regard inquiet.

— Quelqu'un s'est introduit chez moi hier soir…

— Oh, merde ! Sérieux ? Tu vas bien ? Ça vient de là, cette égratignure ? s'enquit sa collègue en désignant la tempe de Becca.

Celle-ci secoua la tête. Elle ne pouvait pas parler de Charlie, pas si elle espérait pouvoir terminer son service sans craquer.

— Je vais bien. J'ai un ami qui m'aide. C'est juste que ma serrure a été crochetée, donc il faut que je la fasse remplacer avant de pouvoir retourner chez moi.

Elle estimait que dire de Nick qu'il était un ami était assez proche de la vérité.

— Et la police ?

— Elle a enregistré ma plainte.

Becca ne se faisait pas d'illusions – une plainte ne changerait pas grand-chose, surtout à Baltimore, où le taux de criminalité crevait le plafond. Janeese sembla de son avis.

— Ouais, bougonna-t-elle.

— Tu en veux ? demanda Becca en lui tendant le sachet de crackers.

Finalement, cela ne l'aidait pas à apaiser son estomac. Bon sang, elle avait l'impression que le temps ne passait pas.

— Avec plaisir, répondit Janeese en plongeant la main dans le paquet.

Elles grignotèrent les biscuits en silence pendant quelques minutes, puis sa compagne s'exclama :

— Hé, regarde là-bas !

Becca suivit le regard de Janeese en direction du côté de la cour qui donnait sur l'extérieur, où le trottoir cédait la place à une voie d'accès pour les ambulances. Là, un petit chien était en train de renifler une poubelle. Lorsque l'animal contourna l'obstacle, Becca poussa un petit gémissement de tristesse. Le chien était amputé d'une patte arrière. La jeune femme se leva brusquement.

— Tu l'as déjà vu traîner ici ? On dirait un chiot, s'exclama Becca avec un pincement au cœur.

— Non, première fois.

— Ooh ! Viens, on va le voir. (Elles traversèrent la pelouse, dépassant plusieurs autres membres du personnel hospitalier qui regardaient aussi la petite boule de poils, et Becca s'accroupit, la main tendue en signe de paix.) Coucou, toi.

Le chiot – un berger allemand, à première vue – cessa de renifler et leva la tête vers elle.

— Mon Dieu, regarde-moi ces oreilles, s'écria Becca.

Le visage craquant de l'animal ainsi que ses oreilles trop grandes étaient presque tout noirs tandis que son ventre et ses pattes étaient couleur caramel. Ce pelage lui rappelait celui de Wyatt, le chien de ses parents, qui était déjà vieux lorsque ses frères et elle étaient nés. Wyatt suivait Charlie partout, comme si sa mission était de ne jamais quitter des yeux le cadet de la famille. Il dormait même parfois avec Charlie.

— Je me demande comment il a perdu sa patte, dit Janeese.

Cette bête était si jeune pour être amputée. Elle ne devait pas avoir plus de quelques mois.

— Viens là, petit loup.

Après un instant d'hésitation, le chiot se mit à clopiner sur ses énormes pattes. Il tenait remarquablement bien en équilibre, mais il n'avait ni collier, ni médaille, ce qui expliquait pourquoi il paraissait un peu négligé.

— Salut, mon petit. Euh ! Ma petite.

La jeune chienne entreprit de lécher et de mordiller le bout des doigts de Becca avec ses petites dents pointues avant de se rouler sur le dos et d'écarter les pattes pour se faire gratter.

— T'es une vilaine crapule, toi, plaisanta Becca en partant d'un éclat de rire.

— On a dû l'abandonner. C'est honteux de se débarrasser d'un animal comme ça, dit Janeese en s'accroupissant à côté d'elle.

Puis, elle aussi se laissa convaincre de gratter le ventre du chiot, qui en profita quelques instants encore avant de rouler sur ses pattes et de sautiller maladroitement autour d'elles. Becca lui caressa le dos, se laissant attendrir par le souvenir de Wyatt, si beau et si câlin. Elle était tentée de recueillir l'animal, mais avec tout ce qui se passait dans sa vie, pouvait-elle vraiment assumer cette responsabilité ? D'un autre côté, la pauvre bête était toute seule, un peu à l'image de Becca elle-même.

— Je pourrais peut-être la prendre, annonça-t-elle comme pour tester le sérieux de cette suggestion avant de lancer un regard à Janeese pour observer sa réaction.

— T'es prise dans ses filets, on dirait, répondit son amie en riant.

— On dirait bien, oui, reconnut Becca, joviale.

— Ma foi, elle semble plutôt amicale. Et puis les bergers allemands font de bons chiens de garde. De bons chiens policiers aussi. Ça pourra peut-être te rassurer un peu après ce qu'il t'est arrivé.

Elle n'avait pas tort, et cela donnait à Becca un argument qui tenait la route pour justifier ce coup de folie. Le chiot se coucha à ses pieds et se mit à mâchouiller un de ses lacets. Il avait les oreilles si douces.

— Je pourrais déjà emmener cette chienne chez le véto pour voir si elle n'a rien. Après, peut-être…

Elle ne finit pas sa phrase mais laissa l'idée germer dans sa tête et dans son cœur. Cette jeune chienne avait besoin d'un foyer, et Becca avait besoin de compagnie.

— Allez, viens là, toi, ajouta-t-elle.

Elle souleva le petit animal, qui se laissa aller comme un gros sac à patates qui aurait trois pattes, un petit museau et de grandes oreilles. Il était vraiment trop craquant, tout chaud et très affectueux. La langue pendant sur le côté, le chiot se mit à lui lécher le visage, ce qui déclencha l'hilarité de Becca alors qu'elle se relevait. Elle allait devoir changer de vêtements après cela, mais elle ne regrettait pas pour autant d'avoir pris la petite boule de poils dans ses bras.

— Oh, oh. Tu as franchi la ligne. Tu l'as prise dans tes bras. T'es foutue, ma pauvre.

Janeese avait raison. Plus Becca songeait à l'idée de recueillir la jeune chienne, plus celle-ci lui semblait bonne.

— Ouais, je crois bien que je suis foutue. (Avec un sourire, elle regarda autour d'elle.) Mais qu'est-ce que je vais faire d'elle jusqu'à la fin de mon service ?

D'autant qu'elle ne pourrait pas la prendre dans le bus.

— Tu crois que… (Son téléphone se mit à vibrer dans sa poche.) Ah. Attends.

Elle sortit son portable du fond de sa poche, prit l'appel d'un geste du pouce, puis porta l'appareil à son oreille tout en esquivant les coups de langue du chiot.

— Allô, dit-elle en riant.

— Becca, c'est Nick.

C'est un signe ! Il va peut-être pouvoir venir me récupérer en voiture.

— Ah, salut. Tu sais, je pensais t'appeler pour te demander de passer me prendre, finalement…

— Becca, écoute-moi. Je suis en route pour l'hôpital. Il faut que tu te réfugies dans un endroit sûr. Reste à l'intérieur, ne va pas dans la rue. Je viendrai te chercher au service des urgences quand j'arriverai.

En arrière-plan, elle entendait le moteur de la voiture vrombir. Elle frémit.

— Pourquoi ? Qu'est-ce qui s'est passé ?

— Je t'expliquerai quand je serai là. Fais ce que je t'ai dit, ordonna-t-il sur un ton sec et froid.

— OK. (L'effroi lui glaça le sang et elle sentit ses yeux s'embuer de larmes.) Est-ce que c'est Charlie ? demanda-t-elle tout bas.

— Non. Trouve un endroit sûr, tu m'entends ? Becca ?

— Oui. D'accord.

L'appel prit fin.

Chapitre 10

Becca retira le téléphone de son oreille et regarda tout autour d'elle. Le soleil printanier qui brillait dans la cour lui sembla bien malvenu, comme une moquerie, un mensonge éhonté visant à faire croire que le monde était rose et joyeux.

—Qu'est-ce qu'il y a? s'enquit Janeese en fronçant les sourcils.

—Je n'en sais rien. L'ami dont je t'ai parlé arrive pour me prendre, mais il n'a pas voulu m'expliquer pourquoi, répondit Becca en passant la main dans la fourrure du chiot, entre les oreilles et le cou, se focalisant sur la douceur du pelage.

Elle essayait d'éviter de penser aux mauvaises nouvelles que Nick pouvait lui apporter. Ça ne pouvait être qu'au sujet de Charlie. Quoi d'autre? Mais Nick avait dit que non, et il ne lui aurait jamais menti.

Qu'est-ce que ça peut être d'autre? Il a peut-être trouvé des micros chez moi, finalement?

—Il m'a dit de rester à l'intérieur, dans un endroit sûr. C'est peut-être à cause de l'effraction.

—Chier! Bon, alors je te ramène à la salle de repos, déclara Janeese en passant un bras autour des épaules de Becca. Il faut appeler la police?

—Je ne saurais pas quoi lui dire.

Pas avant que Nick arrive, en tout cas. Becca sentit de la bile lui remonter dans la gorge et elle déglutit pour tenter en vain de repousser cette vague de panique.

—Attends, je ne peux pas ramener le chiot à l'intérieur.

—Ne t'inquiète pas pour ça. Garde-le avec toi jusqu'à l'arrivée de ton ami, personne ne le saura.

Becca acquiesça et une myriade de scénarios catastrophe se projetèrent dans son esprit, se superposant jusqu'à ce qu'elle n'entende plus qu'un bruit blanc assourdissant qui lui donna l'impression de se dématérialiser. En fait, elle n'avait plus d'autre sensation que la chaleur et la douceur de l'animal dans ses bras ainsi que le léger tangage de sa propre respiration.

Janeese passa son badge pour ouvrir la porte de service qui donnait sur la salle de repos, et Becca constata avec soulagement que celle-ci était déserte.

—Attends ici. Je vais chercher Donna et lui demander de venir, dit Janeese.

C'était une bonne idée. Becca avait besoin de voir l'infirmière en chef pour poser des congés, de toute façon.

—Merci. Oh, attends. Mon ami s'appelle Nick Rixey. Tu pourras l'amener ici quand il arrivera ?

—Ouais. Ne bouge pas, je reviens.

Lorsque sa collègue sortit de la salle, le tohu-bohu du couloir des urgences lui parvint par la porte ouverte. Lorsque celle-ci se referma, Becca déposa le chiot sur le sol.

—Tu as soif, petite chipie ?

Si Becca en jugeait par l'enthousiasme et la vitesse avec lesquels la jeune chienne se mit à laper dans le bol qu'elle lui remplit, la pauvre bête devait être assoiffée. Quel que soit le danger qui inquiétait Nick, cet endroit était sûr. Personne ne pouvait franchir les portes du service des urgences sans avoir été admis au préalable par une infirmière à l'accueil ou sans avoir présenté son badge du CHU.

Allez, tiens le coup encore un tout petit peu, Becca. Nick va bientôt arriver.

Elle prit une inspiration tendue et se tourna vers le chiot.

— Reste sage, je reviens tout de suite, OK ?

L'animal leva les yeux sur elle, redressa légèrement les oreilles, puis reporta son attention sur sa gamelle improvisée. Alors, elle passa dans le vestiaire qui jouxtait la salle de repos et remonta jusqu'à la deuxième rangée de casiers. Heureusement qu'elle avait le même depuis longtemps, sinon elle n'aurait pas pu se rappeler son code dans la panique qui lui obscurcissait l'esprit. Elle ouvrit la porte, récupéra son sac à main, puis verrouilla son casier.

«Ouaf.»

La jeune femme se dépêcha de retourner dans la salle de repos en priant pour que personne n'ait entendu le chiot aboyer. Il ne faisait aucun doute que toutes les infirmières tomberaient en adoration, mais Becca ne voulait surtout pas déranger les patients. Elle ouvrit la porte et trouva son nouveau meilleur ami assis juste derrière.

— Ne t'inquiète pas, je suis là, le rassura Becca en s'agenouillant pour le caresser dans le cou. Il va falloir te trouver un nom. Comment je vais t'appeler ?

Le chiot pencha la tête sur le côté comme s'il tentait de comprendre ce qu'elle lui disait. À cet instant, la porte du couloir s'ouvrit et Becca tourna brusquement la tête.

Un homme chauve en uniforme de maintenance passa la tête par l'ouverture.

— Pardon, m'dame, dit-il.

L'espace d'un instant, Becca se prépara à affronter le pire, mais elle vit ensuite le badge accroché sur le devant de la chemise du technicien.

— Je peux vous aider ? demanda-t-elle en se relevant.

L'homme inspecta la pièce du regard.

— Je vérifie s'il y a des néons à changer, expliqua l'homme d'entretien en pointant du doigt un panneau éteint au plafond, dans l'angle vers la porte qui donnait à l'extérieur.

— Oh, oui, bien sûr, s'exclama-t-elle en remontant la lanière de son sac à main sur son épaule.

Puis elle écarta la jeune chienne du pied pour empêcher cette chipie d'attraper le bord de sa blouse dans sa gueule.

L'homme traversa la pièce jusqu'à la table la plus proche et y déposa sa boîte à outils. On distinguait sur la peau noire de son bras des traces de cicatrices boursouflées et de tatouages, et Becca se demanda soudain si elle aurait remarqué ce dernier détail avant d'avoir mis les pieds chez *Hard Ink* plus tôt dans la semaine.

Elle prit le chiot dans ses bras afin qu'il n'aille pas déranger le technicien, puis se dirigea vers la porte. Et si Janeese avait été appelée en urgence et que Nick était déjà là mais ne savait pas où elle se trouvait ?

Ses doigts touchèrent la poignée de la porte du couloir, puis quelque chose l'attrapa dans le dos. Ce fut si brusque et si virulent qu'elle ne comprit pas tout de suite ce qui lui arrivait, jusqu'à ce qu'une main se plaque contre sa bouche et qu'un bras lui enserre la poitrine.

Dans un cri sourd, elle empoigna la main qui menaçait de l'étouffer, oubliant dans la panique qu'elle tenait dans les bras le chiot, qui tomba au sol et glapit avant de se relever tant bien que mal.

Son assaillant la tira en arrière, en direction de la porte qui donnait sur la cour. Becca tenta de résister en traînant les pieds, perdant ses Crocs au passage, et en se débattant, griffant les bras qui la maintenaient. Elle crut l'emporter lorsque le bras de son agresseur la relâcha quelque peu, mais elle sentit ensuite quelque chose de pointu lui piquer les côtes.

Des doigts glacés lui comprimèrent le visage, l'obligeant à obéir.

— Quand on sera sortis, tu marcheras à côté de moi. Si tu cries ou que tu te débats, je t'enfonce ce couteau bien profond dans le bide, dit son agresseur en appuyant un peu plus pour donner du poids à sa menace.

La douleur aiguë tira à Becca un petit cri de douleur. À ce moment, elle entendit un grognement courroucé, et baissa des yeux écarquillés sur le chiot, qui montrait les crocs, le corps voûté et la queue basse en position d'attaque.

Un claquement métallique retentit et l'air s'engouffra dans son dos par la porte ouverte sur la cour. L'homme ralentit, comme s'il prenait le temps de vérifier qu'il n'y avait personne en vue.

— Maintenant, tu me suis sans broncher, mademoiselle Merritt, ordonna-t-il en serrant les dents, bien trop près de son oreille à son goût. (Comment connaissait-il son nom?) Tu vois, j'ai pas envie de faire du mal à quelqu'un qui me verrait te planter.

Une terreur insoutenable s'empara de Becca.

Je t'en supplie, Nick. Où es-tu? Il faut que tu viennes.

Elle était certaine au fond d'elle qu'elle n'aurait plus aucun espoir si ce criminel parvenait à l'emmener.

La jeune chienne grogna de plus en plus fort.

— Allez, on y va.

Becca se sentit envahie par une terreur suffocante et elle se prit à penser qu'il valait mieux tenter de s'enfuir, quitte à recevoir un coup de couteau, plutôt que se laisser enlever et disparaître Dieu sait où. La jeune femme s'accrocha des deux mains au cadre de la porte et anticipa la douleur cuisante qui suivrait.

— Qu'est-ce que je t'ai dit, sale pute ?

Et la lame s'enfonça dans son flanc. Becca poussa un cri et une de ses mains lâcha prise. Le chiot se mit à hurler, puis s'élança à l'assaut de la jambe de l'agresseur, mais il fut durement renvoyé à sa place d'un coup de pied. Le petit animal glapit, puis se releva encore. Lorsqu'il fut de nouveau en équilibre sur ses trois pattes, il se remit à aboyer avant de renouveler son attaque.

La porte du couloir s'ouvrit à la volée. Nick entra précipitamment, arme au poing, prêt à tirer, avec un regard absolument meurtrier.

— Lâche-la, et je pourrais bien décider de ne pas te plomber la gueule.

Becca sentit le couteau bouger, elle joignit les mains avant de rabattre son coude gauche vers l'arrière de toutes ses forces. Le coup porta vraisemblablement car elle entendit avec plaisir un grognement de douleur échapper à son agresseur, qui en oublia son couteau. Soudain, la jeune femme sentit qu'on la lâchait. Puis, l'homme la poussa violemment dans le dos et elle alla s'étaler au sol, tête la première. Elle essaya de se rattraper et se réceptionna de travers sur une main, son front allant percuter le sol.

Son agresseur s'enfuit par la porte de service et Becca entendit Nick crier son nom. Puis, elle perçut des bruits de pas se précipitant dans sa direction avant de s'arrêter lorsque monta un grondement menaçant.

Avec un léger râle, Becca se releva sur les coudes, et vit que son ange gardien à fourrure s'était interposé entre elle et Nick, qui semblait à la fois livide et totalement perplexe. La jeune femme appela le jeune chiot pour qu'il se tourne vers elle.

— C'est bon, ma belle. Il est de notre côté, dit-elle en tendant la main vers l'animal, qui vint, penaud, s'allonger près de son épaule après un instant d'hésitation.

Nick rengaina son arme et contourna Becca pour se placer derrière elle. Puis, il glissa les mains sous les bras de la jeune femme.

— Tu peux t'asseoir ?

— Oui, répondit-elle la mâchoire serrée, retenant son souffle pour faire taire tout ce corps qui n'était plus que douleur.

Dans un effort visible, elle ajouta :

— Merci… d'être arrivé à temps.

Elle entendit un raclement métallique plus loin dans la pièce.

— Il y a une chaise juste derrière toi. À trois.

Il compta et souleva la jeune femme sur le siège. Becca sentit son corps se ramollir contre le dossier.

— Becca ? appela quelqu'un de la porte du couloir, où s'était formé tout un attroupement hébété – Janeese, Donna, Alison, l'infirmière qu'elle remplaçait, et d'autres encore dont les noms ne lui revinrent pas sur le moment.

La jeune femme hocha la tête, et tous se précipitèrent dans la pièce, le silence du choc bientôt remplacé par le vacarme de toutes ces voix qui se mêlèrent.

— Bon sang, mais qu'est-ce qui s'est passé ? demanda Janeese.

— Un homme de la maintenance a tenté de m'enlever, répondit Becca. Nick lui a fait peur et il s'est enfui.

— Est-ce que tu l'as reconnu ? s'enquit Donna.

La jeune femme secoua la tête alors que Barry, un des agents de sécurité de l'hôpital, se frayait un chemin dans la salle, rejoint quelques minutes plus tard par Tomás et Mike, deux membres de la police de Baltimore qu'elle connaissait plutôt bien du fait qu'ils venaient souvent aux urgences pour recueillir des dépositions. Becca pesta intérieurement, d'autant plus en devinant la nervosité de Nick accroître dans la tension de ses muscles et le tressautement de sa mâchoire.

— Becca, est-ce que tu es blessée ? s'inquiéta Janeese en s'agenouillant auprès d'elle. Oh, ma chérie, tu saignes.

Becca baissa les yeux sur son flanc gauche. Là, un trait rouge imbibait sa blouse verte. Elle releva son haut et prit un air étonné. Comment avait-elle pu ne pas sentir cette entaille ?

— Oh, se contenta-t-elle de dire.

Elle leva les yeux sur Nick, debout à côté d'elle, dont le regard fusa sur sa blessure, empli d'une colère noire. Ses yeux furibonds se posèrent ensuite sur son visage. Il semblait extérieurement d'une placidité à toute épreuve, et Becca doutait que quiconque dans la pièce puisse discerner la fureur qui l'animait.

L'heure et demie qui suivit, Becca dut faire une déposition aux policiers, se faire admettre aux urgences afin de se faire recoudre – la blessure n'étant pas très profonde, elle n'eut besoin que de quatre points –, livrer une bataille – qu'elle remporta – pour que Nick et le chiot puissent rester dans sa chambre, et une autre – qu'elle perdit – pour que Nick lui explique ce qu'il s'était passé pour décider tout à coup de venir à l'hôpital. Et comme si tout cela ne suffisait pas, elle avait reçu la visite de l'avocat de l'hôpital, qui était surtout là pour essayer de voir si elle allait engager des poursuites. En revanche, on lui offrit généreusement de prendre autant de congés payés qu'elle en aurait besoin pour se remettre de cette blessure. Vu la situation avec Charlie, cela ne pouvait mieux tomber.

Lorsque, enfin, on l'autorisa à sortir, le terrible contrecoup de la décharge d'adrénaline s'abattit sur elle. Elle était fatiguée, tremblait de tout son corps et avait l'impression qu'on lui était passé dessus au bulldozer.

Nick l'aida à marcher jusqu'à la voiture tout en portant le chiot sous le bras comme un ballon de foot. Son ami demeurait légèrement derrière elle, mettant le corps faible de la jeune femme à l'abri du sien, la protégeant sur le flanc et dans le dos alors qu'ils avançaient dans la rue, s'arrêtant devant la Charger.

Ensuite, il lui ouvrit la portière et l'aida à s'asseoir. Becca se pencha avec précaution et se laissa glisser sur le siège du passager avant de prendre le chiot quand Nick le lui tendit.

Puis, il referma la porte avec une telle violence que la voiture en fut secouée. L'ex-soldat, d'évidence toujours en alerte rouge, fit le tour de la voiture, arracha le P.-V. glissé sous son essuie-glace et s'installa brusquement au volant. Il claqua aussi sa portière puis tourna la clé de contact. Le moteur s'alluma et se mit à vibrer sous la pression exagérée de Nick sur la pédale.

Le chiot apeuré se colla contre Becca, qui observa Nick du coin de l'œil. Tout dans la rigidité de ses mouvements abrupts et dans son silence retentissant indiquait sans conteste qu'il avait vraiment la haine.

Elle pivota légèrement sur son siège et posa la main sur son bras. Elle sentit les muscles se contracter tandis que sa posture et l'expression de son visage retranscrivaient sa pensée intérieure : *Ne t'avise pas de me toucher*. Mais Becca ne pouvait plus attendre.

—Nick, j'ai besoin de savoir ce qui s'est passé.

Après tout ce qu'il avait dû endurer depuis le matin, ce fut la caresse de Becca qui faillit le briser. Il mourait d'envie de l'attirer contre lui pour se prouver avec un baiser, une étreinte, ainsi qu'avec le reste, qu'elle allait bien.

C'était l'adrénaline qui parlait, il le savait pour avoir déjà fait l'expérience de ce besoin de saisir la vie à pleine main pour ne rien laisser échapper. De toute façon, il ne connaissait Becca Merritt que depuis trop peu de temps pour avoir ce genre de désir pour elle, non ?

Comme une bonne partie de jambes en l'air était à exclure, il devrait évacuer la pression par les poings. Il allait devoir taper fort et longtemps.

À un cheveu. Il était passé à un cheveu de perdre Becca. Lorsqu'il avait ouvert la porte et qu'il avait vu cet enfoiré la traîner par la porte, ses sales pattes partout sur elle, Nick avait eu envie d'étaler ce connard. Encore maintenant, la colère faisait monter en lui des envies de meurtre qui manquaient de le faire suffoquer. Il n'allait sûrement pas se mettre maintenant à essayer de comprendre pourquoi il ressentait tout cela.

—Nick ?

La voix de Becca le tira de ses pensées, mais pas de la noirceur ni de ce besoin de violence qui baignaient son âme.

—Pas maintenant. Je peux pas parler maintenant, parvint-il à dire.

Il sentait que ses émotions étaient trop hasardeuses. La colère affleurait dangereusement à la surface tandis que la violence pulsait en spasmes dans tout son corps.

— On rentre à la maison, ajouta-t-il.

Sans attendre de réponse, il s'engagea dans le trafic, faisant constamment passer son regard du pare-brise au rétroviseur intérieur, aux rétroviseurs latéraux. Il était prêt à parier cent contre un qu'ils étaient suivis. Après quelques centaines de mètres, il eut la quasi-certitude que le van gris cinq voitures derrière eux les suivait. Par acquit de conscience, il changea plusieurs fois d'itinéraire au dernier moment et accéléra lors du passage à l'orange bien mûr de chaque feu de circulation. Après un temps, il s'aperçut qu'il avait semé le van, ou alors qu'il n'avait jamais été suivi et qu'il s'agissait simplement d'une crise de parano.

Bordel de merde !

Lorsqu'ils entrèrent dans la partie est de la ville, Nick osa un regard en direction de Becca. Elle semblait vraiment mal, tout près de craquer, et sa peau était d'un blanc laiteux — sauf son œil gauche qui avait enflé après avoir percuté le sol à cause de ce rebut de l'humanité. Là, sa peau était d'un rouge écarlate.

Allez, dis quelque chose, trou du cul. Aide-la un peu.

— Alors, euh, ce chien, c'est quoi ?

Génial, Nick, t'es vraiment le roi.

Becca baissa la tête et frotta sa joue contre une des larges oreilles du chiot.

— Je l'ai trouvé.

— Il lui manque une patte, poursuivit Nick, observant avec une grimace que sa stupidité ne semblait avoir aucune limite.

— Ben, oui, rétorqua Becca avant de tourner la tête pour observer le décor, signifiant avec une extrême limpidité qu'elle n'était absolument pas plus d'humeur que lui à faire la causette.

Ce qui était parfait. Tant que Becca n'était pas en sécurité, il devait faire attention à tout. Ils auraient le temps de parler plus tard.

Nick se mit à slalomer entre les voitures sur Eastern Avenue pour ramener la jeune femme au plus vite. Il voulait qu'elle soit en sécurité. Après quelques instants, Becca se redressa sur son siège et se pencha légèrement en avant, comme si elle cherchait quelque chose des yeux. Puis, elle tourna vivement le regard vers lui.

— Ce n'est pas par là chez moi.

Une boule acide se forma au creux du ventre de Nick. Becca avait déjà traversé beaucoup de moments difficiles ces derniers temps, mais il allait devoir trouver les mots pour lui expliquer que quelqu'un avait saccagé sa maison.

— On ne va pas chez toi.
— Mais je croyais que…
— La donne a changé, Becca.
— Parce que je me suis fait attaquer ?

Nick trouvait qu'elle se montrait beaucoup trop insouciante à son goût.

— Parce qu'on a essayé de te kidnapper, putain, et que tu as reçu un coup de couteau, déjà.
— Et ensuite ? Pour quoi d'autre ?

Fait chier. Il ne tenait pas du tout à avoir cette discussion dans la voiture. Cependant, elle le verrait comme le pire des salauds s'il refusait de lui parler maintenant. Les mots qu'il s'apprêtait à prononcer étaient comme du poison sur sa langue.

À cet instant, son téléphone sonna, vibrant contre sa hanche dans la poche de sa veste.

— Excuse-moi, dit-il en sortant son portable. (Il vit sur l'écran apparaître le nom de Miguel et décrocha.) C'est Nick.

— Tu l'as trouvée ? demanda le détective de but en blanc.

— Ouais, mais à trois secondes près elle se faisait enlever par une petite racaille qui a réussi à entrer dans une salle réservée au personnel.

— Jésus, Marie, Joseph. Elle n'a rien ? T'as pu voir l'agresseur ?

Nick comprit à la respiration rapide de son ami qu'il était en train de marcher.

— Ouais, j'ai pu voir son visage, mais ça va pas nous avancer à grand-chose. Becca a eu quelques bobos, mais elle s'en est sortie comme un chef.

Et c'était vraiment rien de le dire. Elle avait résisté à son agresseur, lui avait flanqué un coup de coude dans l'estomac qui avait certainement épargné à Nick d'avoir à appuyer sur la détente, et avait fait face à un raz-de-marée de visiteurs venus lui poser des questions dans sa chambre d'hôpital ainsi qu'au branle-bas général du service des urgences avec un calme stoïque. Elle ressemblait beaucoup à son paternel – pour les bons côtés. Nick se tourna vers elle et constata qu'elle écoutait ouvertement la conversation. *Mais quoi de plus normal ?*

— Bon, tu as pu finir là-bas ? Je pense que tu devrais dégager de là tant que j'aurai pas plus d'infos. La position est trop dangereuse.

— Les serrures des portes ont été remplacées. Le gars est en train de mettre les verrous aux fenêtres coulissantes.

— Reçu. Les flics sont venus ? (Silence.) Miguel ?

—Il ne faut pas compter sur eux pour l'instant, mais je préfère t'expliquer ça en personne.

Oh, putain de merde! Il ne fallait pas compter sur la police? Cela n'annonçait rien de bon.

—Tu sais où me trouver. Tu viens quand tu veux.

—Ouais. Je viens dès que je peux.

—OK. Dernière chose: surveille tes arrières quand tu bougeras.

—T'as été suivi?

Cette question amena Nick à vérifier dans ses rétroviseurs une dernière fois.

—Oui, mais ils m'ont lâché.

—J'ouvrirai l'œil. Fais gaffe à toi, Nick.

—Toi aussi, dit ce dernier avant de raccrocher.

Son instinct lui soufflait qu'ils n'avaient pas encore touché le fond dans cette histoire, même s'il ne savait toujours pas dans quel genre de merdier ils étaient. La première chose à faire était d'ailleurs de le découvrir, parce qu'il était pris pour l'heure dans une avalanche de merde qu'il n'avait pas vu venir. Trouver un moyen de répondre aux questions «qui, quoi, quand, où et pourquoi» tout seul était une autre paire de manches.

Mais il te suffirait de demander pour obtenir de l'aide.

Il n'avait pas simplement perdu ceux qui y étaient restés ce jour-là, mais aussi ceux qui s'en étaient sortis. Il n'avait pas réussi à mettre suffisamment d'ordre dans sa tête pour trouver un moyen d'assumer le rôle qu'il avait joué dans ce qui leur était arrivé à tous. Comment les survivants auraient-ils bien pu vouloir garder contact avec celui qui avait merdé à ce point envers eux? Mais bon Dieu, quels atouts magistraux ils feraient dans cette partie.

—C'était qui? s'enquit Becca.

— Un ami, Miguel Olivero. C'est le détective privé dont je t'ai parlé. C'est un ancien flic. Il est venu me donner un coup de main chez toi, tout à l'heure.

Nick dépassa sciemment la rue la plus directe pour aller à *Hard Ink* et continua encore sur quatre pâtés de maisons. Personne ne lui filait le train, mais il en avait vu assez depuis le début de cette histoire pour savoir qu'aucune précaution n'était superflue. Il enrageait d'ailleurs de cette impression qu'il lui manquait la dernière pièce d'un puzzle pour comprendre dans quoi il s'était embarqué.

— Tu crois qu'on nous suit ? demanda Becca en se retournant pour regarder derrière eux.

— C'est simplement une précaution. Il est évident que quelqu'un savait que tu te trouvais à l'hôpital. Ces gens savaient exactement qui il fallait enlever.

Il bifurqua à droite pour rebrousser chemin.

— J'ignore de quoi il s'agit, Becca, mais c'est après toi qu'ils en ont. (Un coup d'œil dans son rétroviseur confirma que personne ne le suivait.) Est-ce que Charlie t'a dit quelque chose qui pourrait nous donner une indication ?

Becca resta silencieuse un long moment, le visage tiré par la concentration.

— Non, finit-elle par dire. Mais je n'arrive toujours pas à imaginer ce qu'il a pu trouver pour affirmer pouvoir démontrer que mon père a fait quelque chose de mal.

— Bonne question. Et le découvrir pourrait nous conduire directement à Charlie.

Tout en songeant avec insistance à cet aspect, Nick tourna encore deux fois, puis ralentit pour s'engager dans le parking à l'arrière du salon. Il se gara en marche arrière pour pouvoir repartir rapidement en cas de besoin. Soudain, son regard sur les événements se mit à changer. Il voyait à présent que cette situation nécessitait toute une batterie de plans A et de plans B. Il était à présent question d'une mission de sauvetage qui exigeait une grande planification, renforcée par de méticuleuses vérifications pour en éliminer toute faille potentielle. Il s'agissait d'une opération que seule une équipe avait une toute petite chance de mener à bien.

Et il fallait qu'il la mène à bien – sans subir aucune perte. Jadis, toute son existence avait été vouée à ce but.

Dès qu'il eut coupé le moteur, il sortit de la voiture, arme au poing, scrutant le périmètre. Il ouvrit ensuite la portière de Becca et lui tendit la main pour l'aider à sortir.

La jeune femme lui passa d'abord la chienne, que Nick s'empressa de déposer à terre.

—Non. Elle va s'enfuir, s'écria Becca.

—Elle t'a défendue. Deux fois, répondit l'ex-soldat en l'aidant à se lever. Elle ne va certainement pas te lâcher.

Le mouvement réveilla une douleur chez Becca, qui tressaillit.

—La vache, je crois que je vais prendre une boîte complète d'ibuprofène pour le dîner, que je ferai passer avec une bouteille de vin.

La voir souffrir lui était intolérable, mais il était content de voir qu'elle ne faisait pas partie de ces gens qui refusaient d'admettre leurs limites. Cela demandait beaucoup de force et de courage d'avouer que l'on avait dépassé son seuil de tolérance. Nick lui-même n'était pas certain d'en être tout à fait capable, et c'était donc en connaissance de cause qu'il admirait cela chez elle. *Encore une chose parmi tant d'autres.*

—Ça peut se faire.

La jeune femme atteignit la porte du bâtiment en premier et composa le code sans hésiter. Le mécanisme se déclencha et ils entrèrent, une boule de poils les dépassant en trombe.

Là, à l'abri de l'obscurité du hall d'entrée, Nick put enfin procurer la dose d'oxygène qui manquait à ses poumons depuis plusieurs heures déjà. Alors, il rengaina son arme.

Becca fit volte-face, le plaquant presque contre la porte. Ses yeux bleus, semblables au foyer ardent d'une flamme, le clouèrent sur place.

— Bon. Maintenant, Nick, ça suffit. On est arrivés. Alors tu vas me dire ce qui se passe, tout de suite.

Chapitre 11

Becca sentait ses tripes mener une révolution acharnée sous le besoin de savoir ce que Nick lui cachait. Elle en avait sa claque de tous ces mystères – même les ténébreux, musclés et canon.

L'ex-soldat pinça les lèvres, contrarié, et son regard sembla s'embraser.

— Becca, attends…

— Non, l'interrompit-elle d'une voix tremblante de nervosité accumulée avant d'envahir son espace vital pour planter un doigt sur son torse en béton armé. Cesse de me rembarrer, maintenant. J'ai le droit de savoir ce qui se passe. J'ai besoin de le savoir.

L'expression de Nick se fit plus grave et sa mâchoire tressaillit. Puis, elle vit s'opérer un changement dans ses yeux et comprit qu'il avait décidé de tout lui raconter. Alors, elle eut l'impression de s'effondrer de l'intérieur. La situation était grave, elle le devina sans peine. Aussi se prépara-t-elle du mieux qu'elle put à encaisser la mauvaise nouvelle.

Nick ouvrit la bouche, et adopta un ton calme, direct et clinique :

— Quelqu'un a tout saccagé chez toi. La porte de derrière a de nouveau été crochetée. On a fouillé toutes les pièces de la maison.

Les murs de brique autour d'elle semblèrent se mettre à vibrer et à onduler, mais elle s'efforça de résister au vertige pour se concentrer sur le visage de Nick. Sa présence était la seule chose qui l'empêchait de sombrer.

— Mais pour quelle raison ? Tu sais si quelque chose a disparu ?

Nick secoua la tête.

— Je vais tout faire pour découvrir pourquoi ces types ont fait ça. Je te le promets. Mais c'était vraiment trop le foutoir pour que je puisse…

— Emmène-moi, ordonna Becca en l'écartant pour atteindre la poignée de la porte.

Des bras l'enserrèrent par-derrière.

— Becca, on…

— Non ! hurla-t-elle en se débattant pour se libérer, allant plaquer son dos au mur comme un animal en détresse.

Le visage de Nick fut le théâtre d'une série d'émotions mêlées, entre la surprise, la peur, la colère et l'inquiétude.

— Je suis désolé. Qu'est-ce que…

— C'est comme ça qu'il m'a attrapée, expliqua-t-elle, le souvenir du contact de son agresseur sur son corps lui donnant la chair de poule. Je suis désolée.

Elle rougit de honte devant sa réaction, et sentit son attitude vindicative s'effacer derrière le désespoir et l'extrême fatigue.

— Tu n'as pas à t'excuser, dit-il en grinçant des dents tout en s'approchant doucement. (Ensuite, il essuya une à une du pouce les larmes qui lui coulaient sur le visage avant de lui caresser tendrement les joues du dos de la main.) Il ne faut pas que tu pleures.

Ses gestes étaient doux, réconfortants, et Becca se prit à penser qu'il avait peut-être autant besoin de les offrir qu'elle de les recevoir.

Après quelques instants, Nick passa les mèches de cheveux qui s'étaient dégagées de sa queue-de-cheval derrière l'oreille de la jeune femme.

— Je ne pleure pas, nia Becca en dépit de ses joues mouillées de larmes. (Malgré sa migraine, elle secoua légèrement la tête avant d'appuyer sa joue contre la paume de Nick.) C'est pas vrai.

— Je sais.

Becca leva lentement les yeux sur lui et sa respiration se bloqua.

Dès l'instant où leurs regards se croisèrent, l'inquiétude que Nick nourrissait pour elle se mua sur son visage en désir ardent. Il entrouvrit les lèvres et son torse se souleva plus vigoureusement contre la poitrine de Becca. Puis, il enfouit ses doigts dans sa chevelure.

Une vague de chaleur envahit la jeune femme, comme si le soleil venait de fondre sur elle. Nick se pencha doucement sur elle, s'appuyant contre le mur de son bras libre. Elle sentit sur ses lèvres le souffle chaud de sa respiration tandis qu'il posait sur elle son regard dévorant. Elle ne pouvait plus bouger, ni même ciller, et ne parvenait qu'à retenir son souffle.

Il l'embrassa dans un grondement d'assouvissement qui lui fit tourner la tête, et elle sentit une moiteur entre ses cuisses. Son baiser était d'une intensité exquise et il lui maintenait la tête avec la main, la plaquant et l'enlaçant complètement contre le mur de brique. Il la narguait de ses lèvres, la défiait de sa langue. Son odeur de mâle, son haleine mentholée et son goût aphrodisiaque la faisaient chavirer.

Et plus il l'absorbait, plus Becca sentait sa conscience filer. Toute la douleur, sa blessure, sa maison, Charlie… L'espace de quelques instants, quelques précieuses minutes, elle oublia tout.

Cet abandon l'emplissait d'euphorie et lui donna la sensation d'être plus légère qu'une plume.

—C'est passé si près, Becca. Trop près, dit-il la mâchoire serrée tout en la couvrant de baisers, descendant vers son oreille, puis son cou.

Elle avait l'impression d'être en route pour le paradis. Nick fit glisser ses mains sur sa poitrine et ses doigts passèrent sous son tee-shirt. Puis, elle sentit ces mains rugueuses et chaudes remonter contre son ventre et tirer sur les bonnets de son soutien-gorge pour pouvoir caresser ses seins nus. Il lui donna ainsi du plaisir, du bout de ses doigts râpeux, excitant ses tétons et lui tirant de petits gémissements.

Becca l'agrippa par le col de son blouson, craignant partiellement que ses genoux ne lâchent sous la force de son désir. Nick s'écarta juste le temps d'enlever sa veste et de la lancer sur le côté. Dieu, qu'il était sexy avec ce holster qui lui enserrait les épaules par-dessus son tee-shirt. Cependant, il l'ôta aussi et l'arme se posa au sol avec un «poc».

Ensuite, Nick remit ses mains à l'œuvre et renouvela son baiser. Elle en eut le souffle coupé et se prit à penser qu'elle n'avait pas besoin de respirer, finalement.

Bon sang, ce baiser! Elle s'en souviendrait jusqu'à la fin de ses jours, en rêverait la nuit et parfois même le jour. Elle y repenserait lorsqu'elle serait âgée, et elle se rappellerait qu'au moins une fois dans sa vie elle avait vraiment vécu. Quoi qu'il arrive, elle ne regretterait jamais, au grand jamais, ce baiser.

Aussi, quelque part dans son cœur, elle se mit à développer une affection toute particulière pour cet homme qui lui avait fait ce cadeau.

Becca passa ses mains sous le tee-shirt de Nick et gémit doucement en sentant la voluptueuse caresse de ses muscles si développés. Elle traça du doigt la fine parcelle de poils qu'il avait sur le torse et se mit à lui effleurer les tétons. Le grondement de plaisir qu'il poussa au milieu de leur baiser la remplit de satisfaction et la rendit impatiente de pouvoir lui montrer comment elle pouvait mettre un homme aussi fort et aussi impitoyable que lui à genoux, comblé.

—Viens là, grommela-t-il.

Puis, d'un seul bras, il saisit son tee-shirt pour l'enlever, révélant un corps qu'elle estimait tout aussi apte à donner du plaisir qu'à infliger de la douleur. Sa peau était brûlante de désir, et ses mains étaient partout sur elle, s'attardant sur ses seins et saisissant fermement ses fesses, resserrant encore davantage leur étreinte. L'intensité de ses caresses avides la stimulait, si bien qu'elle ne tarda pas à sentir une pression intense dans le bas-ventre qui eut pour effet de lui faire serrer les jambes. Une chaleur moite se répandit entre ses cuisses.

—J'ai envie de toi, Becca. Je vais pas te mentir, dit-il d'une voix grave contre sa joue avant de se reculer pour la regarder dans les yeux. Mais je pense que…

Elle l'interrompit en lui posant la main sur la bouche.

—Alors ne pense pas.

Une lueur espiègle s'alluma dans son regard et il ouvrit la bouche. Ensuite, il prit le majeur de Becca entre ses dents et fit tourner sa langue autour du bout de son doigt pour lui faire comprendre ce à quoi elle aurait droit. Puis, il poussa un petit grognement et délaissa le doigt de la jeune femme pour venir placer sa main entre ses cuisses.

—Est-ce que je te fais de l'effet ? (Becca hocha la tête, son cœur cavalant à deux mille à l'heure.) Ah, ouais ? poursuivit-il en fronçant les sourcils.

À cet instant, il glissa une main dans la petite culotte de Becca, repoussa à l'aide de son pied les jambes de la jeune femme pour lui faire écarter les cuisses et pouvoir lui procurer les caresses les plus intimes.

—Oh, mon petit soleil. T'es excitée on dirait, s'exclama-t-il en faisant passer ses doigts entre les plis du sexe de Becca et celle-ci sentit son cœur cesser de battre pendant quelques secondes.

Est-ce qu'il l'avait vraiment appelée…

Il plaqua sa bouche contre la sienne en même temps qu'il enfonça son majeur en elle. Il absorba alors avec ses lèvres le gémissement que la jeune femme ne put réprimer lorsqu'il décrivit des va-et-vient avec son doigt.

—J'en peux plus, Becca. Tu vois, dans dix secondes max tu seras en dessous de moi et je serai incapable de me retenir. Ça va être rude, intense et féroce.

Il disait cela en guise d'avertissement, mais Becca le prit comme une invitation pour le moins alléchante. Elle n'attendait que cela.

—Ça me va, répondit-elle avant de maugréer lorsqu'il enleva sa main.

Ses yeux verts brillants de sensualité, Nick leva le doigt coupable jusqu'à sa bouche et se mit à le sucer. C'était une des choses les plus excitantes qu'elle ait jamais vues.

Avec un grognement presque animal, il prit son portefeuille dans sa poche et en sortit un préservatif. Il leva les yeux sur elle et elle se sentit figée contre le mur, comme s'il lui avait donné l'ordre de ne pas bouger tant qu'il ne l'aurait pas dit.

Soudain, le sol commença à onduler sous elle, et elle dut se concentrer pour ne pas perdre pied. Est-ce qu'ils allaient vraiment faire cela ? Et si quelqu'un les surprenait ? Est-ce qu'elle en avait quelque chose à faire ? Son mal de crâne cogna de plus belle et la silhouette de Nick se fit floue. Puis, tout disparut pour laisser place à une nappe de bruit blanc.

D'un seul coup, Becca se mit à basculer sur la droite.
Nick la retint en passant la main sous son bras.
— Hé, là. Ça va ?
Elle prit une subite inspiration et s'écarta vivement de sa main en écarquillant les yeux, son joli visage déformé par une grimace. Nick eut l'impression d'avoir reçu un seau d'eau glacée sur la tête qui avait par ailleurs mouché son désir.
— Merde. Tes points de suture. Je suis désolé, dit-il en descendant sa main droite jusque sur la hanche de Becca au cas où elle perdrait encore l'équilibre.
Il était vraiment pire qu'un chien de lui sauter dessus ainsi alors qu'elle était aussi fragile. Il faisait exactement le contraire de ce qu'il lui avait dit. Au diable cette envie qui ne demandait qu'à être assouvie – mais pas avec n'importe qui, avec elle. Il refusait de le faire comme cela. En plus, elle avait trop de choses à gérer pour le moment.
— Je suis désolé, répéta-t-il, honteux de son attitude envers elle.
— Ça va, le rassura-t-elle avec un petit sourire embarrassé.
Nick partit d'un rire dénué d'humour.
— Non, on en est très, très loin. Je n'aurais pas dû…
Les mots refusèrent de sortir car il existait beaucoup trop de suites à ce début d'excuse : « je n'aurais pas dû te laisser aller travailler ce matin », « je n'aurais pas dû t'envoyer

chier le premier jour », « je n'aurais pas dû prendre le goût de ton sexe sur mon doigt, parce que je n'arriverai jamais à décrocher de cette drogue. »

—Je sais pas, il y a quelque chose chez les Merritt qui fout toujours en l'air ma capacité de discernement.

—Quoi ? Ça veut dire quoi, ça ? s'étonna-t-elle, la mine renfrognée.

Très fin, Nick.

—Rien. Tu tiens sur tes jambes ?

Il fallait vraiment qu'il cesse de la toucher.

—Un peu mieux. C'est seulement un mal de tête. Mais je veux que tu m'expliques ce que t'as voulu dire, insista-t-elle en remettant son soutien-gorge en place avant de croiser les bras, son regard ayant recouvré toute son intensité.

—Rien du tout, Becca.

Puis, après un dernier coup d'œil visant à évaluer son équilibre, il la lâcha et se pencha pour ramasser son tee-shirt, qu'il enfila tout en constatant l'échec de sa tentative pour oublier la sensation des mains de la jeune femme sur sa peau. Ensuite, il récupéra sa veste et son holster, qu'il passa négligemment par-dessus son épaule.

—Viens, on monte. Tu as besoin de te reposer.

—OK, on monte, mais je ne vais pas me reposer. On n'a toujours pas terminé notre discussion, toi et moi. Si quelqu'un est entré chez moi, alors je dois y aller. Je dois appeler la police. Je dois faire quelque chose. Ça ne peut pas être une coïncidence, dit-elle, sa frustration ramenant sur son visage quelques couleurs pour chasser sa récente lividité.

—Je sais, mais on ne peut rien faire.

—Et pourquoi pas, bordel ? demanda-t-elle en se figeant.

Nick poussa un soupir las et se demanda ce qu'il allait pouvoir faire si elle continuait d'insister.

—Au téléphone, tout à l'heure, Miguel m'a fait comprendre qu'il valait mieux ne pas déclarer cette seconde effraction. Il voulait nous en parler de vive voix. J'ai une absolue confiance en lui, et je préférerais donc qu'on attende qu'il nous explique tout ça. Il a promis de venir dès qu'il pourra. Après, c'est toi qui décides.

Elle se frotta le front, attirant le regard de Nick sur l'hématome qui se formait là.

—Tu penses vraiment qu'il vaut mieux attendre ?

—Je suis sûr que Miguel ne m'aurait pas dit ça sans une bonne raison.

—Bon Dieu, ça va être quoi, maintenant ? se lamenta-t-elle, laissant ses épaules s'affaisser tout en se frottant de nouveau le front. OK, je vais attendre qu'il arrive. En tout cas, merci d'avoir joué franc-jeu.

Ensuite, Becca poussa un long soupir et se dirigea vers l'escalier, où le chiot patientait, couché en boule devant la porte qui menait au salon de tatouage.

—Oh, toi, tu nous as attendus bien sagement, le félicita sa maîtresse.

Nick la rejoignit en bas de l'escalier et sentit un trou béant dans sa poitrine de voir le chagrin qui accablait la jeune femme et qui atténuait cet éclat qu'il admirait depuis le début chez elle. Il voulait chasser cela. Pour elle, comme pour lui.

—Tu veux voir un truc marrant ? demanda-t-il dans l'espoir que son idée parvienne à effacer du visage de Becca la colère et la douleur qu'il y lisait. (Elle haussa les épaules, de nouveau méfiante.) Ouvre la porte et laisse... C'est quoi, son nom ?

—J'en sais rien encore, répondit-elle. Peut-être Sadie. Ou Georgia.

— Et pourquoi pas Cujo ?

L'air désapprobateur qu'elle affecta à cet instant était presque comique, et il préférait de loin cela à ce qu'il avait vu dans son regard auparavant.

— C'est un nom de garçon, et Cujo était un monstrueux chien tueur enragé. Et en plus, c'était un saint-bernard.

Nick fit un clin d'œil, et Becca roula des yeux.

— Très bien, alors. Ouvre cette porte et laisse entrer Sadie-Georgia. Nous, on attend là et on regarde ce qui se passe.

C'était sûrement une idée stupide, mais si cela pouvait aider Becca à recouvrer le sourire, c'était tout ce qui comptait. Aucun plan n'était mauvais tant qu'il fonctionnait.

La jeune femme contempla tour à tour Nick et la chienne, qui s'était assise et les regardait à présent discuter comme si elle devinait qu'ils parlaient d'elle.

Nick ouvrit la porte qui donnait sur *Hard Ink*, le chiot s'élança aussitôt. Ils le suivirent et Becca affichait maintenant une mine rieuse. Ils passèrent la tête à l'angle du mur et observèrent la jeune chienne sautiller dans tout l'espace détente vide pendant quelques instants avant de remonter le couloir qui desservait les salles de tatouage en direction de l'entrée.

— Oh, c'est quoi, ce machin ? s'écria Jeremy dans une des pièces. Hé, Jess ! Y a un truc qui…

Un cri perçant vint du hall d'accueil.

— Putain de merde ! (Le rire de Jess retentit quelques secondes plus tard.) Hé. Y a quelqu'un qu'a perdu son tripède, cria-t-elle en ricanant.

Becca se couvrit la bouche avec la main pour ne pas éclater de rire et le sourire qui transparaissait dans ses yeux prouvait qu'elle appréciait le spectacle.

—Hé! Non. Rends-moi ça, cria Jess.

Le chiot redescendait le couloir avec un bout de tissu rouge dans la gueule. Jessica se lança à sa poursuite avec une mine faussement furieuse.

—Quoi? C'est un chien? hurla Jeremy. Qu'est-ce qu'il fout là?

À côté de Nick, Becca gloussait gaiement.

Ce fut à cet instant que la valse commença. La jeune chienne fit le tour d'une des tables avec son trophée dans la gueule. Jess essaya de la prendre à revers en contournant la table par la droite, mais le chiot esquiva sur la gauche, suivi par la jeune femme. Alors, le chien piqua à droite.

—Viens là, sale voleur!

—Je devrais aller l'aider, déclara Becca, hilare.

Ils sortirent alors de leur cachette et Jess leva sur eux un regard mauvais.

—Je suis désolée, dit Becca avec un rire dans la voix. Je vais t'aider.

Jess leva la main pour l'arrêter.

—Non. Non. Pas besoin. Je m'en charge.

—Viens là, mon chien, héla Becca en claquant des doigts. Viens, ma fille.

Jess monta sur la table et rampa sur toute la surface pour pouvoir surprendre l'animal en changeant les règles du jeu. Le chiot grogna, puis déguerpit tel un personnage de dessin animé, ses pattes pédalant d'abord dans le vide avant de le propulser à l'autre bout de la table.

—Reviens ici, sale petite merde!

Nick se tenait debout, les bras croisés, à observer ce numéro de cirque. Malgré tous ses efforts, Becca n'arrivait pas à recouvrer son sérieux. Le résultat dépassait toutes ses espérances.

Jess plongea pour attraper la petite chienne par la queue, et celle-ci se mit à aboyer sans lâcher le bout de tissu qu'elle avait dans la gueule.

Jeremy sortit alors de la salle de tatouage où il se trouvait, portant des gants ainsi qu'un masque sur le nez et la bouche.

— Putain, les gars, vous voulez bien me dire ce qu'il se passe ici ?

Le petit animal se précipita vers lui et il s'accroupit pour le recueillir dans ses bras.

— Ah. Salut. (Il leva les yeux vers eux.) On a un chien, maintenant ?

— C'est la mienne, dit Becca en souriant.

— Euh, Jeremy ? commença Jess en avançant d'un pas.

Battant frénétiquement de la queue, Sadie-Georgia déposa son trophée sur les genoux du tatoueur. Celui-ci reposa l'animal à terre et souleva le morceau de tissu avec une précaution exagérée. Levant l'objet devant ses yeux, il ôta son masque et posa un œil interrogateur sur son employée.

Il s'agissait d'un string.

Jess se précipita pour le récupérer.

Jeremy se releva en un éclair et brandit le sous-vêtement au-dessus de sa tête. Étant donné la petite taille de Jess, elle n'avait pas la moindre chance.

— Jeremy Rixey, je vais te tuer.

L'intéressé la serra fort contre lui et leva la tête pour mieux observer le string. Il était écrit dessus : « Si tu peux lire ça, c'est ton jour de chance. » Il explosa de rire.

Becca esquissa un sourire qui trahissait autant une hilarité difficilement contenue qu'un élan de solidarité pour Jess. Nick aurait dû le voir venir : lâcher un chien en présence de Jeremy et Jessica ne pouvait que mener à un spectacle burlesque.

—Il faut vraiment que tu me dises ce que tu viens faire ici avec un string, et surtout comment un chiot a pu tomber dessus.

—Ça suffit, rends-le-moi, ordonna Jess en tapant du talon de ses bottes montantes noires.

Jeremy leva son autre main pour pouvoir étendre le sous-vêtement au-dessus de sa tête. Un bord du string semblait décousu.

—Pourquoi est-ce que ça p…? (Il écarquilla soudain les yeux.) Il a été arraché?

Le téléphone se mit à sonner en stéréo dans le bureau et le comptoir d'accueil.

—Rends-le-moi, somma Jess d'un ton menaçant, les mains sur les hanches et frappant le sol du bout du pied.

—Pas tant que tu m'auras pas raconté comment ça se fait qu'il est…

—Parce que contrairement à toi, j'ai pris mon pied hier et que le gars m'a arraché mon string. Satisfait?

Le visage de Jeremy parut se figer.

—Apparemment, pas autant que toi, intervint Becca.

En dépit de son teint pivoine, elle soutint chacun des trois regards qui se braqua soudain sur elle. Bon sang, ce mélange d'embarras et de bravoure lui allait si bien que Nick se sentit à l'étroit dans son boxer. Jeremy éclata de rire, et même Jess ne put s'empêcher de rire jaune. Cette dernière flanqua ensuite un coup de poing dans le ventre de son patron, qui se plia de douleur et accepta enfin de lui rendre son string. Ensuite, la jeune femme tourna les talons, fouettant l'air de ses couettes rouge et noir pour aller décrocher au comptoir d'accueil.

Et pendant tout ce temps, Nick n'avait pas pu détourner son regard de Becca. C'était beau de la voir rire et sourire, de voir avec quelle aisance elle taquinait Jeremy et plaisantait avec lui. Il repensa alors à ce premier soir où elle était entrée dans le salon. Il avait alors vu en elle une jeune fille toute mignonne et tout innocente, la petite princesse. En fin de compte, elle l'était peut-être un peu, quelque part. Mais elle était aussi la femme qui s'était jetée sur lui avec un couteau à la main, qui avait résisté à une tentative de kidnapping par un homme bien plus imposant qu'elle, qui s'était essayée à la boxe en se laissant complètement aller. Et c'était la femme qui l'avait embrassé – la première qu'il avait embrassée depuis plus d'un an. C'était aussi la femme qui lui donnait envie d'en recevoir tellement davantage.

Malheureusement, il ne méritait rien de tout cela, même si cela ne l'empêchait pas de convoiter le réconfort de ses caresses, la chaleur de son corps, l'éclat de son être pour chasser la noirceur du sien. *Salopard d'égoïste.*

— Hé, Nicholas, le héla Jess, sachant pertinemment qu'il détestait qu'on l'appelle ainsi. C'est Miguel au téléphone.

— Nicholas ? répéta Becca en se tournant vers lui avec un petit sourire.

— Nick, rectifia-t-il en fronçant les sourcils tout en se dirigeant vers le bureau. Rixey, à la rigueur. Ou juste « machin ».

— Ou alors « trou d'balle », ajouta Jeremy en retournant auprès de son client tout en enlevant ses gants qu'il lui fallait changer.

— C'est toujours mieux que « Nicholas », lança Nick par-dessus son épaule. (Il entra dans le bureau et décrocha le combiné, se demandant pourquoi Miguel avait décidé de l'appeler sur le fixe.) Salut, Miguel.

— Salut, Nick. Je voulais seulement te prévenir que je suis retenu avec un client. Un truc à régler. Je passerai quand même, mais ça sera pas tout de suite.

— Pas de problème. Mais pourquoi est-ce que tu…

— Appelles sur le fixe ? Parce que je ne voulais pas attendre de pouvoir me libérer avant de te raconter ce qui s'est passé, et que c'est plus sûr comme ça.

Pour quelqu'un prêt à tout, il était beaucoup plus facile de pirater une ligne de mobile qu'une ligne fixe. Si Miguel prenait ses précautions contre une mise sur écoute, c'est qu'il devait être inquiet. Nick alla fermer la porte du bureau.

— OK. Je t'écoute.

— J'ai téléphoné à mon contact au poste de police pour pouvoir faire une déposition au sujet de l'effraction et avoir le nom de l'officier qui s'était chargé de l'affaire la veille. Il n'avait encore aucune déposition d'enregistrée. Il n'a même pas pu trouver le nom de l'enquêteur en charge du dossier. Et aucune preuve n'apparaissait dans la base de données. Alors, j'ai voulu vérifier pour la recherche de personne disparue au nom de Charlie Merritt…

— Laisse-moi deviner, là non plus aucune déposition d'enregistrée, avança Nick en se laissant tomber dans le fauteuil de bureau.

— Ouais, il n'a rien trouvé non plus.

— Putain, c'est une blague ? tonna Nick, la situation éveillant chez lui toutes sortes de soupçons.

Miguel poussa un long soupir contrarié qui s'engouffra par le combiné.

— J'aimerais que ce soit le cas. Je ne voudrais pas avancer de conclusions avant d'avoir exploré encore d'autres pistes. À ce propos, est-ce que tu sais si Becca a appelé le 911 dans tout ça ?

— Deux fois, sûr. La première quand elle a découvert l'appartement de son frère saccagé et la seconde hier soir quand elle s'est rendu compte qu'il y avait quelqu'un dans la maison. Pourquoi ?

— Je voudrais juste vérifier quelque chose. J'ai trouvé son numéro de fixe sur Internet, mais est-ce que tu peux me donner son numéro de portable ?

— Ouais. Bouge pas, dit Nick en ouvrant le journal des appels de son téléphone avant de dicter le numéro au détective.

— Faut pas vous décourager. Je vous aiderai à résoudre cette affaire si les choses ne s'arrangent pas d'elles-mêmes.

— Merci, Miguel. À tout à l'heure, alors.

Nick raccrocha et se laissa aller de tout son poids contre le dossier du fauteuil. La situation échappait vraiment à tout contrôle. Le compte s'élevait déjà à une personne disparue, trois effractions, un kidnapping et, au mieux, un manque total de coopération de la part de la police. Et tout cela probablement en rapport avec Frank Merritt. Même avec l'aide de Miguel, ils allaient être dépassés par les événements.

Nick savait ce qui lui restait à faire.

En revanche, il allait lui falloir des couilles pour oser leur demander ça. À l'heure actuelle, les anciens de son unité des forces spéciales ne lui devaient absolument rien. Il était d'ailleurs à envisager qu'ils ne daignent même pas écouter ce qu'il avait à leur dire. Et s'ils le laissaient parler, il allait passer pour une vraie merde de les appeler après tout ce temps de silence radio pour leur demander une faveur. Il allait pourtant devoir prendre sur lui et encaisser tout ce qu'ils auraient besoin de lui envoyer à la figure.

Et pour couronner le tout, il allait devoir les convaincre de l'aider en dehors des limites légales.

C'était beaucoup trop demander à n'importe qui.

Mais si Frank Merritt était bel et bien au cœur de toute cette histoire, lui et ses hommes auraient la possibilité, en plus de protéger les vies de Charlie et Becca, de laver l'honneur de tous les membres de l'unité. Pour cela, Nick était prêt à faire à peu près n'importe quoi.

Son unique espoir était de ne pas être le seul.

Chapitre 12

La première personne que Nick devait appeler était Shane McCallan. Ce n'était pas seulement parce qu'ils avaient été proches, mais aussi parce que Shane avait essayé de reprendre contact à de nombreuses reprises. Ce spécialiste des renseignements était capable de vous insulter dans plus de langues que personne n'en connaissait, et avait de surcroît une formation médicale. Lui et Nick avaient fait six ans ensemble au sein des forces spéciales, dont une bonne partie en Afghanistan. Jusqu'à ce jour où le convoi de leur unité d'élite s'était fait attaquer dans des circonstances très suspectes et qu'ils s'étaient vus porter le blâme pour la mort de sept soldats après une opération de nettoyage de grande envergure.

Aujourd'hui, Shane travaillait pour une entreprise de services de défense basée dans le nord de la Virginie. Il avait bien mieux réussi à retomber sur ses pattes que Nick, qui était véritablement heureux de voir son ami s'en sortir aussi bien.

Nick composa le numéro de Shane.

Il ressentit chaque sonnerie vibrer dans ses tripes et se tortilla dans le fauteuil, mal à l'aise. Ces appels allaient certainement lui être aussi désagréables que de prendre un bain d'acide, mais cela devrait au moins lui faire oublier le fait que Becca, elle, était en train de prendre un vrai bain non loin de là.

Quelqu'un décrocha, mais il s'ensuivit un long silence et Nick pressa plus fort le combiné contre son oreille.

— Nick, dit enfin Shane. Ça fait un bail.

Le ton de Shane n'avait rien d'engageant. Il avait vraisemblablement la mâchoire crispée, ce qui gommait complètement son accent du Sud. Nick ne fut nullement surpris.

— Shane. Je sais. Je suis vraiment désolé…
— Garde ta salive.

Merde. Nick poussa un long soupir.

— J'ai merdé.
— Tu m'appelles pour parler du bon vieux temps ?

Foutu pour foutu…

— Non. J'ai un problème.

Shane partit d'un rire glacial qui fit à Nick l'effet d'un coup de poing dans l'estomac.

— Alors Nick Rixey a un service à me demander ?

Il ne servait à rien de tourner autour du pot, surtout lorsqu'il s'agissait d'une marmite qui vous crachait de l'huile bouillante à la figure.

— Oui.
— Sale fils de pute.
— C'est moi. Est-ce que tu acceptes de m'écouter ?
— C'est à moi que tu poses cette question ? (Nick dut éloigner le téléphone de son oreille pour ne pas avoir le tympan percé.) Ça fait des mois que tu refuses de répondre au moindre de mes coups de fil ou même à mes messages et mes mails. Bordel, j'aurais préféré recevoir une réponse du genre « va te faire foutre, merci » que de subir ce putain de silence radio.

— T'as raison.

— Évidemment que j'ai raison.

Shane avait parfaitement le droit d'être aussi furieux, mais Nick n'avait pas le temps de laisser son ami vider son sac autant qu'il le méritait et suffisamment pour qu'ils puissent estimer être quittes. Il fallait aller droit au but.

— Mon problème a un lien avec les activités annexes de Merritt.

C'était du moins la conclusion qu'il en avait tirée chaque fois qu'il avait tenté de comprendre le sens de l'avertissement de Charlie à Becca. Et voilà que les dépositions de cette dernière disparaissaient, comme par hasard. Ça ressemblait drôlement à la débauche d'énergie mise en place pour étouffer l'affaire après l'embuscade.

Un silence de glace s'installa.

— Je t'écoute. Pour le moment, répondit Shane après quelques instants.

Cela lui laissait une petite ouverture et la suite de son récit devrait jouer en sa faveur.

— Entendu. Je ne sais pas comment, mais cette histoire a refait surface au pays et c'est les enfants de Merritt qui en font les frais. Le fils a disparu. Quant à sa fille, elle est venue me demander de l'aide et elle a failli être kidnappée aujourd'hui. Leurs appartements ont été visités. Apparemment, quelqu'un veut mettre la main sur un truc qu'ils ont.

— Et, au juste, qu'est-ce que je devrais en avoir à foutre, des gamins de Merritt ?

Nick réfléchit quelques instants, et ravala les réponses acerbes et viscérales qui lui venaient en se rappelant avec insistance ce qu'il pensait pouvoir tirer de cette histoire.

— Parce que mon instinct me dit que les salauds qui ont fait ça ont quelque chose à voir avec ce qui nous est arrivé, déclara-t-il. Alors il se pourrait bien que ce soit notre chance d'obtenir des renseignements qui nous permettraient de prouver notre innocence, de prouver qu'on nous a catapultés hors de l'armée. Je te parle d'une chance de laver notre honneur. À tous les cinq, mais aussi aux six qui y sont restés ce jour-là.

Il ne comptait jamais Merritt parmi les victimes de l'embuscade car c'était lui qui en était responsable. C'était d'ailleurs pour cela que seuls six soldats étaient représentés sur son tatouage.

— Putain, s'exclama Shane en recouvrant son accent. Mais dis-moi, c'est quel pourcentage d'extrapolation, ton histoire ?

— C'est peut-être beaucoup de suppositions. Peut-être même que je me goure complètement, avoua Nick, pourtant motivé par l'intérêt qu'il avait entendu dans la question de son ami. Mais peut-être aussi que je suis plus proche de la vérité que je le crois.

— Ton instinct, je me torche le cul avec.

Allez, Shane, pensa Nick en se fendant d'un sourire en coin.

— Tu veux que je vienne quand ?

Nick fut soulagé pour Becca, et il se laissa basculer lourdement contre le dossier du fauteuil, la tête rejetée en arrière, les yeux perdus au plafond.

— Dès que tu peux être là. Ce soir.

— Bah, bien sûr. Petit con. (Nick put presque entendre la mécanique se mettre en marche dans la tête de son ami.) OK. Je prépare quelques affaires et je saute dans la bagnole. T'es toujours chez ton frangin ?

— Ouais.

— Vu que ce sera l'heure de pointe, ça va probablement me prendre une heure et demie pour faire le trajet.
— Reçu. Merci, en tout cas.
Shane raccrocha sans répondre.
Écartant le combiné de son oreille, Nick se prépara une nouvelle fois à faire amende honorable. Il lui restait encore trois appels de ce genre à passer. La seule question était de savoir si Beckett Murda, Edward Cantrell et Derek DiMarzio allaient accepter de lui laisser la même chance que Shane.
Il n'y avait qu'un moyen de le vérifier.

Becca se réveilla en sursaut, le cœur battant la chamade, avec la sensation d'être observée. Après son bain, dans lequel elle n'avait pu faire que barboter à cause de ses points de suture, elle s'était installée confortablement sur le canapé et avait mis la télé comme bruit de fond en attendant que Nick termine ses appels et que son ami Miguel arrive. Cependant, des suites d'un manque de sommeil et du contrecoup de son agression à l'hôpital, elle n'avait pas réussi à garder les yeux ouverts. Sa sieste ne s'était toutefois pas révélée bien reposante car des cauchemars n'avaient cessé de la faire émerger dans une demi-conscience. La jeune femme s'appuya sur les coudes pour se relever et s'aperçut que Nick se tenait au pied du divan.
— Désolé, dit-il.
Elle secoua la tête et passa les jambes sous elle pour s'installer dans le coin du canapé. Le chiot était roulé en boule au sol devant elle et n'ouvrit les yeux que le temps de s'assurer que Becca était toujours là.
— Tout va bien ? demanda-t-elle.

Il semblait danser dans les yeux de Nick un orage noir et violent, mais elle ne savait absolument pas ce qui en était la cause. Avant qu'elle aille prendre son bain, il lui avait paru calme, presque pensif, mais certainement pas agité comme maintenant.

— Tout va bien, répondit-il les poings serrés.

Elle aurait aimé savoir comment s'y prendre pour l'aider, comment alléger son fardeau. Mais qui croyait-elle tromper ? C'était elle qui avait fait peser ce fardeau sur ses épaules. Becca tapota le coussin en cuir du canapé.

— Tu viens t'asseoir ?

Dans un long soupir las, Nick alla s'installer à l'autre bout du sofa et croisa alors une jambe sur son genou. Des heures après être enfin rentré chez lui, il ne s'était toujours pas complètement détendu. La jeune femme était presque surprise de ne pas voir son holster encore accroché à ses épaules.

Elle se laissa aller quelques instants à le contempler avec admiration, à apprécier son profil carré, les poils foncés qui dépassaient de son col, les lignes du tatouage qui faisait le tour de son imposant biceps, la façon dont son jean moulait ses cuisses puissantes. Cet homme était tellement canon qu'il était difficile de ne pas le regarder.

Cependant, ce n'était pas seulement son physique, si bien développé fût-il, qui faisait de l'effet à Becca. La lassitude était chez lui comme une seconde peau qu'il ignorait certainement porter. Mais la jeune femme, elle, la décelait dans la tension qui durcissait ses larges épaules comme sous le poids d'un haltère invisible, et dans l'ombre qui obscurcissait le jaune-vert de ses yeux qui n'affichaient jamais vraiment la joie ni l'allégresse, même dans ces rares moments où il souriait. Ayant connu par trop souvent le deuil, Becca savait ce que le chagrin faisait ressentir, comme cela vous laissait vide et pourtant si lourd. Étant infirmière, elle était habituée à voir la souffrance chez les gens, et savait à quoi elle ressemblait. Le deuil, le chagrin, la douleur… ils étaient personnifiés dans ce corps merveilleux assis près d'elle. Et cela lui donnait l'impression d'être plus proche de Nick, ou du moins lui donnait l'envie d'être plus proche de lui.

—Je suis désolée pour tout ça, dit-elle.

—Hein? demanda-t-il, interloqué.

—J'ai l'impression de débarquer dans ta vie et de tout chambouler, expliqua Becca en pivotant pour lui faire face.

Il l'observa pendant de longues secondes et elle vit ses yeux se voiler momentanément.

—J'espère simplement que je vais pouvoir t'aider, finit-il par répondre en hochant la tête.

—C'est déjà le cas.

Sans même prendre la peine d'essayer de se cacher, Nick fit glisser son regard sur tout le corps de la jeune femme, vêtue d'un simple tee-shirt couleur lavande et d'un jean. Elle frémit sous l'ardeur de son attention comme s'il l'avait caressée de ses mains. Elle ressentit une bouffée de chaleur en se rappelant le délice de ses caresses – elle ne s'en souvenait que trop. Bon sang, il s'en était fallu de très peu pour qu'il la bai…

—Ça va, Becca? Quand je suis arrivé dans cette salle et que j'ai vu que ce type était sur le point de t'enlever, qu'il te menaçait avec un couteau…

Il laissa sa phrase en suspens, serra le poing autour de sa cheville et détourna le regard. Becca se décala sur le coussin du milieu mais s'arrêta juste avant de toucher Nick. Elle pouvait quasiment sentir la tension faire trembler son corps.

— Nick, regarde-moi. (Lorsqu'il obtempéra, elle lui sourit.) On ne se connaît pas très bien, c'est vrai. Mais je te fais la promesse de toujours être honnête avec toi.

En voyant son air interrogateur, elle s'empressa d'expliquer :

— Je veux que tu le saches, surtout avec tout ce que tu fais pour moi. Alors, en vertu de cette promesse, je dois t'avouer que je suis morte de trouille pour Charlie, toutes mes articulations me font mal, ces points de suture me démangent comme pas possible et mon mal de crâne ne veut pas me lâcher. Et j'ai la rage contre… tout. (Elle tendit la main vers lui et la mit sur son avant-bras, faisant glisser son pouce sur le muscle contracté.) Mais à part ça je vais bien. Demain matin, le gros de la douleur aura disparu. Et d'ici là, l'ibuprofène est mon ami.

La mâchoire de Nick tressauta et son regard se posa sur la main de Becca.

— Je n'ai pas tous les détails, mais apparemment Miguel pense qu'on ne peut pas faire confiance à la police.

« Pas faire confiance à la police » ? entendit-elle résonner dans son crâne en même temps que le martèlement accéléré du sang dans ses veines au rythme des battements de son cœur. Elle tenta de garder son sang-froid et de prendre une grande inspiration, mais cela n'eut que peu d'effet.

— Mais alors, comment…

— J'ai demandé de l'aide à des amis, ce qu'il reste de mon unité – de l'unité de ton père, expliqua-t-il d'une voix étrangement caverneuse.

Becca resta bouché bée. Elle n'avait jamais rencontré un seul des hommes de son père. Elle avait entendu raconter quelques anecdotes, mais rien de plus. À sa sortie de l'adolescence, son père passait déjà en moyenne plus de trois cents jours par an en mission. Il était arrivé à la jeune femme de penser que les autres membres des forces spéciales constituaient plus une famille pour son père qu'elle.

— Les quatre ? demanda Becca, qui sans le vouloir baissa les yeux sur le tatouage de Nick, celui qui représentait six soldats.

— Ils sont tous en chemin, dit Nick en hochant la tête. Trois arriveront ce soir. (Il jeta un coup d'œil à la large montre noire qu'il portait au poignet.) Probablement d'ici une heure. L'autre a un vol demain matin. Ces gars, ce sont les meilleurs. On va trouver un moyen d'arranger tout ça.

C'était une bonne nouvelle, un soulagement même, et Becca se sentit plus légère.

— Ouah. C'est… génial.

Mais cela ne voulait-il pas aussi dire que…

— Attends. Si vous essayez de retrouver qui détient Charlie, qui est responsable de mon agression… (elle chercha à accrocher son regard) sans l'aide de la police…

— Si les soupçons de Miguel sont fondés, alors nous n'avons pas d'autre choix que d'agir en solo.

Un poids alourdit de nouveau le cœur de Becca.

— Mais vous pourriez avoir des ennuis. Et s'il se passe un truc, il pourrait vous arriver…

— Tu as déjà des ennuis, Becca. On est capables de s'en sortir.

— Ça, je n'en doute pas, rétorqua-t-elle en secouant la tête. Mais pourquoi tes amis feraient-ils cela pour nous ? Je veux dire, pour moi et Charlie.

Qu'est-ce qui motivait ces inconnus à tout laisser tomber pour venir ? Comment pouvait-elle demander à ces hommes qui avaient déjà tant sacrifié d'en faire encore davantage ?

Elle fronça les sourcils lorsqu'elle sentit son mal de tête redoubler sous le coup de sa culpabilité.

— Parce que je le leur ai demandé. Tout simplement, répondit Nick, le regard brouillé, comme pour ne pas trop se dévoiler.

C'est pour Charlie, Becca, s'assena-t-elle pour avoir une chose à laquelle se raccrocher. Peut-être était-ce l'esprit de corps au sein de l'unité de son père qui les poussait à venir à son aide, comme mus par une volonté de protéger la famille de leur commandant disparu.

— OK, finit-elle par dire. Je ne sais pas comment je pourrai un jour assez vous remercier tous. Je ne pense pas que ce soit le genre de coup de main qui se dédommage avec un pack de votre bière préférée.

— Ne nous remercie pas encore. Tiens, si on descendait ? proposa-t-il en se levant, ce qui réveilla le chiot en sursaut. Je te présenterai mes amis lorsqu'ils arriveront, et en attendant tu pourras harceler Jeremy.

— Je peux difficilement refuser une offre aussi généreuse, répondit Becca en souriant.

Elle prit ensuite le berger allemand dans ses bras, ses muscles restés trop longtemps inactifs protestant contre ce soudain changement.

— Qu'est-ce que tu penses de Phoebe ? demanda alors la jeune femme.

En voyant Nick prendre un air déconcerté, elle désigna le chien d'un léger hochement de tête.

— Trop… cucu, ou mièvre, enfin tu vois, décida Nick. En plus, l'orthographe est trop bizarre. Qu'est-ce que tu dis de Spike ?

Il fit le tour du canapé pour se diriger vers la porte d'entrée, suivi par la jeune femme.

— Je crois que tu ne saisis pas bien la logique des prénoms. Les garçons ont des noms de garçon. Les filles, elles, ont des noms de fille. Alors elle ne peut pas s'appeler Spike.

L'ex-soldat haussa les épaules tout en tenant la porte à Becca, avant de refermer derrière lui.

— C'est toujours mieux que Phoebe.

Ils descendirent au rez-de-chaussée où ils durent, au grand désarroi de Nick, prendre le temps de laisser sortir la chienne sur le parking afin qu'elle fasse ses besoins. Au-dehors, l'air nocturne soufflait sur eux sa fraîcheur alors qu'ils attendaient patiemment tandis que le chiot reniflait chaque brin d'herbe qui poussait en périphérie du parking de gravier.

Où es-tu, Charlie ?

— Il faut que je lui achète une laisse et un collier. Et de la nourriture. Et tout ce qui lui faut d'autre, dit Becca pour essayer de penser à autre chose. (Jess était allée faire un tour au magasin plus tôt afin d'acheter un petit sac de croquettes pour chien, mais il ne ferait pas long feu.) Tu sais, quand j'ai pris la décision de l'adopter, tout à l'heure, je pensais que j'allais retourner chez moi.

— C'est pas un souci, la rassura-t-il en la regardant dans les yeux un instant avant de reporter son attention sur le chiot dans un haussement d'épaules. On a grandi avec des chiens.

— C'est vrai ? Nous aussi, dit-elle en serrant les bras pour se réchauffer. Quelle race ?

— Des croisés porte et fenêtre, mais ils étaient géniaux.

Becca hocha la tête et pinça les lèvres pour empêcher ce « Oooooh ! » très fleur bleue qui les lui brûlait. Quelque chose lui disait que Nick n'apprécierait que moyennement d'avoir l'air mignon.

— Au pied, ma fille, appela Becca en tapant dans les mains.

La chienne sortit de la pénombre de sa démarche syncopée et vint les rejoindre.

— Et pourquoi pas Killer ? suggéra-t-il en ouvrant la porte du bâtiment. Au moins, c'est mixte.

Alors qu'ils traversaient le hall de la cage d'escalier, Becca hésita entre rire au nez de Nick ou lui demander si quelqu'un l'avait fait tomber sur la tête quand il était bébé.

Dans l'espace détente de *Hard Ink*, Jeremy était assis à l'une des tables et traçait un dessin sur une feuille de papier carbone.

— Alors, bande de petits galopins, qu'est-ce que vous faites de beau ?

— J'essaie de trouver un nom pour la chienne, et Nick m'aide… pas.

Le tatoueur sourit en levant les yeux sur elle.

— Tu peux la poser, si tu veux.

— Je sais pas trop. La dernière fois, elle a révélé un scandale sexuel.

— Hé, je vous entends ! s'indigna Jess de l'une des salles de tatouage alors que Jeremy s'esclaffait sans retenue.

Becca alla rejoindre le tatoueur, qui était occupé à tracer les contours d'une grande croix ornée d'un bandeau et de fleurs, et déposa le chien au sol.

— Qu'est-ce que tu fais ?

— Je fabrique un calque qui transférera les contours du dessin directement sur la peau du client.

— Ah. Alors tu ne tatoues pas à main levée ?

— Certains utilisent la technique du tatouage à main levée, mais il s'agit en fait de dessiner au feutre directement sur la peau au lieu d'utiliser un carbone. Dans tous les cas de figure, le tatoueur se fonde sur les contours tracés sur la peau. Il faut vraiment savoir ce qu'on fait pour tatouer quelqu'un sans aucun repère. Je ne m'y risquerai jamais. La peau est beaucoup trop élastique.

—Ah.

—Tu as des tatouages, Becca? s'enquit Jeremy tout en faisant bouger avec la langue son piercing à la lèvre.

—Non.

—T'en veux un? proposa-t-il alors avec un rictus.

—Je sais pas trop, répondit-elle en levant les yeux sur Nick, qui l'observait avec attention comme s'il était curieux de savoir lui aussi.

C'est alors que la jeune femme l'imagina travailler sa peau de ses grandes mains…

—Ben, t'as qu'à demander, poupée, et je suis à toi.

Nick poussa un soupir qui ressemblait à s'y méprendre à un grondement animal, et Jeremy se mit à rire. Nick était d'ordinaire si discret, et Becca adorait voir avec quelle facilité son frère parvenait à le titiller. Elle adorait aussi constater que cela contrarierait Nick de voir Jeremy flirter avec elle.

—Bon, j'ai une autre question pour toi, dit-elle pour changer de sujet. Qu'est-ce que tu penses de Phoebe comme nom pour le chien?

Le tatoueur termina le segment qu'il était en train de tracer et leva le regard sur elle d'un air songeur.

—J'arrive même pas à voir comment on écrit ça.

—Ah! Tu vois, s'exclama Nick en ouvrant les mains d'un geste triomphant.

—Ouais, ouais, admit Becca en roulant des yeux tout en souriant.

Jess passa la tête dans l'encadrement de la porte de sa salle de tatouage, ses cheveux mi-longs rouge et noir rabattus sur un côté en une natte.

—Moi, je vote toujours pour Tripède.

—Quel nom… horrible, s'esclaffa Becca.

—Ou Clochepatte, proposa Jeremy en ricanant.

—Vous êtes vraiment graves !

—Clopin, tenta Nick avec un petit sourire en coin sur ses lèvres sexy.

—Tricycle, surenchérit Jeremy avec un superbe aplomb.

Les deux frères éclatèrent alors de rire.

—Hé. Pourquoi pas Trinity ? s'exclama Jess.

Becca lança aux deux hommes un regard de reproche.

—Ah, merci ! Enfin une proposition à moitié sérieuse. (Elle tendit les bras vers la chienne, qui s'avança et lui donna quelques coups de langue affectueux.) Les gars, je vous conseille d'être gentils avec elle, sinon je la dresse littéralement contre vous. Regardez-la, on remarquerait même pas qu'il lui manque une patte.

Becca n'avait pas tort, la jeune chienne tenait presque aussi bien sur trois pattes que d'autres sur quatre. L'aîné des Rixey fut le premier à se remettre de son hilarité, et elle trouva bien difficile d'en vouloir à quelqu'un qui riait aussi rarement que lui.

Il posa les coudes sur la table et porta son regard sur elle.

—Becca ? J'aimerais expliquer la situation à Jeremy, si tu n'y vois pas d'inconvénient.

—Oh. Non, évidemment, s'empressa de répondre la jeune femme en les regardant tour à tour.

—Qu'est-ce qui se passe ? s'enquit le tatoueur en levant les yeux de son travail.

Nick raconta les événements de la journée, de la tentative d'enlèvement aux dégâts qui avaient été causés chez Becca – et la jeune femme se sentit une fois de plus prise de vertige en imaginant ce qui aurait pu se produire. Ensuite, l'ex-soldat expliqua que ses camarades de l'armée allaient venir pour le week-end, mais il resta flou sur les raisons de leur venue. En écoutant Nick raconter tout cela, elle eut bien du mal à croire qu'il parlait de choses qui lui étaient arrivées à elle.

Le bulletin d'informations terminé, Jeremy s'assit, bouche bée et les yeux rivés sur elle, levant petit à petit son regard sur la bosse qui couronnait son œil. Puis, il se passa une main dans les cheveux.

—Ça va ?

—Ouais, répondit-elle en haussant les épaules. Mais j'ai quand même envie de voir à quoi ça ressemble chez moi.

Nick pinça les lèvres en une expression résolue.

—Trop dangereux. Pour le moment. Peut-être quand nous aurons établi un plan et que tout le monde sera arrivé.

C'était effectivement trop dangereux, et il ne fallait pas être un génie pour s'en rendre compte étant donné les deux tentatives d'effraction en moins de vingt-quatre heures. Toutefois, le fait de ne pas connaître l'ampleur des dégâts, de ne pas savoir ce qui avait été détruit ni ce qui avait été volé laissait la porte ouverte à tous les pires scénarios catastrophe. De presque toute sa famille, elle n'avait conservé en souvenirs que des bibelots, et il lui était donc difficile de ne pas s'inquiéter de savoir ce qu'ils étaient devenus. Néanmoins, trouver le meilleur moyen de retrouver la trace de Charlie était bien plus important que d'évaluer les dommages causés chez elle.

—D'accord.

Jess sortit de la salle de tatouage avec sa cliente, une demoiselle dans la vingtaine avec un sourire jusqu'aux oreilles devant le tout nouveau tatouage représentant des étoiles et des fleurs qu'elle arborait sur le poignet sous une couche de Cellophane. C'était un beau tatouage.

Je pourrais me faire faire un truc dans le genre. Mais il faudrait que ça ait une signification précise, songea Becca en posant les yeux sur les mains de Nick, ce qui déclencha un frémissement dans ses entrailles.

Le bruit strident de la sonnette de l'entrée retentit.

— Ce doit être mon client, dit Jeremy en faisant mine de se lever.

— Je m'en occupe, lança Jessica en raccompagnant sa cliente jusqu'à l'accueil.

Quelques instants plus tard, la jeune tatoueuse reparut dans l'encadrement de la porte du couloir.

— Euh, les gars, appela-t-elle dans un chuchotement forcé, il y a M. Muscle ici, et je crois qu'il est mannequin.

Becca esquissa un sourire mais Nick se leva d'un bond.

— Ne lui dis pas ça, Jess, il va plus se sentir.

— Moi, je le sentirais bien, rétorqua Jess avec un sourire grivois lorsque Nick la dépassa pour aller accueillir le nouveau venu.

— Est-ce que tu as déjà rencontré un de ses amis de l'armée ? demanda Becca à Jeremy, qui avait suivi son frère du regard.

— Non, répondit-il en jouant avec son piercing à la lèvre. Il parle jamais d'eux. C'est pas le genre à raconter des anecdotes militaires.

Le père de Becca avait été pareil. En fait, elle ne connaissait réellement qu'un seul de ses collègues de l'armée, et c'était uniquement parce que son père et le général

Landon Kaine étaient amis depuis qu'ils avaient fait leurs études ensemble à West Point et qu'il était venu plusieurs fois chez eux.

À la seconde même où Becca se faisait la réflexion que Nick était parti depuis longtemps, ce dernier apparut dans le couloir accompagné d'un autre homme. Miséricorde, entre tous les types canon de cette terre, celui-là brillait. Il était grand et fin, avec des cheveux châtain clair rasés sur les côtés et laissés plus longs sur le dessus, où les mèches décolorées pointaient dans toutes les directions, comme s'il avait passé un million de fois ses mains dans sa chevelure. Il avait des yeux couleur gris acier dans lesquels semblait étinceler en permanence une lueur d'enthousiasme. Sa mâchoire, quant à elle, était taillée comme dans un roc.

— Les gars, je vous présente Shane McCallan, dit Nick d'une voix plutôt discrète, même pour lui. Shane, voici mon frère Jeremy.

— Le Rixey qui a hérité des neurones, je suppose, salua Shane avec un léger accent.

Les deux hommes se saluèrent d'une poignée de main.

— Toi, tu commences à me plaire, commenta Jeremy en souriant.

— Tu as déjà fait la connaissance de Jess, poursuivit Nick.

Shane serra la main de la jeune femme et lui adressa un clin d'œil. À ce moment Becca eut la certitude que la tatoueuse d'ordinaire pleine d'assurance se sentait toute chose. Elle baptisa cela le «syndrome de Shane» et contorsionna les lèvres afin de dissimuler son sourire.

— Et enfin, voici Becca Merritt, termina Nick.

Les yeux gris se fixèrent sur elle pendant de longues secondes, mais le superpouvoir de séduction de cet homme ne faisait apparemment pas effet sur elle. Plutôt que de succomber, elle se prit à regarder dans le vague, soucieuse du renfermement qui s'était opéré chez Nick.

—Je suis désolé de ce qui est arrivé à votre frère, finit par dire Shane en tendant sa main, qu'elle serra.

—Merci. Merci aussi d'avoir accepté de venir.

Shane posa subitement son regard d'acier sur Nick, puis enfonça ses mains dans les poches de son pantalon de costume.

—Vous savez, quand un frère vous demande quelque chose, c'est normal d'accepter.

Les deux anciens soldats se toisèrent du regard dans un silence glacial jusqu'à ce qu'une sonnerie stridente à l'entrée annonce une nouvelle arrivée.

—Je m'en occupe, dit Nick.

Il revint quelques minutes plus tard avec une véritable montagne qui avait visiblement un problème à la jambe. C'était un homme blond aux yeux bleus avec un visage de guerrier, sévère et parfaitement masculin. La peau tout autour de son œil droit était tailladée de cicatrices, et Becca se demanda si ce qui avait causé ces blessures avait aussi détérioré la vue de ce géant. Il était plus grand que Nick et que Shane, et plus imposant aussi. Avec un cou aussi épais et des épaules aussi larges, qui auraient pu faire craquer les coutures de son veston foncé, cet homme aurait pu être le capitaine de défense d'une équipe de football américain.

Le colosse et Shane s'agrippèrent la main avant de se coller épaule contre épaule – un salut à la manière de vieux compères –, puis fit de même avec Nick d'une façon toutefois hésitante qui laissa à Becca un mauvais pressentiment. À mesure que les présentations suivaient leur cours avec, apprit-elle, Beckett Murda, Becca sentit surgir en elle un élan protecteur envers Nick.

Beckett s'avança vers elle et lui tendit sa grande paluche.

— Mademoiselle Merritt, la salua-t-il en lui serrant la main.

Elle le remercia lui aussi d'avoir accepté de venir et il répondit d'un simple hochement de tête. Malgré l'absence de commentaire sarcastique comme celui que s'était permis de faire Shane, Becca nota que Nick et Beckett échangèrent des regards à la dérobée loin d'être amicaux.

Mais qu'étaient donc devenus cette fraternité, ce lien indéfectible qu'elle s'était attendue à trouver entre des soldats qui avaient vu autant de choses qu'eux et avaient traversé autant d'épreuves ? Cette absence était criante. La tension qui émanait de ces trois anciens combattants était palpable, mais Becca décida de taire ses questions. *Pour l'instant, du moins.*

Dieu merci, Jeremy était là. Celui-ci pouvait engager une conversation avec n'importe qui et dans n'importe quelle situation, elle en était certaine. En peu de temps, elle apprit que Shane travaillait pour une entreprise dans le nord de la Virginie en contrat avec l'armée et qu'il avait grandi près de Richmond. Beckett, en revanche, se révéla plus dur à faire parler, et ils n'apprirent pas grand-chose sur son travail dans la protection privée. Becca préféra rester en marge et écouter ces hommes parler d'eux afin de mieux cerner qui se portait à leur secours, à Charlie et elle. Plus étrange, cependant, était le fait que Nick aussi se tenait en retrait. Même Jess participait plus que lui.

Becca n'aurait su dire combien de temps s'était écoulé avant que la sonnette de l'entrée retentisse de nouveau.

— Je vais voir qui c'est, annonça Nick en s'éloignant déjà.

Du comptoir d'accueil, il appela :

— Jeremy, c'est ton client.

Le tatoueur pria tout le monde de l'excuser et retourna au travail. Puis, la sonnette tinta encore une fois. Quelques minutes plus tard, Nick accompagnait un troisième homme jusqu'au salon – le dernier à devoir arriver le soir même, d'après ce que Nick avait dit.

Le nouveau venu était presque aussi grand que Rixey et avait la peau très foncée, presque noire. Il était chauve avec un sourire absolument charmant, et son tee-shirt moulant à manches longues ne laissait aucun doute sur l'état de sa musculature. Mais ce que Becca apprécia par-dessus tout fut de constater qu'il semblait plus décontracté, moins hostile à l'égard de Nick.

— Voici Edward Cantrell, dit Nick avant de présenter Jeremy, Jess, puis elle.

— Becca, la salua Edward.

Était-ce une vue de l'esprit ou son sourire avait-il perdu quelque peu de son éclat lorsqu'il s'était tourné vers elle ?

Nick prit une profonde inspiration comme pour se donner du courage.

— Bon, vous avez tous fait une longue route, et il se fait tard. Je vous propose de monter.

Puis, il ouvrit la marche en prenant soin d'éviter le regard de Becca. Une fois dans la cage d'escalier qui menait à l'étage, il leur indiqua la porte de l'appartement et leur donna le code d'accès, puis revint sur ses pas pour rejoindre la jeune femme.

Becca fronça les sourcils, se préparant déjà à la dispute qui allait suivre. Il lui avait clairement fait comprendre qu'elle n'était pas invitée à les suivre là-haut, et cela l'horripilait.

Nick l'avait bien remarqué, et il la prit délicatement par les épaules.

— Attends. Avant de t'énerver, écoute-moi. Tu as bien dû sentir qu'il y avait une tension. J'aimerais que tu me laisses le temps de régler quelques détails et de leur expliquer la situation en gros. On ne prendra pas d'initiatives sans toi.

Elle fouilla son regard, mais n'y vit que de la sincérité. Alors, elle n'eut plus tellement envie de lui dire le fond de sa pensée.

— D'accord, mais qu'est-ce qui se passe entre vous ?

— Laisse-moi simplement un peu de temps avec eux, répondit Nick en secouant la tête. Tu veux bien ?

Elle acquiesça et il lui tourna le dos pour s'engager dans l'escalier, où ses pas résonnèrent lourdement sur le métal.

— Aïe, aïe, aïe, s'exclama Jess en se laissant tomber dans l'un des canapés. J'aurais dû m'engager dans l'armée. Je me serais fait un plaisir de surveiller leurs derrières. (Son faux pas lui tira une grimace.) Pas celui de Nick, hein. Seulement celui des trois autres.

Becca éclata de rire et revint dans l'espace détente pour s'asseoir avec la jeune tatoueuse. Le chiot vint se mettre en boule à leurs pieds. Alors, Jess se mit à chanter les louanges des équipiers de Nick tandis que Becca faisait de son mieux pour avoir l'air amusée et riait chaque fois qu'il le fallait. Pourtant, elle n'arrivait pas à faire taire cette alarme dans sa tête tentant de l'avertir que l'arrivée de ces hommes annonçait des choses plus graves qu'il n'y paraissait.

Chapitre 13

Nick entra dans l'appartement et vit trois visages se tourner vers lui. Le calme ne viendrait qu'après la tempête – de tous les diables, celle-ci.

Près d'un an plus tôt, à peine rentrés à la base, agonisants, tous avaient compris que quelqu'un avait maquillé l'embuscade de telle façon qu'ils ne se relèveraient pas de ce coup bas. Depuis ce moment-là, ils partageaient tous le sentiment d'avoir été victimes d'une terrible injustice – et c'était une colère, une frustration, avec laquelle vivait toujours Nick. Comme s'ils n'avaient pas suffisamment souffert de la mort de leurs camarades et de leurs propres blessures, le couteau avait été remué dans la plaie lorsqu'ils avaient appris que leur commandant, un homme qu'ils admiraient et respectaient, leur avait menti et les avait trahis pour un paquet de pognon.

Pis encore, lorsque tout avait été sur le point d'imploser, la grande famille qu'était l'armée leur avait tourné le dos. Personne n'avait cru en leur version des faits présentant Merritt comme responsable d'une opération secrète illégale qui avait mal tourné. Garde-à-vous, et ne rompez pas le silence ! Tout ce qu'ils avaient gagné, c'était une apparition soudaine dans leur dossier militaire de rapports défavorables et de mauvaises notes qui n'y figuraient pas auparavant. Brusquement, les rescapés de cette embuscade avaient soi-disant reçu des blâmes pour bagarres et troubles à l'ordre public, et avaient prétendument reçu des sanctions disciplinaires diverses au cours de leur carrière militaire, tant et si bien qu'ils n'avaient plus eu aucun crédit auprès de leur hiérarchie et que la faute pour ce fiasco leur collait à présent à la peau comme une mouche à la merde. Ils s'étaient sentis pris dans une putain d'avalanche et n'avaient eu pour seules options que la chute vertigineuse d'un renvoi pour manquement à l'honneur, qui s'accompagnait de vacances aux frais de la princesse au pénitencier militaire de Leavenworth, ou un renvoi disciplinaire qui leur laissait une chance de se refaire une vie.

Alors ils avaient remballé leur honneur souillé – parce que « sali » était loin d'être assez fort – et avaient opté pour la seconde solution. Ce n'était pas par peur de se retrouver au tribunal, mais plutôt parce que la personne qui tirait les ficelles dans cette histoire devait très certainement être un membre des hautes sphères de l'armée – voire plus haut que cela encore – et qu'ils auraient donc fini en prison quoi qu'il en soit. Quant à connaître le responsable et le fin mot de cette affaire, le mystère restait entier. Qui plus est, la clause de confidentialité qui avait été la condition *sine qua non* de leur liberté faisait qu'ils ne pouvaient parler de tout cela qu'entre eux sous peine de se voir passer les menottes. Toutefois, Charlie avait peut-être – un infime espoir était permis – trouvé quelque chose qui leur permettrait de faire tomber les masques une bonne fois pour toutes.

Peut-être alors s'offrait aujourd'hui à eux la chance qu'il avait si longtemps guettée, cette occasion d'effacer la honte, de redorer son blason et de laver son honneur. Nick espérait simplement que ses équipiers verraient les choses de la même façon.

Tandis qu'il rejoignait le groupe, une partie enfouie de son être revint à la surface. Il se rendit compte à quel point ses amis lui avaient manqué. Il avait vécu sans eux comme un estropié sans un de ses membres. Les retrouver aujourd'hui provoquait à la fois une atténuation et une aggravation de la douleur fantôme, car ils ne pourraient plus jamais se ressouder. Cela leur était devenu impossible depuis qu'ils avaient perdu six de leurs compagnons ; sept en comptant leur commandant, mais Nick ne le faisait jamais.

Beckett et Easy — le surnom donné à Edward à cause de ses initiales, « E. C. » — étaient assis sur les tabourets et discutaient entre eux tandis que Shane était posté au bout du bar, les bras croisés et le visage fermé comme une porte de prison.

— Merci d'être venus, dit Nick en allant prendre place face à Shane, adoptant la même posture.

Cette scène créait pour lui une image poignante et douloureuse. L'unité s'affrontait plutôt que de se battre côte à côte comme elle l'avait fait pendant des années.

— Qu'est-ce qu'elle a à la figure, la fille Merritt ? demanda Beckett avec son éternel air de gros dur.

Il connaissait très bien le prénom de Becca, et Nick savait pertinemment qu'il avait choisi de l'appeler par son nom de famille afin de rappeler à tous leur ancien commandant. Comme s'ils pouvaient l'oublier un jour. De plus, cela permettait à Beckett de signifier qu'il n'était pas encore convaincu de vouloir apporter son aide.

Nick songea alors qu'il avait eu la même réaction la première fois qu'il avait vu Becca.

— On a essayé de l'enlever aujourd'hui. Elle a réussi à résister à son agresseur. Elle en est ressortie avec une belle bosse sur le front et quatre points de suture dus à un coup de couteau. L'égratignure au-dessus de l'œil, ça, c'est un accident.

Beckett le dévisagea longuement avec dans le regard un mélange d'étonnement et d'admiration. Mis à part jouer sur leur ardent désir de recouvrer leur honneur, le meilleur atout de Nick pour leur faire baisser leur garde restait Becca elle-même. Ils étaient en colère et sur la défensive – et ils en avaient tous les droits –, mais le besoin de secourir, de servir et de faire ce qui est juste demeurait inscrit dans leur ADN.

— Pourquoi tu nous raconterais pas tout depuis le début, avança Shane.

Nick répondit par un bref hochement de tête et repoussa le souvenir de toutes ces fois où il avait participé à des briefings et avait donné leurs ordres à ces hommes. Ce n'était pas l'armée, et il n'était pas leur commandant en second. D'ailleurs, il n'était même plus le même homme.

Putain, concentre-toi.

— Becca est venue me trouver il y a deux jours. Son frère avait disparu et le dernier message qu'elle avait reçu de lui disait de me chercher. Je l'ai envoyée bouler.

Là, il eut toute leur attention. Shane décroisa les bras et posa les coudes sur le comptoir, et Easy se redressa sur son tabouret.

— Je voulais plus rien avoir à faire avec les Merritt ou leurs problèmes, poursuivit Nick. Mais plus j'y pensais, plus je me demandais pourquoi Charlie, le frère disparu, que je n'ai jamais rencontré de ma vie, avait dit à sa sœur de venir m'appeler à l'aide ; et pourquoi il lui avait clairement indiqué que je faisais partie de l'unité des forces spéciales commandée par leur père.

— Comment il a su qui tu étais ? interrogea Beck.

—J'en suis pas sûr. Peut-être que Merritt a déjà causé boulot avec ses enfants. Ou alors Charlie a peut-être trouvé quelque chose dans les papiers du colonel. (Nick haussa les épaules et ce léger mouvement déclencha une douleur représentative de toute la tension qu'il ressentait, et qui emplissait toute la pièce.) Mais ce qui m'a encore plus intrigué, c'est le fait que Charlie, après avoir découvert qui j'étais, en ait tiré la conclusion que je pourrais l'aider à le sortir du pétrin dans lequel il s'est retrouvé.

Il ne parvenait pas à se défaire de ce sentiment qu'il touchait quelque chose du doigt.

—Alors, reprit-il, j'ai décidé de surveiller Becca pour voir s'il se passait vraiment quelque chose d'anormal. Hier soir, j'ai coursé un gars qui s'était introduit chez elle. Il avait fouillé son bureau, apparemment. C'est là qu'elle m'a raconté qu'elle avait retrouvé l'appartement de son frère saccagé quelques jours plus tôt.

Easy joignit les mains devant lui.

—C'est pas la joie, c'est clair, mais tu m'expliques le rapport ?

Les hochements de tête autour du bar marquèrent l'unanimité du sentiment.

Nick les regarda chacun à leur tour et pria pour que sa dernière cartouche fasse mouche avec eux comme elle l'avait fait avec lui.

—Après l'effraction chez Becca, elle m'a expliqué qu'elle et Charlie s'étaient disputés avant sa disparition. Son frère est un hacker et il affirmait avoir trouvé une preuve que leur père n'était pas l'homme qu'elle croyait. (Il marqua une pause afin de ménager son effet.) Depuis qu'il a fait cette révélation, il a disparu, quelqu'un s'est introduit chez lui ainsi que chez elle pour tout fouiller, et on a essayé de la kidnapper. Celui qui est entré par effraction chez elle y est retourné un peu plus tard la nuit dernière. Tout a été ravagé chez elle. Alors mon avis, c'est que quelqu'un veut absolument mettre la main sur quelque chose qui se cache chez les Merritt, mais qu'il n'est pas arrivé à le dénicher. Pas encore.

— Putain, lâcha Shane.

— Merritt n'était pas l'homme que nous croyions tous, rétorqua Easy.

Le ton sec et monocorde sur lequel il avait fait cette remarque contrastait avec la fureur incontrôlable qui brillait au fond de ses pupilles. Nick n'était donc pas le seul à vivre avec cette colère et cette frustration au jour le jour. Mais c'était un sentiment assez naturel chez un homme dépouillé de son honneur.

Nick les regarda chacun dans les yeux à la recherche d'un signe qu'il était parvenu à les convaincre. Pour l'instant, c'était loin d'être évident.

— Tout à fait. Donc, maintenant, la question à un million c'est : « Qu'est-ce que le fils Merritt a bien pu déterrer pour en arriver à cette même conclusion ? »

— Tu sais ce qu'il vaut comme hacker ? demanda Beckett d'une voix calme mais intéressée.

— Il est suffisamment bon pour que des entreprises veuillent le payer pour essayer de pirater leurs systèmes, tout ça pour en tester l'efficacité. Après, je sais pas.

Shane inspira longuement.

— Ça fait beaucoup de probabilités à la con, Nick. Une poignée de « si » par-ci, on ajoute quelques « peut-être » par-là, on saupoudre de « possible », et on mélange le tout. Si Charlie a mis la main sur quelque chose en rapport avec l'opération secrète de Merritt, et si quelqu'un avait découvert que cette information était compromise, et si on avait décidé d'enlever Charlie et d'enquêter sur ce qu'il a trouvé ainsi que sur la manière dont il s'y est pris, alors possible que ça ait un rapport avec ce qui nous est arrivé.

—Et la meilleure façon de connaître le fond de l'histoire, c'est de retrouver Charlie. Apparemment, c'est lui, la clé de tout ce mystère, déclara Beckett dans un haussement d'épaules. Mais ça, c'est le boulot de la police, ou d'un détective.

—Ouais, pourquoi pas laisser la police de Baltimore faire son travail ? demanda Easy en les regardant tour à tour.

Le téléphone de Nick se mit à vibrer et il plongea la main dans sa poche pour l'en retirer.

—Une seconde, dit-il en voyant qui l'appelait. Miguel ?

—Ouais. Je suis devant la porte de service.

Nick lui donna le code d'entrée et raccrocha.

—Une petite minute, les gars, il y a quelqu'un qui va arriver et qui pourra vous expliquer beaucoup mieux que moi pourquoi c'est pas une option.

Il traversa ensuite le salon jusqu'à la porte, qu'il ouvrit. Les pas de Miguel dans l'escalier résonnèrent dans le couloir, puis le détective apparut en haut des marches, une mallette en cuir dans la main.

—Salut. Merci d'être venu malgré l'heure.

—Désolé, j'ai été retenu.

—T'en fais pas. Viens, entre. Je voudrais te présenter certaines personnes.

—Attends, Nick. Il y a quelque chose que je voudrais te montrer avant la réunion du comité, annonça le détective en restant planté dans le couloir.

Nick laissa la porte de l'appartement se refermer tandis que son ami ouvrait la mallette qu'il avait apportée.

—Après ton départ, j'ai passé quelques coups de fil du bureau de Becca en attendant l'arrivée du serrurier. J'ai trouvé ça en partie couvert par une pile de papiers et de dossiers qui s'était renversée sur son secrétaire, expliqua-t-il en lui tendant un sac en papier.

Nick fronça les sourcils et déplia le paquet pour voir ce qu'il contenait. Il en sortit un premier sac plastique qui renfermait un couteau de chasse avec une vilaine lame incurvée et un manche noir. Puis, il en extirpa un second, plus petit et plus léger, qu'il leva devant son visage.

—Putain de bordel de nom de Dieu de merde! C'est un doigt? s'exclama-t-il à voix basse en sentant les poils de sa nuque se hérisser.

—Ouais. C'est le petit doigt, si on en juge par la taille. L'ongle a été arraché. Ça a pas été fait proprement. Quand j'suis tombé là-dessus… (Miguel ponctua sa phrase en secouant la tête.) C'est dans des moments comme ça que je voudrais ne jamais avoir arrêté la clope.

—C'était posé sur le bureau de Becca?

Le détective hocha la tête, une forte inquiétude plissant ses traits.

—Planté sur le bureau par le couteau. Les papelards ont dû le couvrir après, parce que c'était mis bien en évidence, sinon.

Nick ne pouvait détacher les yeux du doigt sectionné. *Quelle horreur.* Il ne fallait pas être devin pour comprendre à qui ce doigt devait appartenir. Et s'il avait raison, alors ce n'était plus la peine de se demander si Charlie s'était ou non fait kidnapper. Un frisson lui parcourut l'échine. Comment allait-il bien pouvoir annoncer cela à Becca?

—Est-ce qu'il y avait un mot, ou une demande de rançon?

— Rien, répondit Miguel en refermant sa mallette.
— Alors, c'est quoi, le message que ces enfoirés font passer ?

Était-ce une menace aveugle visant à lui faire peur ? Si l'on ajoutait à cela l'ampleur des dégâts causés chez Becca, il semblait que le but était effectivement de la terroriser. Si Charlie avait bel et bien mis la main sur des informations en relation avec le business au noir de Merritt, alors peut-être ces gens qui l'avaient enlevé étaient-ils frustrés de ne pas avoir réussi à le faire parler ? Ou peut-être avaient-ils voulu faire diversion afin de pouvoir kidnapper Becca ? *Quel merdier.* Et ce couteau de l'armée, était-ce une coïncidence ?

— Bonne question. Mais j'ai d'autres infos.

Nick poussa un long soupir.

— Viens, entre. J'ai fait appel à quelques potes de l'armée au cas où on aurait besoin de plus de bras dans cette histoire, et apparemment ça va être le cas. Il faut aussi qu'ils entendent ce que tu as à dire.

Miguel acquiesça et lui emboîta le pas.

— Ah. Au fait, voilà les nouvelles clés de ta copine.

Nick s'opposa mentalement à l'utilisation du mot « copine » pour désigner Becca et mit le trousseau qui comptait trois clés dans sa poche. Dès qu'il saurait quelles autres emmerdes les attendaient, il lui faudrait expliquer à la jeune femme tout ce qui s'était passé. Mais comment allait-il pouvoir lui annoncer que les enflures qui avaient saccagé sa maison et tenté de l'enlever – s'il partait du principe que tout cela était lié – avaient aussi mutilé son frère ? En plus, il ne parvenait pas à comprendre quel était le message. Charlie était-il mort ou vivant ? La tentative d'enlèvement sur Becca pouvait aussi bien s'expliquer dans les deux cas. Soit ces enfoirés avaient tué Charlie et avaient besoin de sa sœur pour une obscure raison, soit Charlie refusait de parler et ils cherchaient un moyen de le briser. Et ces deux options le révulsaient.

Les anciens membres de son unité de combat se tournèrent vers l'invité de Nick comme un seul homme. Le détective et lui vinrent se placer près du bar.

— Je vous présente Miguel Olivero. Un ancien flic reconverti en détective privé. C'est un bon ami, digne de confiance. (Les trois ex-soldats hochèrent la tête à l'intention du nouveau venu.) Miguel me filait un coup de main tout à l'heure quand on a découvert la maison de Becca saccagée. Quand je suis parti récupérer Becca, il a trouvé ça planté sur le bureau, dit Nick en déposant sur le comptoir devant lui les sacs plastique contenant le couteau et le doigt.

Beckett, qui était le plus proche, souleva le plus petit des sachets pour l'examiner.

— Bon Dieu de merde, s'exclama Shane. C'est celui de son frère ?

— Sans doute, répondit Nick. Je vois pas à qui ça pourrait être d'autre, de toute façon. Il va falloir que je demande à Becca si elle le reconnaît. (Bon sang, il ferait tout pour ne pas avoir à lui montrer ça, pour la préserver de cette horreur !) Apparemment, ce n'est pas tout ce que Miguel a appris aujourd'hui.

Il se tourna vers son ami pour lui céder la parole. Le détective posa les bras contre le bar.

— Je sais bien que vous me connaissez pas, mais j'ai été flic à Baltimore. J'ai gardé des contacts dans la police. Ça me débecte d'avoir à dire ça, mais y a quelque chose de pas net dans la façon dont les poulets s'y prennent dans cette affaire. Aucune déposition n'a été enregistrée, et ça malgré trois plaintes et trois interventions de la police. Nick, est-ce que des enquêteurs ont inspecté la maison de Becca après la première effraction ? (Ce dernier acquiesça d'un hochement de tête.) Eh bien, on ne trouve aucun indice entré dans la base de données. Mon contact n'a même pas su me dire qui était l'officier en charge de l'enquête pour ces trois affaires. Alors j'ai suivi mon intuition et j'ai appelé un ami qui bosse au centre d'appels d'urgence. Je lui ai demandé de vérifier la liste d'appels du 911 pour voir si les numéros de Becca apparaissaient.

Le détecteur d'emmerdes de Nick indiquait un avis de tempête.

— D'après le registre, aucun appel n'a été émis de son numéro de fixe ni de son numéro de portable.

— Les enculés, ragea Nick, son sang bouillonnant dans ses veines. Je sais qu'elle a appelé le 911 après la première effraction, j'ai vu les flics et les pompiers débarquer.

— Je ne doute pas de ce que toi ou Becca avez dit.

Miguel laissa planer les implications de son témoignage puisque le jugement était sans appel. Miguel Olivero, ancien agent décoré des forces de police de Baltimore, pensait que des flics véreux étaient en charge de l'affaire. Nick parvenait à la même conclusion. Il regarda Beckett, puis Easy, et enfin Shane.

— C'est pour ça qu'on ne peut pas se fier à la police pour retrouver Charlie. Ça sent le coup fourré à plein nez.

Et ils ne connaissaient déjà que trop bien cette odeur pestilentielle.

Miguel hocha la tête, son visage creusé de rides soucieuses en une expression dont n'était pas coutumier cet homme d'ordinaire si affable.

— Tu as dit que quelqu'un avait essayé d'enlever Becca alors qu'elle se trouvait dans une salle de repos du personnel de l'hôpital ? rappela le détective. (Nick acquiesça.) Ça signifie que ces types ont dû se procurer des uniformes, des badges valides et qu'ils devaient connaître son emploi du temps. Un coup dans ce genre demande beaucoup de préparation, de ressources, de savoir-faire et des couilles en titane. (Des murmures d'assentiment se firent entendre autour du bar.) Si on ajoute à tout ça la disparition des dépositions de Becca, on obtient un foutu merdier de première classe.

— Si je comprends bien, commença Shane en se passant les doigts dans les cheveux, tu veux qu'on enquête sur un kidnapping et qu'on mène une opération de libération d'otage ? Et officieusement, avec ça ?

— Oui, répondit Nick en serrant les abdos, paré au pire.

— On sait même pas à la gueule de qui on va cracher, poursuivit son ancien équipier. (Malgré son pessimisme, il paraissait considérer sérieusement la question.) Mais je suppose que c'est la première chose à découvrir.

Rixey leva vivement les yeux sur Shane avec l'espoir soudain de le voir accepter de s'embarquer dans cette histoire. D'après ce qu'il pouvait lire sur les visages des autres personnes présentes, il n'était pas le seul à faire le calcul et à constater que le compte semblait bon. Qu'importait si toute cette affaire n'avait aucun sens. Cela signifiait simplement qu'ils ne connaissaient pas encore toutes les inconnues de l'équation. Mais ce n'était qu'une question de temps.

— Ça veut dire que vous êtes partants ?

Shane dévisagea Nick un long moment.

— C'est un bordel sans nom, ton histoire, mais mon instinct me dit que le tien a peut-être vu juste. Et si c'est le cas… (il regarda Miguel du coin de l'œil, comme s'il avait peur de parler ouvertement devant lui) alors on trouvera peut-être ce qu'on cherche. Alors, OK, je suis partant.

Nick hocha calmement la tête, mais son moi intérieur exultait.

Easy se frotta avec insistance le crâne de la paume des mains, puis le regarda dans les yeux.

— Si ça peut nous donner une chance de laver notre honneur, tu peux être certain que je suis partant.

D'évidence, il ne s'inquiétait pas autant que Shane de ce que le détective pouvait comprendre.

— Beckett ? s'enquit Nick.

L'intéressé leva sur lui un regard glacial.

— Ce qui est sûr, c'est que je vais pas vous laisser vous faire tuer ni arrêter tous les trois. En plus, Easy a raison : c'est peut-être la seule chance qu'on aura de réparer l'injustice. Pas question que je la laisse filer. Je suis partant.

Le soulagement que ressentit Nick atténua la tension dans ses épaules.

— OK, super. Merci de nous avoir écoutés. (Les trois anciens soldats lui adressèrent un bref hochement de tête.) Tout d'abord, ça va sans dire mais je préfère que ce soit clair, Becca ne connaît pas encore toute l'histoire, OK ?

Même si aucun d'entre eux ne pouvait avoir oublié la fameuse clause de confidentialité, ils lui répondirent par des œillades entendues.

— OK, alors. Shane a raison, la première chose à faire est de découvrir à qui nous avons affaire. On peut commencer par passer les appartements des Merritt au peigne fin et enquêter sur les dernières allées et venues de Charlie afin de trouver des témoins.

— L'agresseur, à l'hôpital, il ressemblait à quoi ? s'enquit Miguel. Des signes distinctifs ?

Nick essaya de se souvenir du visage de l'homme, mais il ne revoyait clairement que ses mains couvrant la bouche de Becca et tenant le couteau contre son flanc.

—Grand, afro-américain, la petite vingtaine, couvert de tatouages en tout genre.

—Tu as pu en identifier certains ?

—Non, mais Becca l'a peut-être fait.

—Donc, si le gars faisait partie d'une branche quelconque du crime organisé – mafia, groupe de détenus, gang local –, on pourra trouver en ligne des bases de données avec la signification des tatouages. Ça nous aidera pas s'il s'agit seulement d'un mercenaire, mais s'il fait partie d'une bande, on a peut-être une chance. À ce moment-là, je pourrai peut-être montrer à Becca les photos des membres connus de l'organisation à laquelle il appartient, et puis j'ai aussi un ami qui est un as des portraits-robots, suggéra le détective.

—Super, répondit Nick en hochant la tête. On aura aussi le soutien des miracles informatiques que pourra accomplir Marz quand il arrivera, demain.

Derek DiMarzio était le dieu de l'informatique. Peut-être serait-il capable de retrouver la trace numérique de Charlie.

Beckett fustigea Rixey du regard.

—T'as demandé à Marz de venir ?

Et voilà, bonjour les emmerdes !

—Ben, évidemment que je lui ai demandé de venir, rétorqua Nick sur un ton qui indiquait que cela allait de soi.

Toute une série d'émotions virulentes passèrent sur la figure de Beck, qui repoussa violemment son tabouret et fit le tour du bar d'un air menaçant.

—Putain, Nick, il y a laissé…

—Il fait partie de l'équipe, Murda. C'est pas plus compliqué que ça.

Le fait que Derek ait perdu la moitié d'une jambe dans l'explosion d'une grenade ne faisait pour Nick aucune différence. Il méritait quand même de participer à cette reformation en rangs de bidasses s'il en avait envie. Et c'était le cas. De tous, il avait été celui qui s'était montré le plus emballé par ces retrouvailles et toute cette mission. Son amputation n'avait rien de différent avec le dos de Nick réduit en bouillie ou la perte d'acuité de l'œil droit de Beck. Mais le problème ne venait pas seulement de ce membre amputé, et Nick le savait très bien. Le problème était que Marz avait perdu sa jambe ce jour-là en sauvant la vie de Beck.

Malgré son boitillement, Beckett se retrouva à un cheveu du visage de Nick en moins de deux secondes et demie. C'était comme voir un semi-remorque lui foncer dessus.

— Tu crois vraiment que toi, tu peux te permettre de parler de notre équipe ?

Toute la nervosité et toute la frustration qui s'étaient accumulées au fil de cette journée mouvementée et que Nick avait tenté de maîtriser implosèrent en lui, alimentant le feu de sa rage et le poussant à faire un pas de défi encore vers un homme que le bon sens vous soufflait habituellement d'éviter d'énerver. Murda était gigantesque, avec une mine patibulaire et un regard assassin – le genre de gars qui, quand on le croisait dans la rue, vous donnait envie de changer de trottoir. Toutefois, Nick n'était pas non plus une menace à prendre à la légère, et il était animé par une rage bouillonnante.

— Je me suis battu pour cette équipe, j'ai versé mon sang pour elle. Alors, ouais, j'ai le droit d'en parler, putain !

Au moment précis où Nick acquit la certitude que Beck ne renoncerait pas, ce dernier recula. Il tourna les talons en secouant la tête avec un petit rire narquois.

—C'est ça. Seulement, c'était si important pour toi que t'as préféré nous oublier.

Nick explosa de l'intérieur. Il s'était flagellé chaque foutu jour durant ces dix derniers mois pour ce qui était arrivé à ces hommes.

—Putain, qu'est-ce que tu viens de dire ?
—T'as très bien entendu, Rixey. Quand les choses allaient bien, tu faisais comme si on était tous des frères, mais dès qu'on a été rapatriés… (Beckett poussa durement Nick) là c'était loin des yeux, loin du cœur.

Murda n'aurait jamais dû le bousculer. Nick sentit quelque chose céder en lui et il fut saisi d'un accès de violence qui occulta tout si ce n'est la nécessité de défendre son honneur contre cette allégation.

Il attaqua.

Les deux tas de muscles s'entrechoquèrent dans un grand fracas. Nick reçut un uppercut à l'estomac qui modifia de façon permanente la disposition de ses organes. Beckett encaissa un direct à la gorge et s'étrangla désespérément avant de recouvrer son souffle. Nick songea alors avec une amertume insoutenable qu'il s'était bel et bien détourné de cette équipe à la minute où tous avaient été de retour au bercail, mais son sens de l'honneur et de la loyauté le maintenait sur la défensive car même s'il avait agi comme un con – et il aurait à vivre avec cela chaque jour que le bon Dieu faisait –, il ne les avait jamais abandonnés, pas plus qu'il n'avait abandonné la haine qu'il ressentait après qu'ils s'étaient fait, tous autant qu'ils étaient, dépouiller de tout ce qu'ils avaient jamais été.

« Loin des yeux, loin du cœur »? rumina-t-il avec colère. Il aurait supplié à genoux pour qu'on lui permette de vivre cinq minutes sans ressentir ce chagrin et cette culpabilité.

Il prit un autre coup de poing dans le rein, sur son mauvais côté, et Nick alla s'écraser contre le frigo, sa tête percutant durement la porte de métal, le dos meurtri par l'impact.

Beckett lui envoya un crochet puissant, la force étant son atout principal. Nick, cependant, était doté d'une plus grande rapidité et d'une meilleure agilité, et son esquive parfaitement ajustée valut à son adversaire un raté mémorable, son poing arrêté net par le frigo blindé solidement campé sur ses pieds.

Des voix s'élevaient autour et il sentait des mains tenter de le retenir, mais tout était comme effacé, éthéré. Beck et lui étaient pris dans une transe et leurs démons s'affrontaient, seule la violence pouvant les exorciser.

—Arrêtez! Bon sang, mais arrêtez ça!

C'était Becca.

Sa voix traversa l'exaltation vengeresse qui enveloppait leur ring pour atteindre sa conscience, et Nick se sentit comme catapulté dans son propre corps. Il lutta pour reprendre ses esprits, cligna des yeux et chercha tout autour de lui la jeune femme.

Au moment même où ses yeux trouvaient le visage de Becca, le coude de Beckett trouva le sien.

Becca tressaillit dans un hoquet d'horreur devant la force de l'impact. La tête de Nick fut projetée sur le côté, et il percuta de tout son poids l'angle du bar. En entendant le râle de douleur qu'il poussa lorsque le granit s'enfonça dans ses côtes, elle puisa la force de repousser les bras de Shane qui la retenaient et se précipita auprès de Nick.

Il se tenait penché au-dessus du comptoir, et elle passa les bras autour de sa taille et de ses épaules.

— Mon Dieu, Nick, est-ce que ça va ?

Beckett vint se placer juste derrière eux, son visage contorsionné de colère. Elle planta un regard noir dans le sien.

— Je sais pas ce qui s'est passé, mais c'est terminé. Tu m'as comprise ? Recule.

— Ah, putain ! gémit doucement Nick en essayant de se redresser.

La vue brouillée, il vit Beckett reculer et lança un regard à la ronde avant de poser les yeux sur Becca. Il fit une grimace de douleur et devina à la difficulté qu'il avait à se tenir debout que les muscles de son côté gauche étaient tétanisés.

Becca sentit naître dans son cœur un féroce instinct protecteur qui se mua en haine implacable. Cependant, elle ne voulait penser à rien d'autre pour l'instant que de s'occuper de Nick.

— Viens t'asseoir, dit-elle en tirant vers lui un tabouret avant de l'aider à prendre place.

Sa figure n'était pas belle à voir. Il avait la pommette droite fendue et du sang coulait de la blessure, épicentre d'un hématome qui gonflait toute cette partie jusqu'à l'œil.

— Tu as une trousse de premiers secours ? demanda-t-elle.

— Sous le lavabo de ma salle de bains, répondit-il d'une voix lourde et enrouée.

— Quelqu'un peut aller me la chercher ? C'est la dernière porte au fond du couloir.

— Tout de suite, mam'zelle, se proposa le plus âgé *(sans doute l'ami détective de Nick)* en s'exécutant au pas de course.

Shane s'empara du rouleau d'essuie-tout et humidifia quelques feuilles qu'il disposa en pile sur le bar près d'elle avant d'en préparer un tas de sèches.

— Merci, dit-elle, toujours en colère contre eux tous mais reconnaissante pour leur assistance.

Nick écarta de sa figure les mains de Becca.

— Je vais bien, bougonna-t-il d'une voix encore pâteuse et difficile.

— On en est très, très loin, rétorqua-t-elle en reprenant sciemment la formulation qu'il avait utilisée plus tôt dans la journée. (Il leva ses yeux vert clair sur elle et haussa les sourcils.) Honnêteté, tu te rappelles ?

Lorsqu'elle vit dans son regard qu'il lui concédait ce point, elle reprit :

— Enlève ton tee-shirt.

— Pourquoi ?

— Parce que j'ai besoin de t'examiner. Tu respires avec difficulté et tu te protèges les côtes.

Son visage prit une teinte plus blanche lorsqu'il souleva son tee-shirt par-dessus sa tête, et Becca vit instantanément qu'il n'utilisait que son bras droit, le gauche toujours trop occupé à protéger ses côtes.

— Retourne-toi, ordonna-t-elle en lui indiquant avec les mains de faire pivoter son tabouret afin de lui exposer son flanc gauche. Est-ce que tu peux soulever ton bras pour que je puisse t'examiner ?

Le chiot émit un gémissement plaintif et vint se planter à ses pieds.

— Couché, ma belle. Allez, lui ordonna Becca.

La chienne s'allongea en boule non loin de là, sans les quitter des yeux. Becca commença à examiner les côtes de Nick et ses yeux se posèrent à l'endroit où un amas de cicatrices courait jusque sous la ceinture de son jean. Elle suivit le même chemin avec ses doigts.

—Dis-moi quand ça fait mal.

On aurait pu entendre une mouche voler dans le silence absolu qui tomba sur la pièce. Et il valait mieux, car Becca n'aurait plus répondu de rien si l'un de ces lourdauds avait été assez stupide pour faire son malin. Elle prit une petite seconde pour fustiger du regard cette bande de marsouins qui prétendaient avoir combattu côte à côte. Ils l'observaient tous les trois, agglutinés de l'autre côté du bar, le plus loin possible d'elle. Shane et Edward avaient la mine grave et sévère, et Beckett gardait la tête basse.

—Que l'un de vous sorte une poche de glace pour le poing de Beckett.

Le géant leva brusquement la tête et la regarda avec étonnement tandis que Shane se dirigeait vers le congélateur.

Par pressions légères, Becca tâta l'extrémité du tissu cicatriciel. Nick inspira douloureusement par le nez et contracta les muscles du côté gauche.

—Qu'est-ce qu'il t'est arrivé?

—Blessure par balle puissance deux. Une pénétrante, l'autre pas. Bassin fracturé et intestin perforé, tous les deux guéris. Séquelles au niveau des nerfs périphériques, dit-il comme s'il s'agissait d'une leçon apprise par cœur. (Et il avait sans doute répété cela assez souvent.) Mais ça ira.

Elle hocha la tête en étouffant le chagrin qu'elle ressentait pour lui, et en ravalant les commentaires qu'il jugerait embarrassants devant ses amis. *Tu n'as pas l'air bien. Tu ne peux même pas respirer correctement. Je suis vraiment désolée que tu aies été blessé.* Mais il n'avait pas simplement été « blessé », car un diagnostic comme celui qu'il avait donné signifiait de multiples opérations, une douleur atroce et une rééducation laborieuse.

— Je vais seulement te nettoyer un peu le visage.

Elle se rendit à l'évier et se lava soigneusement les mains. Shane, quant à lui, avait trouvé un sac plastique qu'il remplit de glaçons avant de le lancer à Beckett. Ce dernier attrapa le sac au vol de la main qui n'avait pas connu l'acier du frigo.

L'aîné du groupe revint avec une boîte en métal blanche.

— Je l'ai trouvée, dit-il.

Becca se sécha les mains avant de lui indiquer le bar d'un geste. Miguel posa la trousse de soins et la lui ouvrit.

— Merci, répondit-elle. Vous êtes Miguel ?

Il était de taille moyenne, légèrement bedonnant, avec des cheveux foncés mais grisonnants et un teint subtilement mat.

— Ouaip. Je suis vraiment navré de tout ce qui vous arrive, Becca, déclara-t-il avec une gentillesse qui la toucha.

Si Nick lui accordait sa confiance, alors elle en ferait de même.

— Moi aussi. Et j'apprécie beaucoup que vous ayez aidé Nick aujourd'hui.

Elle constata avec étonnement que Shane avait pris l'initiative de préparer tout ce dont elle aurait besoin – gaze, lingettes désinfectantes et plusieurs bandes de sutures cutanées. Ensuite, il ouvrit un paquet de gants stériles et les présenta pour l'aider à les enfiler.

— Merci, dit-elle en mettant les gants, tandis qu'elle approuvait cette aide qui lui permettait de garder ses mains stériles.

À la façon qu'il avait de regarder tour à tour la trousse de soins et la blessure de Nick, il semblait vouloir apporter son aide.

Alors qu'elle s'apprêtait à prodiguer ses soins à Nick, elle sentit tous les yeux rivés sur elle, mais elle ne pouvait se permettre d'y prêter attention pour l'instant, malgré l'envie qu'elle avait de distribuer quelques paires de claques – à Beckett, d'abord, pour avoir blessé Nick, et aux autres ensuite parce qu'ils n'avaient rien fait pour empêcher les deux hommes de se battre, ce qui selon elle les rendait tout aussi fautifs.

Lorsqu'elle revint à côté de Nick, elle maintint ce visage las mais si beau d'une main pour pouvoir de l'autre nettoyer la plaie. Il posa les yeux sur elle et Becca sut qu'il la regardait faire, mais elle resta concentrée sur sa tâche.

Elle n'avait pas réellement eu l'intention de dire quoi que ce soit, mais les mots sortirent comme de leur propre initiative, et lorsque le premier franchit ses lèvres, elle en éprouva la véracité au plus profond de son cœur.

—Nick vous a demandé de venir pour m'aider. Apparemment, il l'a fait malgré cette tension qui vous a tenus à l'écart. Si j'avais su qu'il aurait à subir ça, j'aurais insisté pour qu'il ne vous appelle pas. (Elle déchira un paquet de lingettes désinfectantes et les extirpa de leur emballage.) Ça va piquer, prévint-elle en lançant un regard vacillant au blessé auquel il répondit avec une intensité presque insoutenable.

Il ne cilla pas lorsqu'elle appliqua la lingette sur la plaie.

Lorsque celle-ci fut nettoyée et sèche, Becca en resserra délicatement les bords pour ensuite placer les sutures cutanées. Puis, elle secoua la tête avec rage.

— Je ne sais pas ce qui se passe entre vous, et ce sont vos affaires. Mais pour ce qui est de la vie de mon frère, là ce sont les miennes. Alors si vous êtes incapables de vous contenir, je vous demanderai de partir, parce que des incidents comme celui-ci, ça nous aide pas, croyez-moi. (Elle appliqua deux fines bandes de sutures par-dessus les bords des trois autres qui maintenaient la plaie fermée.) Voilà, ponctua-t-elle en enlevant vivement les gants stériles avant de s'éloigner.

Nick lui attrapa le bras et la regarda avec un air de profonde reconnaissance. Elle hocha la tête à son intention et alla une nouvelle fois se laver les mains à l'évier. Puis, avec un long soupir, elle se retourna et chercha la poubelle.

— Nick ? Où se trouve la…

Lorsqu'elle s'approcha du plan de travail, quelque chose sur la plaque de granit attira son regard. Dans le feu de l'action, toute son attention avait été tournée vers Nick, mais à présent… Elle s'approcha.

— Becca.

Le temps sembla s'étendre à l'infini et la jeune femme eut l'impression que ses yeux fonctionnaient avec une précision redoutable. Elle tendit le bras et sa main délaissa un sac plastique contenant un couteau à manche noir pour s'emparer de celui qui se trouvait derrière. L'effroi lui fit remonter un frisson le long du dos.

Nick se leva précipitamment de son tabouret.

— Becca, non.

Mais elle avait déjà attrapé le sac plastique et le soulevait à présent. L'estomac de la jeune femme se révulsa.

Ce sac contenait un petit doigt mutilé. On voyait l'endroit sur la deuxième phalange où l'os avait été brisé et s'était ressoudé de travers, car il en avait résulté une légère bosse. Becca savait exactement ce qui avait causé cela. Alors qu'ils construisaient une cabane dans un arbre du jardin avec leur père, Scott avait manqué le clou avec son marteau et avait écrasé l'auriculaire de Charlie, qui n'avait alors que neuf ans. Ce dernier n'ayant cessé d'enlever son attelle, son os s'était ressoudé de travers.

L'ongle avait disparu, et la coupure n'était pas nette.

Mon Dieu, on le torture et on le mutile !

En un éclair, Becca sentit sa pression artérielle battre des records et des sueurs froides lui picoter la peau. Elle laissa échapper le sac et garda la bouche bien fermée dans l'espoir de résister suffisamment longtemps à cette terrible nausée pour…

La poubelle apparut soudain devant elle. Becca piétina la pédale pour l'ouvrir, se pencha et vomit tout ce qu'elle avait pu avaler ces dix derniers jours – c'était du moins ce qu'il lui semblait. Lorsque tout le contenu de son estomac fut vidé, les haut-le-cœur continuèrent, lui tirant d'abondantes larmes, et elle chercha son souffle. Quelqu'un lui retenait les cheveux et on lui caressait le dos.

Elle tressaillit en recouvrant difficilement son souffle lorsque les derniers élans nauséeux se calmèrent. Tous ses muscles étaient comme distendus, et la douleur au crâne et dans tout son corps avait redoublé. Du coin de l'œil, elle vit une main lui tendre des feuilles d'essuie-tout humides, qu'elle utilisa pour s'essuyer la bouche et se tamponner le front ainsi que les joues.

En plus de l'effroyable terreur dans laquelle la plongeait la disparition de Charlie, elle éprouvait à présent la honte et l'humiliation.

Je viens de vomir devant Nick, mais aussi devant quatre anciens bérets verts aguerris. Chier, putain, merde !

Becca s'efforça de se relever et constata, non sans surprise, que celui qui lui tenait les cheveux n'était autre que Beckett le gros dur et que c'était Nick qui lui caressait le dos. En équilibre précaire, elle s'appuya maladroitement contre le meuble de cuisine qui se trouvait derrière elle et porta les mains à sa bouche.

— Désolée, dit-elle, penaude.

— Vous n'avez pas à vous excuser, Becca, la rassura Miguel.

Les autres marmonnèrent leur assentiment. La jeune femme regarda avec les yeux vitreux Beckett sortir le sac-poubelle et le nouer.

— Si je comprends bien, reprit le détective avec quelque retenue, cela signifie que c'est celui de votre frère ?

Elle acquiesça tout en acceptant le verre d'eau que lui tendait Shane.

— Merci, murmura-t-elle avant de boire par petites gorgées. Je reconnaîtrais cette phalange tordue entre mille.

Dans son esprit déferlaient des milliards de questions sur son frère et les raisons de tout cela, mais une seule la brûlait au milieu de toutes. Elle détourna le regard du sac plastique, se refusant catégoriquement à imaginer ne serait-ce qu'une seconde tout ce qu'avait dû subir Charlie. Elle se tourna vers Nick, le regard plein de rage.

— Depuis combien de temps tu as ça ? demanda-t-elle d'une voix rauque, la gorge écorchée.

Il devint soudain blanc comme un linge, son visage à la fois résolu et déconfit.

— Becc...

— Depuis quand tu le sais ? l'interrompit-elle en pointant brusquement du doigt le sac sur le bar. Oh, non. Est-ce que tu l'as trouvé chez moi avant de venir me chercher à l'hôpital ? C'est pour ça que tu étais dans cet état quand tu m'as appelée ?

Elle sentit une boule se former dans sa gorge à vif. C'était il y avait plusieurs heures de cela. Pendant plusieurs heures, il l'avait laissée l'embrasser, plaisanter au sujet du nom à donner au chien, faire une sieste sur le canapé et parler tatouages avec Jeremy pendant qu'il lui cachait que quelqu'un avait découpé le petit doigt de Charlie ? Une frénésie hystérique s'empara d'elle et elle se prit en pleine poire un retour de manivelle émotionnel qui l'assomma.

— Non. Je l'ai appris il y a quelques minutes à peine. Je te le promets. (Son ton était imprégné d'une grande sincérité, et il vint lui retirer le verre des mains avant de lui agripper les poignets pour la forcer à le regarder.) Miguel l'a trouvé chez toi après mon départ tout à l'heure.

— C'est vrai, Becca, confirma le détective. Je suis désolé de ne pas avoir pu venir plus tôt pour vous tenir au courant. Je ne souhaitais pas parler de tout ça au téléphone, surtout en l'état des choses…

— Quel état ? s'enquit la jeune femme.

Nick lui posa les mains sur la nuque.

— On pense qu'on a affaire à des flics véreux. Aucune de tes dépositions n'a été enregistrée, et il n'y a aucune trace d'appels passés au 911.

— Quoi ? s'indigna Becca en sentant la pièce se mettre à vaciller. Comment est-ce possible ?

— Aucune idée, mais on est tous là pour t'aider à le découvrir, déclara Nick en embrassant tout le groupe d'un geste du bras.

Elle hocha la tête, le sac sur le bar attirant sournoisement son regard contre sa volonté.

— Est-ce que ça veut dire que Charlie est mort ? demanda-t-elle tout bas, la voix brisée.

Dans le meilleur des cas, cela signifiait qu'il avait été enlevé, et qu'il ne s'était pas simplement enfui.

— Pas nécessairement, répondit Nick en serrant très légèrement sa nuque pour lui donner du courage. Mais on n'en sait rien. On n'a trouvé aucun message, aucune instruction, aucune demande de rançon. Miguel l'a découvert posé sur ton bureau avec le couteau. C'est tout ce que nous avons. Il ne faut pas envisager le pire. (Il prit son visage dans ses mains puissantes et se pencha plus près.) Si ça peut te rassurer un peu, je te promets que je ne te cacherai absolument rien en ce qui concerne cette affaire.

— Merci. Je suis désolée de t'avoir prêté de mauvaises intentions, dit-elle en poussant un soupir mal assuré. Je préfère largement avoir à affronter les faits directement plutôt qu'on me dissimule des choses. (Elle fit un geste vague en direction du bar.) Malgré ce que tu as pu voir, je ne suis pas faible. Je ne vais pas craquer. Je vois du sang, des boyaux, l'hystérie et des drames au quotidien. Je suis capable de supporter ça.

— Et je n'en doute pas une seconde, Becca, assura Nick avec dans les yeux une lueur qu'elle n'osa pas essayer de déchiffrer.

Il semblait lire au plus profond d'elle, sondant son âme, évaluant ses forces, jugeant son courage. Elle soutint son regard pendant de longues secondes et se soumit à son inspection.

— Parfait. Alors, c'est quoi, le plan ? demanda-t-elle ensuite.

Chapitre 14

Après une heure de débat constructif, ils eurent élaboré un plan à plusieurs angles d'attaque pour le lendemain, et Becca eut bien du mal à résister au chant de l'espoir qu'elle sentait naître dans son cœur. Enfin, elle avait l'impression d'avancer.

Mais la seule pensée de l'auriculaire mutilé de Charlie régla ce problème.

Mon Dieu, ils lui ont coupé un doigt. Quelle bande de barbares... ?

Elle s'efforça de ne pas y songer – non pas que Charlie ne mérite pas toutes les pensées et toute l'inquiétude qu'elle pouvait nourrir à son égard, mais si elle se laissait aller à imaginer sa souffrance, elle risquait de s'effondrer en larmes.

Ils étaient installés confortablement dans le salon et l'horloge était sur le point d'afficher minuit. Alors, comme une bourrasque, la fatigue sembla s'abattre sur eux tous.

Ces hommes qui l'entouraient étaient de gros durs gonflés à la testostérone, capables d'infliger de sérieux dégâts. Mais plus elle apprenait à connaître les anciens collègues de Nick, plus elle s'apercevait qu'ils avaient d'autres traits en commun avec lui. Comme lui, ils avaient un regard mélancolique, la rancune plus tenace qu'une teigne, et une attitude légère qui leur donnait l'air de toujours être prêts à se fendre d'un sourire joyeux ou d'un rire franc. C'était comme s'ils avaient traversé de graves épreuves ensemble, quelque chose qui n'avait pas seulement marqué leur corps et leur cœur, mais aussi leur âme au plus profond. Et ce n'était pas la marque du bonheur.

— Bon. Venez me voir à mon bureau demain à la première heure pour qu'on puisse établir le portrait-robot et fouiller les bases de données, dit Miguel.

— Sans faute, déclara Nick en lui serrant la main. Merci pour tout.

— On va résoudre toute cette affaire, assura le détective en hochant la tête.

Sans doute ne s'agissait-il que de platitudes, mais la promesse de Miguel lui alla droit au cœur. Elle se campa devant lui.

— Ce que vous faites signifie beaucoup pour moi. J'espère pouvoir un jour vous renvoyer l'ascenseur.

— Je suis père, vous savez. J'ai des enfants qui ont votre âge. Je serais incapable de rester les bras ballants. Ne vous inquiétez donc pas pour ça, répondit-il en pressant son bras de manière affectueuse. Reposez-vous.

Avant même que la porte se referme derrière Miguel, Becca se tourna vers Nick.

— Est-ce qu'on ne pourrait pas au moins fouiller l'appartement de Charlie et ma maison ce soir ? On prendrait de l'avance pour demain.

Ses mains posées dans le bas du dos de la jeune femme, Nick la guida vers le salon où des chaises avaient été apportées.

— On sait bien que ces deux zones ne sont pas sûres, Becca. On va avoir besoin de rassembler du matériel, et il va falloir faire un topo aux gars pour qu'ils n'y aillent pas à l'aveuglette. On ne peut pas commencer à faire ça à minuit, surtout qu'on ne sait rien de notre ennemi – sauf qu'il s'agit peut-être de quelqu'un en cheville avec la police.

La jeune femme soupira. Nick avait raison – vraiment –, mais la nécessité de retrouver Charlie, de le sauver, ne lui laissait aucun répit et la poussait à agir, surtout maintenant que le doute n'était plus permis sur l'enlèvement de son frère.

—OK, je comprends.

Il exerça une pression encourageante sur son bras.

—Pour ce qui est des couchages, dit-il à l'intention de ses compagnons, un de vous peut prendre la chambre d'amis au fond. Un autre peut dormir dans la mienne, et ce canapé se déplie. Je vais aller vous chercher des couvertures.

—Attendez. Quelqu'un d'autre devrait prendre la chambre de Katherine. De toute façon, je ne dors quasiment pas et je finis souvent par me caler devant la télé. Alors c'est moi qui vais dormir ici, décréta Becca. Ça me dérange pas.

Nick fronça les sourcils et secoua la tête.

—Non, ça ira.

—Si. Sérieux. En plus, je dormirai mieux sur le canapé que n'importe lequel d'entre vous. (Elle contourna le bar.) Laissez-moi juste le temps d'aller récupérer mes affaires.

Puis, sans lui laisser le temps d'objecter, elle se rendit dans la chambre qu'elle occupait. En vérité, elle se sentait percluse de douleurs et complètement vidée après cette journée, mais son cerveau, lui, continuait de fonctionner à mille à l'heure. Il était peu probable qu'elle trouve le sommeil.

Elle rassembla rapidement ses affaires sur son lit et les roula en boule avant de les fourrer dans son sac. Puis, elle prit son oreiller, réarrangea les draps et tourna les talons.

Nick se tenait dans l'encadrement de la porte, appuyé sur ses bras musclés de chaque côté du cadre.

—Tu devrais garder le lit, dit-il.

L'espace d'un instant, elle se trouva trop abasourdie par la vue de cette parcelle de peau nue entre le bas du tee-shirt de Nick et le haut de son jean pour lui répondre. Elle avait déjà pu l'admirer sans tee-shirt, alors pourquoi trouvait-elle le spectacle de cette ceinture abdominale si érotiquement suggestif ? Peut-être était-ce parce que cela lui donnait envie de soulever davantage ce tee-shirt.

—Euh, pourquoi ? se ressaisit-elle. Non, ça va.

Une lueur vacilla dans le regard de Nick.

—T'en as bavé aujourd'hui, Becca. Je sais pas ce qui se passe, mais c'est que le début. Tu as besoin de repos pour pouvoir affronter ça.

L'inquiétude qu'il lui témoignait la fit sourire. Elle traversa la pièce jusqu'à lui, se souleva sur la pointe des pieds et lui déposa un baiser sur la joue.

—Je sais que tu veux prendre soin de moi, mais je serai très bien sur le canapé. Je te le promets.

—C'est ce que je veux, dit-il en la regardant dans les yeux avec ardeur et ferveur avant de baisser les bras.

—Quoi donc ? s'enquit-elle en remontant la bandoulière de son sac plus haut sur son épaule.

Nick plissa le front et détourna le regard un instant, comme s'il cherchait les mots justes. Finalement, il posa de nouveau les yeux sur elle.

—Je veux prendre soin de toi, déclara-t-il avec un tressautement de la mâchoire. Quand ce salopard te retenait... puis que j'ai vu que tu saignais...

Il secoua la tête, incapable de terminer sa phrase.

Becca ressentit un pincement au cœur de le voir ainsi. Ce n'était pas simplement un élan d'affection pour lui, mais quelque chose de plus intense et de plus profond encore.

Comment se pouvait-il qu'elle ne le connaisse que depuis quelques jours alors qu'elle avait l'impression que cela faisait tellement plus longtemps ? La jeune femme leva la main pour la poser sur la joue de Nick.

—Je n'aime pas te voir souffrir, non plus.

Elle lui caressa la joue du pouce, juste sous la masse rouge de sa pommette fendue. Ces pansements, ce coquard et cette barbe naissante lui donnaient un air de *bad boy* viril qui le rendait encore plus canon. Là, c'en fut trop pour elle, et il était trop près. Becca baissa le bras et recula.

—Entre ta pommette et mon front, on forme une sacrée paire, tous les deux.

Le coin de ses lèvres se souleva légèrement.

—Ouais. (Puis il redevint très sérieux.) Si tu ne veux pas dormir ici, alors prends mon lit.

Son lit ?

—Euh, mais je…

—Tu auras plus d'intimité ainsi. J'ai vu ce que tu portais la nuit, l'autre soir, tu te souviens ? Je préfère que cette bande de gros lourds te voient pas comme ça.

On aurait pu penser qu'il plaisantait s'il n'avait pas eu cette étincelle vindicative dans le regard. Était-ce de la jalousie ? L'instinct de protection ? Quoi qu'il en soit, elle sentait son cœur palpiter de joie.

—Et toi, tu comptes dormir où ?

—Sur le canapé dans mon bureau.

—Oh. (Pourquoi cette réponse amenait-elle une inexplicable déception ?) Mais mon but était de libérer un lit pour eux. Qui sait, ça pourrait peut-être leur faire relâcher un peu la pression.

Il esquissa un nouveau sourire en coin.

— Je sais bien, mais ils seraient capables de dormir debout s'il le fallait. T'en fais pas pour eux. Moi, je m'inquiète pas pour eux.

C'était pour elle qu'il s'inquiétait. Becca eut envie de se jeter dans ses bras, mais elle se contenta de hausser les épaules.

— Bon, ben, je prends ton pieu alors.

— Quand tu veux, répondit Nick avec le regard fiévreux.

L'image qui se forma dans sa tête lui donna la chair de poule et fit monter sa température.

— Je t'ai tendu la perche, là ?

Il lui adressa un sourire qui était le plus franc qu'elle ait vu chez lui depuis qu'elle le connaissait, et elle faillit fondre sur place. Puis, il hocha la tête.

Quelques instants plus tard, elle rejoignait la chambre de Nick, qui communiquait avec son bureau. Elle ressentit une grande curiosité juste avant d'entrer dans l'espace privé de Nick. Contre l'un des murs trônait un canapé bleu généreusement rembourré, de ceux dont le moelleux vous attire irrémédiablement, et un écran plat était accroché au mur en face. Des magazines étaient empilés sur le haut d'une petite bibliothèque remplie de bouquins dont elle n'arrivait pas à lire les titres. Sur le bureau se trouvait un agenda plein de formulaires et de dossiers, ainsi qu'un ordinateur portable à l'écran relevé mais éteint. Un cahier de dessin était posé à l'angle du bureau, ouvert à une page couverte d'un croquis difficile à discerner dans la seule lumière du couloir qui peinait à entrer dans la pièce.

Becca alluma la lampe de bureau et se rendit compte qu'il s'agissait du dessin apparemment terminé du tatouage du pompier-soldat que Nick devait réaliser le lendemain. Il était absolument magnifique. C'était comme si le personnage marchait hors de la page dans sa direction. Nick allait-il trouver le temps de faire ça pour Jeremy ? Elle avait l'impression de l'avoir forcé à mettre toute sa vie entre parenthèses.

Un étroit couloir s'ouvrait sur un coin de la pièce, et Becca s'y rendit. Elle alluma la lumière grâce à l'interrupteur au mur et découvrit une porte coulissante ouverte qui d'un côté donnait sur un placard, sur la porte de la salle de bains de l'autre, ainsi que sur ce qu'elle supposa être la porte de la chambre de Nick au fond. Elle déposa son sac par terre à l'extérieur de la salle de bains alors que son regard tombait sur une série de housses de vêtements noires tout contre une des parois de la penderie de Nick. Elle baissa alors les yeux, et vit alignées sous les housses une paire de chaussures de costume cirées noires et une paire de rangers râpés. Sur l'étagère au-dessus étaient rangés deux sacs militaires. En dehors du tatouage de Nick qui représentait l'emblème des forces spéciales, ces sacs constituaient la seule preuve qu'il lui ait été donné de voir qu'il avait bien servi dans l'armée. Il agissait comme si toute cette partie de son passé devait être cloisonnée. La jeune femme eut soudain l'impression de fouiller la vie privée de Nick. Alors, elle s'empara de ses affaires et entra dans la salle de bains avant de refermer la porte derrière elle.

Lorsqu'elle en sortit quelques minutes plus tard, Nick était dans sa chambre en train de mettre des vêtements sales dans un panier. Il allait cependant devoir se résigner à laisser au chiot cette chaussette esseulée sur laquelle ce dernier avait jeté son dévolu. En dehors du grand lit recouvert d'une couette vert foncé qui dominait le centre de la pièce, de la table de chevet d'un côté sur laquelle était posée la seule lampe, et de la longue commode poussée contre le mur du fond, la chambre de Nick était plutôt spartiate. Il n'avait même pas mis de rideaux aux fenêtres, devant lesquelles étaient simplement tirés des stores. Dans le coin au fond de la pièce traînaient deux piles de cartons, qu'elle supposait contenir d'autres éléments de sa vie enterrée.

Était-ce son imagination ou Nick boitait-il ? Elle l'observa un long instant. Il n'y avait plus de doute. Elle ne pensa alors plus qu'à son bien.

— Ne t'embête pas à ramasser, Nick, dit-elle en s'appuyant contre l'encadrement de la porte. La journée a été rude pour toi aussi.

La tête de l'ex-soldat pivota dans sa direction.

— Y a pas de souci. J'ai changé les draps, déclara-t-il en se passant une main dans les cheveux.

Ce geste déclencha un réflexe dans les doigts de Becca. Il avait les cheveux doux, épais, et juste assez longs pour pouvoir les empoigner lorsqu'ils s'embrassaient…

— Ce n'était pas la peine de t'embêter, mais merci beaucoup. Tu sais, ça ne me dérange vraiment pas de dormir sur le canapé. Je ne voudrais pas t'empêcher de te reposer si moi je n'y arrive pas.

— Non, non. Tu prends le lit.

En sortant, il s'arrêta à sa hauteur près de la porte et posa sur elle ses yeux que l'éclairage tamisé rendait anormalement foncés. La proximité de leurs corps lui donna la chair de poule.

— Bonne nuit, ajouta-t-il.

Becca sentit alors jaillir en elle un intense besoin de se jeter dans ses bras, de l'enlacer et de lui demander de rester auprès d'elle. Refusant de brider cette envie, elle s'approcha de lui et passa ses bras autour de la taille de Nick avant de laisser reposer sa tête contre son torse.

—Merci, dit-elle alors.

Elle poussa un soupir de soulagement lorsqu'il lui rendit son étreinte après une courte hésitation. Comme cette chaleur et cette force contre elle étaient agréables – et comme il lui semblait naturel d'être ainsi blottie contre lui.

Il lui déposa un baiser sur le crâne, et ce geste tendre remplit le cœur de la jeune femme d'allégresse. Elle leva son visage vers lui avec l'envie, l'espoir, d'obtenir davantage.

Le regard de Nick accrocha le sien, et il se pencha tout doucement vers elle. Becca entrouvrit lentement les lèvres et sentit bientôt le souffle de cet homme qu'elle désirait tant lui caresser la peau, puis son nez effleurer le sien. Devant l'imminence de ce baiser, elle faillit oublier de reprendre son souffle, et elle serra les poings, qu'elle enfouit dans le tee-shirt de Nick. Alors, il déposa ses lèvres sur les siennes avec une extrême douceur, presque avec dévotion. Il fit durer encore un peu ce baiser avant d'y mettre fin.

—J'espère que tu trouveras le sommeil, dit-il en passant à côté d'elle pour sortir de la pièce, avant de refermer délicatement la porte derrière lui.

Nick prit une profonde inspiration et se força à s'éloigner de sa chambre. Bon sang, Becca allait dormir dans son lit, cette nuit. Elle allait glisser ses longues jambes entre ses draps, cette belle chevelure blonde soyeuse couvrirait ses oreillers, et le doux parfum de sa peau imbiberait ses couvertures.

Toutefois, il avait eu raison de lui proposer de dormir là – même si ses couilles, elles, allaient lui faire payer de ne pas avoir exigé de partager ce lit – car le short qu'elle portait pour la nuit n'était absolument pas fait pour être affiché en public, du moins tant qu'il aurait son mot à dire.

Mais était-ce vraiment à lui de la protéger, d'empêcher le regard des hommes de se poser sur elle ? *Non, évidemment.* Cependant, et quelle qu'en soit la raison, savoir cela n'inhibait et n'affaiblissait en rien ce sentiment de possessivité qu'il ressentait envers elle.

Il se rendit à la salle de bains et avala quelques cachets d'ibuprofène à grandes gorgées d'eau, puis prit une couverture sur l'étagère du haut dans sa penderie avant d'aller la jeter sur le canapé de son bureau. Il savait, pour avoir passé de nombreuses nuits dessus, qu'il faisait un lit acceptable. Son regard passa sur sa table de travail, où quelque chose retint son attention, et il tiqua.

Et merde ! Il avait une séance de tatouage prévue au matin.

Avec le chaos dans lequel ils avaient été engloutis toute la journée, il avait oublié de voir avec Jeremy pour essayer d'annuler le rendez-vous. Puis, quand ils étaient tous arrivés, il n'avait plus eu l'occasion d'en toucher un mot à son frère. Jeremy était assez malin pour savoir quand fermer son clapet et détourner le regard. Aussi, lorsqu'il avait débarqué dans l'appartement au beau milieu d'une discussion visiblement tendue qui avait soudain laissé place à un silence gêné, il était allé se barricader dans sa chambre.

C'était tout aussi bien ainsi, car Nick voulait garder autant que possible son frère hors du coup pour le cas où les choses tourneraient mal. Il refusait tout bonnement de laisser encore un innocent, surtout lorsqu'il s'agissait de quelqu'un de son propre sang, être emporté par ce raz-de-marée excrémentiel déclenché par Merritt.

Jeremy n'en saurait donc pas plus que nécessaire.

Nick éteignit la lampe de bureau, et la pièce fut plongée dans le noir. Il n'allait pas se tracasser pour ce tatouage. Il avait bien d'autres soucis, ce n'était pas ce qui manquait.

Il s'assit au bord du canapé dans un long soupir, et s'activa à enlever ses rangers, ses chaussettes et son haut. Cela lui rappela les mots de Becca : « *Enlève ton tee-shirt.* »

Le contact de ses mains avait été d'une telle douceur qu'il en avait ressenti un doux réconfort dans cette douleur incessante qui lui avait martelé les côtes tout comme le bas du dos des suites du sale coup que Beckett lui avait flanqué dans le rein et de l'impact contre le bar. Elle avait été plus délicate encore lorsqu'elle avait palpé la peau autour de ses cicatrices, comme si elle avait compris qu'elles lui faisaient mal. Et elle avait effectivement compris. Elle avait vu qu'il lui était impossible de respirer à fond, elle avait observé la façon dont il se tenait et deviné ce que cela signifiait. Ils ne se connaissaient que depuis quelques jours, alors soit elle était une infirmière hors pair, soit elle était déjà capable de comprendre le langage de son corps et ses réactions. Sans doute étaient-ce les deux. Nick ne savait pas s'il convenait de prendre la fuite ou de la serrer dans ses bras pour ne jamais la laisser partir.

Et bien sûr, c'était le moment parfait pour réfléchir à cela ! Quand bien même, il ne pouvait nier que Becca l'avait touché, et pas seulement physiquement.

Avec un autre soupir, il enleva son jean et le jeta avec ses autres vêtements mais décida de garder son boxer pour ne pas se faire surprendre le cul à l'air par Becca au matin.

Ensuite, il s'allongea de tout son long et tira la couverture sur lui. Son dos lui faisait un mal de chien quel que soit le sens dans lequel il se tournait. Il trouva enfin une position dans les limites du tolérable et ferma les yeux. Sous ses paupières se dessina alors la silhouette d'un homme plantant un couteau dans les côtes de Becca.

Merde.

Il cligna des yeux comme pour effacer cette image, puis réessaya.

Cette fois-ci, il vit l'horreur sur le visage de Becca quand elle avait découvert le petit doigt de Charlie. Elle était devenue littéralement blanche comme un linge. Si Beckett n'avait pas tiré la poubelle devant elle, alors… Disons qu'il avait été inspiré de le faire. Ensuite, le grand gaillard avait tenu les cheveux de Becca. Nick ne ressentait que de la gratitude pour ce geste compatissant et secourable. À cet instant-là, toute sa colère exacerbée par le combat s'était évanouie. Beckett était quelqu'un de bien. Comme eux tous, d'ailleurs.

Toutefois, la rage qui les animait rendait leur tempérament plutôt explosif. Il lui faudrait garder cela à l'esprit afin de canaliser cette rage, de l'utiliser à leur avantage.

L'image gravée sous ses paupières changea de nouveau. Il vit Becca s'occuper de lui après la bagarre avec un calme olympien. Et comme si cela ne suffisait pas à la rendre assez sexy, elle avait eu les tripes de donner l'ordre à Beckett de se calmer, de faire baisser les yeux à d'anciens soldats des forces spéciales, et de prendre sa défense alors qu'il était évident qu'il était l'objet d'une agressivité latente. Depuis quand n'avait-il pas eu quelqu'un prêt à le défendre ainsi ? Sans doute ne le méritait-il pas, mais il n'en avait pas moins éprouvé une douce chaleur à des endroits depuis longtemps glacés.

Nick poussa un long soupir. Il avait autant de chances de trouver le sommeil maintenant que de trouver une machine à remonter le temps qui lui permettrait de revenir un an en arrière afin d'empêcher que sa vie vire à la catastrophe.

Au bout d'un long moment, le cerveau de Nick cessa miraculeusement de ressasser, et il se mit à somnoler.

« Clic, clic. »

Il ouvrit grand les yeux à ce bruit pourtant discret, et délivra son esprit des tentacules du sommeil. Scrutant l'obscurité, il tendit l'oreille et se rendit compte que ce cliquetis était celui de la porte de la salle de bains qui se refermait. Quelques instants plus tard, il entendit la porte se rouvrir et distingua une silhouette entrer par le couloir au fond du bureau avant de longer le mur à pas de loup.

— Ça va ? s'enquit-il d'une voix rocailleuse.

— Putain, s'exclama Becca avec un hoquet de surprise. Tu m'as fait peur. Je suis désolée, je ne voulais pas te réveiller.

— C'est pas grave. Quelle heure est-il ?

— Une heure, à peu près.

— Tu n'arrives pas à dormir ? demanda-t-il en se levant sur un coude.

C'était la deuxième nuit d'affilée qu'elle souffrait d'insomnie.

— Non.

Il perçut quelque chose dans sa voix qui le poussa à vouloir voir son visage.

— Attention tes yeux, dit-il en tendant le bras pour atteindre la lampe située près du canapé. (Il plissa les paupières pour se protéger de la soudaine luminosité, puis aperçut Becca près de la porte, les bras serrés autour d'elle comme pour se réchauffer.) Ça va ?

— Oui.

— Je suis ravi de t'apprendre que tu es une piètre menteuse, déclara-t-il en lui adressant un clin d'œil tout en basculant en position assise, lentement pour ne pas réveiller la douleur dans son satané dos.

Il en avait plein le cul de la douleur. *Littéralement.* Si elle avait diminué, la différence ne le rendait pas pour autant enthousiaste.

La jeune femme haussa les épaules.

—J'ai mis un moment avant de m'assoupir, puis j'ai fait un cauchemar. Alors…

La tristesse audible dans sa voix et la peur visible dans son regard le firent se lever d'un bond. Un immense besoin surgit en lui. Il voulait qu'elle s'allonge sur lui. Puis, la souffrance lui arracha une grimace. Son dos n'avait pas aimé le mouvement brusque.

—Euh, désolé, s'empressa-t-il de dire en s'emparant de son jean pour l'enfiler rapidement.

—Ton dos te fait toujours souffrir? s'enquit-elle, les yeux rivés au sol.

Il vint auprès d'elle en faisant de son mieux pour ne pas boiter, puis observa son visage pendant quelques instants. Becca était tellement belle avec ses magnifiques cheveux blonds, ses grands yeux bleus et ses courbes parfaites. Les marques sur sa figure ne diminuaient en rien sa beauté. Au contraire, Nick avait encore plus envie de l'embrasser afin de lui faire oublier la gêne de ces blessures. Mais il ne pouvait pas. Il ne devait pas commettre cette bêtise. Avec tout ce qu'il n'avait pas su faire pour ces hommes qui dormaient à cet instant dans le salon, il ne méritait pas la lumière qu'elle apportait dans sa vie, même l'espace d'un instant.

Il était d'ailleurs évident qu'ils étaient d'accord avec cela. Ils s'étaient montrés on ne peut plus inamicaux envers lui pendant la majeure partie de la soirée. Peut-être était-il finalement trop tard pour réparer beaucoup de ses torts. Et si c'était le cas, il en était le seul responsable – encore une fois.

Becca leva sur lui un regard rempli d'inquiétude, mais franc et sincère. Cette sincérité le touchait au plus profond de son âme, et il fit inconsciemment glisser ses mains sur les épaules de la jeune femme pour les passer sous ses cheveux et les faire remonter autour de sa nuque délicate. Il ne fallait pas la mettre dans le même sac que son père. Elle ne jouait pas un rôle. Elle ne dissimulait rien. Elle avait d'ailleurs avoué la vérité à de multiples reprises, même quand celle-ci n'avait pas dû être facile à dire.

— Tu me racontes ton cauchemar ? proposa-t-il tout bas sans écouter cette alarme qui s'était déclenchée pour signaler un rapprochement trop périlleux.

Elle fit une moue et le regarda dans les yeux. Il désirait tellement l'entendre lui expliquer son rêve qu'il eut l'impression de la contraindre par la force de l'esprit.

— Charlie se faisait torturer, dit-elle le regard soudain vitreux.

Becca sembla cependant se reprendre, se redressant comme pour refuser de courber l'échine devant ces images forcément effroyables.

Nick sentit son ventre se nouer et il exerça une pression réconfortante sur la nuque de la jeune femme. Rien de ce qu'il pourrait dire ne pourrait rendre les choses moins horribles pour elle.

— Je ferai tout ce que je peux (*pour que tu ne perdes pas le dernier membre de ta famille*, acheva-t-il dans son for intérieur).

Il refusait de lui faire une promesse qu'il n'était pas certain de pouvoir tenir.

— Je sais, répondit-elle en hochant la tête.

Elle ferma les paupières et bascula la tête en arrière sous la pression de ses doigts. Ce signe de réconfort et de délectation réveilla ce qui dormait dans son pantalon. Sans ouvrir les yeux, elle demanda :

— Sur une échelle de un à dix, où situes-tu ta douleur ?

Nick ne put s'empêcher d'esquisser un sourire. Apparemment, quand Becca décidait de s'ouvrir, il fallait lui rendre la pareille. *Dans ce cas…*

— Trois. (Elle posa sur lui un regard sceptique.) Trois si je reste parfaitement immobile et que je cesse de respirer.

Elle fronça les sourcils, mais il avait failli lui arracher un sourire.

— OK, six, reconnut-il.
— Tu souffres tout le temps ?
— Nan. À moi.
— Ah ? Je n'avais pas compris que nous… OK, vas-y, dit-elle, avec un sourire cette fois-ci.

Il avait le champ libre. Que désirait-il savoir ? S'il souhaitait lui faire comprendre qu'il était là pour elle, alors la logique voulait qu'il essaie de mieux la connaître.

— Est-ce que vous êtes proches, Charlie et toi ?

Becca pencha la tête sur le côté et frotta sa joue contre son avant-bras.

— Oui, mais à notre façon. Charlie est un garçon avec qui il est difficile de devenir proche. C'est quelqu'un d'introverti, qui a plus de facilité à discuter en ligne que face à face. Mais c'est aussi quelqu'un de loyal, de gentil, et qui a un humour grinçant mais décapant. (Elle posa les yeux sur lui.) C'est mon petit frère, tu comprends ?

Nick acquiesça. Apparemment, Charlie était tout l'inverse de Jeremy, mais il voyait tout à fait ce qu'elle voulait dire.

—Oui, je comprends.

—Est-ce que tu fais de la rééduc' pour ton dos ?

Il sentait sous ses doigts les muscles des épaules de Becca se relâcher.

—J'en ai fait pendant six mois après mon retour. Maintenant je vois un chiropracteur qui fait des massages thérapeutiques du feu de Dieu. À moi. J'en reviens à ma première question, est-ce que ça va ?

Elle le regarda droit dans les yeux.

—J'ai peur.

Nick se demanda si elle avait la moindre idée du courage qu'il fallait pour avouer ainsi sa peur. Elle n'avait peut-être pas le gabarit ni l'entraînement de son père, mais elle avait de toute évidence hérité d'une bonne dose de son mental d'acier.

—De quoi ? interrogea-t-il ensuite.

—De ne pas retrouver Charlie ; qu'on lui fasse du mal ; qu'après notre dispute il pense que je ne l'aime pas de tout mon cœur.

Nick retira ses mains de son cou et lui caressa les cheveux en passant ses doigts dans les mèches soyeuses. Elle soupira avant de poursuivre :

—J'ai peur que l'un de vous finisse par être blessé, ou que vous finissiez tous par avoir des ennuis. (Elle prit une inspiration tremblante et baissa les yeux sur le torse de Nick, puis le contempla quelques secondes.) Est-ce que ça te fait mal quand tu es allongé sur le ventre ?

Nick fronça les sourcils, surpris par cette question inattendue.

—Euh. Oui. Pourquoi ?

Becca lui prit la main et la porta à ses lèvres pour déposer un baiser sur sa paume.

—Assieds-toi à l'envers, dit-elle en tirant le fauteuil de bureau vers lui.

Il regarda le fauteuil comme si celui-ci s'était mis à parler dans une langue étrangère – une langue qu'il ne comprenait pas en tout cas. Becca éclata de rire.

—Ne sois pas aussi méfiant. Allez, assis, fissa.

—Ah, demandé comme ça…

Il s'installa à califourchon sur le fauteuil et appuya ses avant-bras sur le dossier.

Becca s'agenouilla derrière lui et tout le corps de Nick se mit en alerte.

—Déboutonne ton jean, dit-elle d'une douce voix en tirant sur le haut du pantalon, ses doigts effleurant la peau du bas de son dos.

—Euh, Becca?

L'ordre qu'elle lui avait donné fournissait à son esprit bien trop d'images inconvenantes.

—T'as toujours eu autant de mal à obéir?

Il déboutonna son jean, baissant malencontreusement sa braguette quelque peu et se demanda, pris d'un début d'érection, ce qu'il était en train de faire.

—Dis-moi si ça fait mal ou si j'appuie trop.

Elle appliqua ses paumes le long de sa colonne vertébrale, écartant son geste jusque sur ses omoplates, le bout de ses doigts venant presque lui chatouiller les grands dorsaux. Elle effectua les premiers passages avec douceur et délicatesse mais bientôt, ses doigts forcèrent davantage et ses pouces pressèrent plus fermement, décrivant de profonds cercles sur ses muscles douloureux.

Il dut retenir plus d'un grognement de douleur et de soulagement. Arrivée aux épaules, elle travailla ses muscles en partant de la colonne, et parvint à détendre avec des gestes étonnamment vigoureux ses trapèzes noués. Lorsqu'elle fit remonter ses doigts de fée jusqu'à sa nuque, il fit basculer sa tête en avant avec un gémissement guttural irrépressible.

— Ça va ? demanda-t-elle, son souffle lui effleurant doucement la peau.

— Putain, je suis au paradis.

Il sentit le souffle chaud de Becca dans son cou lorsqu'elle rit doucement. Lui, à ce stade, avait une trique d'enfer.

— Parfait.

Elle poursuivit son massage jusqu'à ce qu'il sente tout le haut de son dos ronronner d'allégresse et que le bout de son sexe avide perce par l'ouverture de son jean. Malgré un soulagement dans presque tout son corps, sa respiration s'accéléra lentement mais sûrement, sa libido s'extasiant par avance de choses auxquelles son cerveau n'adhérait pas – pas encore.

— Ce dragon est magnifique, Nick.

— Il te plaît ? dit-il la tête posée entre ses bras, son torse et le dossier du fauteuil, tout en se représentant le tatouage de dragon enlacé autour d'une épée qui couvrait toute la surface de son dos.

— Ça a dû prendre beaucoup de temps.

— Trois séances. C'est Jeremy qui l'a fait.

Le premier tatouage de Nick remontait à ses dix-huit ans. Il s'agissait d'un motif tribal sur l'épaule auquel il avait fait faire des ajouts depuis. Il s'en était fait faire un certain nombre de nouveaux dans les premiers mois suivant son retour, cependant. Il aimait ces nouveaux tatouages en ce qu'ils représentaient un mémorial d'encre, et que lorsqu'on le tatouait, que l'aiguille perçait sa peau, il s'opérait une trêve dans l'anxiété permanente qui l'habitait. Ce dragon lui avait valu des journées entières de sérénité bénie procurée par la machine dans la main de Jeremy.

Becca observa une pause, peut-être pour contempler le tatouage de plus près. Dans l'esprit de Nick, d'autres images bien malvenues la montrèrent en train de se pencher sur lui, le caressant de son visage, de ses lèvres…

— Il est vraiment bon.

— Jeremy ? C'est le meilleur.

— Est-ce que ce dessin a une signification ?

Répondre à cette question en révélerait beaucoup trop à son goût.

— Les dragons sont les protecteurs de choses de valeur, sacrées. Ils défendent férocement leur trésor, et ont une force incommensurable, dit-il en choisissant soigneusement ses mots.

Elle fit glisser un doigt le long de la lame de l'épée, ce qui fit frémir Nick.

— Et que protège-t-il, chez toi ?

Après une seconde d'hésitation, Nick pivota légèrement sur le fauteuil et leva son bras droit. Il connaissait par cœur les mots gravés à l'encre noire.

Loyauté
Devoir
Respect
Abnégation
Honneur
Intégrité
Bravoure

Il s'agissait des valeurs fondamentales de l'armée américaine. Ces principes définissaient le soldat lui-même, et il avait tout fait pour les honorer pendant la majeure partie de sa vie d'adulte. Pour Nick, ce n'étaient pas de simples mots ni de jolies notions qui sonnaient bien dans les cérémonies ou les grands discours. Ils constituaient les fondements d'un code qui était le cœur de l'esprit de corps. Ils étaient le socle commun à tous les soldats, ce pour quoi ils vivaient, et ce pour quoi ils acceptaient de mourir. Quand on respectait ces principes, tout devenait possible.

Mais lorsqu'on les bafouait comme l'avait fait Merritt, alors tout partait en vrille. Et Nick savait de quoi il parlait étant donné qu'il en subissait encore les conséquences.

Becca posa la main sur les mots inscrits et la laissa là comme pour empêcher l'encre de saigner, comme si elle aussi les protégeait. La gorge de Nick se noua et il avala sa salive pour se maîtriser. Il en avait fini de regretter tout ce qu'il avait perdu, surtout lorsque d'autres avaient sacrifié bien davantage. Assez, il en avait assez de cette saloperie de merde.

Il fit tourner le fauteuil afin de présenter de nouveau son dos à Becca. Il ressentit un amer regret de lui avoir parlé du dragon, de ces mots inscrits dans sa peau. Il se sentait beaucoup trop à nu, presque écorché vif.

Toutefois, Becca considéra le sujet clos. Elle poursuivit son massage dans le bas de son dos, lui délivrant en égale mesure du soulagement et de la douleur. D'abord, le muscle devait souffrir, puis il pouvait se relâcher. Lentement, la jeune femme travailla son dos jusqu'à son flanc gauche, adoucissant ses gestes à mesure qu'elle approchait de l'amas de cicatrices que lui avaient laissé ses blessures et la chirurgie. Ensuite, elle passa ses doigts autour de sa taille et sous la ceinture de son jean.

Il tressaillit et bloqua sa respiration, non pas parce qu'elle lui avait fait mal mais parce qu'elle avait été à un cheveu d'effleurer son sexe. Et un cheveu était encore beaucoup trop à son goût…

Son flanc le faisait souffrir et même la plus légère caresse le crispait, mais plus Becca appliquait ses chaudes petites mains sur sa peau, plus les muscles se détendaient.

— Ça va ? demanda-t-elle dans un murmure suave.

Ou peut-être était-ce la façon dont elle s'occupait de lui et son état d'excitation qui lui faisaient imaginer des choses.

— Ouais.

Elle se mit à masser des deux mains, à un rythme insistant, un endroit juste au-dessus de sa hanche, ses pouces s'enfonçant dans le bas de son dos et ses autres doigts s'affairant tout en bas de son ventre, sous le jean.

— Est-ce que j'ai le droit de savoir pourquoi vous vous battiez, Beckett et toi ?

Nick prit quelques inspirations profondes avant de se décider à lui répondre :

— Il m'en veut de ne pas avoir été un meilleur ami, et il a parfaitement raison.

— Quoi que tu aies pu faire, tu ne mérites pas de te faire agresser chez toi. Je pense ce que je leur ai dit, Nick. Tu en fais déjà tellement pour moi alors que tu ne me dois rien. Je refuse que tu le paies de ta personne.

Et la voilà qui en rajoute. Comme si ses massages, ses attentions et ses caresses réconfortantes n'alimentaient pas suffisamment son érection, il fallait qu'elle rajoute à son excitation extrême en cherchant à le défendre. La chaleur de Becca, infusée par ses mains, son souffle et la proximité de son corps, baignait le dos de Nick. Il n'en pouvait plus. Mais il n'en avait pas assez.

Bon sang, ce qu'il avait envie d'elle.

Son désir n'était pas simplement dû au contact de ses mains sur sa peau, ni à l'immense soulagement qu'elle lui procurait, ni même à l'heure avancée de la nuit, même si ces trois facteurs jouaient un rôle certain. Non, il venait plutôt du profond apaisement qu'il ressentait en sa présence, lorsque sa lumière et sa chaleur l'inondaient. Il venait de cette facilité qu'elle avait à anticiper ses besoins, bien avant qu'il les comprenne lui-même. Il venait de cet objectif qu'elle lui avait fourni après tous ces mois passés sans but, alors que lui-même ne s'était pas rendu compte à quel point il en avait besoin. Tout cela le laissait fou de désir.

Nick voulait l'avoir pour lui, la posséder et fusionner avec elle au point d'en oublier toute cette cacophonie dans sa tête. Il voulait l'entendre gémir sous lui, la voir jouir et crier son nom. Il voulait la voir chercher la protection de ses bras et le réconfort de ses mains.

Il fit pivoter le fauteuil pour lui faire face. Becca se recula sur les genoux et leva brusquement les yeux sur lui. Nick secoua la tête, son esprit formant un champ de bataille de désirs contradictoires. Il voulait la posséder, mais la protéger. Il voulait faire preuve d'honnêteté mais la préserver de la douleur. Il voulait faire ce qui était juste, mais aussi écouter son cœur.

Bon Dieu, ce qu'il avait besoin d'elle !

Dans un grondement sourd, il porta la main au cou de Becca et l'attira contre lui.

Il l'embrassa avec une passion dévorante, imprégnant ce baiser de toute sa gratitude, de tout son désir. La jeune femme poussa un léger cri de surprise, et Nick s'en délecta aussi. Elle avait un parfum enivrant de vanille. Et elle laissait échapper de petits gémissements avides, des soupirs lascifs et des hoquets de délice. Nick sentait vibrer en lui chaque note de son plaisir, de son excitation. Il la serra plus fort contre lui et intensifia encore leur baiser, mû par le besoin d'être tout en elle. Ce foutu dossier de fauteuil l'empêchait de la prendre dans ses bras, mais il ne pouvait se résoudre à briser leur étreinte suffisamment longtemps pour remédier à cela.

— Bon sang, mon petit soleil, qu'est-ce que tu m'as fait ? dit-il d'une voix rauque entre deux baisers.

Elle enfouit ses doigts dans ses cheveux pour les empoigner fermement. Il aimait ce tiraillement douloureux qui traduisait une perte totale de contrôle de la part de Becca.

S'il n'arrêtait pas très vite, il allait se retrouver à la soulever pour la jeter sur son lit et lui sauter dessus. Et alors, c'en serait fini.

Allez, Nick, ressaisis-toi tout de suite.

Il s'écarta d'elle, pantelant, prenant son visage entre ses mains pour l'empêcher de l'embrasser de nouveau. Puis, il appuya son front contre le sien et s'alloua quelques secondes de plus pour apprécier sa chaleur, son parfum, sa douceur. Il déposa un léger baiser sur le coin de sa bouche – après tout, c'était lui qui résistait tant bien que mal – et lui caressa doucement les cheveux. Enfin, il se recula.

— Il se fait tard, déclara-t-il.

Ces mots, pourtant nécessaires, avaient un goût amer.

— Je sais, répondit-elle dans un murmure tout en jouant avec les fins cheveux sur sa nuque avant de lever sur lui des yeux bleu nuit.

— Viens, l'enjoignit-il en se levant tout en lui tendant la main.

De façon miraculeuse, ses muscles étaient moins endoloris qu'avant le massage. Et cela faisait encore une raison de vouloir l'embrasser.

— Tu devrais…

—Je ne veux pas être toute seule, Nick, l'interrompit-elle, secouant la tête et baissant les paupières. Est-ce que je pourrais… je sais pas, rester avec toi ?

—Becca…

—S'il te plaît.

La supplique dans sa voix eut raison de sa volonté. Il lui prit la main et traversa la pièce obscure jusqu'à sa chambre.

—Mets-toi au lit, dit-il. Tu as besoin de dormir et ce n'est pas en restant plantée là que tu y arriveras.

—Mais…

—Je vais dormir avec toi.

—C'est vrai ?

Le soulagement évident qu'elle manifesta fit sur lui son petit effet. Comme il était bon de se sentir utile – trop bon, d'ailleurs, et il dut se détourner de ce sentiment.

—Ça me fait mal, mais bon, je vais me sacrifier pour toi. (Il lui donna une tape sur les fesses, et son sexe se dressa au garde-à-vous.) Allez, au lit.

—Nicholas Rixey, venez-vous de me fesser ? s'indigna-t-elle faussement en s'enfonçant dans le matelas, qui se creusa en faisant grincer le sommier.

Nick s'allongeait tout au bord du lit, encore effaré et exalté par le fait qu'il venait de lui mettre une main aux fesses, lorsqu'un autre constat le frappa.

Putain, je suis au lit avec Becca.

—Et alors ? Est-ce que ça t'a plu ? rétorqua-t-il avec un détachement qu'il était loin de ressentir réellement.

Le silence qui suivit sa question fut effroyable d'ambiguïté, car Nick aurait parié son paquet de cacahouètes que Becca était à cet instant occupée à trouver une réponse appropriée. Tandis que lui se sentait de nouveau bien à l'étroit dans son boxer.

— *Rendors-toi, toi !*
— *Comment, t'as vu ce cul ?*

Quand le cerveau d'un homme se connectait direct à sa queue, c'est qu'il était sur la corde raide.

— Et puis je t'interdis de m'appeler Nicholas, rouspéta-t-il.

Becca ricana, puis se tourna, s'il en jugeait par les mouvements du matelas.

— Allongé sur le dos, tu ne dois pas te sentir beaucoup mieux que sur le ventre.

Nick émit un grognement râleur, mais elle avait raison. S'il basculait sur le côté droit, pourtant, il se rapprocherait d'elle, et il était sûr et certain qu'il serait consumé par ce brasier qu'il ressentait déjà bien suffisamment ainsi.

— Nick ?

Il se raidit, ne sachant pas quelle carte elle allait pouvoir abattre ensuite.

— Oui ?
— Merci.

Ah. La pression retomba comme un soufflé.

— Y a pas de quoi.

Il se tourna sur le côté avec une extrême précaution pour soulager son dos et restaurer le relâchement musculaire auquel elle avait su l'amener par la magie de ses mains.

— Nick ?
— Mmm ?
— J'ai l'impression de te connaître depuis beaucoup plus que quelques jours.

Et moi donc, songea-t-il tout en estimant que cet aveu n'apporterait rien de bon.

— Becca ?
— Oui ?

—Il est temps de dormir, maintenant.

Elle partit d'un rire chaud, rayonnant. Et Nick songea que ce rire était tout à l'image de Becca : la lumière dans les ténèbres de son esprit.

Son honnêteté, ses caresses et sa présence même formaient autour de lui une bulle protectrice qui lui apportait un réconfort au-delà de tout ce qu'il avait connu au cours de l'année écoulée. Il aurait voulu rester dans cette bulle pour n'en jamais ressortir. Mais comment le pourrait-il sans que la jeune femme finisse par en souffrir par sa faute, sans que l'amertume et la colère qui l'habitaient finissent par déteindre sur elle ?

Il n'était pas sûr que chercher à le découvrir soit une bonne chose, pour lui autant que pour elle.

Chapitre 15

Le poids et la chaleur furent les premiers éléments que Becca nota. Ils lui couvraient le côté, l'épaule, la cuisse. Elle ne voulait pas ouvrir les yeux pour que ne s'envole pas ce rêve où elle dormait auprès de Nick. Car ça ne pouvait pas être vrai.

Plus elle s'extirpait de son sommeil, toutefois, plus elle se rendait compte qu'elle n'avait pas rêvé. Elle sentait son jean, sa peau, et les battements de son cœur contre elle. Nick avait dû au cours de la nuit se prendre pour une couverture et vouloir la protéger du froid.

À en juger par l'absence de sensation dans tout son bras, Becca supposait que cela faisait longtemps qu'il avait posé sa tête sur son épaule. Elle se tourna vers lui et les douces mèches en bataille de la chevelure de Nick caressèrent sa joue. Un sourire illumina alors le visage de la jeune femme. Il avait insisté pour se cantonner au bord du matelas lorsqu'ils s'étaient mis au lit, mais une fois endormi il était venu se coller tout contre elle.

Et pour être collé, il était collé. Il avait mis sa tête sur son épaule, sa jambe par-dessus sa cuisse, son bras autour de sa taille et avait coincé sa main sous sa hanche. Il semblait vouloir la retenir par tous les moyens.

C'était à la vérité très mignon. Elle n'aurait jamais songé que Nick puisse faire cela, lui qui paraissait toujours aussi sévère, sérieux et renfrogné.

Becca ouvrit les paupières et vit autour des stores baissés entrer dans la pièce la lumière blafarde du petit matin. Puis, elle grava dans sa mémoire l'image superbe de Nick étalé sur elle. Ah, toutes les idées alléchantes qui lui venaient devant ce tableau! Nick, sur elle, en action, la désirant, la prenant.

C'était fou de ressentir autant de désir pour lui, et elle le savait. Ils ne se connaissaient que depuis quelques jours, après tout. Mais ce désir n'en était pas moins réel. À vingt-huit ans, elle n'avait encore jamais connu pareilles envies, cette passion virulente qu'il faisait naître en elle d'un seul regard ou d'une simple caresse. De plus, qui pouvait dire s'il existait un autre homme que lui capable de lui faire ressentir cela. Il était la quintessence de la masculinité avec sa force en sommeil et son autorité arrogante – qui parfois donnait à Becca envie de l'étrangler. La plupart du temps, cependant, elle réagissait à ces traits de caractère comme sous l'emprise du plus puissant des remèdes aphrodisiaques vaudous, mystérieux et irrésistible, peut-être un peu dangereux aussi.

Becca se frotta le visage en espérant que la fraîcheur de ses paumes apaise la chaleur soudaine qui lui brûlait les joues – et accessoirement d'autres parties de son corps. Rien n'y fit, toutefois, car tant que la moindre parcelle de son corps entrerait en contact avec la moindre parcelle du sien, l'envie et le désir charnels couleraient en elle jusqu'à la rendre folle de ce besoin de lui, de sa présence sur et en elle.

Peut-être aurait-elle dû en éprouver de la honte, mais ce n'était pas le cas. Même si cela faisait longtemps qu'elle n'avait pas fait l'amour, elle aimait cela et avait toujours aimé le faire. De plus, elle était absolument certaine que s'abandonner dans les bras de Nick Rixey serait une expérience hallucinante. Ce qu'elle ne savait pas, c'était pourquoi il persistait à la repousser alors qu'il la désirait manifestement.

Si elle avait retenu une chose de ses expériences de deuil, c'était que la vie était courte, fragile et bien trop précieuse pour perdre son temps à attendre que le bonheur se présente à elle comme une fleur. Le bonheur n'était pas une chose que l'on trouvait, mais que l'on construisait. Pour cela, il fallait vivre dans le présent, chérir ceux qui vous étaient proches et avoir le courage de changer ce qui vous dérangeait. Elle n'avait pas vraiment réussi à se tenir à ces principes ces quelques dernières années, et il fallait que cela change. Elle en prenait la résolution à ce moment précis.

Son esprit occupé par toutes ces réflexions, elle ne vit pas arriver la culpabilité familière qui lui pinça le cœur à la pensée de Charlie. Ils le retrouveraient, cela ne faisait aucun doute. Becca refusait d'envisager la moindre autre issue. *Alors, peut-être qu'après cela…*

Ouais. Après.

Nick changea de position pour se coller encore plus à elle, si tant est que cela soit possible. À cet instant, son appétit sexuel à peine contenu la consuma. En bougeant, Nick avait plaqué son sexe en érection contre sa hanche. Nom de Dieu, qu'il était bien membré. Malgré sa position allongée, la tête lui tourna d'imaginer prendre ce si beau sexe en main, en bouche et en elle. Et comme si cela ne suffisait pas, il avait plaqué sa cuisse musclée juste entre ses jambes. Aussi dut-elle faire appel à toute sa volonté pour rester parfaitement immobile, car le moindre mouvement du bassin causerait une friction si délicieusement intime que cela déclencherait à coup sûr chez elle un orgasme.

Nick renifla et marmonna dans son sommeil, puis sa respiration d'abord lente et ténue se fit plus profonde, signe qu'il se réveillait.

—À quoi tu réfléchis comme ça ? T'as l'air si concentrée, dit-il d'une voix rocailleuse tout à fait charmante.

—Rien, répondit-elle dans un murmure.

—Piètre menteuse, rappelle-toi.

Becca sourit. À peine réveillé et il faisait déjà son mariole.

—Tu es couché sur moi.

Il souleva la tête, les paupières encore lourdes de sommeil et les pupilles scintillantes.

—Euh. Oh ! Désolé, Bec…

—Non, ne bouge pas, s'il te plaît. Ce n'était pas un reproche.

—Alors qu'est-ce que…

—C'est juste que… (Sa façon de la regarder – en partie inquiet et en partie prêt à exaucer tous ses vœux – déclencha en elle un élan de franchise qui la poussa à révéler des choses beaucoup, beaucoup, beaucoup trop personnelles.) J'ai envie de toi. Et t'es super excitant. Et apparemment on essaie de bien se tenir. Sauf que je vois pas trop pourquoi. Et, bref, je veux pas que tu bouges. Parce que j'aime bien te sentir. Et je…

Il mit un terme à ses élucubrations en plaquant ses lèvres sur les siennes. Il l'embrassa avec force, comme pris d'un besoin primitif, la dévorant férocement, ses mains empoignant sa chevelure, son torse pressé contre sa poitrine. Elle resta hébétée un long moment par ce baiser et dut se résoudre à se laisser emporter par cette étreinte érotique. Il remonta sa jambe entre ses cuisses, appuyant davantage contre son clitoris, les mouvements contractés de ses muscles l'amenant pas à pas au-delà de ses limites. Elle laissa échapper un flot de petits gémissements et, après quelques instants, se trouva incapable de se retenir de bouger son bassin au rythme de ses à-coups.

—Nick, supplia-t-elle, brûlante de désir. Oh, mon Dieu !

—Quoi ? s'inquiéta-t-il en s'écartant avant de lui caresser la joue du bout du nez. Qu'est-ce qui ne va pas ?

Il retira doucement sa jambe d'entre ses cuisses, et Becca poussa un petit grondement de révolte. Ce beau salopard se mit à glousser.

—Ne t'arrête pas, haleta-t-elle.

Il traça le contour de son oreille du bout de sa langue et frotta délicieusement ses hanches contre elle.

—Qu'est-ce que je ne dois pas arrêter ?

Becca avala sa salive avec difficulté, son désir se révélant si intense qu'elle avait peine à respirer, ou à réfléchir.

—Tu le fais exprès.

Il émit un rire machiavélique tout près de son oreille et Becca sentit un frisson la parcourir.

—Oh, oui.

Elle passa ses mains dans les cheveux de son compagnon et serra fermement les poings.

—Ben, arrête ça. Je veux…

Il l'embrassa de nouveau, lui coupant la parole et le souffle. Puis, il s'écarta, pantelant.

—Quoi ? Qu'est-ce que tu veux, mon petit soleil ?

Après son corps, c'était au tour de son cœur de fondre à cause de ce surnom. Est-ce que Nick se rendait compte qu'il l'appelait ainsi ?

—J'aime quand tu m'appelles comme ça.

Il lui mordilla la lèvre inférieure et tira légèrement. Puis, il plongea son regard dans le sien et fronça les sourcils.

—Alors, qu'est-ce que tu veux ?

Elle prit son poignet et guida sa main de son visage jusqu'à ses cuisses, où il pouvait sans nul doute sentir à travers la fine épaisseur de sa petite culotte la chaleur moite de son excitation.

—Oh, putain, s'exclama-t-il la mâchoire serrée. (Puis, il appuya son front contre celui de Becca et posa sur elle un regard fiévreux.) Tu veux que je te fasse jouir ?

—Oui.

Il hocha la tête, sa joue contre la sienne, et dit tout bas :
—Et moi, je veux te faire jouir.

Ensuite, il l'embrassa avec fougue tout en passant son pouce sous l'élastique en dentelle de sa petite culotte pour la lui descendre tout doucement jusqu'aux genoux. Becca ramena alors ses jambes vers elle pour lui permettre de la lui enlever complètement.

Nick l'embrassa encore une fois, et il n'y avait rien d'hésitant dans sa manière de goûter passionnément à ses lèvres et à sa langue, dans sa manière de la mordiller, de la caresser. C'était le désir qui le guidait. Il poussait de petits râles satisfaits, comme s'il dégustait le plus fin des mets après un très long jeûne. Elle était impuissante face à lui.

—Tu en as besoin, n'est-ce pas ?

—Tellement, Nick, dit-elle tandis que l'émoi jaillissait en elle, lui enserrant la gorge et lui brûlant les yeux. (Elle ne sut pas ce qui avait déclenché cette réaction soudaine, mais elle était complètement emportée par ses sensations et son désir.) J'ai besoin de toi.

Il lui déposa un baiser sur la mâchoire, ensuite sur la clavicule, puis il lui releva le tee-shirt et le lui enleva, exposant ainsi ses seins. Il poussa encore quelques grognements satisfaits alors qu'il se mettait à califourchon sur elle pour la goûter de ses lèvres, de sa langue et de ses dents.

Il fit descendre une main le long de son corps pour venir la caresser entre les cuisses, et Becca eut bien du mal à trouver son souffle avec la cavalcade dans laquelle s'était lancé son cœur.

—Tu mouilles déjà beaucoup, remarqua-t-il d'un ton alangui avant de passer sa langue sur sa lèvre. Est-ce que c'est moi qui te fais cet effet?

Bon sang!

—Oui.

—Oui, quoi?

—Oui, c'est toi.

—Ah, ouais? la défia-t-il en la pénétrant de son majeur.

Becca enfonça sa tête en arrière dans l'oreiller et poussa un cri de satisfaction, une main serrée sur les draps du lit, l'autre mordant férocement dans les muscles de son épaule. Il fit de lents va-et-vient, lui laissant le temps de s'habituer à sa présence en elle, et la jeune femme bougea bientôt son bassin pour l'inciter à lui donner davantage. Et il ne se fit pas prier. D'abord, Nick retira sa main complètement, puis il revint à la charge avec son majeur et son annulaire. Il avait des mains énormes, et ses doigts la stimulaient au point qu'elle crut que son cœur allait lâcher. De son pouce, il se mit à exciter son clitoris, un brusque orgasme la prit alors au dépourvu, raidissant tous ses muscles et l'envoyant au septième ciel. Elle serra les cuisses contre la main et le bras de Nick comme avec l'espoir qu'ils demeurent là à jamais, et le jeune homme poussa un grondement guttural.

—Là, c'était trop facile. On refait.

Becca se sentait au bord du vertige.

—Je peux pas…

—Oh, mais si, crois-moi. (Il retira de nouveau sa main et lui écarta les jambes pour se placer entre elles, ses larges épaules calées sous ses cuisses.) Il faut que je te goûte.

Il lui souleva les hanches, puis fit glisser sa langue sur son sexe. Becca gémit doucement en lui plaquant une main dans les cheveux pour s'y cramponner. Il faisait travailler sa langue sans relâche, tantôt l'effleurant, tantôt s'enfonçant plus loin sur elle, en elle et autour d'elle. Bientôt, son être fut happé par ces sensations.

Trop, trop, trop, se mettait-elle en garde. Mais c'était comme si Nick avait tout pouvoir sur son corps, en faisait ce qu'il voulait. Elle fut derechef prise de plaisir, et cette fois la sensation était plus intense, plus pressante. Nick titilla son clitoris du bout de sa langue, le suçota, puis entra de nouveau ses doigts en elle. Ce duo de volupté l'amena tout au bord de l'extase.

Elle se raidit, pantelante et gémissante, alors que le plaisir montait inexorablement et que la tension s'accumulait dans son bas-ventre. Mais alors, elle resta figée, suspendue dans cet état pendant de longues secondes, retenant sa respiration et serrant la mâchoire.

—Jouis sur mes doigts, ordonna-t-il à quelques millimètres de son sexe.

Alors, il se mit à harceler son clitoris avec d'exquis coups de langue. Becca jouit soudain avec une force aveuglante qui sembla s'accumuler en elle avant de la faire exploser en mille morceaux. Elle gémit et se tortilla sous lui, puis finit par le tirer par les cheveux pour le faire arrêter.

En un éclair, il fut au-dessus d'elle et l'embrassait avec passion.

—J'ai envie de toi, Becca.

—Oui, répondit-elle euphorique.

Il se leva du lit, et enleva nerveusement son jean et son boxer. Son sexe, long et épais, tendait vers elle. Nick avait un corps svelte, puissant, aux muscles épais et bien dessinés. Sa peau était marquée de plus de tatouages qu'elle n'en avait remarqué jusque-là. Mais son inspection prit fin lorsqu'il mit un préservatif avant de la prendre sous les genoux pour l'attirer au bord du lit.

— Je veux pouvoir te voir, déclara-t-il d'une voix rauque en prenant son sexe en main pour pouvoir le frotter contre le sien avec une expression exquise de désir et de concupiscence. T'es sûre de toi ?

— Oh, que oui. J'ai envie de toi aussi.

Elle le sentit doucement entrer en elle, et elle gémit, incapable de détourner les yeux du regard fiévreux de Nick. Après quelques instants, il baissa les yeux sur l'endroit où leurs corps se joignaient, les pupilles brillant d'une ardeur furieuse. Ensuite, il perdit tout contrôle et l'agrippa par les hanches, la prenant plus vite, plus fort, presque frénétiquement. Cette férocité érotique était étourdissante et fortement grisante. La jeune femme se cramponna au bord du matelas pour pouvoir suivre le rythme soutenu de Nick.

Dans un grognement bestial et avec un dernier coup de reins, il bascula en avant, penché sur elle en s'appuyant sur un bras, portant son autre main sur l'épaule de Becca. Ce changement de position l'amenait plus loin en elle, et augmentait la pression et la friction sur son clitoris. Oh, comme il était beau à voir, à bouger en elle, sur elle, la faisant sienne avec ces gestes amples et voluptueux. Elle n'était plus qu'émoi se nourrissant de sa présence entre ses cuisses, de sa chaleur contre sa peau et de son étreinte robuste.

—Putain, c'est trop bon, s'extasia-t-il en accrochant son regard. (Elle trouva ces traits anguleux et sévères parfaitement attirants.) Je peux pas me retenir.

—N'essaie pas, alors, répondit-elle en souriant.

Il la maintint fermement et donna un ultime coup de reins avant de jouir en elle avec un cri bestial. Tout son corps tendu, il se remit à bouger en elle pendant l'orgasme, se déversant par saccades. L'expression de son visage en pleine extase était l'une des choses les plus érotiques qu'il lui ait été donné de voir.

Puis, Nick s'effondra sur elle sans plus aucune vigueur dans le corps, se reposant sur sa poitrine, son front contre le sien, les yeux fermés. Pendant quelques instants, ils demeurèrent étendus ainsi, reprenant leurs souffles, laissant la chaleur de leurs ébats s'évaporer. Becca lui caressa les côtes et le dos.

Elle aurait bien pu rester ainsi toute la journée.

Et tant pis pour sa résolution d'attendre que toute cette histoire soit terminée. La jeune femme ne pouvait absolument pas regretter d'être avec lui car cela lui prouvait qu'ils faisaient face ensemble.

Nick lui offrit un baiser tendre, comme en remerciement, puis poussa sur ses bras et se retira.

Becca fronça les sourcils en sentant que ce retrait n'était pas seulement physique. Tandis qu'il nouait le préservatif et remettait son jean, il évita soigneusement de la regarder, de lui parler ou même de croiser son regard. Elle s'assit au bord du lit et ramena ses genoux contre elle.

—Hé, l'appela-t-elle.

—On devrait se magner. Tu veux prendre ta douche en premier ?

Dans le bureau de Miguel, Nick et Becca étaient installés chacun d'un côté du dessinateur et observaient le portrait de l'agresseur prendre forme sur le papier. Le gars était doué, on ne pouvait pas dire le contraire. Et bordel, ce que ça faisait plaisir de voir quelque chose qui n'allait pas de travers, pour une fois !

Nick pivota sur sa chaise et jeta un regard à la dérobée à Becca, qui arborait cette mine renfrognée depuis qu'il l'avait rembarrée après lui avoir fait l'amour – et Dieu, que ça avait été bon ! Mais il n'avait jamais voulu que ça arrive, bon sang. C'était la faute de Becca, de sa chaleur, de son corps sexy, ainsi que de la franchise dont elle avait fait preuve en assumant ses envies et ses sentiments. Cela avait été tellement agréable de ne pas être seul qu'il n'avait pas eu la force de résister. Et voilà qu'il avait fait ce qu'il s'était juré de ne pas faire.

Trop de choses les séparaient – des choses qu'il ne pouvait et ne devait pas lui révéler. Par ailleurs, il avait l'esprit bien trop englué dans son chagrin, son deuil et sa culpabilité. Elle méritait tellement mieux que cette merde, et que lui. Alors, lorsque son cerveau avait été reconnecté, il s'était senti furieux contre lui-même au point d'en suffoquer. La colère n'était d'ailleurs toujours pas redescendue. Et comme il l'avait prévu, c'était Becca, blessée et perdue, qui payait les pots cassés. Et où il était, le héros, dans l'histoire, hein ?

Le problème était qu'il voulait faire davantage avec elle – peut-être même voulait-il tout faire avec elle. Lui donner du plaisir et la voir se liquéfier de désir entre ses bras lui avait procuré un tel sentiment de satisfaction, comme si la rendre heureuse donnait un sens à sa vie qui n'en avait plus depuis longtemps. S'il s'imaginait avoir été proche d'elle la nuit dernière, ce n'était absolument rien comparé à ce que lui faisait ressentir la fusion de leurs corps.

Avec elle, il était entier, il se sentait léger et n'avait plus du tout l'impression d'être seul.

Enfoiré, s'insulta-t-il. Vu comme il avait merdé avec tant d'autres qui lui étaient chers, il ne méritait pas le réconfort qu'elle lui apportait.

Et comme si jouer avec les sentiments de Becca et la faire souffrir ne suffisait pas à pourrir sa journée une bonne fois pour toutes, il avait fallu que les membres de son ancienne unité soient envers lui toujours aussi pisse-froid que la veille. Heureusement, ils étaient chacun partis de leur côté pour mener à bien leur partie du plan. Easy s'était rendu à l'aéroport pour récupérer Marz, et Shane et Beckett faisaient le tour du quartier de Charlie. Alors, jusqu'à ce qu'ils se retrouvent de nouveau, Nick n'avait déjà pas à subir l'humeur inamicale de ses gars.

Avec Becca, en revanche, c'était différent. Il ne voyait pas vraiment comment il allait pouvoir arranger ce merdier, ou même s'il convenait d'essayer. Cela le débectait de regarder les bras croisés pendant que la blessure entre eux s'infectait, mais il aurait mille fois plus de facilités à garder ses mains dans ses poches si Becca cessait de le regarder avec ses belles prunelles bleues pleines de séduction et d'attirance. Lorsqu'elle daignait poser les yeux sur lui à présent, c'était avec de la douleur et des remords dans le regard.

Et ça, c'était pire qu'un coup dans les valseuses.

—Voilà, dit le dessinateur. Qu'est-ce que vous en pensez, comme ça ? Quelque chose à modifier ?

Ils se penchèrent sur le cahier de dessin et Nick regarda Becca. Elle leva les yeux sur lui pour la première fois depuis qu'elle était sortie du lit toute nue et avait traversé la pièce, son corps encore rouge de passion si beau dans la lumière du petit matin. Il lui adressa un discret hochement de tête.

L'instant suivant, elle détournait le regard et le reportait sur le dessin du portraitiste.

— Non, c'est tout à fait lui.

— Je suis d'accord, confirma Nick. (Le visage de l'agresseur lui apparaissait clairement, mais c'était tout ce qu'il se rappelait.) Becca, tu te souviens des tatouages qu'il portait ? Tu pourrais les décrire ?

— Il en avait beaucoup sur les bras et dans le cou, répondit la jeune femme en fermant les paupières un instant. (Elle plissa sévèrement le front, puis secoua la tête en rouvrant les yeux.) Je l'ai remarqué quand il a commencé à entrer dans la pièce. J'ai vu qu'il avait des tatouages, mais je n'ai pas réellement fait attention, en fait.

— Le moindre souvenir pourrait nous être utile, insista Nick. Ça ne fait rien si tu ne te souviens pas de tout.

— D'accord. Il portait une cicatrice ou une inscription là, dit-elle en triturant son tee-shirt bleu clair au-dessous de son épaule gauche. Mais elle était en grande partie couverte par sa manche. Et puis… Ah. Sur le dos de sa main gauche, il y avait un carré rempli à l'encre noire. Ça ne nous aide pas beaucoup, si ?

— C'est un début, Becca. Et c'est déjà mieux que rien. Quand il t'a attrapée, est-ce que tu aurais vu un de ses tatouages de plus près ?

Elle regarda dans le vide et Nick aurait tant voulu qu'elle n'ait pas à revivre cela, même mentalement. Becca laissa échapper un léger hoquet de surprise.

— Il avait une croix sur le bras droit, qui partait de l'intérieur du coude. Les extrémités de la croix étaient comme des pointes de flèche, et en arrière-plan, il y avait un cercle, ou une sorte d'auréole, fait de plus petits cercles, comme une chaîne.

Le dessinateur transposa sa description sur le papier et se mit à la questionner sur les détails des tatouages qu'elle pourrait se remémorer.

Les dessins terminés, Becca acquiesça.

— Oui, c'est ça. Si je me souviens bien, c'est exactement ça.

— Beau travail, Becca, la félicita l'artiste tout en traçant un carré sur la page. Je vais ajouter ça. Le fait de l'avoir sous les yeux pourrait stimuler votre mémoire.

Après le départ du dessinateur, Miguel les fit s'installer autour de son bureau et se connecta à la base de données des criminels fichés dont il leur avait parlé la veille. Pendant une heure infructueuse, il naviga dans les casiers des criminels et gangsters notoires du Maryland – en passant par les membres des mafias de plusieurs pays, les gangs de rue, les bandes de détenus, les clubs de motards hors la loi, les gangs locaux et ceux qui avaient étendu leur influence à partir d'autres villes des États-Unis. Ils avaient fait le tour de tout ce qu'ils avaient.

— Il n'y a rien qui relie cette croix à une de ces organisations, maugréa Becca en s'affaissant sur sa chaise.

— Peut-être pas, convint Miguel. Mais entre le portrait-robot et les dessins des tatouages dont tu te souviens, ça fait au moins quelque chose à montrer aux témoins potentiels pour voir si quelqu'un les reconnaît. (Il posa ensuite sur Nick un regard grave.) Mais rappelle-toi, peu importe qui est ce type et pour qui il travaille, si tu commences à poser des questions, ça pourrait se mettre à s'agiter.

— Ouais, acquiesça Nick.

Il avait déjà la sensation de ne voir pour l'instant que le haut de l'iceberg, et que la partie immergée était une putain de montagne de glace qui dévastait tout sur son passage.

— Il faut inclure ce portrait-robot avec la photo de Charlie sur l'offre de récompense ? demanda Becca. J'enrage de ne pas avoir pensé à en faire une plus tôt.

— Oui, tu perds rien, répondit Miguel. Mais écoute-moi, faut pas t'en vouloir. D'après ce que j'ai compris, tu n'avais aucune preuve avant hier qu'il était vraiment arrivé quelque chose à ton frère. Les offres de récompense comme celles-là peuvent se révéler utiles, mais elles peuvent aussi t'embrouiller avec des fausses pistes. Maintenant, tu as l'aide suffisante pour faire le tri, mais ce n'était pas le cas il y a quelques jours.

Nick saisit l'occasion de renouer le dialogue avec Becca et lui prit la main.

— Je suis d'accord avec Miguel. Tu t'en sors super bien, Becca. Charlie a de la chance que tu te battes pour lui.

Les yeux de la jeune femme se firent alors vitreux, mais elle réussit à sourire.

— Merci, dit-elle en hochant la tête. J'avais besoin de l'entendre.

Le cœur de Nick se serra terriblement sous le coup de la culpabilité. S'il y avait bien une chose dont elle n'avait pas besoin en ce moment, c'était qu'il joue avec ses sentiments comme il l'avait fait au réveil.

Miguel se mit à travailler sur son ordinateur pour leur laisser le plus d'intimité qu'il pouvait dans l'espace confiné de son bureau. Après quelques instants, il se tourna de nouveau vers eux.

— OK, les jeunes, qu'est-ce que je dois mettre sur le flyer ?

— À ton avis, il faut proposer combien en récompense ? demanda Becca avec tout le sérieux du monde.

— Ça, ça dépend de combien tu as, répondit Miguel. On voit souvent des récompenses à partir de 100 dollars, après y a pas de limite.

— 500 ? 1 000 ? Au vu de ce que ces types ont laissé chez moi, il semble que les jours de Charlie soient comptés. (Elle les regarda tour à tour.) Disons 1 000.

Une demi-heure plus tard, ils avaient imprimé la moitié d'une ramette de papier en flyers sur lesquels on pouvait lire « Porté disparu : récompense pour toute information menant à découverte ou arrestation », et où était inscrit le numéro d'un téléphone avec une carte prépayée que Miguel leur avait acheté exprès. Becca trépignait d'impatience à l'idée de commencer à les afficher.

— Avant tout, dit Nick, on va repasser à *Hard Ink* et faire un résumé de la situation à Derek. Il devrait être arrivé à cette heure-ci. En plus, j'aimerais qu'il nous donne son avis sur la façon de tracer les appels qu'on pourrait recevoir avant de faire circuler le numéro.

Ses épaules s'affaissèrent, mais elle acquiesça.

— OK.

Sur le chemin du retour, Nick téléphona à ses anciens équipiers pour leur dire de se rassembler. Toutefois, ils furent les premiers sur place, même en ayant pris le temps de s'arrêter prendre des pizzas. Ils entrèrent dans le bâtiment par l'arrière et s'engagèrent dans le salon pour que Becca puisse s'assurer que sa chienne ne dérangeait pas trop Jeremy.

Ce dernier et Jess étaient tous deux occupés avec des clients, mais Jeremy entendit la porte s'ouvrir et passa la tête dans le couloir sans ôter son masque ni ses gants.

— J'ai reporté à 20 heures, dit-il en faisant référence à la séance de tatouage que Nick n'avait pas pu assurer au matin.

Nick s'était senti mal de devoir repousser le rendez-vous, mais il n'aurait pas pu rester là pour tatouer un gars alors que toute son unité ainsi que Becca commençaient la mission.

— OK. Merci, et désolé.

Son frère hocha la tête.

— Comment va le toutou ? Il ne t'embête pas trop ? demanda Becca en se penchant pour caresser le chiot.

Nick devait bien admettre que l'animal était vraiment craquant avec ses grandes oreilles et ses grosses pattes.

— Pas du tout, cette chienne est d'enfer. Elle a dormi quasiment toute la matinée juste entre les deux salles comme si elle ne voulait pas faire de favoritisme. Mais je crois qu'il serait temps de lui trouver un nom.

— Ouais, je sais, acquiesça Becca. Qu'est-ce que vous pensez de Shiloh ?

Son masque toujours sur le nez, Jeremy fronça les sourcils.

— Pourquoi pas J. Lo tant que t'y es ?

Becca éclata de rire, et Nick fut sous le charme de ce chant de sirène. Il aurait tant voulu être celui qui la faisait rire.

— Essaie quand même, tu me diras si elle l'adopte.

— Rapport complet la prochaine fois, répondit Jeremy avec un clin d'œil. Hé, au fait, qu'est-ce que t'en penses ? (Il désigna le devant de son tee-shirt.) Je t'avais dit que j'en porterais un rien que pour toi.

— Il est écrit quoi ? demanda-t-elle en s'approchant.

Elle ne mit pas longtemps à comprendre qu'il était inscrit « Big Jonhson Tattoo » au-dessus d'un dessin du personnage emblématique qui tatouait le dos d'une femme nue. En s'approchant encore, Becca prit une mine effarée.

—J'arrive pas à croire que t'oses porter un truc pareil.

—Ben, quoi ? Faut bien prévenir la clientèle, s'exclama Jeremy en faisant rouler ses sourcils en une expression perverse.

Sous le dessin était marqué « Attention à ma grosse aiguille ».

Becca pinça les lèvres pour retenir un fou rire, mais son hilarité se lisait parfaitement dans ses grands yeux bleus.

—Je m'inquiète de l'influence que tu pourrais avoir sur ma petite chérie, dit Becca en se baissant pour couvrir les oreilles de sa chienne.

L'animal tenta de lui mordiller les doigts, et Jeremy s'esclaffa.

—Tu me fais beaucoup de peine, là. Je crois que je ne m'en remettrai jamais, déclara-t-il avec emphase. Bon, je dois y aller. (Avant de retourner à son client, il pointa Nick du doigt.) Toi, à 20 heures. T'as pas intérêt à me planter.

—Ouais, ouais, marmonna Nick.

C'est sur ma liste.

Becca alla sortir la temporairement prénommée Shiloh pour lui faire faire ses besoins, puis ils laissèrent la chienne dormir et jouer dans *Hard Ink* tandis qu'ils regagnaient l'appartement pour attendre l'arrivée des autres. Nick disposa les pizzas, les assiettes en carton et les canettes de soda sur le bar de la cuisine.

—Je reviens tout de suite, dit Becca en quittant la pièce sans attendre sa réponse.

Nick appuya les mains sur le comptoir et la regarda s'éloigner avec un énorme poids sur le cœur. Même s'il s'en voulait énormément, il refusait qu'elle en subisse les conséquences. Alors, tant qu'ils étaient encore en privé, il décida d'aller la rejoindre dans la chambre.

Sans réfléchir, il poussa la porte de son bureau déjà à moitié ouverte et s'apprêta à héler Becca, mais fut coupé dans son élan.

Elle se tenait dans l'encadrement de la porte de la salle de bains, en pantalon et soutien-gorge jaune pâle à dentelle blanche. Le jaune lui allait tellement bien au teint, et la dentelle mettait si joliment ses belles courbes en valeur que Nick sentit un picotement dans ses doigts, dans sa langue.

Son érection fut immédiate.

— Oh. Désolé, baragouina-t-il en exécutant un quart de tour tout en baissant les yeux au sol.

La jeune femme sursauta.

— Putain ! Comment tu fais pour jamais faire de bruit quand t'arrives quelque part ?

Il se frotta le crâne et s'efforça de maintenir sa libido en berne – et c'était bien là le nœud du problème.

— Désolé. Vilaine manie.

Il la vit bouger à l'extrémité de sa vision périphérique mais résista à l'envie de regarder.

— Ouais. Mon père avait cette même manie à la con.

Et voilà, cela calma immédiatement ses ardeurs.

— Il fait vraiment bon aujourd'hui. J'avais peur d'avoir trop chaud en manches longues. Tu voulais quelque chose ? demanda-t-elle en revenant dans le bureau avec un tee-shirt à manches courtes sur le dos.

Puis, dans un rapide mouvement, elle entortilla ses cheveux sur le dessus de sa tête et les maintint avec un élastique pour dégager sa nuque.

Nick lui adressa un léger hochement de tête et se concentra sur son visage malgré son soutien-gorge encore visible sous son haut blanc à col en V.

— Je te dois des excuses. (Une grande émotion passa subrepticement sur les traits de Becca, mais elle se contenta de le dévisager.) J'ai fait le con, et je ne voulais pas...

— Écoute, l'interrompit-elle en secouant la tête tout en s'approchant de la porte. Je te propose d'oublier ça. Je vais pas te mentir, ça m'a causé de la peine ce que tu as fait. Mais, finalement, c'était mieux comme ça. Ça m'a rappelé qu'il fallait que je reste concentrée pour retrouver Charlie et que je ne dois pas me laisser distraire, par quoi que ce soit. Alors laisse tomber.

Des voix montèrent du salon, et Nick prit un air renfrogné. Il aurait dû être soulagé d'entendre Becca dire cela, le laisser s'en tirer à si bon compte et effacer simplement l'ardoise. Alors pourquoi encore ce poids sur son cœur?

— OK, finit-il par prononcer. Viens.

Nick se préparait déjà en arrivant dans le salon à ce qui allait suivre. Au milieu de Shane, Easy et Beckett se tenait Derek DiMarzio, qui semblait aller un million de fois mieux que la dernière fois que Nick l'avait vu. Ses cheveux châtain foncé lui arrivaient maintenant jusqu'au menton et ses épaules paraissaient plus larges. Il respirait vraiment l'énergie, la santé, et il était peut-être même légèrement bronzé. Mais ce qui sautait aux yeux par-dessus tout, c'était le fait qu'il se tenait sur ses deux jambes – ou plus probablement sur sa jambe et sa prothèse.

— Merci d'être venu, mec. T'as l'air en super forme, s'exclama Nick en s'approchant droit sur Derek, main tendue.

Ce dernier arborait son sempiternel sourire, peut-être un peu moins franc qu'auparavant, et lui serra la main.

—Ouais, je me sens en forme. Content de te voir. Merci de nous avoir donné une chance de nous réunir.

Nick ressentit le sarcasme qui émanait des trois autres mais décida de laisser couler. C'était dur de ne pas se sentir gonflé d'optimisme en présence de quelqu'un comme Marz, qui était celui qui avait le plus souffert parmi les survivants et pourtant celui qui avait l'attitude la plus chaleureuse.

—Allez, viens. Prends une part de pizza, on va tout t'expliquer.

—J'ai posé mes affaires là-bas, dit Marz en désignant un tas de mallettes près de la porte d'entrée. C'est bon ?

—Ouais, pas de souci.

Marz se dirigea vers la cuisine, et il était difficile de déceler qu'il boitait. À cet instant, Nick n'aurait eu aucune honte à avouer qu'il était sur le point de verser une larme. Il regarda ses autres équipiers, s'aperçut qu'ils regardaient aussi leur frère d'armes, et comprit alors qu'ils étaient tous unis dans leur admiration pour ce soldat, ce camarade, qu'ils avaient vu tomber en sang sur cet effroyable champ de bataille. Nick s'était trouvé tout près de Marz et Beck lorsque la grenade avait atterri entre eux. Marz avait réagi une fraction de seconde avant Beck et l'avait repoussé au loin. L'explosion les avait soufflés tous les deux, mutilant la jambe de Beck et arrachant celle de Marz à partir du genou.

Entre-temps, Nick avait déjà pris deux balles dans le bas du dos, mais voyant que la jambe de Marz était un geyser de sang, il avait rampé jusqu'à lui, avait retiré de son cou le foulard afghan qu'il avait acheté au bazar de la base et l'avait mis en boule pour comprimer la blessure. Leur toubib était déjà tombé, et c'était donc Shane qui s'était porté à leur secours tandis que Nick avait tenté de l'assister comme il pouvait. Easy, Axton et Harlow avaient défendu leur position, mais seul Easy avait survécu.

Nick ne leur avait vraiment pas rendu service en disparaissant ainsi des radars. Pendant tout ce temps, ce qu'il leur avait fallu, c'était de pouvoir compter les uns sur les autres. Ils avaient eu besoin de savoir comment chacun s'en sortait dans la vie et comment ils géraient toutes ces emmerdes qui leur étaient tombées dessus. Ils avaient eu besoin de tirer leur force et leur détermination de la seule chose qui leur en avait jamais donné – leur unité. Nick, en véritable enfant de salaud, n'avait pas été là pour eux.

Un homme qui arborait l'écusson des forces spéciales sur son uniforme se devait de prouver qu'il le méritait. Marz passait cette épreuve haut la main. Nick, non.

Mais cela changeait à cet instant précis. Plus d'excuses, plus de foutue politique de l'autruche, plus de silence radio.

Marz ouvrit un carton de pizza et prit deux parts, puis se retourna vers eux.

— Quoi ?

Cette question les secoua instantanément, et ils se mirent tous à parler en même temps tout en se dirigeant vers la cuisine.

— Rien, lui répondit Nick en se joignant à lui avant de passer des assiettes à Becca et les autres. Marz, je te présente Becca Merritt. C'est son frère, Charlie, que nous recherchons.

Rixey vit le regard légèrement scrutateur de son ami, mais fut certain que Becca ne le remarquerait pas.

— Becca, j'aurais aimé vous rencontrer en d'autres circonstances, la salua-t-il.

Elle lui sourit en retour, déjà bien plus à son aise avec lui qu'avec aucun des autres depuis le début.

—De même.

Lorsque tout le monde fut servi, chacun prit place autour de la table basse du salon, trois des anciens soldats prenant d'assaut le canapé tandis que Becca et Marz décidaient de rester assis sur le sol malgré les propositions des trois autres de leur céder leurs places.

Nick informa Marz de la situation et de ce qu'ils avaient fait avant son arrivée, puis demanda à chacun de faire un rapport de la matinée.

—On est allés poser des questions chez Charlie, on a parlé à quelques voisins. Le gars qui habite au-dessus de chez Charlie n'était pas là, précisa Shane en levant les yeux sur Becca. (Celle-ci hocha la tête.) Aucun témoin, mais un type nous a dit que Charlie se déplaçait toujours en taxi. C'est pas un quartier où les taxis viennent prospecter, donc il a dû appeler une compagnie. Il y en a un sacré paquet en ville, mais en supposant qu'il ait opté pour une des plus grosses, on n'en a plus que huit à dix à vérifier.

—Il s'est débarrassé de sa voiture il y a quelques années. Il ne s'en servait pas beaucoup et il trouvait que ça le rendrait trop facile à suivre, expliqua Becca avec un sourire pour Marz. Il pouvait se montrer assez parano.

—C'est souvent le cas chez les hackers, surtout quand ils sont balèzes, ce qui semble être le cas de Charlie, s'il arrive à se faire des thunes comme *white hat*.

La jeune femme fronça les sourcils d'incompréhension et Marz ajouta :

—On appelle comme ça les hackers qui font rien d'illégal. Ils sont payés par des entreprises pour tester les systèmes de sécurité.

Derek était en plein dans son domaine. Il était spécialisé dans l'informatique, notamment en sécurité, en surveillance et en traque. Il aimait la technologie et les gadgets, et il adorait en parler, expliquer des heures durant le fonctionnement de tous les appareils pendant que vous l'écoutiez comme un demeuré en essayant de piger le moindre truc. Mais personne ne le lui reprochait pour la simple raison qu'il était génialissime dans son boulot.

— Bon, on va avoir besoin d'éplucher les registres d'appels, les rapports d'intervention, reprit Marz. Quoi d'autre ? Vous avez des relevés de carte bleue ? Est-ce qu'on a des trucs à lui que je pourrais soumettre à la question ?

— Non, répondit Becca. Il a tout emporté. Ou alors on lui a tout volé.

Derek fit une grimace dépitée.

— J'ai rapporté du gros calibre, mais on parle ici de choses qui demandent généralement des mandats. C'est quoi, l'idée ?

Nick lui fit un compte-rendu de ce que Miguel avait découvert, puis leva les yeux sur Becca, sachant qu'elle s'inquiétait pour eux sur ce point. Pourtant, ils n'avaient pas le choix.

— On est seuls sur ce coup.

Derek plongea son regard dans celui de Nick, et Rixey pouvait presque voir les neurones de son ami s'activer derrière ses yeux marron foncé.

— Étant donné ce qui est en jeu, ça me pose pas de problèmes.

Avec Marz, les choses étaient toujours aussi simples. Par ailleurs, elles s'en trouvaient encore facilitées puisqu'il avait les capacités nécessaires pour rendre tout cela possible, avec ou sans permission.

Toutefois, cela signifiait aussi qu'ils venaient officiellement de lancer une mission clandestine.

Nick expliqua à Derek que Becca prévoyait de placer des appels à témoin et ce dernier se leva gauchement pour aller prendre un sac parmi toutes ses affaires entassées. Il revint ensuite s'agenouiller à côté de la jeune femme et sortit de la sacoche un ordinateur portable.

— Il faut que j'écrive tout ça pour faire une liste des tâches et des équipements dont on dispose, dit-il en appuyant sur le bouton pour allumer son ordinateur avant de se frotter les mains.

Ensuite, il regarda Becca avec un grand sourire et des yeux pétillants d'enthousiasme. Elle lui sourit aussi et son regard passa sur quelque chose qui attira son attention. En s'agenouillant, Derek avait fait remonter l'ourlet de la jambe droite de son pantalon et ainsi découvert l'armature métallique de sa prothèse. Elle vit ensuite que Marz s'était de nouveau tourné vers elle et avait remarqué qu'elle regardait sa jambe.

— Amputation transtibiale ? devina-t-elle, abordant de front ce sujet que tous avaient évité jusque-là.

Derek en fut impressionné.

— Au niveau du genou, répondit-il en tapotant sa prothèse. Je m'en suis fait faire sur mesure, avec capteurs et microprocesseurs. En fait, j'en ai quatre différentes.

— Pourquoi autant ?

— Une pour courir, une pour les terrains accidentés, une pour la marche, et une waterproof pour la douche, énuméra-t-il en comptant sur ses doigts.

— Tu cours ? demanda Beckett sans laisser transparaître aucune émotion.

— Carrément. Je cours un kilomètre en moins de cinq minutes, dit Marz.

Nick ressentit un profond sentiment de fierté envers son ami. Il était pour tous une véritable source d'inspiration.

— Ah, nous y voilà, reprit-il.

Il se mit à pianoter rapidement sur son clavier.

D'ordinaire, Beckett était du genre à garder tout à l'intérieur, à ne pas faire part de ses émotions ni les laisser voir à quiconque. C'était d'ailleurs en partie pour cette raison que Nick avait été pris au dépourvu par la bagarre qui avait éclaté entre eux la veille. Cependant, il vit dans les yeux du géant poindre l'émotion de sa culpabilité et de son chagrin mélangée à la gratitude et à l'admiration. Mais Nick refusa de laisser sa pudeur lui faire détourner le regard et observa l'ancien soldat avec beaucoup d'insistance afin de lui faire comprendre intérieurement qu'il était là pour lui.

Bon sang, Beck, c'était pas ta faute!

— Quelqu'un veut une autre part, demanda tout à coup Becca en se redressant.

Elle passa derrière le fauteuil de Nick alors que tous les hommes acceptaient sa proposition avec enthousiasme. Elle alla jusqu'à l'évier et ouvrit le robinet, mais resta immobile.

Nick la regarda faire en fronçant les sourcils. Ensuite, il remarqua que ses épaules tremblaient très légèrement. Est-ce qu'elle pleurait?

Partagé entre l'envie de respecter son intimité et celle de savoir ce qui la mettait dans cet état, il se leva de son fauteuil et alla se chercher une part de pizza en faisant du bruit avec le carton pour que la jeune femme remarque sa présence. Elle se raidit et s'essuya la figure, puis se lava les mains et les sécha.

Lorsqu'elle se retourna, Nick était auprès d'elle. Elle essaya d'esquiver son regard, mais il prit son visage dans sa main. Il était aux prises avec une furieuse envie de l'embrasser pour lui faire oublier ce qui l'attristait ainsi et qui voilait ses yeux de poupée. L'émotion déformait les traits de Becca, comme si elle ne savait pas quoi dire ou qu'elle avait peur de parler. Mais cela lui convenait. Il voulait simplement qu'elle sache qu'il était là pour elle. Il lui déposa un baiser sur le front, laissant ses lèvres s'attarder sur sa peau afin de pouvoir s'imprégner de sa douceur, puis s'écarta. Ensuite, il prit son assiette et alla rejoindre les autres.

Quelques instants plus tard, Becca revint avec de la pizza pour tout le monde et reprit sa place à côté de Marz.

— C'est quoi, tout ça, s'enquit-elle en regardant par-dessus l'épaule de ce dernier.

— Une liste des équipements dont je pourrais avoir besoin.

Elle poussa un long soupir et fit passer son regard sur chacun d'eux.

— Quoi qu'il vous faille, quel qu'en soit le prix, je refuse que l'un de vous mette la main à la poche. Si vous dites qu'on en a besoin, on l'achète sans regarder à la dépense – ça, c'est moi qui gère.

Nick haussa les sourcils car il savait ce que pouvait coûter du matériel informatique et de surveillance de qualité professionnelle, et ce n'étaient pas des clopinettes. Par ailleurs, s'il avait vu juste, ils en tireraient autant qu'elle et Charlie. Peut-être davantage.

— Becca…

— Non. Je ne plaisante pas. J'ai un compte épargne assez fourni et c'est pas comme si je dépensais mon argent pour rien, vous croyez pas ?

Les anciens bérets verts hochèrent la tête et Nick lâcha l'affaire pour le moment. Il voyait bien dans les regards de ses camarades que Becca avait mérité leur respect – d'abord pour avoir osé parler franchement avec Marz de son amputation, puis pour avoir exprimé fermement sa décision de veiller aux dépenses. Il n'y avait donc rien chez elle qui ne forçait l'admiration ?

— Hé, Nicky, t'as un endroit où je pourrais installer ma forteresse ? demanda Derek. Il va me falloir suffisamment de place pour installer plusieurs ordis et pas mal d'équipement. Beaucoup de prises et un accès Internet.

Nick retourna le problème dans tous les sens, puis hocha la tête.

— Bon, c'est peut-être pas l'idéal, mais j'ai une salle de musculation de l'autre côté du palier. Tout le fond est inutilisé. Les lignes sont tirées, prises et Internet, mais à part ça l'installation est un peu sommaire.

— Du point de vue de la sécurité ?

— Le lieu est parfaitement sûr.

— Alors je serai au paradis.

— Oh, le geek, s'exclama Easy.

— Tu parles, il va mater du porno, plaisanta Shane.

Derek éclata de rire.

— Enculé, rétorqua-t-il avant de regarder Becca d'un air contrit. Oh. Merde. Désolé.

— T'inquiète pas, répondit-elle en souriant, c'est pas une pratique qui me choque.

Elle fit suivre sa remarque d'un clin d'œil éloquent, tout à fait consciente de ce qu'elle venait d'insinuer. Elle se garda tout de même bien de se tourner vers lui.

— Grand bien te fasse, renchérit Marz avec un large sourire.

Tous s'esclaffèrent, et Nick se dandina sur sa chaise, son imagination exacerbée par la remarque de Becca.

— OK, reprit Derek. Je viens de m'envoyer cette liste par e-mail. Alors je vous propose d'aller faire un peu de shopping avant de pouvoir commencer cette mission.

Chapitre 16

—C'est là, annonça Becca en passant le bras entre les sièges avant de la voiture pour leur indiquer l'appartement de Charlie.

Après avoir passé près de trois heures à faire les magasins, à dépenser des milliers de dollars en équipement high-tech, et à aider Marz à rapatrier tout son matériel dans le fond de la salle de musculation, Becca, Nick et Beckett avaient laissé Shane et Easy donner un coup de main à Derek pour mettre sur pied son camp de base pendant qu'ils allaient commencer à afficher les flyers autour de chez Charlie.

Heureusement qu'elle possédait des économies. Elle avait mis de côté la majeure partie de sa part de l'assurance vie de leur père et mettait toujours un peu de son salaire sur son livret d'épargne. C'est ainsi qu'elle avait réussi à engranger une somme considérable à utiliser en cas de coup dur. Et si elle suivait cette métaphore, la situation actuelle représentait l'équivalent d'un uppercut de Mike Tyson en pleine poire.

—Attends, pourquoi tu…

—Pour m'assurer que personne ne surveille l'appartement, expliqua Nick en dépassant la maison mitoyenne.

—Ah.

Elle observa les alentours, mais rien ne semblait sortir de l'ordinaire, ni même paraître un tant soit peu étrange.

C'était une rue calme et déserte dans un quartier à l'abandon. Malgré le grand soleil qui régnait sur ce samedi après-midi, personne ne promenait son chien, ni ne jouait, ni ne flânait sur son perron. Soudain, ce vide prit une dimension beaucoup plus glauque et le danger sembla guetter à chaque coin de rue, derrière chaque voiture. La jeune femme fut parcourue d'un frisson désagréable.

Deux rues plus loin, Nick bifurqua et contourna le pâté de maisons pour revenir à celle de Charlie. Il se gara le long du trottoir à quelques mètres de la porte de l'appartement et coupa le moteur.

Beckett sortit de la voiture et rabattit le siège du passager pour laisser passer la jeune femme, allant même jusqu'à lui tendre la main.

—Merci, dit-elle en saisissant son sac et la pile de flyers avant de le regarder brièvement dans les yeux.

C'était un type tout à fait intimidant, à la vérité. Toutefois, Becca se rappela que c'était lui qui lui avait tenu les cheveux lorsqu'elle avait vomi. Un homme qui faisait cela ne pouvait pas être complètement effrayant.

—Voyons voir si le propriétaire de l'appartement de Charlie est rentré, proposa Becca. Il pourrait nous laisser jeter un coup d'œil à l'intérieur.

—Pas de problème, dit Nick. Mais quoi que tu fasses, assure-toi de toujours être avec l'un de nous deux. On est armés, pas toi. Alors tu ne nous lâches pas d'une semelle.

Il planta dans son regard ses yeux vert clair dénués à présent de toute chaleur. Mais au moins acceptait-il de la regarder de nouveau, de lui reparler. Elle n'avait toujours aucune idée de ce qui lui avait pris au matin, de la raison pour laquelle il avait paru se braquer contre elle. Ce qu'ils avaient partagé avait été magnifique, et cela lui faisait

de la peine de constater qu'il semblait regretter cet acte
– beaucoup de peine.

—J'ai saisi, déclara-t-elle.

Dans un autre contexte, elle se serait peut-être offusquée du ton employé par Nick, mais le fait était qu'elle avait failli être enlevée. Même s'il avait agi comme un crétin ce matin-là, elle pensait toujours au fond qu'il tenait à elle. Sinon, pourquoi prendrait-il tous ces risques pour elle?

Puis il y avait eu les larmes devant l'évier. Voir Derek si plein de vie malgré ce qui lui était arrivé l'avait inondée de joie et de fierté, même si elle venait à peine de le rencontrer. Ensuite, d'autres pensées s'étaient sournoisement immiscées. *Pourquoi mon père n'a-t-il pas survécu, lui aussi? Pourquoi n'est-il pas ici avec eux pour m'aider à résoudre cette histoire? Ce n'est pas juste.* Elle avait été tellement prise de court par ce flot d'émotions que les larmes lui étaient montées avant même qu'elle puisse les en empêcher. Toutefois, elle n'aurait jamais osé craquer devant ces hommes.

Elle grimpa les marches du perron et frappa à la porte de chez Walt. Alors qu'elle levait le bras pour frapper une nouvelle fois, elle entendit les verrous jouer de l'autre côté et la porte s'ouvrit.

—Mademoiselle Becca? la salua le propriétaire des lieux, faisant passer rapidement ses yeux marron d'elle à ses deux acolytes.

Il fronça alors durement les sourcils en voyant l'hématome sur le front de la jeune femme. Au moins la bosse avait-elle disparu. Elle ne ressentait plus à présent qu'une vague douleur permanente.

—Bonjour, Walt. Je suis désolée de venir ainsi à l'improviste, mais je me demandais si vous nous laisseriez entrer quelques instants pour discuter... de Charlie.

(L'homme jeta un autre coup d'œil à ses gorilles.) Ce sont des amis.

— Bon, d'accord. C'est pour vous, mademoiselle Becca. Venez, entrez.

Elle lui sourit et pénétra dans le hall d'entrée.

— Comment allez-vous ?

Il haussa les épaules avec un soupir évasif, épiant Nick et Beckett d'un œil acéré alors qu'il les guidait dans le salon à la décoration impeccablement surannée.

— Bah, on fait aller. Vous avez retrouvé votre frère ?

— Non, mais Nick et Beckett, ici, m'aident.

Elle en profita pour présenter ses amis et les trois hommes échangèrent des poignées de main, Walt conservant quelque méfiance. Ensuite, Becca lui tendit un des flyers.

— Je vais les afficher dans le quartier, expliqua-t-elle. Il faut que nous découvrions où Charlie avait décidé de se rendre en partant d'ici.

— Z'êtes de flics ? demanda Walt en s'adressant aux anciens soldats.

— Non, monsieur, répondit Beckett.

— Ils étaient dans la même u…

— Becca, l'interrompit sèchement Nick. (Elle haussa les sourcils et il lui signifia d'un signe de tête de ne rien dire.) Monsieur, sauriez-vous par hasard à quelle compagnie de taxis Charlie avait l'habitude de faire appel ? Était-ce toujours la même ou changeait-il ?

— Il prenait d'habitude la compagnie Yellow Cab, répondit le vieil homme en fronçant les sourcils. Les chauffeurs venaient le récupérer un peu plus loin dans la rue, devant la supérette ; jamais ici.

Le cœur de Becca fit un bond dans sa poitrine. Peut-être que quelqu'un là-bas connaissait Charlie et se souviendrait de la dernière fois où il l'avait vu.

— Ça nous sera très utile. Merci. Est-ce que vous voulez bien jeter un coup d'œil à quelque chose pour moi ?

— Pourquoi pas ? Montrez toujours.

— Il s'agit d'un homme qui a tenté de m'enlever hier, précisa-t-elle en lui tendant le portrait-robot.

— Que dites-vous ? s'exclama-t-il les yeux écarquillés. (Il posa cette fois-ci sur Nick et Beckett un regard différent, moins réticent, comme s'il comprenait le bon sens qu'il y avait dans ce cas-là à s'entourer de gardes du corps.) Alors c'est pour ça, votre front ?

— Oui. Par chance, l'agresseur a échoué.

Par chance, et surtout grâce à cet homme fantastique et sexy qui se tenait derrière elle. Becca n'avait aucune idée de ce qu'elle pourrait un jour faire pour le remercier lorsque tout cela serait terminé, mais elle savait qu'elle lui était d'ores et déjà grandement redevable.

— Mais entre ça et le fait que quelqu'un a tout saccagé chez moi comme on l'a fait dans l'appartement de Charlie, reprit la jeune femme, je fais vraiment très attention. Et nous cherchons à savoir qui est cet individu.

Walt tint le dessin à bonne distance de son visage et plissa les paupières pour examiner le portrait avec attention.

— Je ne le connais pas. Je suis désolé, dit-il en rendant le portrait-robot avant de désigner du doigt la pile de flyers. Et ça, qu'est-ce que c'est ?

— C'est un tatouage qu'il avait sur le bras. Ça vous rappelle quelque chose ?

— Non, répondit-il en se frottant la bouche, visiblement en pleine réflexion. Vous en auriez des copies que je pourrais garder ? Je pourrais les montrer à mon fils. Il connaît beaucoup de gens. Alors peut-être que…

Il ponctua sa phrase d'un haussement d'épaules. Becca, même si elle ne connaissait pas le fils de Walt, n'allait pas refuser de l'aide.

—Ce serait vraiment génial. Toute aide est la bienvenue.

Nick s'avança d'un pas.

—Walt, auriez-vous vu quiconque rôder autour de l'appartement de Charlie ? Une voiture garée, quelqu'un au volant qui épie ? Une personne inhabituelle qui arpente la rue, peut-être ?

—Non, et après ce qui s'est passé l'autre jour, vous pensez bien que j'ai ouvert l'œil. En revanche, si vous voulez me laisser votre numéro, je vous appelle si je vois quelque chose. D'ailleurs, je vous appelle dès que j'ai pu parler à mon fils.

—Vous pouvez nous joindre à ce numéro, dit Becca en montrant celui qui figurait sur le flyer que le vieil homme tenait en main. Pour le moment, c'est un autre ami qui prend les appels. Il s'appelle Derek. Je lui demanderai de me prévenir à la seconde où vous lui téléphonerez.

—Très bien, répondit Walt.

—Une dernière chose. Accepteriez-vous de nous laisser entrer chez Charlie encore une fois ?

Quelques minutes plus tard, tous descendaient les escaliers pour accéder au donjon dans lequel vivait Charlie. Tout était dans le même état que quelques jours plus tôt. Becca demeura avec Walt sur le pas de la porte tandis que Nick et Beckett inspectaient méthodiquement l'appartement à la recherche de mouchards ou de quoi que ce soit qui sorte de l'ordinaire. Nick appela Marz et lui demanda de vérifier la piste des chauffeurs de Yellow Cab, puis lui lista tout l'équipement laissé intact dans le bureau de Charlie. Apparemment, il ne restait rien qui puisse être analysé. Donc, cette fouille de l'appartement les laissait bredouilles. Alors, les deux anciens soldats rejoignirent Becca, et ils furent tous trois sur le départ.

— Je suis navré de ne pas pouvoir vous aider davantage, leur dit Walt sur le perron.

— Votre aide a déjà été très précieuse, et je vous en remercie beaucoup.

En dépit du fait qu'il avait failli l'assommer à coups de batte de base-ball, Becca vouait une affection particulière à cet homme depuis qu'il avait tenu à s'assurer personnellement que celui qui s'était introduit chez Charlie n'était plus sur les lieux à leur arrivée.

Lorsque Walt fut rentré chez lui après leur avoir assuré qu'il les appellerait, Becca se tourna vers Nick en se demandant ce qu'elle avait fait de mal.

— Hé. Pourquoi tu m'as coupé la parole, tout à l'heure ?

— Désolé. J'aurais dû t'en parler avant. Pour l'instant, Becca, nous devons partir du principe qu'on ne peut faire confiance à personne en dehors de l'équipe. Qui possède le savoir possède l'avantage, et nous ne voulons céder ni l'un ni l'autre si ce n'est pas nécessaire.

— Ah, d'accord. Oui, c'est logique. Je ne dois simplement pas avoir l'habitude de réfléchir comme ça, répondit-elle en fouillant dans son sac pour en retirer l'agrafeuse qu'elle avait emportée.

Elle se dirigea ensuite vers le premier poteau téléphonique pour y agrafer un des flyers, ce qui lui fut difficile contre le vent sec du printemps qui faisait battre la feuille.

— Heureusement que tu n'en as pas l'habitude. C'est le cas de tous les gens normaux, dit Nick la mine grave, le regard perpétuellement en alerte.

Le soleil donnait une teinte plus claire à ses yeux, et renforçait le contraste avec ses cheveux châtain foncé.

— Et toi, tu n'es pas normal ? s'enquit-elle d'un air narquois.

— Pas le moins du monde, rétorqua-t-il avec un sourire en biais. Allez, c'est parti.

Puis, il sortit son téléphone.

— À ton avis, combien de ces taxis jaunes sont passés prendre quelqu'un devant cette supérette au cours de ces dernières semaines ? demanda Becca.

— Bonne question. Peu, avec de la chance.

La jeune femme s'arrêta devant un autre poteau et força en vain pour enfoncer les agrafes.

— Attends. Tu vas te faire mal à la main, la prévint Beckett en lui prenant l'agrafeuse.

Ensuite, il enfonça les agrafes aux quatre coins de l'affichette comme dans du beurre, et Becca vit les ecchymoses violacées qui lui couvraient toutes les phalanges, souvenir de son coup de poing dans le frigo.

— Merci. Comment va ta main ?

Il fronça les sourcils, puis leva sa main droite et fit jouer ses articulations.

— Je survivrai, répondit-il.

Malgré le ton peu amical, ses traits semblèrent s'adoucir quelque peu.

Becca mit un flyer sur le pare-brise de chaque voiture devant lesquelles ils passaient. Cela ne les avancerait sans doute à rien, mais c'était réconfortant d'agir. Quand ils furent arrivés au carrefour, Beckett en fit le tour pour placarder les affiches sur chaque poteau. Engager une conversation avec lui était mission impossible, mais il démontrait par ses actes qu'il était quelqu'un de bien. Il fallait simplement qu'elle s'applique à ne pas prendre personnellement son attitude un peu bourrue.

Nick resta quant à lui collé à elle, les muscles tendus et son regard attentif scrutant les alentours. Cette proximité entre eux réveillait en elle, et malgré elle, des souvenirs de leurs activités matinales dans la chambre. Elle avait tant aimé.

— Marz est vraiment cool, dit-elle.

Elle parlait surtout pour éviter de penser à toutes ces choses merveilleuses que lui avait fait ressentir Nick. Ces orgasmes qu'il lui avait donnés avaient été si beaux qu'elle pouvait maintenant décrire le septième ciel – plein d'étoiles et de feu palpitant. Et elle cherchait à oublier qu'il avait ensuite si cruellement gâché ce moment.

— C'est pas tout le monde qui resterait aussi optimiste après une amputation, ajouta-t-elle.

Nick acquiesça en arborant une mine admirative.

— Oui, ce gars est vraiment le meilleur. En revanche, c'est le type qui chante le plus faux au monde.

Beckett, qui les rejoignait alors, rit dans sa barbe.

— J'te le fais pas dire.

— Et parfois, tu pourrais donner n'importe quoi pour avoir un rouleau de chatterton pour le faire taire cinq minutes d'affilée. À part ça, il y a pas plus loyal que lui et il sait garder la tête froide quand ça va mal… (Il lança un coup d'œil à Becca, puis à Beckett.) Tu sais ce qu'il a dit quand Shane s'occupait de sa blessure? Après l'explosion de la grenade?

Son équipier tourna vivement la tête vers lui avec un regard noir.

— Non. Quoi ? interrogea la jeune femme, un peu nerveuse de se retrouver entre eux.

S'ils décidaient de jouer encore des poings, elle allait se faire écrabouiller.

— Il était par terre sur le dos, et il pissait le sang. J'avais utilisé le foulard que je portais pour faire un point de compression. En quelques minutes, j'avais la main couverte de sang. Shane lui a demandé comment il se sentait, pour le faire parler, le garder conscient, tu vois ? Alors, Derek a dit : « Je crois que ça va me coûter deux fois moins cher en chaussettes. »

— Mon Dieu, c'est horrible... Et super drôle, aussi, acheva-t-elle en partant d'un petit rire.

Du coin de l'œil, elle vit Beckett tourner le dos comme pour vérifier leurs arrières.

Lorsqu'ils furent sur le parking de la supérette, Beckett prit un autre paquet d'affiches pour aller les accrocher. Becca se demandait bien pourquoi il était ainsi retombé dans ce silence glacial. Elle et Nick entrèrent dans le magasin, et allèrent directement au comptoir, où un client les précédait. Elle se pencha pour voir l'employé du magasin, un homme d'âge moyen qui portait un badge avec son prénom : « Prajeet ».

— Puis-je vous aider ? s'enquit-il lorsque ce fut à leur tour.

Becca fit glisser un flyer sur le comptoir de caisse.

— Est-ce que par hasard vous auriez déjà vu cet homme ? Il s'agit de mon frère et il est porté disparu. Son voisin m'a dit qu'il prenait parfois un taxi ici.

L'homme regarda la photo sur l'affichette.

—Charlie. Je le connais. Il prend des Doritos et du Sprite presque chaque fois.

Becca sentit son cœur faire un bond dans sa poitrine.

—Vous souvenez-vous à quand remonte la dernière fois que vous l'avez vu?

—Eh bien, hésita Prajeet en regardant par la vitrine, en pleine réflexion. Ça fait au moins une semaine. Peut-être deux. Il est venu retirer des sous au distributeur. Il était tard. Plus de minuit, je crois. Après, il est parti en taxi, comme vous disiez.

Nick s'approcha tout près de Becca et lui posa une main dans le bas du dos, lui faisant une caresse réconfortante avec son pouce à travers son fin tee-shirt.

—Et vous sauriez dire quel jour c'était?

—Non. Je suis désolé. Mais je crois que ça remonte plus à deux semaines, finalement.

—Merci beaucoup, Prajeet, déclara la jeune femme en lui tendant la main. Je m'appelle Becca. Puis-je vous demander de bien vouloir appeler à ce numéro si quelque chose d'autre vous revenait? Ou bien si vous le revoyez? C'est très important.

Il lui serra la main avec ferveur.

—Avec grand plaisir. Et je vais afficher ça là, dit-il en prenant un rouleau de scotch transparent de sous sa caisse pour coller le flyer sur son comptoir.

Becca lui en fut extrêmement reconnaissante. Elle ne savait pas réellement à quelle réaction elle s'était attendue de la part des gens, mais elle avait maintenant l'impression de faire des progrès dans leur enquête. Ou alors se berçait-elle d'illusions?

—C'est très gentil à vous. Merci beaucoup.

Ils sortirent du magasin et cherchèrent Beckett du regard. Ce dernier se trouvait plus loin dans la rue, à hauteur d'une station-service. Becca trépignait et lançait des regards à la ronde. Elle ne tenait plus en place et se sentait nerveuse, impatiente de poursuivre les recherches.

Nick lui posa une main sur l'épaule.

— Hé.

— Quoi ? demanda Becca en levant les yeux sur lui.

— Tout va bien. Respire, dit-il en lui massant légèrement les épaules.

Elle ferma les yeux et prit une profonde inspiration pour se calmer. Comment avait-il compris qu'elle avait besoin d'être rassurée ?

— Et si on arrivait trop tard ? s'inquiéta-t-elle, laissant parler sa plus grande peur tout en plongeant son regard dans le sien.

— Tant que nous ne savons rien, il faut que tu gardes espoir, d'accord ? Tu vas devenir folle sinon. Aujourd'hui, on court un foutu marathon, alors il faut pas se précipiter.

— D'accord. T'as raison. OK.

— D'ailleurs, comment tu te sens aujourd'hui ? s'enquit-il en lui prenant le visage entre ses mains. Je n'ai pas eu l'occasion de te demander depuis ce matin…

« Ce matin » faisait référence à ce moment où, après l'amour, il l'avait laissée tomber comme une vieille chaussette. Mais si elle ne se trompait pas, elle avait entendu dans la voix de Nick une bonne dose de remords ?

— J'ai encore un peu mal partout, et mes côtes me lancent, mais j'ai pris de l'ibuprofène. Du coup, ça va. Et toi ?

— Exactement comme toi, répondit-il en se fendant d'un petit sourire qui creusa sa fossette.

Si l'on ajoutait ce physique d'Apollon à cette façon si douce de veiller sur elle, on obtenait un véritable philtre d'amour. Plus elle passait de temps en sa compagnie, d'ailleurs, plus il devenait clair qu'elle tombait sous son charme. Déjà avant qu'ils fassent l'amour ; mais cette connexion qui s'était établie entre eux ce matin-là avait décuplé tout ce qu'elle pouvait ressentir pour lui. Tandis qu'elle admettait ce fait, son estomac se noua, son cœur s'emballa et ses jambes se mirent à flageoler – avec tout ce qui se passait en ce moment, il était bien difficile de s'y retrouver.

— Du nouveau ? demanda Beckett en les rejoignant.

Nick lui expliqua ce qu'ils avaient appris et Beck hocha la tête.

— Marz devrait pouvoir trouver une trace de ce retrait d'espèces.

— Bien vu, le félicita Nick avant de sortir son téléphone pour envoyer un message.

Becca souffla longuement.

— Si on pouvait compter sur la police, on aurait déjà un mandat ou peu importe ce qu'il faut pour obliger la banque à nous fournir les relevés.

— Ouais, ça craint, acquiesça Nick. Mais tant qu'on n'en sait pas davantage, on doit se dire qu'il y a quelqu'un chez les flics à la solde de l'autre camp, et on doit donc traiter les autorités comme hostiles.

— Je sais. On va où, maintenant ?

Becca avait bien du mal à se dire que Charlie et elle étaient pris dans une situation où il leur était impossible de faire confiance à la police. Sur quoi son frère avait-il donc bien pu mettre la main ?

— J'ai fait tout le quartier de ce côté-là, annonça Beckett.

— Très bien. On fait l'autre côté alors, dit Nick.

— Hé, est-ce que t'as pensé à en mettre un dans l'abribus là-bas ? s'enquit Becca.

— T'as déjà essayé d'agrafer dans du métal ou du plastique ? rétorqua Beckett en levant l'agrafeuse.

— Je vais enfin pouvoir me rendre utile, s'exclama la jeune femme en fouillant dans son sac pour en sortir un rouleau d'adhésif transparent qu'elle avait pensé à prendre. Et hop !

Beckett la dévisagea, abasourdi.

— T'as pas une bière bien fraîche là-dedans ?

— Si seulement, s'esclaffa Becca.

Puis, rouleau de scotch en main, l'ancien soldat traversa la rue et alla poser une affichette à l'intérieur de l'abri et une autre à l'extérieur.

Ensuite, ils passèrent encore une demi-heure à poser les flyers sur tous les poteaux, tous les pare-brise et tous les abribus qu'ils croisaient. Un coiffeur accepta d'en afficher dans sa vitrine et un pasteur les autorisa à en agrafer un sur le tableau d'affichage de la paroisse, à l'intérieur de son église.

— Une seconde, leur dit Nick en prenant son portable qui vibrait dans sa poche.

Après un rapide contrôle visuel de la rue, relativement vide, il décrocha et mit sur haut-parleur.

— Marz, c'est Nick. T'es sur haut-parleur.

— Salut. J'ai trouvé quelque chose, annonça Derek. (Becca regarda tour à tour les deux hommes avec des yeux écarquillés.) J'ai rien pour le retrait d'espèces. J'ai réussi à entrer dans la machine, et je dois dire que j'ai pas eu trop de mal à contourner le système d'accès à distance et à accéder au *firmware*, mais seules les transactions actuelles et en attente sont archivées, pas celles déjà effectuées.

—Marz, je comprends pas la moitié de ce que tu me dis, mais je suis à deux doigts de craquer, prévint Becca.

—Ouais, désolé, répondit-il en partant d'un petit rire. Parfois, je me laisse emporter. J'ai réussi à avoir accès aux archives des déplacements des taxis Yellow Cab. Je te jure, je suis tombé sur un pare-feu qui n'arrêterait même pas ma grand-mère. Bref, au cours des deux dernières semaines, il y a eu trois demandes de courses à partir de cette supérette. Deux mènent chez des particuliers, la troisième conduit à un motel.

Nick hocha la tête.

—Envoie-moi les adresses par texto.

Après quelques secondes de silence, Marz répondit :

—C'est comme si c'était fait. Toutes ces adresses sont assez proches, donc ça ne devrait pas vous prendre trop de temps pour aller voir. Dites, vous avez assez de bras ? J'ai oublié un truc, et Easy est allé me le chercher.

—Ça devrait aller, mais envoie-nous Shane.

Becca dévisagea Nick, interdite.

—Reçu, dit Marz avant de raccrocher.

—Pourquoi tu lui as demandé d'envoyer Shane ? s'étonna la jeune femme.

—Parce que maintenant on a des adresses précises à vérifier. Si on débarque là où Charlie est retenu, je préfère qu'on ait des renforts. (Une vibration de son téléphone indiqua la réception d'un nouveau message.) Notre première piste tangible, ajouta-t-il. Allons voir ce que ça donne.

Becca sentit une grande force lui remuer les entrailles, mélange d'angoisse, d'impatience et d'espoir.

Où que tu sois, Charlie, on arrive. Il faut juste que tu t'accroches encore un peu.

L'espoir de Becca ne tenait plus qu'à un fil ténu. Après avoir rayé de la liste initiale envoyée par Marz les deux premières adresses, qui s'étaient révélées être celles de deux dames âgées, ils étaient à présent en route pour rejoindre le motel. Apparemment, Charlie n'était pas resté longtemps au même endroit. Qu'est-ce qui avait bien pu lui faire autant peur ? Avant, elle aurait peut-être mis cela sur le compte de la paranoïa, mais étant donné qu'on l'avait enlevé et torturé, ses précautions avaient été totalement justifiées.

Mais Becca, elle, ne l'avait pas cru la dernière fois qu'ils avaient discuté en ligne. Elle s'en voulait tellement en y repensant. Une fois parvenus à la première adresse, ils avaient dû débourser la totalité des 75 dollars qu'elle avait sur elle pour amener la réceptionniste à accepter de regarder dans le registre, et lui dire quand Charlie était arrivé et quand il était reparti. Il s'était présenté sous le nom de Scott Charles – une association de son prénom avec celui de leur frère, qui valut à Becca un petit pincement au cœur – et était resté quatre jours avant d'appeler un taxi pour ficher le camp au petit matin.

Au cas où il faudrait rafraîchir la mémoire de quelqu'un d'autre, Becca effectua le retrait maximum autorisé dans deux distributeurs différents. Pendant ce temps, Marz leur avait envoyé la deuxième adresse, où Charlie était resté deux jours, puis la troisième.

Ils quittèrent les limites de la ville par la nationale Pulaski et s'enfoncèrent dans le comté de Baltimore. D'hôtel en hôtel, Charlie s'était éloigné de chez lui. Becca n'avait pas la moindre idée de ce qui l'avait poussé à partir à ce moment précis – ni d'ailleurs de ce qu'il fuyait. Elle avait l'impression de vivre un cauchemar où rien n'avait de sens et où la logique changeait chaque fois qu'un mystère s'éclaircissait.

Quelques minutes plus tard, Nick s'engagea dans le parking d'un motel en bord de route. Le bâtiment s'élevait sur deux étages, chacun comptant une quinzaine de chambres, et tout laissait à penser que la gérance pratiquait les prix les plus modestes. Peut-être même y louait-on des chambres à l'heure. Shane gara son pick-up à leur suite et ils se retrouvèrent devant la porte de l'accueil.

— La troisième, c'est la bonne, dit Becca en essayant d'afficher un optimisme trompeur.

Ils lui répondirent par des encouragements de circonstance et elle aurait parié que leur moral était au même point que le sien. Puis, ils entrèrent dans le motel.

— J'peux vous aider ? s'enquit la femme qui se tenait derrière le comptoir tout en mâchant son chewing-gum.

Elle avait passé la cinquantaine et avait vraiment l'air d'un mort-vivant avec sa figure hâve et sa mise en plis ridicule.

— Je l'espère. Mon frère Charlie est disparu et nous savons qu'un taxi l'a déposé ici dimanche dernier.

Soit six jours plus tôt. Six jours plus tôt, Charlie s'était peut-être tenu ici même.

Le téléphone de l'accueil émit une sonnerie stridente.

— Un instant, s'il vous plaît, dit la femme en soulevant le combiné.

Becca se tourna vers Nick l'air effarée, et celui-ci lui répondit d'un clin d'œil pour l'encourager à ne pas baisser les bras. Alors, la jeune femme lui fut reconnaissante de tout ce qu'il faisait pour elle. Elle n'aurait jamais pu arriver jusque-là sans lui, sans aucun d'eux. Par ailleurs, ils ne lui apportaient pas simplement protection et appui tactique, mais aussi la confiance nécessaire et lui donnaient les moyens de se lancer à la recherche de Charlie, de parler aux personnes clés, de leur acheter des renseignements. Ayant toujours été une gentille fille obéissante, voire bégueule, elle était absolument certaine qu'elle n'aurait jamais été assez couillue pour faire tout cela sans eux.

—On vous apporte ça tout de suite, dit la gérante avant de raccrocher. Marla ?

Elle réitéra son appel deux fois, hurlant presque la seconde, et une employée maigre dans un uniforme de femme de ménage d'un autre temps finit par débouler à la réception par une porte sur laquelle un écriteau signalait « réservé au personnel ».

—Apporte des serviettes propres à la 203.

Après un coup d'œil rapide à Becca et ses trois gorilles, l'employée acquiesça et disparut par la même porte.

—Désolée, vous disiez ? demanda la réceptionniste d'un air blasé.

Becca tempéra son agacement et fit glisser un des flyers sur le comptoir d'accueil.

—Mon frère Charlie est disparu. Nous le recherchons. La compagnie Yellow Cab nous a dit qu'un de ses chauffeurs l'avait déposé ici dimanche dernier.

« Bang ! »

Le bruit soudain dans son dos fit tressaillir Becca, qui regarda par-dessus son épaule. Elle constata que Nick s'était placé entre elle et la source du fracas, et que les deux autres avaient glissé une main sous un pan de leur veste. Le visage de la femme de ménage passa du brun foncé au beige en un éclair alors que la porte qu'elle venait manifestement de pousser un peu fort se refermait lentement.

— Désolée, bredouilla-t-elle en se penchant pour ramasser la pile de serviettes de bain blanches qu'elle venait de faire tomber sur le carrelage crasseux.

La gérante roula des yeux.

— Bon, vous dites qu'il a pris une chambre ici ?

— Oui, affirma Becca en relâchant son souffle. Est-ce que vous pourriez nous dire combien de temps il est resté ou quel jour il est reparti ?

— Je suis navrée, ma p'tite dame, mais c'est contre notre règlement de divulguer quoi que ce soit sur nos clients, répondit la femme sur un ton franchement condescendant.

Toutefois, Becca ne se laissa pas démonter, car aux deux premières adresses on lui avait dit la même chose – au début. Elle regarda par-dessus son épaule et attendit que la femme de ménage sorte de l'accueil. Alors, elle tourna vivement la tête vers la gérante.

— Comment puis-je vous convaincre de m'aider ? J'ai de bonnes raisons de croire que Charlie court un grave danger.

— Dites, vous me prenez pour quelqu'un de malhonnête ? rétorqua la femme en posant sur elle un regard éteint tout en mastiquant son chewing-gum avec insistance.

— Malhonnête ? Je pense que vous êtes quelqu'un qui sait faire ce qui est juste. Je sais que mon frère est venu ici, et je sais quand il est arrivé. Cependant, j'ai besoin de vous pour découvrir quand il est parti, insista Becca, peu à peu gagnée par la frustration.

— Désolée. Si la police vient me présenter un mandat, alors je serai ravie de pouvoir vous aider, déclara la gérante en faisant éclater une bulle.

Becca pria pour qu'elle s'étrangle avec son chewing-gum.

À ce moment, Nick posa les mains sur le comptoir.

—Nous saurons vous remercier comme il se doit, dit-il en indiquant l'ordinateur d'un geste de la tête. Ne pouvez-vous vraiment pas nous aider ?

—Je vous suggère à tous de débarrasser le plancher, maintenant, menaça la réceptionniste en haussant très haut les sourcils.

—S'il vous plaît, madame…, implora Becca avec désespoir.

—Allez, viens. C'est pas grave, murmura Nick contre son oreille en lui prenant le bras de façon réconfortante.

Puis, il la guida vers la sortie sans traîner.

—Qu'est-ce qu'on va faire, maintenant ? se lamenta la jeune femme en le regardant d'un air abattu.

—Nous trouverons une solution. Ne t'inquiète pas, la rassura-t-il en lui caressant les mains, lorsqu'il s'aperçut qu'elle tremblait.

La colère vrombissait en Becca. Ils étaient si près du but. Elle le sentait, comme si elle pouvait encore percevoir l'écho de la présence de Charlie. Elle souffla péniblement et détourna le regard.

Tout au bout du bâtiment, elle vit l'employée qu'ils avaient croisée à la réception – la gérante l'avait appelée Marla – descendre les escaliers de béton au petit trot. Elle avançait tête baissée, épaules voûtées et d'un pas rapide, comme si elle ne voulait pas qu'on la remarque…

Dans un petit hoquet, Becca se tourna brusquement vers Nick.

—Ouais, je te suis, dit-il. Mais elle a tout de la souris apeurée. Tu te sens de l'interroger ?

Becca se lançait déjà à la poursuite de la femme.

— Mademoiselle ! Marla ! héla-t-elle en traversant le parking à grandes enjambées, ses flyers en main. J'ai une question à vous poser, si vous le voulez bien.

La femme d'entretien releva la tête en faisant nerveusement passer son regard sur Becca, les trois hommes et la porte de la réception.

— S'il vous plaît. J'ai besoin de votre aide.

Marla s'arrêta, ses épaules s'affaissant, regarda tout autour d'elle, puis lui fit signe de la suivre. Ensuite, elle revint sur ses pas et s'engagea dans un passage mal éclairé.

Becca partit au pas de course. Nick l'appela pour l'en empêcher, mais elle avait trop peur que la femme de ménage ne prenne la fuite pour écouter sa mise en garde. Elle se faufila entre deux voitures, bondit sur le trottoir cabossé et, le cœur lancé à deux mille à l'heure, emprunta le même passage. Derrière une rangée de distributeurs de boissons et de glaçons, Marla attendait les bras serrés autour d'elle.

— Marla, est-ce que vous savez quelque chose sur mon frère ? demanda Becca en lui tendant un flyer.

Une fraction de seconde plus tard, Nick déboulait, fulminant. Il se garda de tout commentaire, mais ses sourcils froncés parlaient d'eux-mêmes.

Marla scruta le flyer de ses yeux marron, mais refusa de le prendre.

— Ouais, je l'ai vu. Mais j'ai besoin d'argent, dit-elle en gardant les yeux rivés au sol, apparemment peu fière d'elle. J'ai des enfants, et je gagne pas grand-chose ici.

Becca plongea la main dans son sac et attrapa cinq billets de vingt, que la femme de ménage serra dans son poing.

— Mon frère, reprit Becca. Quand l'avez-vous vu ?

Marla renifla, releva la tête puis regarda tour à tour la jeune femme et Nick.

—Il est arrivé dimanche, comme vous avez dit. (Becca se pencha vers Marla comme si cela avait le pouvoir de tirer les vers du nez de l'employée.) Lundi matin, très tôt… ils l'ont emmené dans un van gris.

Le cœur de Becca fit une embardée. Elle savait que la piste qu'ils avaient suivie jusque-là allait probablement les mener à cette conclusion. Il était évident que Charlie avait été enlevé à un moment ou à un autre, car il ne s'était certainement pas coupé le doigt tout seul pour le laisser chez elle. L'entendre à haute voix, cependant, la laissait dans un état qu'elle n'aurait pu exprimer.

—Qui, «ils»? intervint Nick en prenant Becca par les épaules pour la serrer contre lui.

Son étreinte était ferme, puissante et assurée. Becca puisa des forces en lui et chercha à recouvrer son calme.

—Des voyous. Le genre de racaille qui m'a fait quitter la ville – des gars comme ceux qui vendent leur héroïne au coin des rues paumées dans les vieux quartiers. Ils étaient trois, dit la jeune femme en jouant avec la chaîne qu'elle portait autour du cou.

—Celui-là en faisait partie? demanda Nick en prenant doucement le flyer des mains de Becca pour montrer à Marla le portrait-robot.

—J'pense pas, répondit-elle en secouant la tête. En même temps, je faisais tout pour pas les voir, si vous voyez ce que j'veux dire. J'ai eu un mauvais pressentiment dès que j'ai aperçu le van entrer dans le parking. J'étais là-haut en train de nettoyer une chambre qui s'était libérée à l'aube quand j'ai entendu un gros «boum». Alors j'ai regardé à travers le rideau, et j'ai vu que les types du van enfonçaient la porte d'une des chambres. Après, ils l'ont sorti en lui mettant une cagoule sur la tête.

—Et vous avez appelé la police ? parvint péniblement à demander Becca, incrédule.

Comment une chose pareille pouvait-elle survenir en plein jour ?

—J'allais quand même pas prendre le risque de balancer un gang pour un petit junkie qui doit du fric, rétorqua la jeune femme en la dévisageant comme si elle venait de dire une absurdité.

—Charlie n'est pas un junkie, siffla Becca une fois le choc passé.

—Ben, il en avait tout l'air, répliqua la femme de ménage en faisant rouler entre ses doigts le pendentif accroché à sa chaîne.

—Qu'est-ce qui vous fait dire ça ? interrogea Nick.

—Il avait des gros cernes, des yeux injectés de sang, il ressemblait à un clodo et il avait l'air super parano. En plus, il a payé en espèces à son arrivée, comme s'il ne voulait pas qu'on le retrouve. Tout le monde paie par carte, aujourd'hui.

—Il se drogue pas, je te le jure, promit Becca en se tournant vivement vers Nick. Mon Dieu, après ce qui est arrivé à Scott... (Elle secoua longuement la tête.) Non, il n'aurait pas pu.

—Je te crois. Tout ça peut aussi s'expliquer par le fait qu'il était en fuite depuis longtemps.

Becca ressentit un immense soulagement et son impression de suffocation diminua lorsqu'elle constata que Nick la croyait sur parole sans argumenter, sans remettre quoi que ce soit en question et sans envisager une autre possibilité. Cette confiance signifiait beaucoup pour elle. Elle se laissa aller contre lui.

— Bah, vous pensez bien c'que vous voulez. Moi, c'est ce que j'ai vu, déclara Marla en lâchant son pendentif avant de croiser les bras.

Becca observa attentivement le bijou ovale et fronça les sourcils.

— Une dernière question, dit Nick. (La jeune femme roula des yeux mais hocha la tête.) Est-ce qu'il restait quoi que ce soit dans la chambre après leur départ ?

— Non, ils ont tout embarqué. Maintenant, pardon, mais je dois retourner au boulot.

Sur le pendentif en argent était gravé un « C » à la main. Le « C » de Cathy, comme la mère de Becca. Cette dernière fronça les sourcils de plus belle, puis sentit son cœur se figer dans sa poitrine et elle alla se mettre en travers du chemin de Marla.

— C'est le médaillon de ma mère. (Elle dévisageait sévèrement l'employée du motel, qui refusait de la regarder dans les yeux.) C'est le médaillon de ma mère, répéta-t-elle, n'en croyant pas tout à fait ses yeux.

— Je l'ai trouvé, se défendit Marla dans un haussement d'épaules.

— Où ça ? s'enquit Nick en s'approchant d'elle.

— On s'en fout.

— Nous, on s'en fout pas, dit-il en piochant 100 dollars dans son portefeuille. Je vous demande, s'il vous plaît, de rendre à madame ce bijou qui appartenait à sa mère.

Pendant un long instant, Becca eut peur que la jeune femme ne leur tienne tête, mais la force combinée des cinq billets dans la main de Nick eut raison de sa volonté. Elle enleva la chaîne de son cou et la jeta presque à la figure de Becca.

— C'était par terre dans sa chambre. Je l'ai pas volé. Maintenant, pardon.

Ils s'écartèrent et l'employée s'en fut en courant.

Avant même que Becca ait le temps de sentir l'angoisse la saisir et qu'elle craque – ce qui était sur le point d'arriver –, Nick lui prit le visage entre ses mains et le leva vers le sien, puis lui déposa un baiser sur le front.

— Connaître les détails, ça ne change rien à la situation. Je sais bien que ça n'a pas été facile à entendre, mais elle nous a donné des éléments pour continuer à avancer. Au pire, on n'a rien perdu. OK ?

« Rien perdu ». Bien sûr. On a enfoncé la porte de la chambre de Charlie, on l'a cagoulé et enlevé.

— Je fais ce que je peux, dit Becca en serrant dans son poing le médaillon de sa mère.

— Tu t'en sors comme un chef, Becca. N'en doute pas une seconde. En revanche, si tu veux pas avoir à gérer une crise cardiaque, je te conseille de ne plus t'engager dans un coin obscur avant que je te donne le feu vert. Elle aurait pu t'attirer dans un piège.

Il reprit sa mine renfrognée, qui lui donnait un air tout aussi sexy que sévère, même si ce n'était certainement pas le but recherché.

— Je suis désolée. Je n'ai pensé à rien d'autre qu'à ne pas la perdre.

— Je peux comprendre. Mais moi, je ne pense à rien d'autre qu'à ne pas te perdre, toi, répondit Nick en lui déposant un autre baiser sur le front.

Ces mots déchaînèrent en elle de puissantes émotions : d'abord de la gratitude pour sa préoccupation, puis de l'admiration pour ce soldat aguerri qui restait capable de faire preuve d'une telle tendresse, et enfin quelque chose d'autre – un sentiment qui emplissait son cœur d'une douceur suave.

— Entendu, parvint-elle à dire. (Elle ouvrit son poing et montra le médaillon à Nick.) Il était à moi. Il vient de la boîte à bijoux de ma mère, qui était dans ma chambre. Je ne sais absolument pas comment Charlie l'a récupéré.

— Quand est-il venu te voir chez toi pour la dernière fois ? demanda Nick en plissant le front.

— Il est venu à Noël, répondit-elle en secouant la tête. Donc ça fait quatre mois environ.

— Partons d'ici, nous continuerons cette conversation plus tard, décida l'ancien soldat en lui prenant la main pour rejoindre Shane et Beckett, qui montaient la garde devant le passage.

Puis, alors qu'ils se dirigeaient vers la Charger de Nick, il résuma pour eux :

— Des dealers l'ont enlevé lundi matin. Ils ont tout emporté.

— Bon, on connaît maintenant le moment de l'enlèvement, mais on n'a toujours aucun indice sur les coupables, dit Shane. On va où maintenant ?

Il s'arrêta devant la portière du conducteur de son imposant pick-up anthracite.

— On retourne à *Hard Ink*, non ? proposa Nick.

— Attendez, intervint Becca, penchée par la portière ouverte de la Dodge. Est-ce qu'on pourrait passer par chez moi ?

Elle savait qu'elle ne pourrait pas y rester, mais elle avait vraiment besoin de vérifier certaines choses et de récupérer quelques affaires. Du reste, la curiosité malsaine de constater l'ampleur des dégâts la taraudait depuis la veille. Elle savait à quoi avait été réduit l'appartement de Charlie. Est-ce que c'était mieux chez elle ? Ou pire ? C'était sans doute absurde de s'arrêter à ce détail, mais ne pas savoir lui semblait plus difficile à accepter que la simple et dure vérité.

— C'est une mauvaise idée, prévint Nick.

— Allez. Juste le temps de récupérer deux, trois bricoles, insista-t-elle, aucunement surprise ni découragée par la mise en garde de Nick. Profitons-en tant qu'on est tous là.

— Une seconde, dit-il en extirpant de sa poche son téléphone qui vibrait. Marz ? T'es encore sur haut-parleur. Quoi de neuf ?

— Salut. C'est juste pour prévenir qu'un certain Walt Jackson a appelé sur la ligne d'appel à témoins et a dit vouloir parler à Becca. Il a demandé qu'elle passe chez lui dès que possible. Ça vous paraît normal ?

— Ouais, répondirent Nick et Becca en même temps.

— Ah, enchaîna Nick, nous sommes officiellement arrivés au bout de notre piste avec les taxis. Charlie a été kidnappé au *Road Star Motel* lundi dernier au matin. On a mis la main sur un témoin.

Ils échangèrent quelques mots encore, puis raccrochèrent.

— En route, alors, enjoignit Becca, partagée entre sa déception de ne pas pouvoir se rendre chez elle et son impatience de découvrir ce que Walt avait à leur confier.

Elle se glissa alors sur la banquette en cuir et alla se placer contre la fenêtre. Elle se sentait exténuée, complètement lessivée. Cependant, quoi qu'elle ressente, ce ne pouvait être en rien comparable, même de loin, à ce qu'endurait Charlie. C'était ce qu'elle devait garder à l'esprit. Tandis que Nick et Beckett conversaient doucement à l'avant, elle fut bercée par le ronronnement lancinant du trafic et se laissa aller à la somnolence.

Becca ouvrit par inadvertance le médaillon qu'elle tenait dans sa main, et écarquilla les yeux. Les photos qui s'étaient trouvées à l'intérieur, l'une de son père en uniforme et l'autre de la fratrie au complet, avaient disparu. Apparemment, Marla les avait remplacées par des photos à elle. Dans un accès de colère, la jeune femme arracha les photos et referma le médaillon.

Lorsqu'ils furent garés en face de chez Walt, Nick l'avertit :

— Ne dis rien de ce que nous avons appris aujourd'hui, d'accord ? C'est super sympa de sa part de vouloir nous aider, mais nous ne savons rien de son fils, et tu ne connais pas vraiment bien Walt non plus.

— J'ai le sentiment qu'on peut lui faire confiance, mais je vois où tu veux en venir, répondit Becca en se frottant le visage. Je tiendrai ma langue.

Nick la conduisit jusqu'au pick-up de Shane.

— Le gars est du genre frileux. Ça te dérange de monter la garde ici ? demanda-t-il à son ami. Enfin, sauf si tu veux rentrer.

— Non, je vais rester. J'ai un peu l'impression qu'on sait pas trop où on va. Je pense qu'il vaut mieux rester groupés, répondit Shane.

— Ça se tient, dit Nick en donnant une légère tape sur la portière. Bon, on sera pas longs.

Ils traversèrent la rue et Walt leur ouvrit la porte au moment où ils atteignaient le perron.

— Ah. Vous avez eu mon message, à ce que je vois. Entrez, leur dit-il en reculant sous la lumière du hall d'entrée, qui révéla sa lèvre fendue.

— Mon Dieu, Walt. Qu'est-ce qui vous est arrivé ? s'exclama Becca.

—Un coup de poing, voilà ce qui lui est arrivé, rétorqua un homme en les rejoignant dans le vestibule.

Âgé d'une quarantaine d'années, il partageait avec Walt le teint de peau, les yeux et les taches de rousseur, mais avait en plus un tatouage de serpent s'enroulant autour du bras droit.

—Ils n'y sont pour rien. Becca, voici mon fils, Louis Jackson.

—Salut, dit-elle en échangeant une brève poignée de main. (Nick et Beckett firent de même.) Qu'est-ce qui vous est arrivé ? demanda-t-elle de nouveau, laissée tremblante par sa peur mêlée à la fatigue et à la faim.

—Quelqu'un est venu visiter l'appartement en bas. Y a deux heures environ. Il portait un masque. Je l'ai surpris alors qu'il sortait de chez Charlie. Je lui ai couru après, mais…

—Il s'est retrouvé à terre après un coup de poing. C'est tout ce qu'il a gagné. Il a eu de la chance, ça aurait pu être bien pire, commenta Louis avec un regard incendiaire.

—Oh, mon Dieu ! Je suis désolée. Comment vous sentez-vous ? s'enquit Becca avec un soudain sentiment de culpabilité.

Elle n'arrivait pas à croire que Walt aussi soit victime de toute cette histoire.

—Oh, je serai vite guéri, la rassura le vieil homme, écartant le sujet d'un geste de la main.

—T'as de la chance de pas t'être cassé la hanche, p'pa.

Walt minimisa la situation d'un petit rire.

—Mais pourquoi ces types ont-ils pris le risque de revenir ? s'étonna Nick. Walt, est-ce que nous pourrions vous emprunter la clé ? J'aimerais voir si quelque chose a bougé depuis tout à l'heure.

— Rapportez-les-moi tout de suite après, leur dit le vieil homme en leur tendant le trousseau de clés qu'il venait de sortir de sa poche.

Nick se tourna alors vers Becca.

— Reste là, à l'intérieur, pendant qu'on vérifie l'appartement.

La jeune femme hocha la tête et regarda ses compagnons descendre. Elle ne put que percevoir le bruit de la porte de l'appartement de Charlie qui s'ouvrait. Mais que se passait-il donc ?

— Bon sang, je suis tellement désolée, répéta-t-elle en se tournant vers Walt. Est-ce que vous voulez que je vous ausculte ? Je suis infirmière.

— Non. Venez à l'intérieur vous asseoir, dit-il. J'ai surtout pris un petit coup au coude. J'ai connu pire. Je survivrai.

Louis s'installa à côté d'elle sur le canapé et tira une pile de documents devant lui, parmi lesquels le dessin des tatouages de son agresseur.

— Je n'ai pas reconnu ce type, mais j'ai peut-être une idée d'où proviennent ces tatouages, déclara-t-il sur un ton un peu plus amène. (Il pointa du doigt le carré plein qu'elle avait vu sur le dos de la main de son agresseur.) Ceci, en soi, ne veut rien dire de particulier. En revanche, cela pourrait signifier quelque chose si on le complétait.

Puis, il saisit un carnet qu'il avait apparemment apporté exprès et commença à dessiner sur une page vierge une série de symboles :

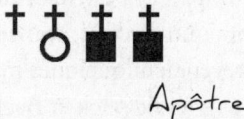

—Excusez-moi. Serait-ce possible d'attendre que mes amis reviennent ? Je ne voudrais pas oublier le moindre détail ni manquer de poser les bonnes questions.

—Tout à fait, répondit Louis en laissant retomber son crayon sur le carnet. Je suis désolé pour votre frère, au fait.

—Merci, dit Becca avec un hochement de tête.

Les minutes s'éternisèrent ainsi. À certains moments, elle entendait un bruit sourd ou la vibration des basses d'une conversation émaner de l'étage du dessous. Becca tenait toujours entre ses doigts le médaillon de sa mère et se mit à entortiller la chaîne, à faire tourner le pendentif. Elle l'ouvrit de nouveau et sentit la tristesse l'envahir en repensant à ses photos perdues. Pourquoi Charlie avait-il pris ce bijou ? Et quand ?

La jeune femme se pencha sous la lampe posée sur la table d'appoint, puis hoqueta de surprise. Elle voyait quelque chose dans les creux là où s'inséraient les photos. Il s'agissait d'une série de lettres et de chiffres gravés grossièrement, comme à la main, sur les deux pans du médaillon. Elle présenta le bijou directement sous la lumière. Sur le pan droit était inscrit «WCE» tandis que sur le gauche figuraient les chiffres «754374329». Sans un mot, Becca referma précipitamment le médaillon et le glissa dans la poche de son jean, le cœur palpitant sauvagement. Elle ferait part de sa découverte à Nick une fois qu'ils seraient rentrés.

Quelqu'un frappa à la porte et Becca faillit sursauter. Elle se leva alors que Walt et Louis se dirigeaient vers le vestibule puis revenaient quelques instants plus tard dans le salon accompagnés de Nick et Beckett.

Le premier tendit sa main ouverte, visiblement crispé et en colère. Il tenait dans sa paume deux petits rectangles en métal, semblait-il.

— Des mouchards, dit-il. Il n'y en avait pas cet après-midi.

— Un transmetteur audio, l'autre vidéo, précisa Beckett.

— C'est complètement insensé, s'exclama Becca. Ces types ont déjà enlevé Charlie, pourquoi mettraient-ils ensuite son appartement sous surveillance ?

— « Sous surveillance », précisément. Ils cherchent à surveiller les allées et venues. Possible qu'ils sachent que quelqu'un est à la recherche de Charlie. Les appels à témoins sont affichés depuis quelques heures déjà, donc ce n'est pas impossible. En plus, le timing est cohérent.

Beckett s'avança jusqu'à la table basse.

— Ce sont des figurés cartographiques pour les églises ?

— C'est exact, confirma Louis en pointant la mine de son crayon directement dans le carré noir. Mais ce sont aussi des symboles de gang. Si c'est bien ce que vous avez vu, Becca, alors celui qui a essayé de vous enlever faisait partie de la Church Organization, un important gang mené par un baron de la drogue du nom de Jimmy Church. (Il regarda Becca dans les yeux, puis Nick et Beckett.) Mettre un appartement sous surveillance est carrément dans ses cordes.

— D'accord, dit Becca en se rasseyant.

— En fait, poursuivit Louis, les gangs fonctionnent avec un système pyramidal, et ils utilisent plusieurs procédés pour signaler leur hiérarchie. Ils peuvent par exemple utiliser les tatouages. Dans le cas de la Church, la croix seule représente un adhérent simple, un peu comme une sorte de postulant. C'est la bleusaille. La croix sur le rond, qui se réfère au clocher, marque les membres de base, ceux qui font officiellement partie du gang. Ce sont eux qui font circuler la drogue, les armes et les prostituées. La croix et le carré, représentant la tour, sont réservés aux molosses de l'organisation, des hommes entre vingt et quarante ans qui ont complètement adopté le style de vie du gang, qui dirigent des bandes et tentent d'agrandir leur marché, d'étendre leur territoire, afin de grimper les échelons. Ensuite viennent les deuxièmes plus importants personnages, qu'on appelle les «apôtres», et qui font office de meneurs, souvent à la tête des activités légales du gang. Ils sont parvenus à se hisser à ce rang en se forgeant une expérience dans la rue, et souvent aussi en prison, et ont engrangé suffisamment d'argent et d'influence pour se permettre de se tenir à bonne distance des trafics tout en les dirigeant tous. Et au sommet, bien sûr, se tient Jimmy Church, le «messie».

— Eh ben, dis donc, souffla Becca une fois le choc passé. C'était vraiment un monde à part.

— Puis-je?

Louis lui tendit la feuille.

— J'ai vu le carré – ça, j'en suis certaine, dit la jeune femme. Il n'y avait rien d'écrit dessous. En revanche, c'est possible qu'il y ait eu une croix au-dessus. En fait, je l'ai aperçu de l'autre bout de la pièce et je ne faisais pas vraiment gaffe. (Elle leva les yeux vers Nick.) Pour la croix, c'est possible. Je sais qu'il y avait quelque chose au-dessus du carré.

Il hocha lentement la tête.

— Louis, dans quelle sorte de drogue donne ce gang? Est-ce qu'il a une spécialité?

— Eh bien, tous les gangs vendent de tout, mais Church cherche depuis des années à dominer le marché de l'héroïne. Il a été placé à la tête de l'organisation par son grand-père, qui était en son temps le principal fournisseur d'héro à Baltimore. Church est parvenu à remonter à environ soixante-quinze pour cent de parts de marché, je dirais. Donc, si quelqu'un vend de l'héroïne, c'est qu'il travaille probablement pour lui.

— Je peux vous demander ce qui vous motive à nous rencarder ? demanda Beckett les bras croisés, la mine sinistre.

Louis joignit les mains entre ses genoux, pas le moins du monde ému par l'attitude de ce géant.

— J'ai appartenu à un gang de Baltimore, et j'ai fait de la prison pour ça. Maintenant, je travaille pour la brigade antigang de la ville, et je dirige une structure qui offre aux jeunes des issues à la rue et qui permet aux membres de gang de se réinsérer. J'ai plusieurs fois rencontré Charlie et j'ai toujours trouvé que c'était quelqu'un de bien. Ça me fait chier de le voir embarqué dans une histoire avec la Church. En plus, maintenant, p'pa est en danger. J'ai pensé que mes connaissances pourraient vous servir.

— C'est le cas, merci, dit Becca en faisant glisser son regard de Louis à Beckett.

Ce dernier hocha la tête, apaisé par l'explication. Pour la première fois, elle constata avec surprise que son attitude sérieuse et menaçante était due à une sorte de besoin protecteur de grand frère plutôt qu'à une volonté de jouer les gros bras pour le plaisir. Becca trouva même cela quelque peu attachant.

— Super. À moi de poser une question, maintenant, reprit Louis. Est-ce que j'ai raison de penser que vous êtes là tous les trois à discuter de tout ça avec moi plutôt qu'avec la police parce que vous voulez retrouver Charlie sans son aide ?

Becca se redressa et chercha le regard de Nick, ne sachant pas comment répondre à cela.

— Pourquoi ça vous intéresse ? s'enquit celui-ci.

— Parce que vous risquez de vous apercevoir que les flics ne vous seront pas d'une grande aide dans cette histoire. Church a des membres infiltrés dans tous les secteurs. Il a le portefeuille très bien rempli, et le bras super long.

Nick avait le visage complètement fermé, mais Becca était beaucoup trop mal à l'aise pour simplement faire comme si la question n'avait pas été posée.

— Ça vous va si je m'en tiens à vous dire qu'on ne sait pas encore à qui faire confiance ?

— Ouais, ça me va. (Il sortit alors un livret relié d'environ deux centimètres d'épaisseur de sa besace en toile verte). Bon, si j'ai raison, ceci devrait vous intéresser.

La jeune femme parvint à lire le titre sous la couverture de plastique transparent : « Vue d'ensemble des gangs du Maryland : la Church Organization. »

— Quand vous n'en aurez plus besoin, faites-le passer à mon père, reprit Louis.

Becca feuilleta le rapport, qui contenait l'historique du gang, la liste des membres connus, les signes de l'organisation, ses trafics, les casiers judiciaires et bien d'autres renseignements.

— Ce rapport n'est pas complet, mais il contient presque tout ce que nous avons sur eux.

La jeune femme fut prise de panique à l'idée que Charlie était entre les mains d'une bande d'infâmes criminels qui méritaient de pourrir en enfer. Elle laissa le rapport se refermer dans un claquement de papier.

— Je sais que je me répète, mais merci.

— Ne me remerciez pas encore, dit Louis en se levant avant de les regarder tour à tour. Si Church détient votre frère, la situation est on ne peut plus grave. Et je pense que ça ne sera que le début.

Chapitre 17

—Hé, Nick ? J'ai trouvé quelque chose, annonça Becca lorsqu'ils furent dans la voiture.

Beckett et lui se tournèrent sur leurs sièges.

—Quoi ? demanda Nick.

Elle sortit de sa poche le pendentif qu'ils avaient repris à la femme de ménage du motel et l'ouvrit.

—Regarde les parois intérieures sous la lumière.

Il alluma le plafonnier, et prit le médaillon pour examiner la série de lettres et de chiffres.

—Est-ce que ça y était avant ?

—Non. J'avais mis des photos, alors je suis certaine qu'il n'y avait rien avant. C'est Charlie qui a dû graver ça après l'avoir pris. En revanche, je ne sais absolument pas ce que ça signifie.

—Démarre, dit Beckett en prenant le médaillon. Moi, je vais transmettre l'info à Marz, comme ça il pourra lancer les recherches sur ça et le gang.

Quelques minutes plus tard, Nick se garait dans la rue de Becca. Son instinct lui criait que ce n'était vraiment pas une bonne idée de l'amener là – surtout avec ce qu'ils venaient de découvrir chez Charlie –, mais s'il voulait tenir parole, il devait se comporter en partenaire plutôt qu'en dictateur. Et tant pis si ça devait parfois le faire chier – pas parce qu'il cherchait à la dominer, mais parce qu'il cherchait à la voir heureuse et en sécurité.

Ce n'était donc certainement pas en l'emmenant chez elle qu'il parviendrait à ce résultat.

Il se retourna sur son siège et croisa son regard plein d'espoir. Bon sang, après tout ce qu'elle avait vécu au cours de la journée, elle réussissait encore à demeurer belle et courageuse, et à s'accrocher à l'espoir. Au vu de ce qu'ils venaient d'apprendre de la bouche du fils de Walt, rester optimiste relevait de l'héroïsme forcené.

— Pas plus de dix minutes, Becca. Tu n'auras pas le temps de faire le tour de toute la maison. Va chercher ce que tu veux emporter, mets-le dans un sac et on se casse de là.

Elle accepta ses conditions, visiblement impatiente de se mettre en route.

Shane attendait sur le trottoir, arme au poing, inspectant la rue de façon méthodique.

— OK, on y va, déclara Nick en dégainant son pistolet tout en adressant à Beckett un signe de tête.

Ensuite, les deux hommes sortirent de la voiture et Nick rabattit son siège pour Becca, puis lui offrit sa main pour l'aider à s'extirper de la banquette arrière. Dès qu'elle fut sortie, Beckett vint se coller à elle pour lui faire traverser la rue, tous deux entourés de Shane et Nick. Ce dernier prépara le trousseau avant même d'atteindre le perron et tendit le bras pour insérer la clé dans la serrure. Une fois à l'intérieur, il appuya sur l'interrupteur, et fit s'écarter Becca de l'entrée pour laisser passer Beckett et Shane. Fermant la marche, celui-ci verrouilla la porte derrière lui.

Nick se disait qu'il aurait préféré venir de jour afin de ne pas attirer l'attention avec les lumières quand il entendit Becca s'exclamer :

— Putain de merde ! Pu-tain-de-mer-de ! Putain de bordel de merde !

Elle se tenait au milieu de la pièce comme sur un tas de décombres après un ouragan et constatait tout autour d'elle, livide, les dégâts subis. Lorsqu'elle croisa son regard, il lut la douleur et la terreur sur ses traits, et eut l'impression de recevoir un coup de poing dans le sternum qui lui coupa la respiration.

— Quand tout sera terminé, on viendra nettoyer tout ça, OK ? dit-il en s'approchant d'elle pour lui prendre la main. L'important, c'est que tu sois en sécurité. Tu n'étais pas là quand ça s'est passé et je ne veux pas que tu sois là si ces enfoirés décident de revenir.

— C'est vrai. OK, bredouilla-t-elle avec une inspiration tremblotante. Euh. Je crois que tout ce qu'il me faut est là-haut.

Son visage changea plusieurs fois d'expression, et Nick vit Becca se battre hargneusement pour repousser la panique et garder la tête froide.

Shane et Beckett allèrent se poster aux fenêtres du rez-de-chaussée tandis que Nick s'engageait dans les escaliers à la suite de la jeune femme. Il ressentait le chagrin horrible qui la tenaillait comme un coup de couteau dans le cœur, et aurait été prêt à tout donner pour avoir la chance de porter ce fardeau à sa place. Toutefois, la vie vous obligeait parfois à affronter la tempête quelle que soit la solidité de votre bateau. En ce moment, c'était visiblement au tour de Becca d'écoper.

Fait chier.

Sur le palier, la jeune femme s'élança en direction de la salle de bains mais s'arrêta net avec un «Oh!» lorsqu'elle alluma la lumière et vit que le miroir avait été brisé, les fragments couvrant le sol.

—Mon Dieu, mais je n'arriverai jamais à entrer sans me couper, s'écria-t-elle. Qui ferait un truc pareil, enfin?

—Dis-moi ce dont tu as besoin et je vais aller te le chercher.

—J'ai une trousse de premiers secours dans l'armoire au fond, expliqua-t-elle. J'ai pensé que ce serait bien d'en avoir une sous la main.

Nick prit appui sur le cadre de la porte et se pencha en avant pour attraper une serviette de bain qui pendait à un crochet, qu'il étendit ensuite par-dessus la majeure partie du verre. Le tissu épais étouffa les craquements des débris sous ses pieds alors qu'il traversait la pièce exiguë.

—C'est un sac à dos rouge.

En ouvrant l'armoire, il n'eut aucun mal à repérer la trousse en question.

—Autre chose? demanda-t-il en passant la bretelle du sac par-dessus son épaule. (Il repéra quelque chose d'intéressant et le prit pour le lancer à Becca.) Qu'est-ce que tu dis de ça?

La jeune femme poussa un petit cri mais attrapa tout de même le canard en plastique jaune avant d'éclater de rire. Ils n'avaient pas le temps de s'amuser, mais ces trente secondes passées à lui faire oublier ce cauchemar qu'était devenue sa maison en valaient la peine.

—En fait, je crois que ça plaira à Shiloh. Elle n'a pas encore de jouets.

—Shiloh, répéta Nick avec une grimace de dégoût. C'est pas un nom de chien. En plus, c'est un chien de garde. Il lui faut un nom qui en jette.

Il ressortit de la salle de bains, le verre craquant de nouveau sous la serviette, et déposa le sac à dos en haut de l'escalier.

—Je sais. J'aurais simplement besoin de me poser cinq minutes pour y réfléchir sérieusement, dit Becca en s'avançant dans l'encadrement de la porte de sa chambre.

—Seigneur.

Elle alluma la lumière et resta totalement figée devant le désastre. Les sanglots qui la prirent soudain gelèrent les entrailles de Nick. La jeune femme s'élança dans la pièce, ses pieds dérapant sur les objets et les papiers disséminés au sol.

—Becca?

—Non. Non, non, non! répétait-elle en farfouillant à quatre pattes sur son lit avant de soulever le manche de la guitare qui gisait en morceaux à l'autre bout de la chambre.

Elle serra le morceau de bois contre son sein, les épaules et la respiration secouées par des sanglots réprimés, et les cordes intactes ramenèrent sur ses genoux les pièces encore reliées du chevalet et du corps de l'instrument. Elle se plia au-dessus des restes de la guitare, le dos tremblant et raide.

—Non, non, se lamentait-elle avec des larmes dans la voix.

Nick sentit sa gorge se serrer et il se précipita auprès d'elle, l'entourant de ses bras et la consolant tendrement.

—Ça va aller, mon petit soleil. Ça va aller.

Ses mots lui firent l'effet d'épines qui se plantaient dans sa gorge, car quoi qu'il dise, ça n'allait vraiment pas du tout.

—C'est pas… C'était… Sc-cott, bredouilla-t-elle, en hoquetant. C'est… t-tout ce… ce qui me… r-restait.

Nick s'assit sur le bord du lit et l'attira tout contre lui, lui cala la tête dans le creux de son cou et la pressa contre son cœur. Elle serra si fort le poing dans son tee-shirt qu'elle l'avait certainement déformé à jamais, mais il s'en fichait bien. Il aurait fait n'importe quel sacrifice pour qu'elle n'ait pas à affronter cela. Elle trembla entre ses bras et retint sa respiration dans l'espoir de maîtriser le flot d'émotions qui la traversait, et Nick lui frotta le dos, couvrit son front en sueur de baisers et jura sur la tombe de ses parents qu'il retrouverait les barbares qui avaient fait autant de mal à la jeune femme. Ensuite, il leur arracherait la vie.

Progressivement, les sanglots de Becca diminuèrent et elle recouvra une respiration normale. Nick savait qu'ils avaient déjà passé trop de temps dans cette maison, mais il ne tenait pas non plus à bousculer Becca davantage.

Elle passa le bras entre eux pour s'essuyer la figure, et il souleva un pan de son tee-shirt pour qu'elle sèche ses larmes.

—Tiens, essuie-toi sur moi.

Elle émit un petit rire chagrin mais accepta son offre et enfouit son visage contre son torse tout en s'essuyant les yeux avec le bord du vêtement, et il sentit la moiteur du tissu lorsqu'elle eut terminé.

—Est-ce que tu… aur-rais un… c-couteau ? demanda-t-elle en se redressant contre lui.

Il la retint avec un bras et se pencha pour prendre le couteau qu'il gardait à sa cheville.

—Qu'est-ce que tu veux faire ?

—Est-ce que tu arriverais à c-couper ces c-cordes ? (Elle expira lentement pour se calmer.) C'est bête, mais j'aimerais emporter ça, dit-elle en serrant de toutes ses forces le manche de la guitare.

—Ce n'est pas bête du tout, répondit-il en sectionnant sans peine les cordes métalliques avant de ranger sa lame, puis de prendre le visage de Becca entre ses mains.

Ses yeux étaient gonflés, son visage était rouge, et ses cheveux détrempés lui collaient aux joues, mais elle restait la plus belle à ses yeux.

—Je sais que ce n'est pas juste de te bousculer comme je vais le faire, mais…

—Je sais, dit-elle en s'écartant.

Il la serra encore un instant et lorsqu'elle leva ses beaux yeux bleus si tristes sur lui, il se pencha lentement et l'embrassa sur la bouche. Ce n'était ni une invitation ni une preuve de désir, mais simplement un baiser de tendresse pour lui faire comprendre qu'il était à ses côtés.

—Quel qu'il soit, Becca, je ferai payer le responsable, promit-il en l'aidant à se lever.

Une fois debout, elle s'empressa avec des gestes mécaniques de récupérer quelques vêtements par-ci, quelques photos éparpillées par-là et quelques bijoux qu'elle put retrouver parmi les décombres.

—Mon bracelet ! (Elle souleva l'accessoire fait de breloques en argent de sous un tas de coquillages broyés.) C'est mon père qui me l'a offert, dit-elle en l'accrochant à son poignet.

—Fais attention, Becca, la prévint-il alors qu'elle farfouillait parmi les éclats de verre et les coquillages brisés.

—Oui, oui. C'est la boîte à bijoux de ma mère. C'est là-dedans que se trouvait mon médaillon. (Elle ouvrit la boîte à présent presque vide.) Je me demande…

Elle tira le petit tiroir du fond et passa les doigts à l'intérieur. Un léger déclic se fit entendre et un autre tiroir se déverrouilla à l'arrière, contenant un morceau de papier qui arracha à Becca un hoquet de surprise.

Nick vint s'accroupir près d'elle.

— Oh. J'y crois pas. Charlie adorait jouer avec ce tiroir secret quand on était petits. Ça le fascinait. Ma mère déposait quelquefois un billet de 1 dollar pour qu'il le retrouve.

Elle déplia le bout de papier, sur lequel était inscrit : « WCE 754374329, Banque nationale de Singapour, 12 M. » *Qu'est-ce que ça veut dire ?*

— Ce sont les mêmes lettres et les mêmes chiffres qui figurent à l'intérieur du médaillon, observa-t-elle. Ce serait un numéro de compte ?

— Ça en a tout l'air. Bien joué, Becca. Là, tu as peut-être mis le doigt sur une véritable piste.

Et cette piste ne menait pas seulement à Charlie. Si Nick avait raison, alors ce « 12 M » était un montant en dollars, peut-être la somme correspondant au salaire d'une personne impliquée de longue date dans le trafic d'héroïne en Afghanistan. Nick sentit sa détermination se raffermir spectaculairement, et l'espoir renaître fébrilement.

— On va faire passer le mot à Marz, voir ce qu'il peut en tirer, ajouta-t-il.

Elle hocha la tête puis alla ouvrir son placard dans lequel elle prit un grand fourre-tout pour y déposer ses petits trésors, y compris le canard en plastique. Puis, elle se mit à chercher dans les tas de vêtements jetés par terre et finit par en extraire un sweat-shirt bleu marine, qu'elle secoua et étendit devant elle.

— Je me demande si Jeremy comprendrait, dit-elle en montrant la phrase inscrite sur le vêtement : « Il y a dix types de personnes, ceux qui comprennent le binaire, et les autres. »

— Moi pas, en tout cas.

Elle esquissa un pâle sourire.

— C'est une blague de *nerds*. C'est Charlie qui m'a offert ce pull.

Elle le fourra ensuite dans son sac, puis s'agenouilla pour remettre dans leur boîte les papiers et les photos qui en étaient tombés dans la bataille.

— Ça, c'est ce que je prends, dit-elle en lui tendant la boîte et le fourre-tout tout en se relevant. Ah, un dernier truc. (Elle ouvrit le tiroir de sa table de chevet.) Merde.

— Quoi ? s'inquiéta Nick, soudainement saisi par une nouvelle folie meurtrière.

— Putain, on a volé mon arme ! J'aurais dû l'emporter l'autre soir, mais j'ai pensé que je pourrais vite revenir. (Nick eut tout juste le temps de jeter un coup d'œil au tiroir presque vide avant qu'elle le referme sèchement en pestant.) Putain, ça me fout vraiment… en pétard !

Comment lui en vouloir ? Lui-même fulminait alors que cela ne le touchait pas personnellement.

— Je suis désolé. J'ai un flingue chez moi qui devrait te convenir.

— Je ne veux pas ton pistolet, je veux le mien, tonna-t-elle en s'agrippant les cheveux. Je suis désolée. Je ne voulais pas te sauter à la gorge. C'est juste que… (elle serra les poings et les appuya contre son front) j'ai envie de tuer quelqu'un là, tout de suite. Et franchement… ça craint un max pour une infirmière.

Nick refoula le sourire qui voulut s'inviter sur son visage à cette remarque. Pour être honnête, il admirait la rage qui animait Becca. Elle était blessée, dépassée par les événements, et très probablement terrorisée, mais elle ne flanchait pas. La rage était une bonne chose, elle aidait à rester combatif. En plus, Becca était sacrément canon et sexy quand elle se mettait en colère.

Il n'aurait jamais cru un jour penser cela, mais Frank Merritt pouvait se vanter d'avoir élevé une fille courageuse et forte, qui savait garder son sang-froid quand tout foutait le camp. Si Charlie lui ressemblait un tant soit peu, alors les chances qu'il soit toujours en vie et qu'ils parviennent à l'extirper de ce guêpier n'étaient pas si minces que cela.

Elle souffla longuement et mit les mains paumes en avant, comme pour dire « stop », les breloques de son bracelet tintant dans le mouvement.

— Je n'ai plus qu'une chose à récupérer dans le bureau, et après on peut partir. Promis.

Nick saisit la boîte et le fourre-tout, puis suivit la jeune femme dans le couloir, éteignant la lumière en passant. Becca retourna dans la première pièce et se mit à maugréer, à pester et à flanquer des coups de pied dans des tas de papiers pendant quelques instants avant de ressortir avec un ourson en peluche dans un uniforme de l'armée avec des plaques militaires autour du cou.

— C'est tout ce qu'il me reste d'eux, tu comprends ? se justifia-t-elle.

— Je comprends. Tu n'as pas à t'expliquer, Becca. Tu n'oublies rien ? On peut y aller ?

Elle mit la peluche dans le sac et hocha la tête.

— Oui, c'est bon. Fichons le camp avant que quelqu'un revienne faire des dégâts. En plus, ça me fout les boules de voir ça.

Nick se prépara à se faire passer un sacré savon lorsqu'ils franchirent la porte de service du bâtiment de *Hard Ink*. Dans le chaos de leur passage chez Becca, il en avait oublié la séance de tatouage prévue avec son client. Jeremy avait appelé alors qu'ils sortaient de la maison, mais Nick n'avait pas répondu pour pouvoir rester concentré sur sa protégée et ne pas manquer de remarquer si on les surveillait ou les suivait. Il avait ensuite envoyé un texto à son frère pour lui dire qu'ils étaient en chemin, mais ne se faisait pas d'illusions quant au fait qu'il allait passer un sale quart d'heure. Et il ne l'aurait pas volé puisqu'il avait près de quinze minutes de retard.

— Je suis désolé, cette séance de tatouage m'était complètement sortie de la tête, s'excusa-t-il auprès de Becca, les mains pleines de ses souvenirs. Je vais en avoir pour une heure – deux, peut-être. Je te laisse aller là-haut avec les gars. Mangez un bout. Je monte tout de suite après.

— Sérieux, tu tatoues ? s'exclama Shane en soulevant la trousse de premiers secours de Becca sur son épaule.

Génial, encore de la matière pour me charrier, se cabra Nick.

— Ouais, sérieux. Ça m'arrive, rétorqua-t-il dans un haussement d'épaules.

— Mais t'es bon ?

— Tombe le tee-shirt que je te montre.

Shane se fendit d'un rictus jovial qui en disait long sur le plaisir qu'il prenait à asticoter son ancien commandant en second.

— Si tu veux me voir à poil, mon chou, faudra d'abord que tu m'invites à boire un verre et à dîner.

— Trou du cul, répliqua Nick en affichant son premier vrai sourire à l'intention de Shane depuis l'arrivée de celui-ci, la veille.

Bon sang, ce que cela lui avait manqué. Il avait l'impression que tout redevenait normal, comme avant.

— Pour toi, ça sera petit trou du cul de sudiste.

— Y a que toi pour te faire traiter de trou du cul et le prendre pour un compliment.

— Qu'est-ce que tu veux, on fait rien comme les autres, dans le Sud, répondit Shane en adressant un clin d'œil à Becca, dont le visage s'éclaira devant cet échange de piques.

Nick trouva cela mille fois mieux que l'air morose qu'elle arborait depuis qu'ils avaient quitté sa maison, et il aurait voulu régaler son ami d'un barbecue à volonté pour avoir réussi à égayer l'humeur de la jeune femme. Même si cela ne devait pas durer.

— Tiens, dit Nick en poussant durement la boîte de Becca dans le ventre de Shane, ravi de l'entendre expulser l'air de ses poumons dans un hoquet de surprise. (Puis, il posa le fourre-tout par-dessus.) Rends-toi utile, pour une fois, et porte ça pour Becca, tu veux bien ?

— Enfoiré, pesta Shane en riant.

Puis, lui et Beckett s'arrêtèrent au pied de l'escalier pour laisser passer Becca. Celle-ci, tenant entre ses bras les différents dessins, le rapport sur la Church Organization et ce qui restait des flyers, regarda les deux anciens soldats qui l'attendaient pour monter, avant de poser les yeux sur Nick, qui avait la main sur la poignée de la porte menant au salon de tatouage.

— Ça t'embête si je reste avec toi ? s'enquit-elle.

La voir ainsi dans une expectative fébrile lui fendit le cœur. Comme si un refus de sa part était envisageable. Il fut de nouveau assailli par la culpabilité de s'être montré si nul et si bête ce matin-là, car c'était sûrement pour cela qu'elle doutait qu'il veuille d'elle à ses côtés.

—Bien sûr que non. T'as qu'à filer le rapport sur le gang et le message de Charlie à Beck pour qu'il le donne à Marz. On verra bien ce qu'il pourra en tirer.

Le géant vint lui prendre les documents.

—Il aura probablement survolé ça en moins de cinq minutes, dit-il en adressant à Becca ce qui ressemblait vaguement à un sourire. On s'occupe de tes affaires, ne t'inquiète pas.

Aucun des deux anciens soldats ne s'était trouvé à l'étage, chez elle, lorsqu'elle avait craqué, mais Nick aurait parié qu'ils l'avaient entendue, et que c'était aussi pour cela que Beckett se montrait aussi attentionné. Ce colosse à l'air aussi menaçant n'était pas qu'un ours mal léché. Seulement, il ne voulait pas que ça se sache.

—Merci, dit Becca.

—C'est qui, ce « on » ? protesta Shane en s'engageant dans l'escalier. Tu portes que dalle, toi.

Beckett le suivit, et le bruit de leurs rangers battit un rythme sur les marches en béton.

—Bah, quoi, t'es fatigué, McCallan ?

Et ils rivalisèrent ainsi de boutades jusqu'à ce que la porte de l'appartement se referme.

Becca se tourna vers Nick avec un sourire.

—Tu es sûr que ça ne t'embête pas ?

Il s'approcha brusquement d'elle comme pour repousser ces mots et posa son front contre le sien.

—Ça ne m'embêtera jamais de t'avoir auprès de moi. Viens. Tu vas avoir le plaisir d'entendre Jeremy me crier dessus. Fais gaffe à tes tympans, dit-il en ouvrant, avant de lui tenir la porte ouverte.

— Je suis désolée de t'avoir mis en retard, s'excusa-t-elle avec une moue de contrition. J'avais oublié que tu avais rendez-vous.

— Ce n'est pas ta faute. On était occupés à quelque chose d'important, répondit Nick en entrant dans *Hard Ink* prêt à faire pénitence.

Quelle que soit la déferlante de reproches qui l'attendait, il l'avait mérité.

Jeremy passa la tête par la porte qui donnait sur le hall d'accueil, au bout du couloir, et lui lança un regard assassin. Puis, il disparut et Nick l'entendit dire :

— Tu m'accordes un petit instant, Alek ? On revient tout de suite. (Puis, le patron de *Hard Ink* débraula dans le couloir comme un taureau dans l'arène.) C'est peut-être pas ton truc, à toi, et je peux le comprendre. Mais c'est mon travail, bon Dieu ! C'est mon gagne-pain, ma réputation, avec lesquels tu joues, et ça, j'apprécie pas.

— Je sais. Désolé.

Il pouvait encaisser la colère de son frère, mais la déception dans son regard lui fut beaucoup plus dure à supporter.

Becca vint se placer à côté de Nick, coude à coude pour lui apporter son soutien.

— C'est ma faute, Jeremy. Je suis désolée. On était partis à la recherche de mon frère.

— Non. C'est moi qui me suis engagé, j'assume, contra Nick en posant la main sur l'épaule de la jeune femme en guise de remerciement.

Jeremy fit passer son regard de l'un à l'autre comme devant un match de tennis, puis secoua la tête.

— Bon, très bien, peu importe. Tu te sens de faire ça ?

— Ouais. Ton client le regrettera pas. C'est Alek, son nom ? (Jeremy hocha rapidement la tête.) Je vais me présenter et préparer le matos.

Son frère tourna les talons et se dirigea vers l'entrée. Nick pivota vers Becca avec un petit sourire.

— Merci pour ton aide.

— C'est le moins que je puisse faire. (Elle se dandina timidement et affecta une moue espiègle.) Je suppose que j'ai pas le droit de rester pour te regarder, si ? Je suppose que ça va à l'encontre de l'éthique ou un truc du genre ?

L'imaginer avec lui dans cette salle de tatouage déclencha un frisson de désir, d'abord parce qu'elle voulait le voir travailler, mais surtout parce qu'il se voyait bien en train de la tatouer, elle.

— Ça dépend du client. Je vais lui demander, répondit-il en s'avançant vers le placard qui se trouvait dans l'angle pour se débarrasser de sa veste et de son holster.

Peut-être se laissait-il basculer dans la paranoïa, mais avec tout ce qui se passait ces derniers temps, il préférait garder son arme sur lui, et il glissa donc son pistolet dans la ceinture de son jean, dans le dos, avant de s'assurer que son tee-shirt ne laissait rien paraître.

— Tu crois que c'est nécessaire ? s'enquit Becca.

— Quoi ? demanda-t-il. (Elle désigna l'arme qu'il avait dissimulée.) Probablement pas. Assieds-toi là un moment.

La jeune femme déposa son sac à main et sa pile de papiers sur l'une des tables rondes, et s'installa dans le canapé. Immédiatement, le chiot clopina jusqu'à elle et posa ses pattes avant sur ses genoux.

Nick alla récupérer son dessin dans le bureau et traversa le couloir jusqu'au hall d'accueil.

— Ooooooh, toi, tu vas avoir des problèmes, lança Jess d'une voix de crécelle lorsqu'il passa devant sa salle de tatouage.

— Ouais, ouais, je suis au courant.

Elle se mit alors à ricaner sournoisement. C'était typique d'elle. Heureusement qu'il l'aimait bien… la plupart du temps, lorsqu'elle ne s'amusait pas à les lui briser – mais ce n'était pas souvent.

Son client était assis dans le volumineux canapé vert. Il avait la trentaine passée, avec des cheveux foncés, et il semblait grand, d'après la longueur de ses jambes étendues devant lui, les chevilles croisées. Nick s'avança vers lui et lui tendit la main.

— Je suis vraiment désolé de t'avoir fait attendre. Je m'appelle Nick Rixey.

Puis, ils parlèrent pendant près de dix minutes du tatouage en lui-même, de son emplacement, des autres motifs qu'Alek s'était déjà fait tatouer, et Nick obtint sa permission pour que Becca assiste à la séance. Il alla ensuite récupérer le carbone dans le bureau et passa la tête dans l'encadrement de la porte de l'espace détente où patientait la jeune femme.

— On est prêts à s'y mettre, si t'es toujours intéressée.

— Sérieux ? Carrément, s'extasia Becca, ravie.

— T'es sûre que tu préfères pas monter grignoter un morceau ? Ça fait longtemps que t'as pas mangé.

Sans ce rendez-vous, il aurait lui-même déjà englouti trois parts des restes de pizzas.

— Non, je dînerai après avec toi.

Nick alla prendre dans le réfrigérateur deux bouteilles d'eau.

— Tiens, voilà déjà de quoi boire. Allez, viens, lui dit-il avant de l'emmener jusqu'à une salle de tatouage rectangulaire.

Il fit signe à Becca de prendre place sur la chaise occupée par ceux qui accompagnaient les clients, généralement des amis, et elle s'y assit en le regardant préparer son matériel.

— Comment t'as appris à tatouer, au fait ?

Nick se rendit à l'évier afin de se récurer les mains et les bras.

— Grâce à Jeremy. Il a trouvé une place d'apprenti chez un tatoueur dès sa première année en école d'art en ville, et arrivé en terminale, il travaillait déjà presque à temps plein chez ce gars tellement il faisait du bon boulot. En parallèle, il m'enseignait tout ce qu'il apprenait. Ça m'a plu, alors Jeremy m'a offert un kit pour débutants un Noël et je me suis entraîné comme un dingue parce qu'à l'époque j'essayais de trouver ce qui me correspondait. Au lycée, je savais que j'étais pas à ma place, alors je me disais : « Allez, après tout. »

— Mais comment on fait pour s'entraîner au tatouage ?

— Certainement pas sur des gens, répondit Nick avec un petit rire. On peut acheter des genres de prothèses avec un revêtement qui imite la peau pour s'exercer à manier un dermographe, et certains tatouent aussi sur des fruits ou de la peau de porc. Bref, Jeremy a voulu arrêter ses études, mais nos parents ont pété une Durit.

— Et alors ? Il a dû continuer ?

— Oui, il a eu son bac. C'est moi qui ai arrêté.

— Pourquoi ? s'étonna Becca, les yeux écarquillés.

— Le 11 septembre. C'est là que j'ai compris où était ma place. Ça a été un vrai déclic. Six mois après ma rentrée en terminale, je me suis engagé dans l'armée. Et j'ai jamais regretté depuis. (Il nettoya sa table puis rassembla ses encres et tout son matériel.) Quand je suis rentré, l'année dernière, j'ai dû rester alité encore plusieurs mois, alors Jerem m'a proposé de devenir officiellement son apprenti puisque j'avais le temps de pratiquer. Quand j'ai pu de nouveau marcher, j'ai trouvé un travail parce qu'il faut bien manger, mais j'ai continué à peaufiner ma technique, puis j'ai commencé à tatouer pour de vrai sur mon temps libre. J'ai d'abord fait des petites pièces.

Becca l'observait comme si elle ne voulait pas manquer le moindre de ses gestes, et Nick ralentit alors en se rappelant le plaisir que lui procurait cette forme d'art.

—Ça va? demanda-t-il à la jeune femme.

—Ouais, c'est marrant, répondit-elle.

—Si tu le dis. Bon, je vais aller chercher Alek, lança-t-il en quittant la pièce.

Quinze minutes plus tard, il était enfin prêt à tatouer.

—Garde tes bras posés sur les accoudoirs et détends-toi, dit-il en ajustant son masque et ses lunettes de protection.

Il pressa deux fois sur la pédale pour faire aller l'aiguille, puis tendit la peau de son client pour tracer les lignes en commençant par le bas du dessin. La vibration de la machine dans sa main lui procura un sentiment familier. Il faisait chaque fois une longue ligne, puis essuyait l'excès d'encre qui passait au-dessus de la peau. Puis il recommençait.

—Tout va bien, Alek?

—Ouaip.

—Et toi, Becca? demanda-t-il en lui lançant un coup d'œil lorsqu'il eut terminé une ligne.

—Super, répondit-elle, galvanisée.

—Alors, Becca, t'as pas de tatouages? s'enquit Alek.

— Non. J'aime bien ça, mais je n'ai jamais envisagé sérieusement de m'en faire faire un. Jusqu'à récemment, du moins.

L'écho de cette dernière remarque se répercuta dans la boîte crânienne de Nick pendant un long moment.

— Et qu'est-ce que tu te ferais faire ? lui demanda Alek.

Nick lui fut reconnaissant de poser des questions, car il était curieux d'en connaître les réponses mais ne pouvait pas vraiment se concentrer sur une conversation alors qu'il était en train de tatouer.

— Je ne sais pas très bien. Il faudrait que ça signifie quelque chose. Je ferais peut-être un truc pour me rappeler mon frère aîné qui est mort. Ce qu'il préférait au monde, c'était jouer de la…

Un éclair sembla la traverser. Nick se força à achever la ligne qu'il avait entamée et à ne pas chercher tout de suite à savoir ce qui avait causé cette interruption soudaine. Ensuite, il enleva son pied de la pédale et tourna la tête vers elle.

— Ça va ? demanda-t-il avec une inquiétude grandissante.

— La guitare, dit-elle en posant sur lui ses yeux écarquillés. Ce qu'il préférait, c'était jouer de la guitare. Peut-être que… je pourrais… (L'étincelle dans ses yeux disparut et elle haussa les épaules en rougissant, comme si rien ne s'était passé alors qu'il savait pertinemment que cela avait été pour elle comme une véritable révélation.) J'avais récupéré sa guitare, mais elle est cassée, maintenant.

— Ça semble avoir une signification forte, alors, commenta Alek.

Nick la regarda avec intensité. Il aurait plus que tout souhaité qu'ils soient seuls dans la pièce pour qu'il puisse la tenir dans ses bras, la consoler, et couvrir sa peau d'un dessin à lui. Cette femme avait vraiment le chic pour le mettre dans tous ses états, et c'était une chose qu'il n'avait jamais connue auparavant. L'explication était pour lui claire comme de l'eau de roche : il tombait amoureux d'elle. *Raide dingue.* Une des raisons de sa fureur contre lui-même ce matin-là était qu'il avait compris que son attirance pour Becca n'était pas simplement physique.

Pourquoi fallait-il qu'il y ait un intrus dans la pièce au moment où elle décidait de faire part de cette idée de premier tatouage ? C'était beaucoup trop personnel, trop sentimental, et la colère de Nick faillit déborder devant l'éventualité qu'Alek soit assis là en train d'imaginer Becca nue avec les lignes noires formant le manche d'une guitare lui remontant le long de la colonne vertébrale.

Mais il ne pouvait pas parler de cela maintenant. Il n'avait pas le loisir ni l'intimité nécessaires pour lui avouer à quel point il trouvait son idée spéciale, à quel point il la trouvait spéciale, elle. Alors, il se contenta de dire :

— Je trouve que ce serait parfait, Becca.

Il garda le reste pour lui, fit jouer deux fois l'aiguille et se remit au travail sans plus prêter l'oreille à leur conversation.

Après une heure et quart, le dessin était terminé et le soldat-pompier d'Alek avait pris corps sur le bras de ce dernier.

— Va voir ce que ça donne, lui proposa Nick en lui montrant le miroir avant de passer la tête par la porte de sa salle de tatouage. Hé, Jeremy ? T'es là ?

— Ouech ! répondit celui-ci du hall d'accueil.

Il apparut bientôt dans le couloir.

— La vache, mec ! Il est… carrément trop classe, s'extasia Alek en examinant avec attention son nouveau tatouage.

—Merde, Nick, il a raison, s'exclama Jeremy en entrant dans la pièce. C'est un super boulot. Je le savais qu'il était pour toi, celui-là.

Effectivement, le dessin était bien réalisé. Il s'agissait sans doute de son meilleur tatouage.

—Ça te dérange si je prends une photo pour mon book?

—Pas du tout. D'ailleurs, tu pourrais en prendre une avec mon téléphone, aussi?

Nick prit quelques clichés pour lui, et encore d'autres avec le téléphone de son client. Ensuite, Jeremy donna une tape amicale sur l'épaule de son frère avant de s'éclipser.

—Qu'est-ce que t'en penses? demanda Alek à Becca en gonflant son biceps devant elle.

—Je le trouve vraiment stupéfiant, dit-elle en souriant. Il te va hyper bien. (Puis, elle se tourna lentement vers Nick.) Je suis très impressionnée.

Le corps de ce dernier réagit de différentes façons, toutes malvenues, devant cette fierté manifeste. Elle le considérait avec un regard appréciateur, comme si elle le voyait maintenant sous un angle nouveau et découvrait une facette de lui qu'elle approuvait. Une bouffée de chaleur l'envahit et il se sentit à l'étroit dans son pantalon. Il fronça alors les sourcils, car son travail n'était pas encore terminé. Il passa de la pommade sur le bras d'Alek, qu'il entoura ensuite d'un film plastique, puis il expliqua à son client les consignes de soin et d'hygiène du tatouage.

Enfin, Nick le raccompagna jusqu'à la porte, qu'il verrouilla ensuite à double tour avant d'éteindre les lumières du salon. *Hard Ink* avait fermé une heure plus tôt. Il avait entendu Jeremy et Jess terminer avec leurs derniers clients, et la jeune tatoueuse était partie depuis déjà quelque temps. Lorsqu'il revint à sa salle de tatouage, Becca n'avait pas bougé et avait le regard perdu dans le vide. Au moment où il posait les yeux sur elle, elle se mit à rougir et il s'arrêta net.

—À quoi tu pensais, là ?

—De quoi tu parles ? s'étonna-t-elle, l'air de rien.

—Pièèèèètre menteuse, t'as oublié ? (Il s'accroupit devant elle et mit les mains sur ses cuisses.) Pourquoi tu as rougi ? insista-t-il.

Le regard de la jeune femme passa sur son visage, s'attarda sur ses lèvres, puis se posa sur ses mains qui lui caressaient les cuisses.

—Je réfléchissais, c'est tout.

—Voilà qui est prometteur, commenta-t-il en levant la tête pour accrocher son regard.

—Je me demandais simplement ce que ça faisait de se faire tatouer, précisa Becca en secouant la tête avec un petit rire.

—Ça dépend de l'endroit, de la tolérance à la douleur, de la taille du tatouage et du taux de remplissage, expliqua Nick en voyant dans les prunelles de la jeune femme danser une lueur qui ne devait rien à la curiosité.

Elle était excitée, il était prêt à parier là-dessus.

—Et je me demandais – si jamais je décide de m'en faire faire un – si tu accepterais de me tatouer, ajouta-t-elle en le regardant par-dessous.

Il lui caressa de ses pouces l'intérieur des cuisses tout en luttant pour refréner son envie de la déshabiller sur-le-champ – pour la tatouer ou lui faire bien d'autres choses encore. Il sentit les muscles de Becca frémir et se contracter sous ses doigts, et son érection atteignit son paroxysme à l'idée qu'il attisait son envie.

—Sans hésiter, mon soleil. Pour toi, c'est où tu veux, quand tu veux.

Il se garda bien cependant de lui dire que la pensée qu'elle puisse se laisser graver la peau par n'importe quel autre tatoueur lui était proprement insupportable.

Becca se passa la langue sur les lèvres et resserra les jambes. Ce simple mouvement déclencha en lui un désir soudain de lui arracher son jean pour enfouir son visage entre ses cuisses et la lécher jusqu'à l'entendre gémir, le souffle court, et le supplier. Comme ce matin-là.

Malgré toutes les raisons qu'il avait avancées pour s'empêcher de céder à son attirance pour elle, les faits étaient indéniables : il avait besoin d'être présent pour elle, de la protéger, de la consoler et de la soutenir. Par ailleurs, il avait besoin de la lumière salvatrice qu'elle déversait sur son corps, son cœur et son âme. Que ce soit bien ou mal, il avait tout simplement envie d'elle.

Elle leva la main vers son visage et fit lentement traîner ses doigts sur les lèvres de Nick. Celui-ci ressentit une fierté toute masculine à lire le désir dans ses yeux. Il s'avança vers elle, impatient de retrouver le goût de sa bouche.

« Toc, toc. »

Nick se tourna vivement. Son frère se tenait dans l'encadrement de la porte avec des papiers à la main. L'air courroucé, il retourna les documents qu'il tenait pour les leur présenter. Il s'agissait du portrait-robot et des croquis que Louis avait faits des tatouages de la Church Organization.

— L'un de vous peut m'expliquer pourquoi vous vous promenez avec des dessins de tatouages de gang ? Et est-ce que je peux savoir si ça a un quelconque lien avec cette affligeante réunion d'anciens combattants ?

Chapitre 18

Becca regarda Nick puis Jeremy, ne sachant pas vraiment quoi répondre. Un « Oh, oh ! » lourd de sens résonna d'abord en elle car l'interrogation de Jeremy signifiait qu'il n'avait pas été mis au courant par son frère de ce qu'ils avaient découvert. Toutefois, quoi que Nick décide de faire, elle n'avait pas son mot à dire.

— Je devrais peut-être…

— Reste, lui intimèrent-ils tous les deux en même temps.

— Bon, bon, OK, céda-t-elle en se rasseyant doucement.

— Bon, alors écoute, poursuivit Nick en se dépêchant de nettoyer sa table et son matériel avant de se laver les mains. Tu en sais déjà suffisamment comme ça. Becca pense avoir reconnu un de ces tatouages sur le gars qui l'a agressée.

— Nick, s'emballa Jeremy avec un petit rire sarcastique, on parle de tatouages de gang, là. Et pas de n'importe quel gang. La Church est l'un des pires qui existent. Drogue, flingues, putes, tout y passe avec ces types. À quoi vous jouez ?

— Comment tu en sais autant à leur sujet ? questionna Nick avec un air soudain sévère.

— Y a des dizaines de gangs en ville. Ils utilisent tous les tatouages comme signes de reconnaissance. La plupart ont des gars qui les font pour eux, mais certains mettent le grappin sur un salon de tatouage et se l'approprient, en quelque sorte. J'accepterai jamais de faire un tatouage de gang si je sais que c'en est un, mais ça veut dire que je dois être capable de les reconnaître et être au courant de ce qu'ils représentent.

Son frère savait vraiment ce qu'il faisait. Nick hocha la tête et s'accouda contre le comptoir, les bras croisés.

— Ça m'épate. Mais je veux pas te mêler à ça, Jerem. Tu m'entends ?

— Moi, je pense que c'est toi qu'es bouché. Quoi qu'il se passe, promets-moi de ne pas te frotter à ça, dit-il en levant une fois de plus la feuille sur laquelle figuraient les dessins des tatouages.

Les lèvres pincées, Nick baissa les yeux sur Becca, et elle s'en voulut de créer des frictions entre eux à cause de tout ce qui lui arrivait. C'était déjà assez dur de voir que par sa faute Jeremy était en colère contre Nick pour être arrivé en retard.

— Je peux pas, répondit-il avant d'adresser un léger signe de tête vers Becca. On peut pas.

Jeremy la regarda alors, et elle vit le moment où il percuta enfin. Elle sentit son ventre se nouer.

— C'est la Church qui a enlevé ton frère ?

Elle chercha un instant ses mots et Jeremy enchaîna sans attendre :

— Mais, et les flics, ils font quoi ? (Il devint blanc comme un linge.) Ooooh, putain de sa race !

Il se passa les mains dans les cheveux et fit jouer sa langue sur son piercing.

— Mais alors c'est pour ça que tu as réuni ton unité ?

Nick acquiesça sèchement.

— Pourquoi… Qu'est-ce que vous… ? Je vois…

—On a affaire à des flics véreux, Jerem. Et c'est le dernier truc que je te dirai, l'interrompit Nick en lui prenant le tas de papiers des mains.

—De quoi tu parles, bordel ? J'ai pas le droit de savoir que tu joues les Rambos quand tu sors de chez moi ?

Becca se leva, pétrie de remords. Ce n'était pas seulement l'existence de Nick qu'elle avait chamboulée. Et si elle avait mis Jeremy, et Jess aussi, en danger par la même occasion ?

Les oreilles retroussées et la queue basse, le chiot apparut à la porte derrière Jeremy et se mit à gémir. Puis, après quelques instants, il s'allongea contre le pied de Jeremy avec la tête sur les pattes.

—Tu mérites de tout savoir. Mais moins tu en sais, mieux ce sera. Point final, conclut Nick avec un geste brusque de la main, signifiant par là que le débat était clos.

—Putain, Nick, je suis pas un gamin, s'énerva Jeremy en secouant la tête pour dégager les mèches de cheveux qui lui tombaient devant les yeux. J'ai trente et un ans maintenant. Tu aurais au moins dû m'avertir pour que je fasse gaffe. J'ai peut-être pas fait l'armée, mais je peux aider…

—T'as raison, l'interrompit Nick. Ouais, p't'être bien que j'aurais dû te prévenir, mais on n'a vraiment compris à qui on avait affaire que tout à l'heure, et c'est pas encore sûr à cent pour cent. T'es pas un gamin, ça, non, t'es un homme d'affaires, un patron, un propriétaire. T'as beaucoup à perdre, et plein de gens qui comptent sur toi.

—Et toi non ?

Nick recula dans la pièce et jeta les papiers sur une chaise avant de se frotter le crâne. Les deux frères avaient tendance à faire ce même geste, et elle aurait trouvé cela attachant si cela n'avait été l'expression de leur frustration commune.

—Carrément moins que toi.

Becca prit un coup sur la tête. Nick pensait ne rien avoir à perdre ? Mis à part elle et leur histoire – quel que soit le nom qu'ils pouvaient lui donner –, comment pouvait-il penser cela de lui-même ? Si Jeremy n'avait pas été là, elle serait allée se planter devant lui pour l'attraper par les épaules et lui dire qu'elle…

— Sale connard, tempêta Jeremy en serrant les poings. Toi et Katherine, vous êtes ma seule famille. Je t'interdis de faire comme si personne n'en avait rien à foutre de ce qui peut t'arriver. Moi, j'en ai quelque chose à foutre.

Becca sentit les larmes lui monter aux yeux en entendant l'émotion qui coulait dans la voix de Jeremy et elle leva la tête au plafond pour les empêcher d'affleurer.

— Jeremy, commença Nick en laissant retomber ses épaules, la voix soudain fébrile.

— Je me souviens de ce que ça fait de recevoir ce coup de fil. Tu sais, celui où quelqu'un t'annonce que ton frère est à l'hôpital dans un état critique et qu'il est en chirurgie parce qu'il a reçu plusieurs balles dans le dos. Et moi, comme un con, à l'autre bout de la planète. Je pouvais rien faire du tout. Je pouvais pas être là pour toi. Mais aujourd'hui ? Pour ça ? Là, je peux. Alors n'essaie même pas de m'en empêcher.

Pendant de très longues secondes, ils se toisèrent chacun à un bout de la pièce, les bras croisés et leurs yeux vert clair plissés dans un combat de volonté. Becca se demanda s'ils avaient la moindre petite idée de la ressemblance qu'il y avait entre eux, du moins au point de vue humain. Ils possédaient tous deux une grande force, un instinct protecteur développé pour ceux qu'ils chérissaient et beaucoup de persévérance, allant parfois jusqu'à l'acharnement. À cet instant, la jeune femme comprit qu'elle n'appréciait pas simplement Jeremy mais qu'elle tenait à lui. Elle aurait aussi voulu le prendre dans ses bras pour la façon dont il s'inquiétait pour son frère.

Elle souffla longuement et s'interposa.

— S'il vous plaît, ne vous disputez pas. Je suis désolée, dit-elle en s'efforçant de dissimuler la tristesse dans sa voix.

— Je cherche pas la dispute, déclara Jeremy avec une expression courroucée. En ce qui me concerne, Becca, tu n'as pas à t'excuser. Je ne suis pas en colère contre toi. Si c'était mon frère qui avait disparu, je remuerais ciel et terre pour le retrouver, moi aussi. (Puis il jeta un coup d'œil en biais à Nick, son humeur radoucie.) Mais je ne veux pas être tenu à l'écart.

— Bon sang, Jerem, repartit Nick en grattant sa barbe naissante sous le menton, j'essaie simplement de te protéger, rien d'autre.

— Tu prends le problème à l'envers, là. Si jamais ça tournait mal, tu crois pas qu'il y aurait un risque pour que ça m'affecte, même si tu décides de rien me dire ?

— Putain de merde, explosa Nick en flanquant un grand coup de poing sur la surface de la desserte. C'est pas une blague, on enfreint la loi, là. Tu comprends ce que je te dis ?

— T'es mon frangin, rétorqua Jeremy.

— Oui, je suis ton frangin.

— Toc, toc, toc, lança une voix dans le couloir. Désolé de vous interrompre, mais… (Shane regarda les deux frères tour à tour.) Quand vous aurez deux minutes, il faudra que vous veniez, on a des trucs à se dire.

L'espace d'un instant, la tension fut si palpable que Becca put presque la voir à l'œil nu. Puis, Nick hocha la tête.

— Fait chier. Je voulais pas t'embarquer là-dedans.

— C'est gentil de ta part, répondit Jeremy en traversant la pièce, mais ça fonctionne dans les deux sens. Tu dois aussi me laisser t'aider.

— Bordel, lâcha Nick au bout d'un long soupir avant de secouer la tête. OK, très bien. Allons voir ce qui se passe, alors.

— « *No regret* », tu te rappelles ? dit Jeremy en joignant ses poings l'un à côté de l'autre.

Nick acquiesça sobrement.

Alors, Becca comprit enfin ce qu'il avait de tatoué sur les phalanges. Mises bout à bout, les lettres formaient les mots « *no regret* ». Elle songea alors qu'il lui faudrait penser un jour à lui demander ce que cela signifiait pour eux.

La tension s'apaisa alors grandement, et l'atmosphère devint plus respirable. La jeune femme eut l'impression que ce conflit allait bien au-delà de leur désaccord actuel, de la situation présente.

Tandis que les deux frères faisaient le tour de la boutique pour éteindre les lumières et s'assurer que les portes étaient bien fermées, Nick récapitula les événements de ces derniers jours à l'intention de Jeremy. Elle alla quant à elle rejoindre Shane près de la porte de la cage d'escalier en attendant qu'ils finissent.

— Ça va, entre eux ? lui demanda l'ancien soldat, une inquiétude non feinte déformant son beau visage et ternissant l'intensité de son regard.

— Je crois, oui. J'en sais rien. Je n'avais même pas remarqué que Nick cherchait à tenir Jeremy à l'écart.

— Si j'avais un frère, je ferais exactement la même chose, dit Shane en hochant la tête.

À cet instant, une ombre passa sur ses traits, quelque chose de très sombre qu'il s'empressa de masquer.

—Tu as des frères et sœurs ? s'enquit Becca.

Son visage se referma subitement et il affecta une mine renfrognée, sévère, menaçante.

—Non.

Ce mot, malgré ses trois petites lettres, en disait très long, mais tout dans l'attitude de Shane indiquait qu'il refusait de parler de cela. Alors, elle décida de changer de sujet.

—Je vais faire sortir le chien avant de remonter, dit-elle en tapotant sa cuisse de la main.

—On a fini, de toute façon, déclara Nick.

Ils quittèrent alors le salon et Jeremy vérifia à deux reprises d'avoir bien refermé derrière lui.

Becca poussa la porte de derrière et laissa sa chienne vaquer à ses petites affaires. Les trois hommes la rejoignirent.

—Vous pouvez monter, on arrive tout de suite, leur dit-elle.

—Ça fait du bien de prendre un peu l'air quand on a passé la journée enfermé, répondit Jeremy.

Elle ne pouvait lui donner tort. L'air frais de ce début de soirée s'accompagnait d'une légère brise qui lui effleurait les bras en une caresse relaxante, comme si le vent chassait les moments les plus durs de cette journée, allégeant son cœur.

—Comment s'appelle le chien ? demanda Shane après un court silence.

Les frères Rixey se tournèrent vers la jeune femme, puis échangèrent un regard avant d'éclater de rire.

—Quoi ? voulut savoir Shane. Qu'est-ce qu'il y a de si marrant ?

Becca se contenta de secouer la tête, heureuse de voir qu'ils avaient écarté leur différend.

Ils avaient visiblement grand besoin de se lâcher car leur rire tourna rapidement au fou rire incontrôlable. Jeremy en pleurait, même. Et chaque fois que Nick semblait se calmer, il riait de plus belle.

Et Dieu, que son rire était sexy, grave et guttural. Sa fossette lui creusait profondément la joue et ses yeux étaient plissés des rides du bonheur. Becca aurait voulu lui agripper le visage et l'embrasser langoureusement jusqu'à ce qu'autre chose que son rire le laisse à bout de souffle.

— Alors voilà le truc, répondit-elle à Shane pour oublier son envie de sauter sur Nick alors que le chiot trottinait dans sa direction. Cette petite chienne ne s'appelle pas Cujo, ni Killer, ni Clochepatte, ni Clopin, ni Trinity, Tricycle, Tripède...

— Tripote, Tripette, Tri sélectif..., ajouta Jeremy avant de repartir en fou rire.

— Et c'est pas non plus Shiiiiii-looooooh, railla Nick.

Il n'y avait plus rien à faire pour eux, c'était fini. Becca roula des yeux, tourna les talons et rentra.

— OK, je vois, dit Shane lorsqu'ils furent dans l'escalier.

Les frères Rixey semblaient régresser, maintenant pris de petits gloussements de gamins prépubères. Qui aurait pu penser que deux hommes comme eux étaient capables d'émettre des piaillements aussi stridents ?

— Qu'est-ce que tu penses d'Eileen ? proposa alors Shane.

— Quoi ? s'indigna Becca en fronçant les sourcils. Y en a pas un pour rattraper l'au...

Un bruyant éclat de rire explosa derrière elle et elle se retourna en sursaut. Nick avait posé un genou sur une marche pour ne pas tomber, mort de rire, et Jeremy se retenait à la rampe.

— Ei… Ei… Eileeeeeen, balbutia Jeremy. Tu te souviens ? De la balle.

— Non, c'est pas de la balle. Elle ne s'appelle pas Eileen, s'insurgea Becca en refoulant un sourire devant leur hilarité hystérique.

Nick prit une profonde inspiration et ouvrit la bouche. Alors, il se mit à chanter :

— *Come on, Eileen. Oh, I swear what he means, at this moooo-ment, you mean eeeeverything.*

Bouche bée, Becca se plaqua une main sur le front alors que le si sérieux Nick Rixey se tenait à genoux à ses pieds et lui chantait ce vieux tube oublié, sa performance entrecoupée d'éclats de rire intempestifs qui lui sciaient les abdominaux. Il faisait l'homme le plus sexy qu'elle ait jamais vu ou entendu – car il restait indéniable malgré les rires qu'il savait chanter.

À ce moment, les deux autres couillons se joignirent à lui.

Puis, de façon inattendue, le chiot se mit à hurler. Becca regarda autour d'elle et vit la petite chienne assise tout en haut de l'escalier, le museau levé vers le plafond, hurlant à la lune comme pour accompagner les trois hommes.

La porte de la salle de musculation s'ouvrit à la volée.

— C'est quoi, ce cirque ? s'écria Beckett, Easy et Marz sur les talons.

La jeune femme secoua la tête, elle-même gagnée par l'hilarité générale, et gagna le haut des escaliers.

— Je les ai cassés. Désolée.

Beckett la dévisagea avec étonnement. Comme si c'était elle la foldingue au milieu de cette chorale chantant à tue-tête « *Toora, toora, to loora, ay.* »

— Hé ! Ça, c'est un chien comme je les aime, déclara Marz en se mettant accroupi. C'est quoi, son n…

— Pitié. Pas un mot de plus !

Derrière elle, les trois clowns reprirent leur refrain tous ensemble.

— Eileen, ça marche. (Il souleva le chiot, qui lui lécha le visage, puis se releva.) On va bien s'entendre, toi et moi.

Ensuite, il lança par-dessus son épaule :

— Allez, les branlos, je nous ai dégotté un plan.

Sans attendre, il disparut dans la salle de musculation.

— Elle s'appelle pas Eileen, bougonna Becca, les épaules tombantes, à l'intention des trois irrécupérables.

Elle eut cependant la nette impression qu'aucun d'eux ne l'avait écoutée dans leur empressement pour rejoindre le reste du groupe.

Dix minutes plus tard, tout le monde était calmé et regroupé dans le QG improvisé de Marz, qui se composait de deux longues tables pliantes de deux mètres installées en « L ».

Becca passa en revue l'équipement à disposition. Il y avait trois ordinateurs portables connectés par câbles à une série d'appareils qu'elle n'avait jamais vus, ainsi qu'à la plus petite imprimante du monde. Le message caché de Charlie et le rapport sur le gang étaient étalés à côté d'un des ordinateurs, couverts de feuillets de notes et de pages imprimées. Un carton de pizza avait été jeté au sol derrière le bureau et plusieurs canettes de soda light apportaient une touche de couleur dans la grisaille électronique. À première vue, cet espace de travail ressemblait à l'habitat naturel d'un *nerd* sédentarisé. Marz prit place au centre, tel un roi sur son trône, et déposa le chiot – qui n'allait certainement pas s'appeler Eileen – sur le sol en béton.

— Beckett et Shane m'ont donné les infos du jour, et j'ai eu le temps de parcourir une bonne partie de ce rapport et aussi de faire des recherches supplémentaires de mon côté. On a affaire à du gros salopard, là, dit-il en faisant passer son regard sur eux tous. C'est pas parce que c'est un gang que ces types ne sont pas super organisés, puissants et disciplinés. Au cours des deux dernières années, ils ont réussi à éliminer, dissoudre ou assimiler trois autres gangs, ce qui fait qu'ils ont considérablement étendu leur territoire. Ils gèrent quatre-vingts pour cent du trafic d'héroïne en ville, ne sont pas en reste pour le trafic d'armes, et ils semblent avoir beaucoup de gens haut placés dans la poche. La Church a un système de recrutement sophistiqué et un afflux constant de nouveaux membres. C'est le crime organisé avec un grand « C » et un grand « O ».

— Bordel, on y était jusqu'au cou et ça continue de tomber, pesta Shane.

— T'aurais pas une bonne nouvelle, pour changer ? demanda Nick.

Becca fut rassurée de voir qu'elle n'était pas la seule à penser que la situation semblait de plus en plus désespérée. Elle fut prise de vertige en essayant de calculer leurs chances face à une organisation de cette envergure.

— Sur le plan tactique, peut-être bien, répondit Derek en appuyant sur le bouton d'alimentation du plus grand des ordinateurs. (S'ils avaient acheté beaucoup de cet équipement pour l'occasion, il avait tout de même apporté avec lui son propre matériel.) On part du principe que le tatouage que Becca a vu sur la main de son agresseur le désigne comme un membre de la Church, c'est bien ça ?

Becca acquiesça, excédée de ne pouvoir affirmer cela avec certitude alors que tant de choses dépendaient de ce tatouage.

— J'en suis quasiment certaine, mais pour être honnête je ne peux pas l'affirmer à cent pour cent.

— Je peux jeter un coup d'œil ? demanda Jeremy en désignant le rapport sur la Church Organization, que Marz lui tendit.

— Cet indice paraît confirmé par le fait que la femme de ménage du motel a associé les kidnappeurs de Charlie à des dealers, ajouta Nick.

— Bon point, répondit Derek. Bon, donc je vous propose qu'on continue à suivre cette hypothèse le temps qu'on trouve davantage de preuves. Ça va me prendre un moment pour avancer sur la piste du compte bancaire. Tout le monde est d'accord avec ça ?

— Tu sais ce que j'en pense, répondit Easy en levant les mains, paumes en avant. S'il y a la moindre chance pour que ce soient eux qui détiennent Charlie, alors ça vaut le coup de tout faire pour en apprendre le maximum sur eux, et le plus vite possible.

— Je préférerais aller sur le terrain plutôt que de rester au QG à rien faire, dit Shane. En plus, il faut qu'on trouve le lien entre Merritt et ce gang, en supposant qu'il y en ait bien un.

— On te suit, annonça Beckett en regardant Marz avec attention, les bras croisés. Alors, qu'est-ce que t'as en tête ?

Becca sentit l'excitation lui picoter la peau. Elle se tourna vers Nick et accueillit avec reconnaissance son sourire rassurant. Elle n'aurait su lui dire combien elle appréciait qu'il soit là à ses côtés.

Derek se mit soudain en mouvement. Ses doigts pianotèrent quelques instants sur le clavier posé devant lui, puis il poussa un tas de papiers pour libérer de l'espace près de lui. Ensuite, il abattit quatre feuilles sur le bureau.

—Church possède quatre affaires légales connues. (Il appuya le doigt sur chacune des feuilles correspondantes au fur et à mesure.) Un salon de coiffure pour hommes, une entreprise de livraison et de stockage, une petite église de quartier, ça va de soi, et un club de strip-tease.

—Comme c'est original, ironisa Easy, penché comme les autres par-dessus l'épaule de Marz pour lire ce qui était écrit.

Becca lança un coup d'œil à Jeremy, qui s'était mis en retrait à côté d'elle pour consulter le rapport comme s'il tentait de rattraper son retard. Il leva les yeux sur elle et lui adressa un petit sourire en coin pour lui donner du courage. Il était plus qu'évident que Nick et lui avaient tous deux cette étoffe du preux chevalier.

Derek désigna alors du doigt plusieurs flux vidéo qui défilaient en même temps sur l'écran de son ordinateur et qui montraient des angles de rues traversées par des voitures aux phares allumés.

—J'ai réussi à avoir accès aux caméras de circulation braquées sur trois des quatre. Le salon de coiffure se trouve en façade d'un petit centre commercial et j'ai pas réussi à trouver de visuel – pas encore.

—Putain, mec, y a un truc au monde que tu pourrais pas pirater ? le flatta Beckett, manifestement bluffé.

—Bah. J'adore les challenges. Ce que je vous propose, c'est d'aller sur le terrain et de surveiller les quatre objectifs. On arrivera au minimum à placer les appareils de surveillance qu'on est allés chercher cet après-midi et à procéder au repérage des lieux, compter le nombre de gardes et repérer les systèmes de sécurité. Peut-être qu'un de vous sera capable de brancher une serveuse pour lui demander si elle a entendu parler d'un gars que la Church aurait pris en grippe et qui aurait mystérieusement disparu, dit Marz avec un sourire en se tournant, comme tous dans la pièce, vers Shane.

— Qu'est-ce que je ferais pas pour vous, bande de salopards, rétorqua ce dernier avec un sourire d'une suffisance inouïe.

Becca se retint de rire à grand-peine, mais elle se représenta ensuite Nick en train de flirter avec une danseuse en petite tenue, et sa bonne humeur s'évanouit instantanément.

Elle observa le profil anguleux de ce dernier, qui serrait la mâchoire, l'air concentré, les épaules raides. Il était tout entier absorbé par le briefing et cela lui donnait vraiment un air sexy. Ce n'était pas simplement de la jalousie qu'elle éprouvait à l'idée que d'autres mains, ou d'autres lèvres se posent sur lui, même si elle la laissait amère. En dépit du fait qu'ils ne se connaissaient que depuis peu et qu'ils n'avaient encore pas eu le temps d'apprendre à se connaître, son âme, devant cet homme à la beauté si sévère, le réclamait pour elle. Ce n'était même pas de manière consciente, mais plutôt comme un réflexe dû au lien singulier tissé par une situation hors du commun. Sans oublier le désir ardent que la jeune femme éprouvait pour lui.

C'était aussi simple, et aussi compliqué, que cela.

Alors qu'elle le regardait échafauder leur plan avec ses équipiers, le cœur de Becca se serra. Elle se rendait compte qu'elle avait devant les yeux un homme capable de la faire voyager dans les étoiles, ou de s'y perdre à jamais, et qu'à mesure qu'ils exposaient les risques éventuels qu'ils pourraient rencontrer dans chacun de ces endroits, elle sentait son estomac se nouer en prenant la mesure du danger dans lequel ils s'étaient déjà fourrés, et celui encore à venir.

Et il pense ne pas avoir grand-chose à perdre.

Becca faillit pousser un petit cri en l'entendant encore dire cela. Elle devait lui faire savoir qu'il l'avait, elle. À cet instant, Beckett sortit vivement du rang, la tirant de ses pensées.

— Je reviens tout de suite, lança-t-il en quittant la salle de musculation comme une flèche.

— On n'aura probablement besoin que de deux ou trois personnes pour ce boulot, reprit Marz. Alors je me suis dit que je pourrais rester ici pour m'assurer que la liaison se fait bien avec les mouchards et chercher en attendant d'autres caméras qui nous donneraient un visuel sur les cibles. Avec des gars dans leur genre, trop de testostérone au même endroit devient vite suspicieux. En plus, il faut que quelqu'un veille sur Becca. Bon, qui veut participer à la phase de reconnaissance ?

— C'est pas contre toi, Marz, mais j'ai joué la fée du logis toute la journée pour toi, alors ça me dérangerait pas d'aller me dégourdir un peu les jambes, se proposa Easy en riant.

— Je reste avec Becca, décida Nick en lui adressant un léger sourire qui fit affleurer sa fossette.

— Vous m'avez unanimement élu pour brancher les minettes, rappela Shane en levant les pouces vers lui-même.

— Alors là, mon gars, je vais te montrer comment on s'y prend, moi pour lever des gonzesses, rétorqua Easy avec un clin d'œil qui arracha à Becca un éclat de rire.

Le tee-shirt ajusté Under Armour que portait Easy soulignait chacun de ses muscles. Dire qu'il était bien bâti était un véritable euphémisme. Si lui et Shane entraient dans un bar, il était à parier que tous les hommes présents sentiraient un appel d'air lorsque la fille à leur bras se précipiterait vers les deux dieux grecs.

— Bon, les gars, c'est peut-être pas nécessaire de faire un concours de bite, s'esclaffa Marz.

Heureusement qu'il en fallait beaucoup pour la choquer. Les personnes avec qui elle travaillait – autant les médecins que les infirmières – étaient capables des blagues les plus salaces du monde. Le niveau de stress très élevé qui régnait sur le service des urgences obligeait à trouver un exutoire. Quand les membres du personnel ne s'adonnaient pas à des parties de jambes en l'air dans les salles de garde, c'est qu'ils étaient trop occupés à en parler.

— Attention les yeux, Marz, s'écria Beckett en revenant dans la pièce, je rapporte des joujoux.

Sur le bord du bureau, il déposa une sorte de large tablette à antennes ainsi que plusieurs petits appareils de la taille de téléphones portables.

— Oooooh, ouiii, s'extasia Derek en prenant dans ses mains la caméra comme Gollum aurait pris l'anneau.

— C'est quoi? demanda Becca.

— Une caméra à rayons X capable de voir à travers les murs, expliqua Beckett, les bras croisés. Elle peut détecter la position d'une personne, dans quel sens celle-ci se dirige et sa vitesse, tout ça à travers un mur de trente centimètres d'épaisseur. C'est en quelque sorte un système radar qui mesure les variations dans les ondes Wifi. Cette caméra est tellement sensible qu'elle est capable de différencier un objet d'une personne immobile rien qu'à sa respiration.

— Obligé, c'est un truc qu'est pas encore sur le marché, Beck. Toi, tu dois avoir des amis précieux qui travaillent en cellule recherche et développement. Ou alors c'est toi qui travailles comme testeur de matos d'intervention ?

— On va dire que je connais quelqu'un, répondit Beckett, évasif. Alors voilà ce que je me disais : dans chacun de ces endroits, il serait parfaitement logique de trouver du monde au rez-de-chaussée. Mais avec ça, on pourra voir ce qui se passe dans les zones interdites d'accès. Si on détecte une présence humaine qui n'est jamais en mouvement, alors c'est qu'on a peut-être bien affaire à notre cible. Ce serait pas du cent pour cent, mais ça nous permettrait de faire un peu le tri. (Il sourit à Marz.) Je savais que ça te ferait plaisir.

— Plaisir ? Je ferais l'amour avec, si je pouvais, répondit-il avec un clin d'œil à Becca. Désolé. Parfois ça m'échappe quand je suis trop excité.

La jeune femme était stupéfaite de constater l'aisance qu'avait cet homme à la faire sourire. Elle émit un petit rire et leva les mains pour signifier qu'elle ne voulait pas s'approcher de cette immonde chose.

— En tout cas t'auras une sex-tape, parce que ce petit bijou peut envoyer les images sur ton ordi, comme ça tu pourras commencer à analyser les données, si tu veux, dit Beck. T'as qu'à synchroniser les appareils.

— Je veux, mon neveu, s'écria Marz en se frottant les mains avant de se mettre à configurer ce joyau.

— J'ai aussi rapporté quelques balises GPS, poursuivit Beckett. Si on tombe sur des véhicules qu'on aurait besoin de suivre, il suffit de leur accrocher ces machins qui se chargeront de m'envoyer une alerte par texto dès que le véhicule cible se met en mouvement. Ça nous permettra peut-être de découvrir d'autres possibles lieux de détention si on fait chou blanc avec ceux-ci.

— Et on a aussi des téléphones avec des cartes prépayées pour tout le monde, annonça Easy en déposant un sac plastique sur le bureau. Chacun prend le sien et on enregistre les numéros.

Téléphone en main, ils énoncèrent chacun le leur. Becca les regarda avec fascination. Elle avait toujours été certaine qu'ils savaient ce qu'ils faisaient, mais le savoir et le voir étaient deux choses complètement différentes.

— Vous me faites penser à MacGyver, les gars. Sauf qu'à la place de trombones, de couteau suisse et d'élastiques, vous vous servez de gadgets super cools.

Ils bougonnèrent tous de concert, sauf Marz, qui sembla ravi du compliment.

— MacGyver était un dieu vivant.

— Tu déconnes ? Il avait une coupe mulet, se récria Easy.

— Je ne t'écoute pas, s'offusqua Derek en levant la main. Becca, grâce à ton chien à trois pattes et ta référence à MacGyver, je fais officiellement de toi ma personne préférée de cette assemblée.

Et voilà qu'il la faisait de nouveau sourire.

— Hé ! Je t'ai rapporté des jouets, moi, s'indigna Beckett avec une grimace presque comique.

— OK. Match nul, déclara Marz en soupirant.

Becca sourit à Beckett, qui lui adressa un clin d'œil.

— Soyez prudents, dit-elle d'une voix soudain étranglée.

Ils hochèrent tous la tête et lui répondirent quelques mots rassurants. Puis, Nick s'avança et lui mit un bras autour des épaules.

— Surveillez vos arrières, les gars, enchérit-il. Et merci.

Un courant sembla passer entre lui et le reste de l'unité, comme s'ils communiquaient par télépathie. Becca ne parvenait toujours pas à comprendre d'où venait la tension latente qui régissait la plupart de leurs échanges et fut heureuse de voir que l'atmosphère paraissait un peu se détendre entre eux. Même si cela n'était que temporaire, il y avait trop de choses en jeu à l'instant pour laisser de vieilles rancunes s'immiscer dans leur mission.

— Dites-moi simplement dans quel ordre vous voulez procéder et je m'arrange de mon côté, reprit Marz en tapotant la surface du bureau des doigts. Le seul truc, c'est que le club de strip-tease ferme à 3 heures du mat', alors assurez-vous d'arriver plus tôt.

— Oh. T'en fais pas pour ça, répondit Shane.

— Bouge ton cul terreux, McCallan, dit Easy en le poussant vers la porte après avoir récupéré les documents et le sac contenant le matériel de surveillance.

Beckett rangea les balises GPS dans ses poches, cala la caméra à rayons X sous son bras, puis toqua deux fois sur le bureau.

— Merde, les gars.

— Aux chiottes la superstition, rétorqua Easy. On va tout défoncer!

Lorsqu'ils eurent vidé les lieux, une sorte de silence presque paisible tomba sur la salle de musculation caverneuse. C'était comme si quelqu'un venait de baisser drastiquement le volume. Becca poussa un long soupir, profitant de ce calme annonçant sans doute la tempête à venir.

— Hé, la héla Marz. (Elle se tourna vers lui et fut surprise de trouver un tel degré de sérieux sur son visage d'ordinaire souriant.) Je sais que je fais parfois le mariole, mais je voulais que tu saches que c'est pas pour ça que je prends ça par-dessus la jambe.

Elle eut un pincement au cœur. Si elle avait bien une certitude dans tout cela, c'était qu'elle et Charlie ne pouvaient être entre de meilleures mains que celles de Nick et son unité.

— Ce n'est absolument pas ce que je pensais, Derek, mais merci pour cette attention. (À cet instant, son estomac se mit à gargouiller si fort que c'en fut gênant, et Marz lui lança un regard surpris.) C'est moi ou il fait faim ?

— Je pourrais avaler un cheval en salade, répondit Nick en pressant légèrement les épaules de Becca par-derrière. Si on allait se chercher un truc à manger ? On a pas mal de temps devant nous avant qu'il y ait du neuf.

— Ouais, faites ça. Moi, j'ai déjà graillé. Et puis j'ai mes jouets pour me tenir compagnie, plaisanta Marz en caressant tendrement son ordinateur portable.

— Jerem ? dit Becca pour attirer l'attention du tatoueur, qui s'était montré étrangement silencieux depuis qu'ils étaient remontés.

— Non, j'ai déjà mangé, moi aussi, répondit-il. Derek, ça te dérange si je reste avec toi ? Je suis curieux de voir comment tout ça fonctionne.

— *Mi casa es su casa.* Et d'ailleurs c'est plutôt à toi de dire ça, non ? Installe-toi.

Jeremy alla prendre une chaise pliante et s'assit à l'envers, les bras contre le dossier.

Nick prit Becca par les épaules et l'emmena en direction de la porte.

— Viens, dit-il, je vais te faire goûter de la vieille pizza réchauffée dont tu me diras des nouvelles.

Chapitre 19

Lorsqu'il eut terminé ses parts de pizza, Nick regarda Becca grignoter la croûte de son unique part. Elle ne dormait pas, ne mangeait pas et nageait en plein stress – rien de tel pour tomber malade ou faire une dépression nerveuse.

— Je sais ce dont tu as besoin, dit-il en quittant son tabouret de bar.

— Quoi donc ? demanda-t-elle avec un petit sourire.

À ce moment, la fatigue qui se lisait dans ses yeux se mua en quelque chose de beaucoup plus actif. Elle le caressa lentement du regard, lui laissant une impression de brûlure sur la peau. Nick eut envie d'annuler le projet qu'il avait, mais il fallait satisfaire chaque besoin.

— Glace au chocolat, déclara-t-il en allant prendre dans le congélateur le bac de glace au brownie fondant double chocolat et en le lui présentant, fier de lui.

Il s'agissait du même pot sur lequel elle avait jeté son dévolu, la nuit où ils s'étaient finalement retrouvés à faire de la boxe, puis à s'embrasser... Son sexe en tremblait encore.

— La glace au chocolat, c'est la panacée, le médicament miracle. C'est cliniquement prouvé, clama Becca, son visage s'illuminant soudain, éclaircissant les valises qu'elle avait sous les yeux.

— Je savais bien que tu serais d'accord avec moi, s'exclama Nick en remplissant deux bols de glace avant de prendre des cuillères. Ça te dit d'aller te poser dans le canapé ?

— Je risque de m'endormir comme une masse.

— Alors je te prendrai dans mes bras.

Il n'avait pas eu l'intention de dire cela, mais les mots lui avaient complètement échappé. Cependant, il dut reconnaître qu'ils venaient du fond de son cœur. Il croisa son regard et fondit devant l'affection qui imprégnait ses grands yeux bleus. Nick prit les bols et lui fit signe d'aller jusqu'au salon.

— Difficile de résister à une telle proposition, répondit-elle en descendant du tabouret pour aller se laisser tomber dans le canapé moelleux.

— J'en prends note.

En s'asseyant, Nick se rappela qu'il avait toujours son arme glissée à la ceinture de son jean. La pression du métal contre sa peau avait quelque chose de rassurant. En plus, il n'allait pas délaisser Becca maintenant simplement pour prendre le temps de ranger un pistolet – pas alors qu'elle le regardait avec des yeux comme ça. Son regard ne trahissait pas seulement son état d'excitation, mais aussi son sentiment de sécurité, sa gratitude et son inquiétude pour lui.

Elle pivota sur le coussin du canapé pour se mettre jambes croisées face à lui, ses genoux lui effleurant la hanche et la cuisse. Lorsqu'elle se mit à déguster sa glace, les petits gémissements de plaisir qu'elle émit firent vibrer chacun de ses muscles jusqu'à atteindre le point de résonance dans son bas-ventre. Pour l'instant, toutefois, il ne cherchait qu'à satisfaire l'appétit le plus basique de Becca, et cela lui suffisait.

Il prit une grande cuillerée de crème onctueuse et s'efforça d'arrêter les rouages de son cerveau pour s'appliquer à vraiment savourer ce dessert.

Ah, ce que c'est bon.

La crème glacée était la seule véritable nourriture qui lui avait manqué sur le terrain, et même s'il était rentré depuis plusieurs mois, il n'arrivait toujours pas à combler son manque. Il ne savait pas vraiment qui de lui ou Jeremy était le plus accro au sucre, mais ils veillaient à ce que leur congélateur soit toujours rempli de glaces en tout genre.

Il savoura alors une autre cuillerée. Ce qu'ils faisaient là prouvait que Nick n'en avait pas qu'après les fesses de Becca, et ce fut comme recevoir un coup de massue de se rendre compte qu'il l'avait vraiment dans la tête – et dans la peau.

— Est-ce que tu t'inquiètes pour les autres ? Je veux dire, pendant qu'ils sont en mission ? demanda-t-elle en touillant sa glace pour la rendre plus fluide.

— Non. Ce sont les meilleurs. Ils savent ce qu'ils font. Ils sont capables de se débrouiller. D'ailleurs, tu ne devrais pas t'inquiéter, toi non plus.

C'était en grande partie vrai. Il n'aurait pu être plus serein que s'il avait été avec eux pour surveiller leurs arrières. Il avait autrefois été leur commandant en second, mais cela n'avait plus aucune importance, d'autant qu'ils n'étaient plus à l'armée. Du reste, chacun avait sa mission, et la sienne lui convenait parfaitement. Ce qui s'était passé au cours de ces derniers jours prouvait que Becca avait besoin de protection, et Nick supposait aussi qu'elle se sentait plus faible que ce qu'elle voulait bien laisser paraître. Étant donné l'ampleur de sa réaction sur le coup, elle devait encore être bouleversée par la destruction de la guitare de Scott.

— Je suis désolée pour ce qui s'est passé entre Jeremy et toi, tout à l'heure, dit-elle en portant une autre cuillerée à sa bouche, tête baissée.

— Ne t'en fais pas. Ce n'était pas ta faute.

Comment pouvait-on être triste en mangeant de la glace ? Pour remédier à cela, Nick décida de faire une entorse à son instinct – et à ses habitudes – en lui faisant part de la vérité.

— Quand on passe douze ans dans les forces spéciales, on apprend à garder beaucoup de choses pour soi. De fil en aiguille, ça devient une habitude, un réflexe naturel, de n'être pleinement honnête qu'avec tes équipiers les plus proches, ceux de ton unité. Je n'avais pas encore compris avant ce soir que depuis tous ces mois que je suis revenu, je ne m'étais toujours pas ouvert à Jeremy.

Il prit une grande bouchée de crème glacée pour se faire taire et éviter les sables mouvants, sans quoi il finirait par lui avouer s'être aussi rendu compte qu'il avait perdu déjà bien trop de gens dans sa vie pour se permettre de repousser qui que ce soit à l'heure actuelle. Il pensait à Jeremy.

Et il pensait aussi à elle.

Mais une chose le taraudait encore. Il ne supportait pas de devoir lui cacher la vérité à propos de son père. Il ne voulait pas lui mentir, mais il ne voulait pas non plus lui faire du mal. Apprendre qu'une personne chère à notre cœur n'était pas comme on le croyait pouvait se révéler dévastateur – surtout lorsque cette personne était d'une importance capitale dans notre vie. Nick en avait fait les frais. Lorsqu'il avait compris que son commandant, un homme qu'il avait vu comme un modèle absolu pendant tant d'années, était en fait un menteur, un manipulateur et se révélait, franchement, à la limite d'être un traître à la patrie, Nick avait senti son cœur se briser et sa foi en cette communion sacrée qu'était l'esprit de corps en avait été ébranlée. C'était assez affreux ainsi, et il n'imaginait même pas ce que cela pouvait faire d'apprendre toutes ces choses sur son propre père, sans pouvoir en plus lui demander de s'expliquer puisqu'il était mort et enterré.

Pourtant, Charlie savait quelque chose, et la vérité était donc sur le point d'éclater quoi qu'il en soit. Il était par ailleurs possible que ce que le frère de Becca avait appris les amène à l'entour des limites de cette fichue clause de confidentialité. Chaque seconde qui les rapprochait de cet instant fatidique où Becca apprendrait la vérité sur son père, Nick se rendait coupable de mensonge par omission. Et cela lui donnait plus la nausée que l'odeur de la marée au petit matin, car même s'il pensait toujours ne pas mériter Becca, il lui était devenu impossible de faire semblant de ne pas avoir envie d'elle. Il était loin d'avoir eu son compte ce matin-là. Il l'avait su déjà sur le moment. À présent, il voulait s'assurer par tous les moyens qu'elle ne douterait plus de ce qu'elle représentait pour lui.

Car elle était devenue le centre des morceaux récemment recollés de son monde.

C'était un monde dans lequel il se sentait de nouveau important, porteur d'une mission, ayant recouvré une raison d'être. Cette reconstruction n'avait d'ailleurs pas eu pour seul effet de le faire tomber amoureux ; elle l'avait fait renouer avec certains aspects importants de sa vie qu'il avait négligés : son amour de l'art, son frère et son unité.

Il avait perdu énormément l'année précédente, c'était indéniable ; mais il avait empiré la situation en rejetant ce qui lui restait.

Et c'était Becca qui avait maintenu la torche allumée pour l'aider à trouver la lumière au bout du tunnel.

Elle était son soleil.

—Tu veux un peu d'eau ? lui demanda-t-il en espérant qu'elle n'entende pas l'émotion dans sa voix.

—Je veux bien.

Avec une grande inspiration, il se rendit à l'évier et remplit deux verres d'eau en essayant de ne plus penser à rien. Il aurait tout donné à cet instant pour empêcher son esprit de se perdre en remords et regrets.

—Tiens, dit-il en revenant auprès d'elle.

Il but la moitié de son verre d'une traite en déplorant que ce ne soit rien de plus que de l'eau.

Lorsqu'ils eurent terminé leurs glaces, elle étendit le bras pour poser les bols sur la table basse foncée à la surface patinée. Elle poussa ensuite un long soupir, autant de fatigue que de contentement. Il était responsable de ce contentement et souhaitait maintenant l'aider à remédier à sa fatigue.

—Viens là, lui proposa-t-il en ouvrant les bras.

Becca lui répondit d'un sourire et se tourna sur le canapé, les genoux contre le dossier et le haut du corps sur le torse de Nick pour pouvoir déposer sa tête sur son épaule. L'avoir ainsi tout contre lui l'émoustilla quelque peu, surtout lorsqu'elle laissa échapper un petit ronronnement de satisfaction. Pourtant, le sentiment qui dominait était la paix dans toute sa splendeur. C'était une chose qu'il n'avait pas eu l'occasion de goûter souvent ces derniers temps – et même jamais depuis qu'il était devenu adulte.

Nick s'enfonça un peu plus dans le canapé, tenant toujours Becca fermement contre lui, et laissa sa tête reposer sur le coussin de cuir.

Le comble du bonheur.

—J'ai envie d'autre chose, murmura-t-elle en se tournant contre lui.

Puis, la tête sur son ventre, elle leva sur lui des yeux brûlants de désir.

—Quoi donc ?

Son sexe, lui, savait parfaitement ce dont elle avait envie, si Nick en jugeait par sa promptitude à hisser le drapeau.

—Tu vas dire « non ».

—Ben, essaie toujours, répondit Nick en lui passant une main dans les cheveux, prêt à lui accorder tout ce qu'elle demanderait.

Elle fit descendre son visage jusque sur ses genoux et ouvrit la bouche pour la plaquer contre l'entrejambe de son jean tout en le regardant dans les yeux par-dessous.

—Becca, implora-t-il avec un tressaillement du bassin déclenché par ce geste suggestif.

Seul un léger souffle de chaleur parvenait à traverser l'épaisseur de son pantalon, mais ce fut suffisant pour le rendre fou de désir et de plaisir. Elle fit jouer ses dents sur la bosse formée par son membre pour l'exciter, jusqu'à ce qu'il referme le poing dans sa chevelure.

—J'ai envie de te sucer, susurra-t-elle.

Putain de bon Dieu de merde !

Il fit de mémoire le calcul des risques de se faire surprendre là pour les comparer aux probabilités qu'il ait la force suffisante pour l'empêcher d'agir. Toutefois, Marz n'allait pas décrocher de ses écrans de sitôt. De plus, Jeremy avait fait l'erreur fatidique de manifester de l'intérêt quant au fonctionnement de son matériel, et il allait donc se retrouver pris dans la tempête Marz pendant un bon bout de temps.

Là, Becca tira sur sa braguette et plongea sa douce main dans son caleçon pour attraper son sexe raide, et Nick oublia tout en une fraction de seconde. Elle fit courir sa langue chaude de bas en haut, et ne le quitta pas une fois des yeux, comme si elle savait le plaisir qu'il tirait à la regarder faire.

Et elle ne se trompait pas. Il ne se lasserait jamais de la voir ainsi.

Elle se cala sur ses coudes et fit tourner sa langue autour de son gland, puis le prit lentement en bouche jusqu'au fond. Il l'agrippa alors par les cheveux, partagé entre l'envie de l'inciter à continuer cette douce torture et la peur qu'elle parvienne à le faire jouir beaucoup trop vite.

C'était en partie pour cette raison qu'ils n'avaient pratiquement aucune chance d'être surpris. Exception faite de la nuit précédente, le fait de n'avoir eu de relations charnelles qu'avec lui-même au cours de l'année écoulée avait réduit à néant sa capacité de gestion de l'excitation. Becca faillit lui donner raison sur ce point lorsqu'elle se retira avec une lenteur exquise.

Oh, mon Dieu!

—Becca, tu vas me faire jouir en dix secondes, dit-il à la fois émerveillé et un peu honteux.

C'était véritablement une déesse dans ce domaine.

—Parfait. Je veux te faire jouir, répondit-elle en lui adressant un sourire grivois, son sexe en main.

Elle se remit à lécher intensément son membre avant de le reprendre en bouche. Elle le suçait à présent en mouvements rapides qui le torturaient tout autant – peut-être même davantage, car il se sentait tout entier emporté vers un précipice qu'il n'avait aucun espoir d'éviter. La chevelure de Becca remuait entre ses jambes et il empoigna plusieurs mèches, guidant ses mouvements tandis qu'elle prenait son sexe à pleine bouche. Alors, sous l'effet de ce lancinant va-et-vient, un resserrement, une pression colossale s'accumulèrent bientôt dans son bas-ventre, le laissant à bout de souffle.

—Oh! Becca. Je vais jouir. Oh, oui! Ah…

Il avait la tête qui tournait furieusement et il perdit toute notion du temps dans un râle, son corps secoué d'un spasme alors qu'il éjaculait dans la bouche de Becca, qui avala avidement. Toute la tension de son corps sembla couler entre les lèvres de son amante et tout son être s'engourdit contre le cuir du canapé. La seule partie à ne pas s'amollir fut son sexe, toujours dressé en une érection si forte que sa compagne put de nouveau le prendre au fond de sa bouche pour en profiter encore quelques instants.

Mais c'était au tour de Nick.

Sans un mot, il la repoussa doucement, rajusta son jean et la prit dans ses bras. À la vue de ses lèvres gorgées de désir, de ses joues écarlates, et au son de son rire surpris, un frisson le parcourut et renforça encore ses ardeurs. Il la souleva dans ses bras et se leva, sourd à la douleur qui pulsait dans le bas de son dos, puis s'engagea dans le couloir, ouvrit la porte de son bureau d'un coup de pied et la referma de la même manière.

Une fois arrivé dans sa chambre, il alla jusqu'à l'angle de son vaste lit et la jeta sur le matelas dans le noir. Elle poussa un petit cri suivi d'un éclat de rire tout en rebondissant dans les draps défaits, laissés en état après leurs galipettes.

Nick avait vraiment l'impression qu'il s'était écoulé une éternité depuis. Il retira son arme de la ceinture de son jean et alla la poser sur la table de chevet avant d'allumer la lampe. La jeune femme posa instantanément les yeux sur lui et lui sourit.

Dieu, ce qu'elle était belle. Elle parvenait à l'enflammer d'un simple regard.

Parfois, la vie passait, les mois s'écoulant sans que rien ne vienne perturber la monotonie de l'existence peu importaient le besoin de changement ou la force de l'envie d'un grand bouleversement. Mais il arrivait que toute une vie implose et se reconstruise en l'espace d'une seconde. Il n'avait fait auparavant l'expérience de ce genre de chambardement qu'à travers la douleur et la mort.

Pas cette fois.

Cette fois-ci, c'était une femme qui avait déclenché cela simplement en passant le pas de sa porte. Elle avait modifié son orbite autour d'un soleil qui le mettait sur la voie de la reconstruction, de la réhabilitation, et peut-être même de l'amour.

Nick revint au pied du lit et vit dans les yeux de Becca autant d'humour que d'érotisme. Il la prit par les mollets et l'attira au bord du matelas, puis lui défit son jean et le lui enleva. Elle souleva les jambes pour l'aider et il sentit une douleur aiguë dans son dos lorsqu'il força sur le vêtement.

Mais cela ne le gêna en rien. C'était comme une goutte d'eau acide dans l'océan de plaisir suprême qu'il ressentait, et il était par ailleurs habitué à cette douleur. Cependant, elle lui rappela que Becca avait été récemment blessée.

— Merde. Becca. Est-ce que je t'ai fait mal en te jetant sur le lit ? s'inquiéta-t-il en se glissant entre ses jambes pour venir au-dessus d'elle, ce qui lui fit repenser à leurs ébats matinaux effrénés.

— Non, répondit-elle en lui caressant tendrement la joue du bout des doigts. Pas très mal. Mais merci de t'en soucier.

Il éprouva un immense soulagement, puis le besoin de l'embrasser. Il se pencha lentement et posa ses lèvres contre cette bouche qui peu de temps auparavant s'étaient appliquées, sans retenue ni tabou, à le faire jouir si bien. Son excitation redoubla et il remonta vivement la main sur son ventre, sous son tee-shirt, pour se mettre à lui caresser les seins. Elle se cambra de plaisir et Nick en profita pour lui relever son haut au-dessus de la poitrine.

— Lève, dit-il tout bas.

Lorsqu'elle obtempéra, il finit de lui enlever le vêtement, puis passa la main dans son dos pour défaire sans peine l'agrafe de son soutien-gorge.

Elle était la perfection absolue. Tout était vrai, naturel, chez elle. Elle était toute en courbes dociles qui dessinaient des monts et des vallées qu'il rêvait d'explorer. À cet instant, Becca lui empoigna son tee-shirt et le remonta sur ses abdominaux. D'une main, il attrapa le col de son habit dans son dos et le tira par-dessus sa tête.

Puis, il fondit sur elle. Il goûta ses lèvres avec avidité, la titillant férocement de ses lèvres et de sa langue. Il mordilla et suça la peau de son cou pour faire son chemin jusqu'à ses seins. Puis, il mit au supplice ses mamelons. Becca se tortilla bientôt sous lui, ses doigts enfouis dans ses cheveux pour essayer de les empoigner, en vain. Lorsqu'il était en Afghanistan, il les avait laissés pousser un peu plus pour se fondre dans le décor. Aussi ne voyait-il pas de problème à se les laisser pousser à nouveau afin de permettre à Becca d'avoir une meilleure prise. Chaque fois qu'elle parvenait à lui tirer quelques mèches, la douleur sur son crâne l'excitait davantage car cela montrait le plaisir, le désir de Becca et son abandon progressif à ses caresses.

Il s'assit sur les talons et lui déposa un baiser sur le ventre, sur la hanche et enfin sur l'intérieur des cuisses.

— Cale des oreillers derrière ta tête, mon petit soleil. Je veux voir ton visage.

Il attendit qu'elle s'exécute avec un petit sourire libertin, puis faufila les mains sous ses cuisses pour faire passer ses jambes sur ses épaules avant de se mettre à lécher ses tendres replis humides. Tout le corps de Nick frémit tandis qu'il la goûtait ainsi et qu'il entendait son petit cri d'extase, et son érection s'intensifia, décuplant son impatience d'être en elle. Cela devrait pourtant attendre qu'il ait pu savourer sa jouissance.

Il la lécha avec plaisir, parfois en petits cercles et parfois avec de légers coups du bout de la langue pour explorer ce sexe et l'exciter. Ensuite, il glissa un doigt en elle, puis deux, se rappelant les gestes qui avaient paru lui donner plus de plaisir, jusqu'à ce qu'elle soit au comble de l'excitation, bougeant férocement son bassin en empoignant les draps sous ses coups de langue avides. À cet instant, il la plaqua contre le matelas de son avant-bras et se mit à suçoter son clitoris.

Il trouvait qu'elle avait déjà un visage superbe d'ordinaire, mais elle était absolument splendide dans cette jouissance – paupières baissées comme en état de somnolence, la bouche ouverte et les lèvres humides.

— Nick, gémit-elle. Ne t'arrête pas.

Il sourit et se dit qu'il n'arrêterait pour rien au monde, puis redoubla d'efforts, la léchant, aspirant son clitoris et la pénétrant de ses doigts. Il l'entendit alors pousser un long gémissement voilé au moment où elle contractait tous ses muscles. Soudain, elle bloqua sa respiration, et jouit contre sa bouche et ses doigts en tremblant de tous ses membres. Dès que les convulsions se calmèrent, il s'écarta d'elle, enleva son jean sans douceur et tenta de se dépêtrer avec force injures des lacets de ses chaussures.

Lorsque Becca se mit à rire, il finit de se débarrasser de ses encombrants rangers et lui lança un regard faussement courroucé.

— Ah, ouais ? Tu trouves ça drôle ?

— J'aime quand tu es pressé comme ça, se défendit-elle en souriant.

— Je suis toujours pressé quand c'est toi qui m'attends, répondit-il en jetant son jean et son boxer quelque part derrière lui. (Ensuite, il prit un préservatif dans la même boîte qu'il avait ouverte au matin, qu'il enfila alors, posté entre les cuisses béantes de la jeune femme.) J'ai trop hâte de te sentir.

Il lui caressa tout le corps du regard et ne vit que des choses appétissantes. Tout chez elle, de sa chevelure blonde ébouriffée à son visage écarlate, en passant par ses magnifiques courbes alléchantes, l'attirait. C'était toutefois la passion qu'il lisait dans ses yeux qui lui faisait le plus d'effet. Ce regard le propulsait au nirvana et le faisait se sentir entier, mais menaçait aussi de le réduire en charpie car il savait ne pas en mériter le quart. Un certain doute s'empara alors de lui et il se figea sexe en main, les pieds scellés au sol.

Putain de merde !

À cet instant, Becca releva les oreillers vers la tête de lit et se repoussa en arrière tout en lui tendant les mains.

— Viens me rejoindre, dit-elle.

Avait-elle compris ? Avait-elle deviné qu'il s'était trouvé pétrifié au pied du lit ?

Il obéit comme sous le charme de ses mots et se plaça entre ses jambes, les mains appuyées de chaque côté de son visage.

—Est-ce que tu es certaine de le vouloir ?

—Absolument certaine, répondit-elle en lui passant une main dans les cheveux.

Ouf.

—Heureusement, parce que j'ai trop envie de toi, murmura-t-il en l'embrassant avant de saisir son sexe en érection pour venir le placer à l'orée du sien. (Il appuya légèrement pour la pénétrer et gronda de plaisir.) Oh, c'est bon.

Elle était brûlante, trempée et il la sentait parfaitement. Il fit mine de se retirer complètement, mais s'enfonça de nouveau, la regardant lutter pour conserver les yeux ouverts tandis qu'il continuait de glisser en elle.

Les courts ongles de Becca se plantèrent dans son cou et ses épaules. Puis, il se laissa peser entièrement sur elle, leurs corps s'épousant. La connexion entre eux n'était plus uniquement physique. Pas pour lui, tout au moins. S'il en jugeait par l'émotion qui transparaissait dans le regard de la jeune femme, elle semblait partager ce sentiment.

Nick enfouit son visage dans le cou de Becca et lui plaqua une main sur le haut de la tête. Il devait se rapprocher encore d'elle, fusionner davantage, jusqu'aux limites de la douleur. Alors, il souleva le bassin et s'enfonça une nouvelle fois en elle tout en conservant une pression sur son clitoris. Elle lui griffait le dos, gémissait en rythme avec ses coups de reins, et accompagnait ses mouvements de ses hanches. Il sentit alors ses douleurs dans le bas du dos se réveiller, mais cela ne troubla en rien la beauté de ce moment. Il avait su encaisser la souffrance ce matin-là et serait donc capable de le refaire. Nick adressa alors un joli doigt d'honneur à son dos meurtri, refusant obstinément de laisser le mal lui gâcher cet intense plaisir ou enlever à Becca la moindre seconde de plaisir.

— Ça va ? s'enquit-il d'une voix enrouée contre son oreille avant de déposer un baiser sur la chair délicate.

Elle partit d'un petit ricanement profond et guttural, et il la regarda dans les yeux. Elle décolla les épaules pour venir l'embrasser sur les lèvres.

— Je me suis jamais sentie aussi bien de toute ma vie.

Nick sourit, les paroles de Becca faisant écho à ses pensées, et laissa ce sentiment s'immiscer dans les recoins les plus sombres de son âme pour les illuminer.

Soudain, un mouvement brusque déclencha une douleur perçante dans le bas du dos de Nick qui lui arracha un discret sifflement et lui fit contracter la mâchoire. Il serra les dents et fit semblant de rien. Ce n'était qu'un petit souvenir de la bagarre avec Beckett, et il se rappellerait botter le cul de ce dernier pour l'avoir contraint à penser à lui en pleins ébats.

— Hé, attira-t-elle son attention tout en lui caressant la joue et le front du plat de la main.

Il ouvrit les paupières et vit sur le visage de son amante la passion se mêler d'inquiétude.

Fait chier, pesta-t-il à part soi en l'embrassant, agacé par l'idée que quoi que ce soit vienne gâcher leur moment.

— Qu'est-ce qui se passe ? demanda-t-elle tout bas, contre sa figure.

— Rien du tout, répondit-il un peu sèchement.

Elle plaqua ses mains contre son torse pour le repousser et il la dévisagea durement. Becca, quant à elle, lui souriait avec une lueur coquine dans les yeux.

— Tourne-toi, ordonna-t-elle. Et cale ton dos contre la tête de lit.

— Oui, mon général.

Nick entassa les oreillers et s'adossa confortablement, cette nouvelle position soulageant agréablement la douleur. Il n'eut pas vraiment le temps de se concentrer sur ce point, cependant, car Becca vint se placer à califourchon et prit son sexe en elle en un mouvement exquis.

Elle le chevaucha ainsi, une main appuyée contre la tête de lit et l'autre sur son épaule, faisant monter le plaisir en eux, créant une friction entre son clitoris et le bas-ventre de Nick, le bout de seins venant lui caresser le torse. Il se mit à lui couvrir le dos de caresses, puis l'agrippa par les hanches pour insister sur le va-et-vient afin de réduire encore la distance quasiment nulle qui les séparait.

— Oh, mon Dieu, Nick. Je vais encore jouir.

Ces mots accélérèrent brutalement la montée de sa propre jouissance.

— Parfait. Je veux sentir ton orgasme, dit-il en se jetant avidement sur un de ses seins, suçant le téton, le mordillant et l'excitant avec les dents.

Elle gémit langoureusement et fit basculer sa tête en arrière, son corps cambré contre le sien, quelques mèches de cheveux venant lui chatouiller les mains, posées sur ses hanches.

Tous les muscles de Becca se contractèrent progressivement, enserrant le membre raide qui se trouvait en elle dans une étreinte qui tira un lent grondement de plaisir à Nick.

— Oh, oui, mon soleil. Jouis sur moi.

Elle s'enfonça sur lui, au plus profond, et remua frénétiquement son bassin contre lui. Il l'agrippa fermement par ses magnifiques fesses et accompagna ses mouvements avec autorité, faisant frotter le clitoris de Becca sur son bas-ventre.

Puis, ce fut l'extase. Elle se mit à gémir plus fort, ivre du plaisir qu'elle déversait sur lui en vagues de chaleur humide. Il la souleva par les hanches, et la pénétra encore et encore, jusqu'à ce que son propre orgasme le rattrape à la vitesse d'un missile dévastateur.

—Oh, putain, Becca, gémit-il en serrant les dents alors qu'il jouissait en elle.

Il s'enfonça une ultime fois, rendant délicieusement les armes, tandis qu'il se sentait perdre corps et esprit à la fois. Il l'étreignit alors et enfouit son visage dans sa poitrine.

Becca avait la tête qui tournait si fort qu'elle en avait presque le vertige. Elle ne devait pas cet état uniquement au plaisir indescriptible qu'elle avait eu, ni aux orgasmes qu'il lui avait donnés, même si elle avait bien failli en perdre la tête. Si elle avait le tournis, c'était de voir que tout chez Nick — sa façon de la toucher, son sourire, la passion dans ses yeux — lui prouvait qu'elle n'était pas la seule à se sentir transportée par cet élan fabuleux qui les unissait. Elle ne pouvait voir cela que d'un très bon œil, car elle avait la nette impression de tomber raide dingue de lui.

Lorsqu'elle se demandait comment elle avait pu en arriver à développer des sentiments aussi forts pour un homme qu'elle ne connaissait que depuis quelques jours, elle se rendait compte qu'il l'avait accompagnée durant les moments les plus difficiles de son existence, et qu'elle avait fini par développer pour lui un attachement qu'elle n'avait connu pour aucun autre homme.

Quant à la solitude, le vide et la perte de repères qu'elle avait ressentis chaque fois qu'elle avait porté le deuil d'un membre de sa famille, ils avaient quasiment disparu. Lorsqu'ils retrouveraient Charlie – car ils allaient le retrouver –, elle serait complètement reconstruite.

Et elle devait tout cela à Nick.

Elle le serra fort contre elle, un bras passé autour de sa taille et l'autre autour de son cou. Elle avait sur le bout de la langue des mots qu'elle mourait d'envie de lui dire, et elle plaqua ses lèvres dans les cheveux de Nick pour s'en empêcher. Elle refusait de lui faire une déclaration de midinette. Même si, en son for intérieur, elle se sentait comme telle.

Nick déposa un baiser juste au-dessus de son cœur, détacha ses lèvres de sa peau, puis recommença. Il la couvrait de baisers tendres, comme ceux d'un amant épris, qui lui firent se sentir en sécurité au creux de ses bras. Elle aimait lorsqu'il lui témoignait ainsi son affection.

Après quelques instants, il glissa la main entre eux et dit :

— Vaudrait mieux que je m'occupe de ça. Je reviens tout de suite.

Elle se poussa à contrecœur et il l'embrassa une dernière fois avant d'enlever le préservatif en se levant pour rejoindre la salle de bains. Elle observa le dragon d'encre qui semblait prendre vie grâce aux mouvements de Nick.

Becca laissa promener son regard sur ce corps, puis s'arrêta sur la masse de tissu cicatriciel sur son côté gauche, entre la hanche et la fesse. Elle allait devoir déterminer le degré de douleur qui avait traversé Nick quelques instants plus tôt. Elle n'aurait jamais fait la bêtise de le lui demander pendant qu'ils faisaient l'amour pour ne pas le mettre mal à l'aise, mais elle avait bien vu dans ses yeux qu'il avait ressenti une forte douleur.

Elle poursuivit son exploration visuelle et se rendit compte que Nick avait d'autres tatouages sur les jambes. Elle ne parvint toutefois à discerner que les contours bleus et noirs d'étoiles nautiques sur l'extérieur de son mollet droit.

Il était vraiment canon, avec ses tatouages, ses cicatrices et tout le reste.

— Joli cul, le complimenta-t-elle, ses pensées lui déliant la langue.

Il laissa échapper un rire franc et absolument divin.

Souriant benoîtement, elle se rencogna contre les oreillers pour préserver la chaleur persistante du corps de Nick. Ce dernier reparut dans le couloir quelques instants plus tard, l'ombre d'un sourire encore accroché aux lèvres. De retour au lit, il vint se placer au-dessus d'elle, posant sa tête contre son ventre et l'entourant de ses bras.

Elle lui passa les doigts dans les cheveux et il répondit à cette caresse par une expression d'extase.

— Qu'est-ce que c'est, le tatouage sur ta jambe gauche ? J'ai vu les étoiles, mais j'ai pas pu lire ce qui était marqué.

— Il est écrit : « Tous se sont battus, et certains sont tombés. »

Becca continua de faire jouer ses doigts dans ses cheveux comme pour prétendre qu'elle n'avait pas la gorge nouée.

Après quelques instants, il se tourna légèrement, cherchant une position plus confortable, et elle se rappela que rester sur le ventre lui faisait mal.

— Hé, Nick ?

— Mmh ?

— Je peux te poser une question ?

Elle le sentit ouvrir les yeux à ses cils qui lui chatouillèrent le ventre.

—Quand tu veux.

—À quel point tu as eu mal au dos?

—Tu as deviné? comprit-il en poussant un long soupir, les sourcils froncés.

De toute évidence, il aurait préféré éviter le sujet.

—Seulement parce que tu as grimacé, s'empressa-t-elle de préciser avec un sourire timide. Ce n'est pas à cause de quelque chose que tu as fait. D'ailleurs, tout ce que tu m'as fait était génial.

—Je ne pensais même pas…, commença-t-il avec un petit sourire en coin avant de hausser ses épaules massives. Ce qu'on a fait là, aujourd'hui, c'est ma première fois depuis… (Il appuya son visage contre son ventre et poussa un grognement frustré.) C'était seulement à cause de la bagarre avec Beckett.

Avait-elle rêvé ou venait-il de dire que c'était la première fois qu'il faisait l'amour depuis plus d'un an?

—C'était la première fois que tu faisais l'amour depuis ta blessure?

Il posa son menton contre sa hanche et posa sur elle un regard moins assuré qu'à l'accoutumée.

—Ouais, répondit-il.

À l'intérieur, elle bondissait de joie d'apprendre cette fameuse nouvelle, mais elle ne voulait aucunement le mettre encore plus mal à l'aise.

—Ça se peut que ce soit la bagarre. Le choc contre le bar a été violent. Mais si c'est pas ça, la prochaine fois on cherchera la position qui te convient le mieux. D'après le *Kama-sutra*, on en a une bonne soixantaine à essayer, alors on devrait trouver notre bonheur.

—La prochaine fois, hein ? releva-t-il avec un sourire léger et grivois.

—Mmmmmm, fit-elle en souriant.

—J'aime t'entendre faire ça.

—Moi aussi, répondit-elle en traçant les lignes des muscles de ses épaules avant de le regarder dans les yeux. Mais tu dois me dire quand ça va pas, d'accord ? J'ai absolument pas envie que tu aies mal.

Il acquiesça, son menton s'enfonçant dans le ventre de Becca, la chatouillant. Elle tressaillit et se mit à rire, mais Nick prit alors une mine grave.

—Je suis désolé pour ce matin.

—Qu'est-ce qui s'est passé, au juste ? demanda Becca en dessinant sur sa peau du bout du doigt. Est-ce que j'ai fait quelque…

—Non. C'est pas du tout ta faute. Il s'est passé des trucs moches en Afghanistan, mais je peux pas t'en parler, et le truc, c'est que je suis pas encore passé au-dessus. Ce matin ça m'a pris et ça m'a entraîné au fond.

—Je ne peux pas imaginer tout ce que tu as dû vivre là-bas, répondit Becca avec un pincement au cœur. Sache seulement que tu peux me parler. D'accord ? Même si c'est pour me dire que t'as besoin d'air.

Il hocha la tête, puis lui déposa un baiser sur le ventre, ses yeux débordants d'émotion.

—Je peux te dire autre chose ? interrogea-t-elle en sentant son cœur faire le grand huit dans sa poitrine, mais incapable de se taire plus longtemps.

—OK, accepta Nick.

—C'est à propos de ce que tu as déclaré à Jeremy tout à l'heure. Je voulais te dire que moi non plus, j'en avais pas rien à faire. Tu sais, si quelque chose t'arrivait. Je ne le supporterais pas, avoua-t-elle avec des larmes brûlantes dans les yeux, qu'elle fit refluer à grand-peine.

Il roula sur le côté pour lui toucher du bout des doigts les seins, le ventre et les cuisses. C'étaient de légères caresses destinées à découvrir son corps et à la consoler plus qu'à attiser son désir, ce qu'il parvenait pourtant à faire par sa simple présence. Il déposa ensuite un baiser dans le creux de ses seins et murmura :

— Tellement belle.

Puis, il retomba dans le silence, apparemment absorbé par la contemplation de son corps.

En avait-elle trop dit ? Il ne semblait pourtant pas avoir été gêné par ses propos. Peut-être était-ce tout simplement qu'il ne savait pas quoi répondre ? Becca se laissa retomber contre les oreillers et le regarda l'observer. C'était un homme tellement beau.

— Est-ce que tu me laisserais faire un truc ? finit-il par demander d'une voix grave et soudain sérieuse.

— Probablement, répondit-elle avec humour.

— Je reviens tout de suite, dit-il en se levant d'une poussée des bras pour disparaître de nouveau par le couloir.

Que pouvait-il bien avoir en tête ? Il revint après une minute avec des feutres plein les mains.

— Qu'est-ce que tu vas en faire ?

Il se glissa dans le lit auprès d'elle et la regarda dans les yeux.

— J'ai envie de dessiner sur toi. Trop envie.

Malgré la lumière tamisée de la chambre, elle voyait ses pupilles luire furieusement, braquées sur elle avec une lourde intensité et un appétit féroce. Becca se sentit prise d'une soudaine bouffée de chaleur qui l'émoustilla délicieusement.

— OK, susurra-t-elle.

— Ce sont des feutres spéciaux pour la peau, expliqua-t-il en les lui montrant. Ce n'est pas toxique, et ça part avec du savon – au bout d'un moment. (Il lui adressa un clin d'œil et déposa les feutres entre ses cuisses refermées.) Ne les fais pas tomber.

Ils étaient froids contre sa peau encore brûlante. Elle se mit à ricaner, mais trouvait que l'enthousiasme de Nick le rendait encore plus sexy.

— Et qu'est-ce qui se passe, sinon ?

— Je serai forcé d'aller les chercher moi-même, répondit-il en prenant le feutre noir, dont il retira le capuchon.

— C'est censé être dissuasif ?

Il partit d'un rire grave qui lui effleura le ventre alors qu'il se penchait sur elle pour tracer une longue ligne de haut en bas sur le côté droit de sa cage thoracique. Elle trouvait merveilleux le son grave de son rire.

— Attention à ne pas bouger.

Bien entendu, cela la rendit curieuse de voir ce qu'il faisait. Ensuite, elle dut croiser les doigts afin de se retenir de les enfouir dans les cheveux de Nick ou de lui caresser les épaules.

— Je veux voir, dit-elle.

— Non. Toi, tu ressens. Pour l'instant. Fais-moi confiance, rétorqua-t-il en continuant ses tracés.

— Oui, je te fais confiance.

Elle sentit le feutre parcourir sa peau, marquant une ligne par-ci, une courbe par-là, quelques ombres à l'occasion, toujours à des endroits qui la chatouillaient, et le regarda à l'œuvre. La concentration dont il faisait preuve ainsi que la robustesse de ses traits et de ses mains étaient absolument virils. Cela rendait d'ailleurs l'œil de l'artiste et son feutre délicat encore plus intrigants.

Et encore plus excitants.

Tout le temps que dura la séance, les tétons de Becca durcirent et la tiraillèrent. Entre ses cuisses s'installait aussi une excitation sous une autre forme. Becca n'en revenait pas d'arriver à encore penser au sexe après avoir vécu deux orgasmes aussi intenses, mais elle mourait d'envie d'entrouvrir les cuisses pour laisser échapper les marqueurs et voir ce que Nick ferait.

Celui-ci se décala vers le pied du lit, et se mit à dessiner sur son flanc, sa hanche et le haut de sa cuisse. Puis, il changea de feutre pour colorier le tout en jaune, bleu et rouge. Au fur et à mesure qu'il caressait son corps de ses mains, de ses yeux et de la pointe de ses stylos, Becca se rendait compte qu'elle désirait vraiment que Nick Rixey la tatoue pour de bon, la marque à l'extérieur comme il avait su le faire à l'intérieur. Ce ne serait sans doute pas pour ce jour-là, ni pour le lendemain – mais un jour, sûrement.

Il s'agissait d'un des instants les plus sensuels et les plus érotiques de sa vie.

— Voilà, dit-il enfin en se passant la langue sur la lèvre inférieure. Terminé.

— Je peux le voir, maintenant, s'enquit Becca, son cœur bondissant sauvagement dans sa poitrine.

Nick se leva, son sexe en pleine érection, et l'aida à se mettre debout.

— Il y a un grand miroir derrière la porte de la salle de bains, dit-il en déposant ses feutres dans le tiroir de sa table de chevet avant de la suivre.

L'excitation de Becca monta encore d'un cran, et elle se lisait si facilement dans sa démarche. La jeune femme tremblait de désir et de plaisir par anticipation. Dans le couloir, elle alluma la lumière de la salle de bains et entra dans la pièce exiguë à la décoration austère, puis attendit que Nick la rejoigne avant de refermer la porte.

Elle s'approcha du miroir, Nick occultant une bonne partie de la lumière. C'était une guitare. Il lui avait dessiné une guitare d'un réalisme incroyable sur tout le côté droit, la tête et les mécaniques situées juste sous le sein, le manche descendant sur ses côtes, et la moitié du corps lui couvrant le ventre et la hanche. Partant du manche au niveau du corps de la guitare s'étendait une unique aile dorée.

— C'est magnifique, Nick, dit Becca en sentant les larmes lui monter aux yeux. Est-ce que je peux toucher ?

Elle accrocha dans le miroir son regard de braise.

— Il te plaît ? Oui, tu peux le toucher. Ça ne va pas baver.

Du bout des doigts, elle suivit les contours du dessin sur sa peau. C'était un cadeau inestimable qu'il lui faisait là. Elle qui hésitait à se faire tatouer, il venait de lui permettre de voir ce que cela donnerait. Même si elle n'allait pas commencer par un tatouage de cette taille, c'était très gentil. Il savait ce que ce dessin représentait pour elle.

Plus de doute, elle aimait cet homme.

Elle se pencha contre lui et lui prit la main sur son ventre lorsqu'il l'enserra.

— Merci.

— Tu es magnifique tout le temps, mais t'es tellement sexy comme ça, dit-il en plaçant ses hanches contre les fesses de Becca, son sexe raide venant appuyer entre elles. J'ai envie de te faire l'amour et de regarder comment le dessin bouge avec toi. (Elle fit mine de se retourner mais il l'agrippa par les épaules.) Non, comme ça. Bouge pas.

Elle acquiesça, son cœur tambourinant si fort dans sa poitrine qu'elle le sentait battre dans tout son corps. Elle entendit derrière elle un bruit de papier déchiré, puis Nick jeta l'emballage d'un préservatif sur le bord du lavabo. Il l'incita ensuite à écarter les chevilles et se plaça entre ses jambes. Elle l'observa dans le miroir la prendre par les hanches, plier les genoux et la pénétrer ainsi.

— Oh, oui, s'écria-t-elle tandis que son sexe s'enfonçait en elle.

Nick lui passa un bras puissant autour de la poitrine et prit un de ses seins dans sa main. Elle se cramponna à son biceps et le retint contre elle. Puis, il se mit à aller et venir sans ménagement. En prenant appui sur son bras, elle se cambra vers l'arrière et le regarda droit dans les yeux, dans le miroir.

— Superbe Becca, lui souffla-t-il à l'oreille.

Il passa ensuite la main qui se trouvait sur sa hanche entre ses jambes par-devant, l'enveloppant ainsi tout entière entre ses bras. De ses doigts, il caressa son clitoris en petits cercles rapides qui décuplèrent son plaisir et la laissèrent pantelante.

Elle le vit dans le miroir passer son regard de son visage à son corps, et comprit alors pourquoi : leur image en reflet avait un pouvoir hautement aphrodisiaque. Ses muscles semblaient l'entourer, la manier sans effort, et les tatouages sur les biceps de Nick ainsi que celui sur son propre ventre réfléchissaient la lumière alors qu'ils se mouvaient à l'unisson.

Soudain, elle sentit l'orgasme surgir sans crier gare.

— Oh. Je vais jouir, gémit-elle.

Et brusquement, elle eut l'impression d'imploser. Elle lui planta les ongles dans le bras et ses genoux croulèrent sous elle, mais il la retint fermement.

— Putain, moi aussi, grogna-t-il en la pénétrant énergiquement trois fois encore avant de s'abandonner en elle.

Leurs souffles courts résonnèrent dans l'espace confiné de la salle de bains. Becca se retourna face à son compagnon et lui jeta les bras autour du cou. Elle sentit contre son ventre le préservatif humide mais elle s'en fichait. Ses émotions menaçaient de déborder et il fallait qu'elle les évacue quelque peu.

Nick lui caressa les cheveux et la serra dans ses bras. L'espace d'un long moment, ils restèrent là dans les bras l'un de l'autre. Puis, après plusieurs minutes, elle fut prise d'un bâillement qu'elle tenta de dissimuler.

— C'est moi qui te pompe toute ton énergie ? la taquina-t-il en ricanant.

— Fais pas ton malin, toi, rétorqua-t-elle. (Puis, elle sourit, parce qu'il avait vu juste, et déposa un baiser sur son torse avant de lever les yeux sur lui.) En plus, je me plains pas.

Nick enleva le préservatif et alla le jeter, puis revint et embrassa Becca.

— Tant mieux, dit-il en la prenant par la main pour la ramener dans la chambre. (Le réveil sur la table de chevet affichait « 2 h 04 ».) Tu devrais dormir quelques heures tant qu'il fait encore un peu nuit.

— Et toi ?

— Je reviens vite. Il faut juste que j'aille voir si Marz a des nouvelles des autres ou s'ils sont déjà rentrés.

— OK, je viens avec toi, décida-t-elle, voulant rester auprès de lui.

— Non. Toi, tu fais dodo. S'il se passe quelque chose d'important, je viens te chercher, lui assura-t-il en l'embrassant sur les lèvres. C'est promis.

Elle était véritablement exténuée, et Nick devait bien l'être aussi.

— D'accord, mais s'il n'y a rien de nouveau, tu reviens au lit avec moi. OK ?

— Sans faute, répondit-il avec un sourire qui creusa sa fossette.

Tandis qu'il se rhabillait, Becca prit quelques minutes pour se préparer à se coucher, puis laissa Nick la border. Il s'assit au bord du lit et se pencha sur elle pour l'embrasser.

— Fais de beaux rêves, mon petit soleil.

— Après tout ça, ça sera pas difficile.

La question était de savoir si son rêve d'être toujours avec lui une fois que tout serait terminé se réaliserait. Ses oreilles résonnaient encore du silence de Nick lorsqu'elle lui avait avoué qu'elle tenait à lui. Son regard et ses caresses indiquaient qu'il partageait ses sentiments, mais peut-être se fourrait-elle le doigt dans l'œil.

Il s'esclaffa gaiement, éteignit la lampe de chevet et s'en fut.

Becca se réveilla en sursaut.

— Nick ? appela-t-elle.

Dans l'obscurité épaisse, l'heure brillait sur le cadran du réveil : « 5 h 18 ». En allumant la lampe, elle se rendit compte qu'elle était effectivement seule dans le lit.

Ils doivent pourtant être rentrés, depuis le temps.

Cela étant, Nick avait promis de la réveiller si quelque chose d'important arrivait.

Elle prit encore quelques instants pour déchirer les derniers voiles du sommeil en se frottant le visage et en s'étirant. À certains endroits de son corps, elle sentait quelques muscles légèrement courbaturés des suites de leurs ébats, mais cela ne la gêna nullement.

Becca décida de prendre une douche, et ce fut là qu'elle se mit à réfléchir à toute allure. Qu'avaient-ils découvert ? Quelles autres épreuves cette journée leur réservait-elle ? Allaient-ils retrouver Charlie aujourd'hui ? Elle l'espérait de tout son cœur.

Elle se sécha rapidement en prenant garde de ne pas effacer le dessin sur sa peau – même si Nick lui avait dit que l'encre ne bavait pas –, puis enfila un jean et un tee-shirt de base-ball qui figurait parmi ses vêtements les plus confortables. Elle attacha ensuite ses cheveux encore mouillés en une queue-de-cheval et chaussa ses baskets.

Émergeant du bureau, elle trouva l'appartement vide et se demanda alors si le silence de mort qui régnait là était dû au fait que tout le monde dormait ou s'ils étaient encore tous dans la salle de musculation. Le salon était désert, et Becca sortit donc du loft, traversa la cage d'escalier et composa le code de la porte opposée.

Elle entendit des voix provenir de l'intérieur avant même d'ouvrir. Elle entra d'un pas hésitant, ne sachant pas ce qu'elle allait interrompre. Elle resta sur le pas de la porte, qu'elle retenait avec l'épaule.

—Bon sang, Nick ! Tout ça, c'est la faute de son paternel, alors tu peux pas l'empêcher de participer, criait Shane.

En entendant la colère dans sa voix, Becca se sentit soudain beaucoup plus alerte. Que se passait-il ?

— Mon cul, rétorqua Nick sur le même ton. Elle est pas responsable des saloperies de son père. Putain, c'est pas sa faute si c'était un enfoiré de traître.

Un « traître » ?

Les murs de l'immense salle de musculation semblèrent s'écrouler sur elle alors que ce mot craché par Nick avec rage résonnait dans son crâne. Pourquoi avait-il dit une chose pareille ? Le cœur de Becca cogna sourdement dans sa poitrine.

— Les gars, tenta d'intervenir Marz en se levant de son fauteuil de bureau.

— Cesse de penser avec ta queue et réfléchis stratégiquement, repartit Shane sans écouter Derek.

— Les gars, répéta plus fort ce dernier en regardant Becca droit dans les yeux.

Elle hésitait entre la fuite et le combat, et dut faire appel à toutes ses forces pour rester là et ne pas battre en retraite devant l'horreur de la scène.

— Quoi ? aboyèrent Shane et Nick en même temps.

Marz désigna d'un geste de la tête l'endroit où elle se tenait pétrifiée, tout au fond de la pièce. À cet instant, cinq regards se tournèrent vers elle.

Chapitre 20

—Merde, pesta Nick en traversant la salle à une vitesse ahurissante. Becca.

Pas comme ça. Ce n'était pas comme ça qu'elle était censée l'apprendre.

Fait chier.

—Pourquoi tu as dit ça? demanda-t-elle en franchissant la porte, qu'elle laissa se verrouiller derrière elle. Pourquoi tu as dit que mon père était un traître? (Elle le regardait incrédule, blessée, larmoyante, et Nick sentit son cœur se déchirer.) Pourquoi tu as dit une chose pareille?

—Becca…, commença-t-il d'une voix suppliante et étranglée tout en tendant la main vers elle.

—Non, objecta-t-elle en repoussant sa main. Qu'est-ce que tu reproches à mon père?

Une vague de panique menaça de le submerger, mais Nick refusa de vaciller et rejeta stoïquement la déferlante.

—OK, céda-t-il en lui indiquant le bureau où tout le monde était réuni, la mine à la fois abattue et résignée. Viens t'asseoir.

Elle afficha soudain un air furibond, ses yeux lançant des éclairs bleus et son visage s'empourprant.

—Tu vas m'expliquer ce que tu voulais dire, maintenant!

Il chercha désespérément les mots justes et fut apparemment un peu trop long à répondre car Becca passa devant lui, traversa la salle jusqu'à l'endroit où son unité était rassemblée à regarder le drame qui se déroulait. Nick s'élança à sa suite. Quand elle apprendrait la vérité, il fallait que ce soit de sa bouche, sans quoi elle ne lui pardonnerait jamais. Même ainsi, il n'était pas certain d'avoir une chance.

Ils avaient fait l'amour – car ça n'avait pas été du sexe pur, de la baise, un coup comme ça, mais bien de l'amour charnel – et il n'avait pas été honnête envers elle.

— Est-ce qu'il y en a un qui va avoir les couilles de m'expliquer ce qui se passe ? tempêta-t-elle en se plantant devant les quatre anciens soldats.

— Becca…, commença Marz.

Il fut néanmoins dissuadé de poursuivre par un regard assassin de Nick. Quand ils avaient reçu sur la ligne d'appel à témoins le coup de téléphone qui avait mené à cette dispute avec Shane, ils avaient déjà accepté unanimement la demande de Nick de confier la vérité à Becca lorsqu'ils auraient sauvé son frère. Le retrouver ne signifierait pas automatiquement que les Merritt seraient tirés d'affaire. Ce ne serait pas le cas tant que ceux qui étaient derrière tout cela n'auraient pas mis la main sur ce qu'ils cherchaient et ce pour quoi ils avaient saccagé l'appartement de Charlie ainsi que la maison de Becca. Par ailleurs, Charlie serait en mesure de corroborer certaines de leurs allégations. De plus, si celui-ci était le premier à en parler, alors la clause de confidentialité qu'ils avaient tous signée ne serait plus une raison valable de continuer à cacher la vérité à Becca.

Nick chercha du regard la réponse de son unité et obtint par des regards entendus et des hochements de tête la permission de tout révéler à Becca. Il ne lui en fallut pas davantage. Il n'avait jamais voulu la blesser, surtout pas depuis qu'il avait appris à la connaître, mais il ne pouvait pas revenir en arrière. *Alors au diable la clause de confidentialité.* S'il devait affronter les conséquences, il le ferait en sachant qu'il n'avait plus de secrets pour elle.

Il gonfla les épaules et se campa sur ses jambes, la tête haute.

—Je vais tout te raconter.

Elle se tourna lentement vers lui les bras croisés, ses yeux lui criant de se bouger le train.

Nick hésita encore un instant, ne sachant pas par quel côté ouvrir la boîte de Pandore.

—Merde. Becca, je suis désolé. Ton père… (Il secoua la tête.) J'ai servi pendant cinq ans sous ses ordres. Frank Merritt était mon mentor. Il était le soldat que je rêvais d'être. Il adorait être sur le terrain, mener ses troupes et participer aux combats. Il aurait très bien pu demeurer au chaud, planqué dans une base quelque part où ça pétait pas, mais il a décidé de rester auprès de son unité. Et pour ça, je le respectais plus que tout au monde.

Nick n'aurait jamais pensé qu'il soit si difficile d'admettre à quel point son commandant en chef avait compté pour lui. Il garda les yeux rivés sur Becca pour ne pas voir la réaction que ses mots déclencheraient inévitablement chez ses équipiers.

—Frank avait les mains sales. Il menait pour son compte des opérations clandestines.

—Quoi? dit-elle, le teint blême. Non. Mon père n'aurait jamais fait…

—Laisse-moi terminer, l'interrompit Nick en se frottant nerveusement le crâne. (Elle le dévisagea avec une fureur qui déformait ses si beaux traits et qu'il s'en voulait de lui faire ressentir.) Au fil des mois, j'ai remarqué toutes sortes de petits détails. Il prenait l'habitude de se rendre seul à des réunions, des fermiers afghans qu'on n'avait jamais vus semblaient pourtant le connaître, les ordres étaient de plus en plus souvent modifiés à la dernière minute lors d'opérations de lutte antidrogue. C'est ce qui s'est passé le jour où notre convoi a été attaqué.

Ses anciens équipiers savaient tout cela. Et le plus dingue dans cette histoire fut que leurs langues se délièrent instantanément. Nick n'avait pas été le seul à déceler des bizarreries dans le comportement de Merritt. Cependant, ils l'avaient tous beaucoup trop vénéré pour croire un seul instant ce qui avait été sous leur nez depuis le départ. Quand ils avaient compris, il était déjà trop tard et la moitié de leur unité avait été décimée. Tout ce temps que Nick avait passé à se flageller d'avoir refusé de voir l'évidence, il avait omis le fait que les autres membres de son unité avaient vécu la même chose. Dans son esprit, il avait été seul responsable de tout ce qui était arrivé alors que ce n'était la faute d'aucun d'entre eux. Il lui avait fallu tout ce temps pour comprendre cela.

— Continue, dit Becca avec une expression de colère mêlée de tristesse et de doute.

Il eut envie de la prendre dans ses bras, mais tout dans son attitude lui signifiait que ce serait une énorme erreur. Il en ressentit une douleur dans la poitrine comme si son cœur venait d'être percuté par une boule de démolition.

Nick secoua la tête, son regard glissant dans le vague autour de lui, et il inspira profondément.

— Notre convoi transportait une énorme cargaison d'opium saisi. Dans notre zone d'intervention, nous avions le choix entre deux dépôts mais nous utilisions très souvent le même. Juste avant que le convoi se retrouve sous le feu ennemi, Merritt a donné l'ordre de nous rendre au second entrepôt. À mi-chemin, alors qu'on se trouvait au fin fond de la cambrousse, on est tombés sur un barrage. Deux camions qui n'auraient jamais dû être là nous bloquaient la route. J'étais en queue de convoi dans un blindé de combat et je suis resté un peu en arrière. Je sentais bien que quelque chose n'allait pas, et ton père semblait trop confiant dans ses communications radio, comme s'il savait qu'il n'y avait pas de quoi s'inquiéter. Sauf que ce genre de trucs, là-bas, putain, tu le prends jamais à la légère.

Nick regarda tour à tour chacun des membres de son unité. Ils étaient là, soutien discret, lui apportant la force nécessaire de terminer son récit. Il se frotta le visage et sa barbe naissante maintenant très prononcée.

— La procédure standard dans le cas où un convoi est arrêté, c'est de respecter la règle des cinq et des vingt-cinq. Les mitrailleurs balaient la zone à cinq mètres d'intervalle pendant que leurs coéquipiers débarquent et sécurisent le périmètre à vingt-cinq mètres du convoi. Ton père, ce jour-là, nous a dit de rester tranquilles. C'était une connerie monumentale, parce qu'un convoi à l'arrêt, c'est une cible facile pour un lance-grenades. Mais ton père est sorti du camion et il s'est avancé vers le barrage comme une fleur.

À mesure qu'il racontait ce qui s'était passé ce fameux jour, le visage de Becca devenait de plus en plus pâle. Toutefois, Nick était lancé et ne pouvait plus s'arrêter, maintenant. Quand il reprit sa respiration, le silence qui plana sur la salle fut à couper au couteau.

— L'homme en charge du barrage, un gradé de la police afghane que nous n'avions jamais vu auparavant, a serré la main de ton père et lui a dit : « J'ai un message pour toi : le traître mérite la mort. » Ensuite, il l'a descendu à bout portant. C'est à ce moment-là que tout est parti en vrille.

(Nick se rappelait encore les avertissements radio qui avaient éclaté dans son oreillette, les tirs qui s'étaient mis à fuser et l'explosion assourdissante provenant de la tête du convoi.) Les deux engins de tête se sont retrouvés pris au piège quand une grenade a fait sauter le troisième, les gars sont sortis aussi vite qu'ils pouvaient des véhicules pour se mettre à couvert et répliquer. Les insurgés se sont précipités sur les camions sans même prendre la peine d'en vérifier le chargement, comme s'ils savaient parfaitement ceux qu'ils devaient viser. Easy a réussi à mettre deux balles dans le bide du gradé afghan, et je crois que c'est seulement pour ça qu'ils sont pas restés jusqu'à ce qu'on soit tous morts.

Becca recula de deux pas et s'assit lourdement sur une des chaises pliantes.

— Quand ils sont repartis avec les camions d'opium, on n'était plus que six survivants dont quatre gravement touchés. Shane a fait de son mieux pour qu'on se vide pas de notre sang pendant qu'Easy remettait un des véhicules en état de marche. Zane a pas tenu jusque-là. On a demandé des renforts par radio mais quand on s'est remis en route, personne n'était encore venu nous aider.

— Les officiers qui m'ont annoncé le décès de mon père ont déclaré qu'il était mort dans un incident lors d'un contrôle de routine, dit Becca d'une voix tremblante.

— C'est la version officielle, répondit Shane d'un ton tendu, la mine grave.

— Alors ce que vous dites, c'est que… (Elle avala péniblement sa salive, la gorge serrée.) Qu'il vous a menés droit sur ce barrage ? Mais dans quelle intention ? Celle de remettre secrètement la cargaison d'opium à des terroristes ?

Nick acquiesça. Elle arrivait à remettre les pièces du puzzle en place.

— Mais pourquoi, enfin ? Pourquoi aurait-il fait une chose pareille ?

— La corruption est partout en Afghanistan, intervint Marz, les coudes calés sur le bureau et les poings serrés l'un contre l'autre. Et l'opium est plus persuasif qu'une sirène. La police locale trempe là-dedans. Dans certaines régions, près de quarante pour cent des officiers sont contrôlés positifs au dépistage de drogue. Même au sein de nos propres troupes, bordel, les contrôles positifs ont décuplé depuis qu'on est entrés dans le pays.

— L'armée représentait tout pour mon père, éructa Becca en tournant vivement la tête vers Marz. Vous croyez qu'il vous trahirait pour se faire de l'argent grâce à une drogue qui a pris la vie de son fils aîné ?

Personne ne moufta, mais le lourd silence qui s'installa était une réponse en soi. Nick s'éclaircit la voix, la gorge serrée par le souvenir amer.

— Quand nous avons été de retour à la base, une fois dans un état stable, reprit-il, on s'est directement mis à nous interroger. Il est vite clairement apparu qu'on faisait une enquête sur nous plutôt que sur ce qui s'était passé. Lorsqu'on a fait part de nos doutes sur ton père, on nous a fait comprendre de la fermer, et on est allés jusqu'à nous menacer de la cour martiale si nous ne lâchions pas l'affaire.

— On a bousillé nos dossiers militaires, Becca, ajouta Beckett d'une voix glaciale, adossé au mur avec une expression haineuse sur le visage. Chacun d'entre nous ici n'avait dans son dossier que des rapports exemplaires. Si tu les consultes aujourd'hui, tu y trouveras une longue liste de problèmes disciplinaires, d'insubordination, le tout prétendument notifié par ton père. Comme ça, on fait croire que c'est nous qui essayons de discréditer un colonel pour nous blanchir. Celui qui a fait ça était en cheville avec ton père et l'a couvert en nous sacrifiant tous.

Becca baissa les yeux sur ses genoux, où elle se tordait nerveusement les doigts sans pouvoir s'en empêcher.

— On nous a éjectés avec un renvoi disciplinaire, continua Shane avec une rage à peine contenue. (Il planta son doigt sur la surface du bureau.) On nous a forcés à signer une clause de confidentialité pour nous épargner la prison. Ce renvoi nous collera à la peau toute notre vie.

Nick devait faire comprendre cela à Becca, car il s'agissait de son seul espoir de la voir un jour lui pardonner.

— C'est à cause de cette clause de confidentialité que je ne t'ai pas – parce que je ne le pouvais pas – révélé la vérité. Mais je ne voulais pas non plus te faire de la peine. Comment je pouvais te dire un truc pareil sans te faire du mal ?

Becca se massa la nuque et secoua la tête.

— Je ne sais pas quoi dire, répondit-elle en posant ses yeux humides sur Nick, une larme lui coulant le long de la joue. De qui venait le message ?

— Le message ? répéta Nick.

— Tu as dit que l'officier afghan avait transmis un message. De qui venait-il ?

Comme il aurait aimé le savoir. C'était l'un des détails du tableau qui prouvaient qu'il y avait corruption.

— Nous n'en savons rien. Mais Charlie est à l'évidence tombé sur quelque chose qui pourrait nous permettre de répondre à des questions de ce genre.

Becca se leva et vint se poster juste devant lui avec des mouvements raides, le fustigeant du regard.

— Tu m'as promis de te montrer honnête avec moi et de me considérer comme une équipière.

—Je t'ai promis de ne rien te cacher sur l'enquête pour retrouver Charlie, et j'ai tenu cette promesse, rectifia Nick.

—Mon cul, s'exclama-t-elle dans un élan de colère qui vint balayer le chagrin dans ses yeux. Tu coupes les cheveux en quatre. Tu m'arrêtes si j'ai pas bien compris, je suis peut-être blonde, mais l'histoire que tu viens de me raconter, pourvu qu'elle soit vraie, est un élément crucial pour retrouver mon frère. Admettons que mon père se soit associé à des pourris et que Charlie l'ait découvert, alors ce sont probablement ces mêmes pourris qui l'ont enlevé, qui se sont introduits chez nous et qui ont essayé de me kidnapper, non ? C'est la même enquête.

—Je voulais t'en parler, mais ce n'est pas seulement sur moi que pèse cette clause de confidentialité. En la rompant, je joue avec notre liberté à tous les cinq.

Un autre détail de l'argument de Becca le taraudait. Elle avait parlé d'une « histoire ». Elle le prenait donc pour un menteur ? Il eut l'impression que des ronces lui enserraient le cœur.

—Est-ce que ça veut dire que tu ne me crois pas ? interrogea-t-il avant de désigner toute son unité d'un geste des bras. Tu ne nous crois pas ?

—Si, bien sûr. Enfin, je crois… Putain, Nick. Ça change toute ma conception du monde. Je ne sais même plus quoi penser à l'heure actuelle. OK ? (Sa voix se brisa.) J'ai l'impression de perdre mon père une seconde fois.

Ses larmes coulèrent en silence et son visage affichait une déception brutale.

—Tu m'as demandé de te faire confiance, et c'est ce que j'ai fait, reprit-elle dans un murmure. Bon sang, Nick, on vient juste de…

Elle s'interrompit et fit un geste en direction de la porte de la salle de musculation en secouant la tête.

On vient juste de faire l'amour. Oui, Becca, je le sais bien, bon sang.

La justesse de ces mots résonna dans chaque cellule de son corps. Il comprenait la colère qui l'animait. Il n'est jamais facile d'accepter le mensonge qui vient d'une personne que l'on aime, quelle qu'en soit la raison.

Le tout était de savoir si elle l'aimait, ou si elle pourrait un jour l'aimer, après cela.

—Alors, dans quoi Shane veut-il que je m'investisse? demanda-t-elle platement en se tournant vers l'équipe au complet.

Bordel de merde! Elle refermait sa carapace et il allait la perdre. Il le sentait au plus profond de son être. Et lui ne pouvait rien faire, peu importait combien il avait envie de la ramener dans son lit et d'implorer son pardon, de se racheter de la façon qu'elle jugerait adéquate. Il ne le pouvait pas car ils tenaient une piste qui ne tarderait pas à refroidir.

Par ailleurs, ils devaient encore se mettre d'accord sur ce qu'il convenait de faire.

Shane regarda Nick par-dessus Becca.

—Ce n'est pas lui que tu dois regarder. C'est moi qui t'ai parlé, s'emporta Becca, les poings sur les hanches.

Shane plissa les paupières mais céda finalement.

—Un gars qui a dit être celui qui a essayé de t'enlever a appelé sur le numéro de l'appel à témoins et a demandé que tu ailles le retrouver ce matin. Il savait pour le petit doigt, donc on suppose que c'est bien lui. On doit le rappeler à 7 heures pile pour organiser ça avec lui.

—C'est une bonne nouvelle, non? s'enquit Becca d'une voix quelque peu ragaillardie. S'il était au courant pour le petit doigt, ça veut dire qu'il saura où Charlie est retenu prisonnier.

— Possible, répondit Nick en se portant à ses côtés. Mais il se peut aussi que ce ne soit qu'un piège pour te mettre la main dessus.

— Quand bien même. Ça vaut le coup d'essayer d'en apprendre davantage, non ? dit-elle en regardant chaque membre de l'unité. À moins que la reconnaissance d'hier soir n'ait donné quelque chose ?

— On est allés voir les quatre adresses, expliqua Beckett en se redressant, tout en jaugeant Becca du regard. On a pu en éliminer deux avec certitude, mais on ne peut rien dire pour les deux autres. En revanche, on a pu mettre des mouchards au club de strip-tease – un sous le bar et un autre près de la scène. Faudra voir ce que ça donne comme ça parce qu'on n'a pas pu s'infiltrer dans les zones réservées.

— Regarde, dit Marz en affichant sur son écran une série d'images granuleuses de plans de bâtiments sur lesquels clignotaient des paquets de points rouges. Sur ces deux sites, le scanner de Beck a identifié des personnes immobiles au sous-sol. Dans le premier, il y en avait trois. Dans le second, deux. Il s'agit du centre de stockage et du club de striptease.

— Et qu'est-ce que ça signifie ? demanda Becca en se penchant sur l'écran.

— Il pourrait s'agir de prisonniers, l'éclaira Beckett en s'appuyant sur le bureau pour examiner les relevés du détecteur. Mais rien n'est certain. C'est dur à dire juste avec ça.

— Mais on pourrait le confirmer grâce au type qui a appelé, suivant ce qu'il a vraiment l'intention de faire, déclara Shane, que cette idée rendait visiblement moins vindicatif qu'auparavant. (Nick lui en était d'ailleurs reconnaissant car cela l'aidait à ne pas céder à une crise de panique.) En revanche, ça veut dire que tu dois t'exposer. Il n'acceptera certainement pas que tu viennes entourée de gardes du corps. Il va imposer ses règles pour ce rendez-vous, Becca. Il exigera sûrement que tu y ailles seule.

— Ah, répondit-elle, manifestement refroidie par cette nouvelle.

Ses épaules s'affaissèrent et elle baissa les yeux sur le bureau.

C'est tout? «Ah»? Non, je dirais plutôt: Oh, putain, la merde!

Le type qui avait essayé de la kidnapper voulait un face-à-face, seul avec elle. *Non. Hors de question.*

— C'est beaucoup trop dangereux, se révolta Nick.

— Je sais que vous trouverez un moyen d'assurer ma sécurité, déclara Becca avec une confiance totale qui déclencha chez Nick un pincement au cœur. Alors si je décide que je suis OK pour le faire, le débat est clos.

— Becca…

— Tais-toi. Arrête. Tu n'as pas à m'imposer ce que je dois ou ne dois pas faire, tonitrua-t-elle en haussant les sourcils.

Nick avait reçu le message cinq sur cinq. Il avait perdu tout droit de formuler une quelconque opinion sur sa vie et ses décisions, et il dut se faire violence pour résister à l'impulsion de s'agripper le côté gauche du thorax où une douleur fulgurante le transperça.

— Charlie est mon frère, poursuivit la jeune femme. Si en faisant cela je contribue à le retrouver en vie, alors le reste n'a pas d'importance. (Elle se tourna vers Shane pour avoir son avis, et Nick encaissa durement le coup.) Qu'est-ce que tu en penses?

— Je pense que Nick a raison sur le risque encouru, dit-il, venant au secours de son ancien commandant en second. Mais la mission de reconnaissance ne nous en a pas appris autant qu'on l'espérait et ce face-à-face pourrait changer la donne, suivant les raisons qui ont poussé ce type à nous appeler.

— Peut-être qu'il veut passer un marché, avança Easy en s'appuyant de la hanche contre le bord du bureau. Ou peut-être qu'il veut nous vendre des infos.

— Pour l'instant, ça peut être tout et n'importe quoi. Je valide la réponse D «aucune des propositions» et c'est mon dernier mot, ironisa Marz en secouant la tête tout en se renfonçant contre le dossier de sa chaise.

— Il y a qu'un moyen de le savoir, pas vrai? On le rappelle, suggéra Becca en observant les réactions de chacun, tout comme Nick.

Elle ne les connaissait peut-être pas encore suffisamment pour s'en rendre compte, mais il se lisait dans leur regard un respect encore plus grand pour elle. Même si Nick détestait l'idée de se servir d'elle comme appât, il admirait son courage et sa volonté de faire ce qu'elle pouvait pour aider – et faire partie de l'équipe. Tous hochèrent la tête, y compris lui. Un coup de téléphone, c'était pas la mer à boire.

— Bon, c'est décidé alors, déclara-t-elle. Quelle heure est-il?

— 6 h 42, répondit Marz.

— OK, dit-elle dans un soupir. Alors on attend 7 heures comme il l'a demandé pour rappeler, et on voit ensuite.

Becca avait fini par obtenir gain de cause et se trouvait donc, trois heures plus tard, seule au milieu d'une aire de pique-nique couverte en bordure du parc de Canton Waterfront.

Il se situait dans un quartier de jeunes cadres dynamiques fêtards, ce qui faisait que tout le monde devait encore être au lit à cuver son champagne, et ce qui voulait aussi dire qu'il n'y aurait absolument personne dans ce parc. Si c'était un atout pour leur plan, cela n'en était pas moins terrorisant pour elle qui était isolée.

Toutefois, elle n'était pas vraiment seule. Le reste de l'équipe était disséminé dans les environs. Miguel et Shane étaient d'ailleurs bien en vue. Ils se faisaient passer pour des pêcheurs qui avaient décidé de profiter de ce dimanche matin embelli par la douceur printanière et préparaient le hors-bord de Miguel là-bas près du quai. C'était d'ailleurs le détective privé lui-même qui avait suggéré ce lieu de rendez-vous, arguant qu'il leur serait possible de prendre la fuite en bateau, chose que des membres du gang cachés en embuscade ne soupçonneraient pas facilement. Par ailleurs, s'ils arrivaient à capturer celui qu'ils étaient venus rencontrer, ils auraient alors tout loisir de l'interroger tant qu'ils seraient au large. Nick, Beckett, Easy et Marz se dissimulaient quant à eux à différents endroits du parc. Même si elle ne pouvait pas les voir, elle avait confiance en eux et savait qu'ils se tenaient prêts à intervenir.

Cela n'empêchait toutefois pas son cœur de battre à tout rompre ni sa peau d'être couverte par la chair de poule, mais elle trouvait dans cette certitude la force de rester là et d'attendre que vienne l'homme qui l'avait menacée d'un couteau en essayant de la kidnapper.

Cependant, ce même homme lui avait affirmé qu'il savait où se trouvait Charlie et ce qu'elle devait faire pour qu'il lui soit rendu.

Becca avait estimé que cela justifiait le risque, et toute l'équipe s'était rangée à cet avis. Même Nick avait admis, bien qu'à contrecœur, qu'il s'agissait d'une piste décisive, soulignant néanmoins qu'il n'aimait pas du tout l'idée de la laisser seule à découvert.

Lorsque Becca se laissait aller à penser à lui et à cette histoire qu'il avait racontée sur son père, elle était prise de nausées. Alors, elle se contentait de faire les cent pas sous l'abri de pique-nique, des brindilles cassant sèchement sous ses pieds. Une partie d'elle refusait obstinément de croire que son père n'était pas le héros qu'elle avait toujours imaginé. Ce qu'ils avaient affirmé sur lui était tout bonnement invraisemblable. Rien de tout cela ne collait avec l'homme qu'elle avait connu et qu'elle avait aimé toute sa vie.

Sauf qu'elle avait eu, depuis, le temps de réfléchir à cette histoire, et de la voir étayée par les affirmations de Charlie et par la réalité de leur situation. À présent, elle se sentait honteuse de s'être mise sur la défensive de façon aussi virulente et d'avoir poussé Nick à douter de la confiance qu'elle avait dans sa parole. Mais elle avait été dupée.

Si seulement Nick lui avait avoué la vérité plus tôt.

Foutue clause de confidentialité! La liberté de tous les membres de l'unité dépendait de cet accord qui leur liait la langue. D'un point de vue purement logique, elle saisissait tout à fait pourquoi Nick ne lui avait rien dit, mais cela lui faisait néanmoins mal au cœur. Elle lui avait même parlé de son père comme si Nick et lui étaient de bons copains, sans jamais soupçonner alors qu'il lui vouait une haine viscérale et qu'il le tenait pour responsable d'avoir fichu sa vie en l'air. Elle comprenait maintenant pourquoi il s'était révélé si froid la première fois qu'elle l'avait rencontré. D'ailleurs, elle comprenait la distance que les anciens collègues de Nick avaient d'abord gardée avec elle alors qu'ils s'étaient montrés sympathiques avec Jeremy et Jess. Mais tout ce temps, elle n'avait eu aucune idée de ce qui se passait.

Becca se retourna et regarda en direction du port principal. L'eau scintillait et deux mouettes aux ailes déployées planaient noblement juste au-dessus de la surface. Au fond de son cœur, elle aurait voulu que Nick lui parle malgré cette clause de confidentialité. Ils avaient quand même fait l'amour, non ? Alors, est-ce que cela ne justifiait pas un degré légèrement supérieur de confiance et de respect mutuels ? Toutefois, il n'en restait pas moins qu'elle était pour l'heure la seule à avoir avoué ses sentiments, dans cette histoire. Peut-être avait-elle tout simplement mis la charrue des années-lumière avant les bœufs ? Peut-être Nick était-il loin de nourrir les mêmes sentiments qu'elle ? Cela expliquerait en tout cas pourquoi il n'avait pas pris le risque de tout lui dire.

Étant donné tout ce qu'il y avait en jeu, pour lui comme pour ses quatre camarades qui partageaient son secret, il n'était vraiment pas légitime qu'elle lui en veuille.

Alors, soit. Tant pis. Becca allait devoir agir comme une grande fille et trouver le moyen de gérer cette situation. Rien ne pourrait ramener son père. Qu'elle ait le cœur en lambeaux n'avait aucune espèce d'importance. Seul le fait de retrouver et de sauver Charlie en avait. Tout le reste serait à régler plus tard – voire jamais.

Elle sortit son smartphone et déverrouilla l'écran de veille pour regarder l'heure : « 9 h 54 ». L'individu devrait arriver d'une minute à l'autre. Becca se mit à triturer les breloques de son bracelet en se balançant d'un pied sur l'autre, puis effectua un tour sur elle-même pour inspecter tout ce qu'elle pouvait voir du parc à partir de l'aire de pique-nique, située à un bout de l'étendue de verdure bordée de chemins bétonnés et d'arbres. Depuis tout le temps qu'elle vivait à Baltimore, elle n'avait encore jamais pris le temps de venir dans ce parc sublime au bord de l'eau. Elle avait d'ailleurs l'intuition qu'elle n'aurait plus jamais l'envie de revenir là après.

Nick, est-ce que tu es là ?

Elle inspira profondément pour se calmer et posa la paume de sa main sur le Glock 19 que Nick avait insisté pour qu'elle prenne – bien qu'elle n'ait eu aucune intention de refuser. C'était une arme de poing de petite taille et légère, qu'elle gardait rangée dans un holster discret glissé à la ceinture de son jean, dans son dos, du côté droit. Ensuite, la jeune femme laissa retomber ses bras le long de son corps. En vérifiant que le Glock était bien en place, elle prenait le risque que n'importe qui comprenne qu'elle portait une arme. Becca tira sur son tee-shirt pour s'assurer qu'on ne verrait pas la crosse à travers le tissu.

Soudain, elle entendit des pneus crisser sur le bitume et fit volte-face pour regarder en direction du parking qui jouxtait le parc, de l'autre côté d'une allée étroite, derrière une rangée d'arbres au feuillage fraîchement renouvelé à cause duquel elle ne put qu'apercevoir un SUV foncé qui coupait le parking presque vide en diagonale. Becca sentit son cœur se mettre à cogner dans sa poitrine mais se retint fermement de regarder autour d'elle. Il était capital qu'elle ne révèle pas la présence de l'unité.

Seigneur, je ne vais jamais y arriver. Allez, Becca, respire. C'est trop important, tu peux pas tout faire foirer.

Tout irait bien. Tant qu'elle n'oubliait pas de respirer, tout irait bien.

Le véhicule s'arrêta brusquement à une dizaine de mètres, dans l'allée qui menait aussi à la rampe de mise à l'eau et au ponton où se trouvaient Shane et Miguel, incognito. Première manche remportée par les gentils en amenant l'agresseur de Becca à se garer là. C'était principalement pour cette raison qu'ils avaient choisi l'aire de pique-nique comme lieu de rendez-vous.

La jeune femme reconnut instantanément le chauffeur. Elle le revoyait encore traverser la salle de repos de l'hôpital. Pas de doute, c'était bien lui. Dieu merci, il était seul.

Il sortit du véhicule à l'arrêt en lui adressant un regard perçant, puis traversa la pelouse. Il avait tout du gangster : baggy, sweat à capuche et chaîne autour du cou. En revanche, il portait à présent sur le visage de nombreuses entailles et ecchymoses, comme s'il avait été roué de coups. La situation paraissait à Becca de plus en plus surréaliste.

— N'approchez plus, dit-elle lorsque l'homme eut atteint le chemin bétonné qui menait à l'abri.

Elle alla quant à elle trouver refuge derrière une des tables de pique-nique pour mettre un obstacle entre eux. L'individu la foudroya du regard mais resta où il était.

— On se connaît, non ?

— Pas tout à fait. Vous connaissez mon nom, mais je ne connais pas le vôtre, rétorqua-t-elle en baissant les yeux sur la main de son agresseur.

Elle ne put toutefois pas bien voir ses tatouages d'où elle était.

— T'as pas à connaître mon nom, juste que j'suis le gars qui peut t'aider à retrouver ton frangin, dit le gangster d'un air méfiant.

Cela semblait trop beau pour être vrai.

— Et qu'est-ce que vous voulez en échange ? demanda Becca en ramenant des mèches de cheveux derrière son oreille lorsque la brise les chassa.

— J'veux savoir comment il a pigé.

Elle serra les poings et réprima de justesse un grognement de rage, à bout de patience pour ce qui était de toutes ces énigmes à la noix.

— Ça veut dire quoi, ça ? Jouez pas à ça avec moi.

— Charlie a mis la main sur un truc qu'était censé rester enterré, et nous, on veut savoir comment il a fait.

— Et comment je suis supposée le découvrir ? demanda-t-elle alors qu'un frisson la parcourait malgré la douceur de l'air.

La grande bouche du criminel se tordit en un sourire carnassier.

— Ouais, justement, j'ai pas mal cogité…

Derrière elle, une semelle frotta contre le béton. Becca se retourna, la chair de poule rampant le long de sa nuque.

Le temps s'étendit dans l'horreur, puis se relâcha et tout se passa en une fraction de seconde.

Deux hommes étaient apparus de derrière les arbres et avaient rejoint l'abri par le côté, chacun avec une arme à la main.

Elle avait à peine eu le temps de sentir la panique l'étreindre que l'un des deux s'écroula dans un cri sans raison apparente. L'autre se précipita sur elle mais subit le même sort inattendu que son compère, tombant au sol avec force cris. Était-ce l'œuvre de Beckett, qui s'était muni d'un silencieux ? Les deux malfrats se tordaient de douleur sur le béton, mais l'un d'eux répliqua, le coup de feu résonnant lourdement sous le toit de l'abri. Becca eut le réflexe de s'accroupir derrière la table, se protégeant la tête entre les mains. Ensuite, elle tourna vivement le regard vers son agresseur.

Le visage livide, ce dernier contourna les tables en braquant un pistolet sur sa tête.

—Tu t'en tireras pas, cette fois, sale pute!

La jeune femme battit en retraite, tâtonnant à la recherche de son arme.

Le gangster au regard agité comprit ce qu'elle cherchait à faire et se jeta sur elle.

Becca prit la fuite mais se cogna durement le tibia contre un banc en bois. La douleur et le coup la déséquilibrèrent, ce qui permit à son agresseur de l'attraper par les cheveux. Sa tête fut ramenée violemment en arrière, la soulevant presque du sol. Soudain, elle eut la respiration coupée et fut entre les griffes du criminel, qui l'étranglait d'un bras autour du cou. Elle tenta de le lui lacérer tout en cherchant vainement son souffle. Non loin, elle entendit des bruits de pas battre le sol. L'équipe arrivait.

Ils seront bientôt là, ils vont arriver, ils vont arriver à temps.

Au-dessus de sa tête, le ciel parfaitement bleu s'emplit pour Becca d'étoiles qui lui dansaient devant les yeux alors que son assaillant lui comprimait la trachée. Grâce à sa formation médicale, elle savait n'avoir plus que quelques secondes avant de perdre connaissance.

Des voix, des raclements au sol, une poussée subite vers l'arrière, et elle se retrouva soudain libre, le dos contre l'herbe. Remplissant ses poumons à grandes goulées, elle se retourna sur les mains et les genoux, clignant des paupières et secouant la tête pour reprendre ses esprits.

Deux corps allèrent percuter le sol à trois mètres de là. Nick était sorti de nulle part et avait plaqué le gangster face contre terre. Il lui appuyait maintenant le canon de son arme dans sa joue charnue, le genou enfoncé dans son dos.

Sous le masque qu'il avait enfilé, il planta son regard de glace sur elle.

—Je vais bien, haleta-t-elle en se souvenant de ne pas employer son nom.

Ils l'avaient préparé à cette situation et lui avaient donné toutes sortes d'instructions.

Puis, voyant qu'il continuait de l'observer, elle répéta :
—Je vais bien.

Elle ne tenait absolument pas à ce que Nick se laisse distraire par son inquiétude pour elle.

Beckett alla s'agenouiller derrière le gangster et lui enfila une cagoule noire sur la tête. Alors, ils retirèrent les masques qui leur couvraient le visage et préservaient leur identité des hommes de Church. Becca était la seule à ne pas avoir besoin de ce subterfuge étant donné qu'ils savaient déjà de quoi elle avait l'air.

—Viens, lui dit Marz en se portant soudain à ses côtés. (Il l'aida à se relever et à garder l'équilibre lorsqu'elle vacilla.) Il faut qu'on bouge, et vite.

—Regardez, s'exclama la jeune femme en pointant du doigt le dos de la main du criminel.

Le tatouage qui l'ornait était bel et bien un carré surmonté d'une croix.

—Les deux autres sont hors d'état de nuire, déclara Easy en les rejoignant au trot, les mains chargées de pistolets. (Il enleva son masque et le fourra dans sa poche.) J'ai fait le 911, même s'ils méritent qu'on les laisse se vider de leur sang.

Ensuite, il alla jusqu'au véhicule du malfaiteur, passa la main par la portière du côté du conducteur et coupa le moteur, puis revint avec les clés ballottant dans le creux de sa main.

Nick sortit un collier de serrage en plastique épais avec lequel il ligota les poignets du criminel. Puis, il l'empoigna par le bras et le força à se relever.

—Donne-moi seulement une bonne raison de te loger une balle, gronda-t-il en lui enfonçant le canon de son arme entre les omoplates pour le faire avancer.

Pistolet au poing, ils se mirent en mouvement comme une véritable escouade de combat, vérifiant sans cesse le périmètre. Même avec la présence de Becca et de leur otage entre eux, Nick et son unité avançaient de façon parfaitement synchronisée, leurs rangers battant à l'unisson le bitume de l'allée qui menait au ponton où patientait le bateau avec lequel ils étaient arrivés et qui était maintenant amarré un peu plus loin du bord. Tout en gardant un œil et une main sur le prisonnier, Nick vint se poster juste à côté de Becca. Elle ressentit alors du soulagement, de l'admiration et des remords pour ses mots durs de ce matin-là. De l'amour, aussi, et l'envie irrépressible de lui avouer tout cela. Mais cela allait devoir attendre.

Par chance, le parc était encore désert et ils ne pouvaient être repérés du parking voisin grâce aux arbres. Devant eux, le moteur du bateau de pêche blanc se mit en route. Ils s'engagèrent sur le ponton, les planches de bois ployant légèrement sous la masse fracassante du groupe. Marz aida Becca à descendre la passerelle et Shane la guida jusqu'au poste de pilotage où il lui offrit de prendre le siège vide à côté de Miguel. En l'espace de quelques secondes, toute l'équipe avait embarqué. Easy s'accouda au bastingage arrière afin de guetter d'éventuels poursuivants tandis que les autres emmenaient de force leur prisonnier vers l'avant du bateau, puis le plaquaient contre le pont.

— Amarres larguées, annonça Shane.

Miguel poussa un levier, et le bateau fut propulsé vers le large. Il semblait à Becca qu'ils avançaient comme des limaces, mais elle vit ensuite qu'ils dépassaient une bouée marquant la limite de vitesse et elle comprit.

— Police côtière droit devant, messieurs. Ayez l'air détendus, dit le détective privé.

Shane, Marz et Beckett s'installèrent sur les banquettes de part et d'autre du pont, et s'adossèrent nonchalamment contre le bastingage.

— Un sourire et un coucou, braves gens, reprit Miguel en affichant un grand sourire.

Le bateau des gardes-côtes n'était pas tout près, mais ils aperçurent le capitaine leur faire signe de la main. Ils répondirent au salut, et Becca expira tout l'air qu'elle avait dans les poumons, le contrecoup de la poussée d'adrénaline due à la bagarre dans le parc la laissant tremblante de la tête aux pieds.

— Ça va, jeune fille ? s'enquit le détective.

Elle acquiesça et dégagea de son visage des mèches de cheveux rabattues par le vent. Elle se mit alors à penser avec envie à une bouteille d'eau bien fraîche et au bien que cela lui ferait à la gorge. Tout le groupe était plongé dans un tel silence religieux qu'elle se sentait en devoir de le respecter aussi. À la vérité, il se dégageait de l'équipe une tension palpable. À la poupe, Easy avait les yeux rivés au large, attentif, tandis qu'à la proue le reste de l'unité semblait prêt au combat, les muscles contractés et l'œil vif. Nick était appuyé contre le gangster plaqué sur le pont, son canon toujours enfoncé dans son dos.

Heureusement, le quartier de Canton n'était pas très loin de la sortie du port. Ils dépassèrent le fort McHenry à tribord – le monument historique ayant inspiré à Francis Scott Key l'écriture de l'hymne national américain –, puis se retrouvèrent dans le bras principal de Patapsco River. Alors, Miguel accéléra. C'était une journée magnifique, sans vent et avec une mer d'huile, et le bateau de pêche glissa tranquillement sur l'eau d'un bleu-vert foncé. Ils longèrent les zones industrialo-portuaires de Baltimore et les chantiers navals, puis passèrent sous les derniers ponts qui marquaient officiellement l'entrée dans la baie de Chesapeake.

— Nous voici au large, messieurs, cria Miguel pour couvrir le bruit du bimoteur hors-bord. Pleins gaz !

Là, il poussa davantage le levier de vitesse et le bateau fila dans un vacarme assourdissant à travers la baie tranquille.

Becca resserra les bras autour d'elle. Elle n'avait pas froid mais cherchait à arrêter les tremblements dans tous ses membres, à réchauffer sa gorge endolorie et à calmer son mal de tête carabiné. Maintenant qu'ils avaient capturé le gangster, comment allaient-ils le pousser à leur révéler ce qu'ils voulaient savoir ?

Chapitre 21

Dans les veines de Nick coulaient une rage sourde et une bonne dose d'envie meurtrière. Ce qu'il redoutait le plus avait failli se produire. Becca avait failli être blessée, enlevée, voire pire. Ce fils de pute l'avait brutalisée – deux fois. Nick se serait fait une joie de l'égorger, de jeter son corps dans une décharge et de cracher sur sa tombe.

— Vérifiez ses papiers, dit-il en pesant de tout son poids sur le criminel pour l'empêcher d'essayer de jouer au plus fin pendant que Shane et Marz le fouillaient.

Derek brandit bientôt un téléphone portable et un portefeuille en cuir noir.

— Bingo. (Il sortit un permis de conduire.) Bonjour, monsieur Tyrell Woodson. Ne vous en faites pas, je vais prendre soin de ça, dit-il en glissant le téléphone et le portefeuille dans sa poche.

D'où il était, accroupi sur le pont, Nick ne voyait pas très bien où ils se trouvaient. Il leva donc les yeux sur Shane, qui hocha la tête pour lui confirmer qu'ils étaient bien au large.

— Allez, parle, aboya Nick en enfonçant plus encore son canon dans le rein de leur prisonnier.

— Nique ta race, répondit le malfrat.

Nick le souleva par les épaules et le cogna lourdement contre le pont en fibre de verre.

—Mauvaise réponse, gronda-t-il tandis que la petite frappe gémissait de douleur sous la cagoule qui lui dissimulait le visage. On sait que tu travailles pour Church. Dis-nous pourquoi il en a après les Merritt et où il détient Charlie.

—J'te dirai que dalle, répondit le prisonnier en se débattant.

—Étant donné que vous vous en prenez à sa sœur, je suppose que Charlie a dû vous sortir la même réponse, non ? Qu'est-ce que vous avez fait pour essayer de le convaincre, hein ? (Il leva les yeux sur chacun des membres du groupe.) Remettez vos masques. Je veux que Tyrell voie ce que je suis sur le point de lui faire.

Il écarta les jambes pour maintenir son équilibre malgré le roulis du bateau sur les vagues, puis tira de la poche de sa veste son masque avec lequel il se couvrit le visage, seuls ses yeux restant visibles. Les autres en firent autant.

—Attrapez-lui les bras et les jambes.

Ensuite, Nick sortit son couteau de son fourreau à la cheville, et trancha les liens de plastique aux poignets du prisonnier.

L'enfoiré tenta quelques instants de se débattre, mais Shane, Marz et Beckett le maîtrisèrent sans trop de peine et le retournèrent sur le dos.

Puis, Rixey s'agenouilla et jeta un coup d'œil en direction du poste de pilotage. Becca était sur le pont et les observait. Il aurait de loin préféré qu'elle n'assiste pas à cela, mais elle avait le droit d'entendre tout ce qu'ils pourraient apprendre.

À cet instant, Marz lui tapota sur l'épaule en braquant l'objectif de son iPhone sur lui.

—Vidéo, articula-t-il silencieusement.

Nick acquiesça, attendit le feu vert de Derek, puis arracha la cagoule du captif. Sa peau foncée était couverte d'hématomes et d'entailles, comme s'il avait reçu une bonne correction, et Nick jalousa l'espace d'un instant la personne qui s'en était donné à cœur joie à sa place. Le prisonnier respirait si fort que ses lèvres vibraient à chaque expiration furieuse, et ses yeux tournèrent dans tous les sens avant de se plisser pour se concentrer sur le bourreau, agenouillé au-dessus de lui.

— Si je balance, j'suis comme mort, geignit Tyrell d'une voix stridente qui lui donnait un air de petite crapule prête à se faire dessus plutôt que de dangereux criminel.

— Mais t'es déjà comme mort, répondit Beckett d'un ton glacial alors qu'il lui maintenait le bras en place.

— Dès que tes potes dans le parc diront que tu as été enlevé, les tiens feront une croix sur toi, expliqua Nick avant de lui prendre la mâchoire dans la main pour lui faire tourner le visage d'un côté et de l'autre. Vu ta gueule, on dirait que quelqu'un est déjà pas très satisfait de tes résultats.

Le gangster se mit à bredouiller quelque réponse, mais étant donné l'urgence de la situation, ils n'avaient pas le temps de jouer à cela. Alors, Nick leva son couteau devant lui et observa longuement la lame.

— De quoi on parlait, déjà ? reprit-il. Ah, oui. De ce que vous avez fait à Charlie pour le briser. Hé, les gars, vous vous souvenez de ce qu'ils lui ont fait ?

— Non. Non, mec. C'était pas moi, bafouilla Tyrell.

Soudain, une tache foncée se répandit sur le pantalon du prisonnier et l'odeur âcre de l'urine se mélangea à l'iode.

— Alors quel rôle tu as joué, toi ? demanda Nick en gesticulant avec sa lame devant la figure du criminel. Tu as essayé d'enlever la demoiselle qui est là. Deux fois, d'ailleurs. Ça, on en est sûrs.

— Je… Je…

— Je crois qu'il a besoin qu'on l'aide à recouvrer la mémoire, lança Beckett.

— On dirait que t'as raison, acquiesça Nick. Tenez-lui la main écartée, là.

— Quoi ? pleurnicha Tyrell. OK. OK. Je suis rentré chez elle.

— Et qu'est-ce que tu cherchais ? demanda Nick en tapant la gorge du gangster du plat de sa lame avec une furieuse envie de lui cracher au visage.

Un type dans son genre, il suffisait de lui mettre une arme dans la main pour en faire un caïd. Une fois qu'on l'avait désarmé, ce n'était plus qu'une petite mauviette.

— J'en sais rien. On m'a juste dit de foutre le boxon. Y avait moi et un autre gars. Fallait juste qu'on pète tout.

— Mais il y avait quelqu'un d'autre qui fouillait.

— J'en sais pas davantage, mec. Je le jure.

Il s'agissait sans doute de la vérité. Nick changea de technique d'approche, simplement pour le plaisir de voir la terreur dans le regard de Tyrell, comme celle que ce salaud avait inspirée à Becca. Il baissa alors son couteau pour en poser la pointe directement sur le nombril de leur prisonnier.

— Où est retenu Charlie ?

— Je suis pas sûr, répondit Tyrell en secouant la tête tout contre le pont.

Nick ramena la main bouffie du gangster près de lui, le maintenant fermement au sol par le poignet, puis lui coinça la pointe de son couteau sous l'ongle du petit doigt.

— Où est retenu Charlie ? répéta-t-il sur un ton serein et parfaitement terrorisant.

—J'en sais rien. J'en sais rien, dit le prisonnier.

—C'est pas encore ça, rétorqua Nick en appuyant juste ce qu'il fallait sur le couteau pour faire pénétrer la lame sous l'ongle.

Tyrell serra les dents et essaya de se contenir, mais son ongle commença à se décoller et le sang se mit à couler lentement.

—Les gars l'ont emmené dans un centre de stockage, avoua-t-il presque dans un hurlement.

On est sur la bonne voie, songea Rixey.

Cette petite raclure n'avait aucun moyen de savoir qu'ils avaient déjà trouvé le lieu auquel il faisait référence. Nick écarta le couteau. Il en avait vraiment fallu peu pour le faire chanter, ce rossignol.

—Raconte. Et toute l'histoire du premier coup, sinon je t'arrache complètement cet ongle. Et je te jure que ça sera que le début.

—Ils le retenaient dans un entrepôt, mais j'ai entendu dire qu'ils allaient le bouger. OK?

—Pour aller où? Et quand?

Tyrell se mit à geindre pitoyablement.

—Rien à foutre de l'ongle, je lui coupe le doigt tout entier. De toute façon, c'est ce que vous avez fait à Charlie, non? s'écria Nick en pesant de tout son poids sur le dos de la main du gangster avant de placer le tranchant de sa lame à la base de l'auriculaire.

Tyrell entreprit de pleurer si fort qu'ils allaient bientôt devoir écoper. Nick n'en revenait pas. C'était donc ce genre de petites merdes qui faisait la loi dans les rues de Baltimore? Rien qu'un tas de petits roquets énervés?

— Je c… Je crois…, hoqueta-t-il en sanglots. Je c-crois qu'ils vont le bouger aujourd'hui. Il v-va recevoir de la visite. D-des gars vont v-venir lui p-parler.

— Ils vont le bouger où ? interrogea Nick en appuyant un peu plus sur le couteau.

De toute évidence, il suffisait de le menacer pour le faire parler. Cela ne permettait cependant pas à Nick d'exercer sa vengeance et d'infliger la douleur que ce salopard méritait pour avoir marqué le si beau corps de Becca.

— C'est tout ce que je sais. Ils le bougent pour lui faire rencontrer les gars d'une organisation que le patron veut impressionner. Mais je sais pas qui ils sont. Tout le monde la boucle, je le jure.

Toute cette histoire sentait le roussi. Qui en dehors de la Church voudrait parler à Charlie ? Et pourquoi ?

— J'ai oublié quelque chose ? demanda Nick au reste de l'unité. (Ils secouèrent tous la tête.) Alors je crois qu'il est temps de se débarrasser des encombrants. Hé, *capitán* ?

— Yo ! répondit Miguel.

— À quelle température est l'eau à cette période de l'année ?

— Oh, mazette. Je dirais aux alentours de dix degrés, pas plus.

— Aïe, aïe, aïe, Tyrell, se désola Nick. Si je m'écoute et que je te balance par-dessus bord, tu crèves d'hypothermie en moins d'une heure.

Le criminel roula des yeux de terreur, ses pupilles disparaissant complètement vers l'arrière.

— Non, me jette pas à l'eau. Nan, mec, je t'en prie.

— Mais qu'est-ce que tu vas faire si jamais je te laisse en vie ? Tu vois, j'ai pas du tout envie de te recroiser un jour. T'as bien compris ? le pressa Nick en appuyant la pointe de son couteau dans la partie tendre sous la mâchoire du gangster.

— Ouais, ouais, ouais. Je disparais. C'est fini, je me retire.

Nick se tourna alors vers Marz.

— Bon, pour faire bonne mesure, pourquoi tu montrerais pas à notre belle starlette qu'on a de quoi en faire une star hollywoodienne ?

Derek tourna l'écran de son téléphone vers eux puis fit passer la vidéo de Tyrell en train d'avouer où était retenu Charlie.

— Si jamais je te croise dans la rue, ou que je tombe sur toi dans un supermarché, même par hasard, je te jure que j'envoie cette vidéo à Jimmy Church. Compris ? (Le criminel, morveux, hocha la tête en reniflant.) *Capitán*, trouve un endroit où débarquer, cria Nick pour couvrir le bruit d'une soudaine bourrasque.

Le bateau vira de bord si brusquement que Nick, pourtant à genoux, glissa sur le pont. Beckett le rattrapa par le bras et l'aida à recouvrer son équilibre. Rixey le remercia d'un bref hochement de tête, notant que l'unité se ressoudait lentement mais sûrement.

Leur réaction coordonnée à l'apparition surprise des complices de Tyrell en était un exemple parfait. Il s'était écoulé à peine une minute et demie entre le moment où les gangsters avaient surgi de derrière les arbres et celui où Nick avait plaqué cet enfoiré au sol. Il jugeait qu'ils auraient dû mettre moitié moins de temps, étant donné ce qui était arrivé à Becca, mais il avait eu l'impression que l'unité avait retrouvé ses marques. Sauf qu'ils avaient perdu six camarades en cours de route. Et ça, rien ne pourrait jamais l'effacer.

— Arrivée prévue dans cinq minutes, annonça Miguel.

Agrippant la main courante, Becca retourna s'asseoir à l'intérieur du poste de pilotage.

— Bien reçu.

Bientôt, le bruit des moteurs diminua et le bateau ralentit, prenant plus la gîte qu'à pleine vitesse. Nick se leva et, comprenant où ils se trouvaient, sourit sous son masque. *Génial.* Ils approchaient doucement d'un bout de terre en hexagone construit là, au milieu de la baie, non loin de l'entrée du port. Il leva le pouce à l'intention de Miguel.

— Hé, à la barre. Enfilez vos masques, dit-il.

Easy s'exécuta d'un geste rapide et fluide tandis que le détective mettait le sien avec plus de difficultés.

Une fois leur identité camouflée – excepté celle de Becca, malheureusement déjà compromise –, Nick souleva le gangster et le remit sur ses pieds avec l'aide de ses camarades.

— Alors, voilà, Tyrell. On t'amène aussi près du bord qu'on peut, et tu pourras essayer de sauter sur l'île. Au pire, tu te mouilles un peu, mais rien de grave. Terminus, tu descends.

— Quoi ? s'indigna le truand avec une moue de clown triste. Mais vous pouvez pas me laisser là.

— Je peux faire ce que je veux, rétorqua Nick en le poussant à tribord.

Miguel s'approcha autant qu'il put de l'île mais garda un mètre de distance afin de ne pas risquer d'être poussé contre le mur par une vague.

— Allez, dégage, siffla Nick en déplorant amèrement de ne pouvoir éliminer une bonne fois pour toutes de la surface de la terre un cafard dans son genre.

Cependant, et même s'ils avaient perdu leurs galons, ils ne pouvaient se permettre de faire justice sans risquer de se perdre eux-mêmes en route en violant un de leurs principes moraux fondamentaux, à savoir faire ce qui était juste. Dans cette situation particulière, faire ce qui était juste impliquait simplement de faire certaines choses discutables. Cela ne lui plaisait pas, mais c'était ainsi.

Tyrell se hissa sur le large rebord du bateau.

— Putain, cria-t-il en sautant le plus loin possible.

Miguel n'eut pas besoin qu'on lui demande de décamper. Il poussa le levier de vitesse à fond avant que d'autres embarcations passent par là.

— Bande d'enculés, je vais vous tuer ! hurla Tyrell du haut du mur qui bordait la petite île.

Nick lui fit signe de la main en s'esclaffant dans le bateau qui les ramenait à toute allure à la terre ferme.

— Tout le monde est d'accord pour que j'appelle la capitainerie pour leur signaler que l'agresseur de Becca est perché sur le phare de Fort Carroll ? demanda Miguel.

— Affirmatif, dit Nick.

Ensuite, il retira son masque, imité par le reste du groupe, et se faufila à côté de Beckett pour rejoindre le poste de pilotage et aller se planter devant le siège qu'occupait Becca. Les cheveux ébouriffés par le vent, les joues empourprées et les yeux écarquillés, elle était si belle qu'il aurait pu en pleurer.

Ses grands yeux bleus s'embuèrent de larmes et elle lui jeta soudain les bras autour du cou.

— Je suis désolée, s'exclama-t-elle. Je suis désolée pour ce matin.

Ouf, putain, explosa-t-il en lui-même, presque terrassé par le soulagement.

— Allez, allez, mon petit soleil, la consola-t-il en la prenant dans ses bras. Tu n'as pas à t'excuser. Au contraire, ce serait plutôt à moi de le faire.

Elle secoua la tête dans le creux de son cou.

— Je te crois. Ça m'écœure d'apprendre cette horrible vérité sur mon père. Ça m'écœure tout ce qui t'est arrivé. Mais je te crois. Et je sais que tu ne pouvais pas me l'avouer. Je comprends.

Elle tremblait entre ses bras et il s'écarta pour prendre son visage entre ses mains. Elle venait à lui, pleine de confiance et de sympathie, et cela lui réchauffait le cœur avec une douceur qu'il ne pensait plus jamais connaître.

— C'est bon alors ? Tu me pardonnes ?

Les yeux humides et sur un ton hésitant elle lui répondit :

— Oui. Et toi, tu me pardonnes ?

— Tu n'as même pas à demander, dit-il en l'embrassant devant tout le monde.

De toute façon, ses amis n'avaient pas perdu une miette de la scène d'amour. Ils savaient déjà très bien que Nick était raide dingue d'elle. Et puis, se rabibocher avec Becca était plus important que d'éviter les moqueries sur sa virilité que cela lui vaudrait.

— Tu vas bien, s'enquit-il ensuite en se penchant pour examiner son cou.

Son regard s'embrasa lorsqu'il constata qu'elle avait des marques rouge vif.

— Ma gorge me fait un peu mal, mais ça va, le rassura-t-elle en tapotant légèrement son torse pour lui indiquer qu'elle souhaitait qu'il se recule. (Ensuite, elle se leva de son siège.) Il faut que je fasse quelque chose.

— D'accord, acquiesça-t-il sans savoir à quoi s'attendre.

Elle se rendit d'abord à la poupe pour dire quelque chose à Easy, assis dans l'angle du bastingage. Nick ne put entendre la teneur de ses propos à cause du vent, mais Becca prit ensuite Edward dans ses bras, et ce dernier, d'abord hésitant, lui rendit le geste. Puis, ils échangèrent un signe de tête.

Nick n'avait aucune idée de ce que faisait Becca. En repassant devant lui, elle lui pressa brièvement la main avant de rejoindre le pont à la proue. Elle fit la même chose que pour Easy avec Marz, qui arbora ensuite un sourire bêta, avec Shane, qui en fut manifestement ému, et enfin avec Beckett, que Nick n'avait jamais vu de sa vie prendre quelqu'un dans les bras.

Il tourna la tête par-dessus son épaule et demanda à Edward :

— Qu'est-ce qu'elle a dit ?

Easy se redressa et hocha la tête avec un respect qui brilla jusque dans ses yeux lorsqu'il les leva sur Nick.

— Elle a dit qu'elle était désolée pour son père, qu'elle ferait tout ce qu'elle pourrait pour racheter ses fautes, et qu'elle nous croit, déclara-t-il d'une voix chargée d'émotion.

Personne ne leur avait jamais offert d'excuses pour ce qui leur était arrivé. Personne ne leur avait offert de les aider. Et personne ne leur avait dit qu'il les croyait.

À part Becca.

Il se tourna en direction de la proue, où Beckett était penché pour écouter ce que Becca avait à lui dire.

Ce fut à cet instant précis que Nick sut avec une certitude absolue qu'il aimait Becca Merritt.

Becca était allongée sur le côté, nue auprès de Nick, leurs corps entrelacés. Il avait passé ses bras imposants autour d'elle et la chaleur de sa peau l'inondait.

Ils avaient tous un peu les nerfs en pelote de devoir attendre toute la sainte journée pour pouvoir se lancer à la rescousse de Charlie, mais le local de stockage ne fermait qu'à 18 heures le dimanche et il était situé dans un boulevard fréquenté. Personne au sein de l'équipe ne souhaitait mettre en danger des civils ou eux-mêmes si par malheur la mission tournait court. De plus, le club de strip-tease – qui était le lieu idéal dans l'empire de Church pour distraire et impressionner un allié potentiel – n'ouvrait qu'à 19 heures le jour du Seigneur, et il leur serait beaucoup moins compliqué de fouiller l'endroit en tant que clients.

Ils avaient donc décidé de lancer l'opération à 19 heures pétantes. Alors, en attendant, ils grignotaient, dormaient, et faisaient l'amour – mais uniquement dans le cas de Nick et Becca.

Chaque heure qui s'égrenait voyait la terreur de Becca amplifier à l'idée qu'il pouvait arriver quelque chose à Nick lors de cette mission de sauvetage.

Elle se lova tout contre lui et déposa ses lèvres sur son torse. Elle mourait d'envie de lui dire certaines choses depuis l'instant où il avait accepté ses excuses, sur le bateau de Miguel. Toutefois, elle ne savait pas si avouer les sentiments qui l'emplissaient et faisaient déborder son être allait rendre Nick plus fort ou si cela allait simplement le distraire.

De plus, elle avait déjà bien assez peur ainsi, car ils avaient prévu une descente simultanée sur le centre de stockage et sur le club de strip-tease, ce qui signifiait qu'ils seraient divisés en deux groupes.

Et cela la terrifiait au-delà des mots. Pas seulement parce qu'elle s'inquiétait pour Nick, qu'elle aimait de tout son cœur, mais aussi parce qu'elle avait peur pour les autres membres du groupe, les seuls survivants de l'unité qui avait représenté tout ce qui avait été cher au cœur de Nick. Becca ne se faisait pas d'illusions, les excuses qu'elle avait présentées à chacun d'eux ne suffiraient pas à tout arranger.

Il allait falloir bien plus que des paroles pour réparer ce que son père avait détruit. Elle allait devoir trouver comment faire, car elle ressentait le fardeau de cette responsabilité peser sur elle, et elle ne pourrait jamais s'en défausser.

À côté d'elle, Nick s'étira en bâillant, son corps chassant le sommeil tout contre le sien. Ils avaient fait l'amour un peu plus tôt, mais son érection était tout ce qu'il y avait de plus réel contre son ventre, pour le plus grand bonheur de la jeune femme.

Elle vint lui frotter la cuisse avec la sienne et passa une main entre eux pour empoigner son sexe à pleine main avant de le masturber. Il laissa échapper un long gémissement sourd qui intensifia la moiteur entre ses cuisses née de l'excitation de lui prodiguer de telles caresses et celle de la – fort malencontreuse – friction du gland de Nick contre son clitoris.

— Fais-moi entrer en toi, susurra-t-il.

Un frisson la parcourut lorsqu'il lui intima cet ordre osé. Becca obéit sagement et fit glisser le bout de sa verge entre les plis de ses chairs intimes, puis inclina les hanches et le fit entrer en elle.

— Oh, oui, souffla-t-il avec bonheur dans ses cheveux.

Elle releva la tête et l'embrassa. Alors qu'ils s'excitaient de baisers langoureux, il la saisit par l'arrière d'un genou pour s'appuyer et la prendre là. Il donnait des à-coups prononcés, la pénétrant avec ardeur, faisant claquer ses hanches contre le clitoris de Becca. Cela déclencha en elle une déferlante de plaisir qui l'emmena très vite au bord de l'extase.

Sa bouche lui coupait le souffle, ses caresses faisaient fondre son cœur et son sexe lui faisait perdre la tête. Becca jouit. Nick étouffa son gémissement entre ses lèvres et lui souffla à l'oreille des choses pour l'exciter davantage alors qu'elle se raidissait contre lui en se tortillant furieusement.

—Je vais jouir, gronda-t-il. Oh, oui. Putain. Becca. (Il se retira brusquement, prit son sexe en main et se masturba une seconde encore jusqu'à éjaculer sur son ventre.) Désolé, dit-il d'une voix saccadée, j'ai failli oublier.

Lorsque les derniers spasmes de son orgasme se furent dissipés, il posa sur elle des yeux pétillants qui ne contenaient plus trace des ombres qu'elle y avait vues planer lors de leur première rencontre.

—C'est pas grave, le rassura-t-elle en sentant son cœur faire un petit bond. J'ai bien aimé. Je prends la pilule, de toute façon.

—C'est bon à savoir, dit Nick en s'asseyant dans le lit tout en la caressant du regard.

Elle observa son propre corps en se demandant ce qu'il y voyait. Au-dessus de son nombril s'étalaient deux sillons du sperme de Nick.

—Ah. Bon sang, ce que je crève d'envie de dessiner sur ton corps! (Il posa ensuite les yeux sur le réveil à côté du lit.) Mais on n'a pas le temps.

—Il est quelle heure? demanda-t-elle tout bas.

—Presque dix-sept heures.

Plus que deux heures à attendre.

Becca sentit son estomac se nouer et prit une profonde inspiration. Machinalement, elle se mit à faire glisser ses doigts dans le liquide sur son ventre, puis remarqua la lueur égrillarde dans l'œil de Nick lorsqu'il la vit faire. Elle recommença, consciente de son geste cette fois-ci, dans le dessein de leur faire oublier à tous les deux le stress de l'attente. Elle étala le sperme contre les contours du corps de la guitare toujours apparente sur sa peau.

— C'est putain de sexy, dit-il en lui prenant la main pour la porter à ses lèvres et déposer un baiser sur ses phalanges. Mais il faut que tu arrêtes avant que je recommence à bander et que j'aie mal aux couilles pour le restant de la nuit. Bouge pas, je reviens.

Après un clin d'œil, il roula sur le côté et se leva du lit pour rapporter quelques instants plus tard un gant de toilette chaud avec lequel il lui lava le ventre. Becca sourit devant ce geste attentionné.

Les sentiments qu'elle ressentait pour lui étaient si forts qu'ils l'empêchaient de respirer. Il fallait qu'elle lui dise. Qui pouvait savoir ce qui allait se passer cette nuit ? Elle refusait de le laisser partir en mission sans qu'il sache à quel point il comptait pour elle. Et il comptait beaucoup, oui, beaucoup plus que n'importe qui pourrait compter dans sa vie.

— Nick ?

— Ouais, répondit-il en lançant le gant de toilette sur la table de chevet avec un sourire qui dessina sa fossette.

Elle était si nerveuse que la tête lui tournait, et elle s'assit pour chasser le vertige. Lorsqu'il s'installa à côté d'elle, elle l'effleura du bout de ses doigts, lui caressant les épaules, le torse, les côtes, puis leva ses yeux dans les siens.

— Je t'aime, murmura-t-elle, sa voix se brisant. J'ai besoin que tu le saches. Je suis totalement amoureuse de toi. Et je…

— Bon sang, Becca, l'interrompit-il en lui prenant le visage entre ses grandes mains. Je t'aime si fort que je peux bientôt plus respirer.

Il l'embrassa avec une telle passion qu'ils furent tous deux transportés dans un monde où il n'y avait qu'eux et où l'instant leur appartenait pleinement, rien ne pouvant perturber leur intimité. Elle se rappellerait ce moment toute sa vie.

Puis, leur baiser se fit progressivement moins ardent jusqu'à se muer en une étreinte tendre, où ils savouraient simplement d'être dans les bras l'un de l'autre.

— Je t'aime, dit-elle. Je veux que tu te souviennes de ces mots pendant que tu seras en mission, cette nuit. Je t'aime.

— Je ne pourrai jamais les oublier, affirma-t-il en lui caressant les cheveux et en lui déposant un baiser sur la tempe.

Il leur fallut bientôt se lever pour s'habiller. Becca enfila un pantalon de fitness et un sweat-shirt tandis que Nick revêtait un jean noir, un tee-shirt, un holster – double, cette fois – et un veston pour couvrir le tout. Il était tellement sexy, et Becca sentit les larmes lui brûler les yeux en songeant que peut-être… *Non*. Elle refusait même de formuler cette pensée.

Nick s'agenouilla devant un coffre-fort placé dans son placard et en retira deux pistolets, plusieurs armes blanches et des munitions. Quand elle le vit s'armer ainsi, son angoisse empira car cela montrait clairement qu'il s'attendait à du grabuge.

Il lui prit ensuite la main pour l'emmener dans la cuisine rejoindre Shane et Easy qui grignotaient des restes assis au bar. Jeremy était accoudé de l'autre côté du comptoir et sirotait une bière.

— Beckett est au QG avec Marz, indiqua Shane. On devrait faire l'inventaire de l'équipement et de l'armement.

— Affirmatif, dit Nick. Laisse-moi juste une seconde pour avaler un truc.

— Deux, si tu veux ? rétorqua Easy avec un sourire de petit malin.

— Tu veux que je te prépare quelque chose ? demanda Becca.

Il lui fit « non » de la tête et l'embrassa à la volée. Comme elle ne se sentait pas le cœur de manger, elle s'installa au bar à côté de Jeremy avant de lui donner une bourrade dans l'épaule.

— Hé, lui lança-t-elle.

— Hé, répondit-il avec une grande inquiétude dans le regard.

Il était contrarié de ne pas pouvoir participer à la mission, mais il n'avait manié une arme qu'à de rares occasions et l'équipe avait émis avec beaucoup d'embarras des réserves quant à son aptitude à gérer une situation de ce genre.

— Je viendrai sur tes genoux tout à l'heure, si tu veux, dit Becca en faisant référence au tee-shirt qu'il portait sur lequel était inscrit : « Je ne suis pas le père Noël, mais viens quand même sur mes genoux… »

Cette remarque lui arracha un sourire en coin.

— Tu viens sur mes genoux quand tu veux, bébé. Aïe, s'écria-t-il en sursautant lorsque Nick lui donna une claque à l'arrière du crâne.

Jeremy leva les pouces vers lui-même.

— Le père Noël, dit-il. (Puis il montra Nick du doigt.) Le Grinch. À toi de choisir.

Becca éclata de rire, imitée par le reste du groupe, tandis que Nick engloutissait un bol de riz cantonnais au porc en faisant semblant de ne pas trouver ça drôle. Elle pouvait néanmoins voir que ses yeux souriaient.

Un quart d'heure plus tard, ils se retrouvèrent tous de nouveau réunis dans la salle de musculation. Becca ouvrit de grands yeux lorsqu'elle vit tout l'attirail qu'ils tirèrent de sacs militaires et d'étuis divers. Armes de poing, fusils,

Taser, munitions, oreillettes, radios et autres gadgets dont la fonction lui échappait et qu'elle ne tenait pas à découvrir. Il apparaissait que ceux qui étaient venus en voiture à *Hard Ink*, à savoir Shane, Beckett et Easy, s'étaient préparés au pire.

Et l'heure était à présent venue de l'affronter.

— Pourquoi est-ce que vous vous promenez avec tout ça ? s'enquit-elle.

Beckett la regarda par-dessus son épaule.

— Je travaille dans la sécurité. De toute façon, j'ai commencé à me préparer depuis qu'on est rentrés d'Afghanistan pour le jour où ces merdes nous rattraperaient. Il fallait que ça arrive, tôt ou tard.

— J'ai toujours été un collectionneur, dit Shane en baissant les yeux sur un sac militaire. Depuis l'année dernière, c'est devenu plus qu'un hobby. En plus, comme ça j'étais paré pour éviter de me faire mettre encore une fois.

— Ouais, quelque chose dans ce goût-là, déclara Easy.

La seule chose dans tout cet arsenal qui ne lui donnait pas la nausée était un énorme sac de secouriste professionnel qui faisait passer le sien pour le sac de Barbie infirmière. Il s'agissait d'une des contributions de Shane. Nick avait expliqué que son ami avait reçu une formation médicale, et savoir qu'il était donc tout aussi capable de guérir que de tuer révélait une autre facette de ce personnage, qu'elle ne pouvait qu'admirer.

Nick, Shane, Beckett et Easy passèrent quelques minutes en silence à inspecter leurs armes, et à les ranger dans leur étui dans une musique mécanique de déclics et de claquements métalliques. Becca, elle, alla compléter le demi-cercle que formaient Marz et Jeremy autour de la table de travail.

Brusquement, Derek se leva de sa chaise et la chienne se réveilla en jappant sous le bureau.

—Allez tous vous faire foutre.

—Quoi? s'indigna Nick, interdit.

—Je viens avec vous, décréta Marz.

Les cliquetis firent place à un silence tremblant, puis Beckett secoua la tête.

—Faut que tu restes ici, mec.

—Mon cul, oui.

—Derek, écoute…

—T'avise pas de dire quoi que ce soit à propos de ma jambe, menaça Derek plein de colère. Je peux m'en sortir aussi bien que vous.

Becca ne le connaissait pas depuis très longtemps, mais elle le croyait sur parole.

—Hé, le raisonna le géant en levant les mains. J'allais seulement dire qu'il faut que tu restes là pour coordonner la mission grâce aux caméras et aux images du scanner.

—Jeremy peut le faire, déclara Marz en croisant les bras d'un air convaincu.

L'intéressé se redressa d'un bond sur sa chaise et Nick se figea.

—Quoi? s'écrièrent-ils en même temps.

Derek s'appuya sur le bord du bureau et baissa les yeux sur le tatoueur.

—J'ai passé trois heures la nuit dernière pendant que les autres étaient en reconnaissance à t'expliquer en long et en large comment tout ça fonctionnait. (Il s'adressa ensuite au reste du groupe.) À votre retour, c'est lui qui aurait pu tout vous expliquer. Il sait quoi faire.

—Ben, je sais pas trop, tempéra Jeremy en secouant la tête.

Nick s'avança jusqu'au bureau et planta son regard dans celui de son frère.

— Tu peux le faire ? demanda-t-il. Franchement, on aurait bien besoin de Marz avec nous.

Becca sentit sa gorge se nouer.

Jeremy se passa la main dans les cheveux, puis acquiesça et se mit debout.

— Je peux le faire. Je vais le faire.

Nick fit le tour du bureau et lui tendit la main. Mais lorsque son frère la serra, il l'attira contre lui et le prit dans ses bras. Cette preuve d'affection fraternelle était si émouvante que Becca faillit verser une larme. Scott lui manquait effroyablement, mais elle ne pouvait imaginer la réaction de Jeremy s'il venait à apprendre la mort de son aîné. La jeune femme regarda ses pieds et s'efforça de retenir ses larmes. Tous se donnèrent de vigoureuses claques dans le dos, puis Jeremy reprit place à côté d'elle.

— Il se peut que je vomisse, dit-il tout bas.

— Moi aussi. On se tiendra la bassine mutuellement.

Il ricana, mais Becca ne plaisantait qu'à moitié. À cet instant, elle se leva et déclara :

— J'ai un truc à vous dire.

— Oooh, non. Tu ne viens pas avec nous, s'empressa de protester Nick.

La mâchoire de Becca se décrocha, mais elle planta bientôt ses poings sur ses hanches.

— Alors, premièrement, c'est pas du tout ce que j'allais dire. Je sais beaucoup de choses, et l'une d'entre elles, c'est que je connais rien à ce que vous allez faire. Mais deuxièmement, sache que si j'avais décidé de venir, c'est pas toi qui m'en aurais empêchée.

Nick croisa les bras et la regarda en haussant les sourcils, les yeux pétillants d'affection et d'amusement. Ensuite, il inclina la tête.

— Alors je t'en prie, poursuis.

— Bon, je voulais donc vous dire qu'il faut de toute urgence qu'on cesse de manger des plats à emporter. Demain soir, je vous prépare un festin avec les plats préférés de chacun. Alors choisissez ce que vous voulez et j'irai faire les courses demain matin.

Elle avait décidé qu'ils reviendraient tous de cette mission et qu'ils se réuniraient tous autour d'une table, heureux d'être tous là, comme une vraie famille. Ou une famille en devenir. Elle refusait obstinément tout autre cas de figure.

Une discussion animée éclata quant aux mets qu'ils pourraient lui soumettre. Des rires et des ronronnements d'assentiment résonnèrent dans la vaste salle. Nick s'approcha d'elle et lui déposa un baiser sur le front.

— Tu viens encore de leur prouver que tu leur fais confiance. Merci.

Elle hocha la tête et battit désespérément des paupières pour retenir la quinzième vague de larmes de la soirée.

Quelques minutes plus tard, Miguel ouvrit la porte de la salle de musculation. Il venait si souvent ces temps-ci que Nick lui avait donné les codes d'accès.

— Me revoilà. Et je suis prêt à vous accompagner, déclara-t-il.

— Euh, Miguel..., commença Nick en se grattant la tête.

— Pas de « euh, Miguel » avec moi, fiston. J'ai fait ce genre de boulot pendant vingt-cinq ans dans la police. Vous êtes pas assez nombreux pour un truc de cette envergure. Vous avez besoin de moi.

Il leva alors sur Nick un regard plein de défi. Comme une différence d'une bonne dizaine de centimètres les séparait, cet affrontement silencieux avait quelque chose de comique.

— Ce sera un honneur de te compter parmi nous, dit enfin Nick en lui tendant la main.

Puis, Becca ne put détacher son regard de l'horloge, qui était sur le point d'indiquer 19 heures. Par les fenêtres, la jeune femme vit le ciel s'assombrir et confirmer que l'heure approchait.

Enfin, ils furent prêts à partir.

Marz donna quelques indications de dernière minute à Jeremy, assis au bureau, blanc comme un linge mais attentif et démontrant par ses réponses qu'il était fin prêt.

Nick vint se planter juste devant Becca et, sans un mot, lui passa les mains dans les cheveux pour l'embrasser avec fougue. C'était de ces baisers qui pouvaient changer la vie d'une femme. Elle espérait simplement que ce ne serait pas la dernière fois qu'il l'embrassait. Ensuite, il se recula et la regarda dans les yeux.

— À très bientôt, dit-il.

Puis ils se mirent en route, traversant la salle de musculation en serpentant entre les machines.

— Hé, les gars, les héla Becca. Soyez prudents. Et bonne chance.

Sans même se retourner, Shane leva la main et la salua.

— Les doigts dans l'nez !

Ils franchirent un à un la porte, et elle eut le cœur lourd comme s'il avait été fait de plomb.

Chapitre 22

Au comble de la nervosité, Becca tambourinait inlassablement sur la surface du bureau du bout des doigts à côté de Jeremy, qui n'avait pas encore recouvré ses couleurs. Au moins parlait-il d'une voix assurée lors des échanges radio. Ils étaient fort probablement à cet instant les deux personnes les plus stressées et les plus angoissées au monde.

L'unité était divisée en deux équipes. L'équipe Alpha était constituée de Nick, Shane et Easy, et avait pour cible le club de strip-tease. L'équipe Bravo, quant à elle, se composait de Beckett, Marz et Miguel, dont l'objectif était le centre de stockage. Pour ne pas utiliser leurs noms, ils s'étaient attribué des numéros. Nick était « A1 », Shane « A2 » et ainsi de suite. Jeremy, pour sa part, était « Eileen » – une idée brillante de Marz.

— B1, deux voitures garées sur le parking de la cible, annonça Jeremy dans son micro en jonglant du regard avec les images des caméras de surveillance qui défilaient sur les écrans côte à côte.

En dehors de cela, l'entreprise *UStock-USend* semblait déserte. Il était toutefois aussi proscrit de mentionner le nom exact des lieux lors des échanges radio.

— Bien reçu, répondit Beckett.

Marz avait détourné le signal audio pour le faire passer par les enceintes de l'ordinateur afin que Becca puisse elle aussi entendre ce qui se disait. Sur les genoux de cette dernière, la chienne relevait la tête d'un air interloqué chaque fois que quelqu'un parlait, comme si elle tentait de suivre la conversation.

— A1, ça se bouscule déjà au portillon.

Jeremy n'exagérait pas, le club *Confessions* était situé dans un long bâtiment en brique d'un magasin ou d'une entreprise reconvertie. Le vaste parking privé était bondé et les voituriers couraient dans tous les sens.

— Reçu, répondit Nick, sa voix parasitée.

— Eileen, ici B1. Arrivée prévue dans trois minutes. Aucun changement?

— Négatif. Deux voitures. Aucune lumière à l'intérieur.

— Reçu.

— A1 à Eileen. En approche de la cible. Arrivée prévue dans deux minutes.

Becca sentit ses intestins se nouer brusquement. Les membres de l'unité étaient convenus d'un assaut simultané afin d'augmenter leurs chances de secourir Charlie. Ils étaient partis du principe qu'en attaquant une cible à la fois, ils prenaient le risque, s'ils échouaient, de dévoiler leurs intentions à Church et de lui laisser le temps de déplacer l'otage ainsi que de se préparer. Le hic, c'était qu'ils n'étaient donc que trois par équipe.

Contre tout un gang.

— Ici Bravo. Nous sommes dans le périmètre

— OK, répondit Jeremy trop vite. Je veux dire: «Bien reçu.»

— Tu t'en sors super bien, l'encouragea Becca en lui posant la main dans le dos. T'en fais pas si tu utilises pas le bon terme. Ils te comprennent.

Il souffla longuement et hocha la tête alors qu'un autre message radio arrivait.

—Ici Alpha. Sommes en position.

—A1, B1. Informons que les équipes sont en place.

Nick et Beckett confirmèrent avoir bien reçu, et Jeremy vit sur un des écrans l'équipe Bravo traverser rapidement le parking du centre de stockage et se plaquer à l'angle de l'entrepôt. Sur le second écran, on voyait Nick, Shane et Beckett s'approcher de l'entrée du club de strip-tease comme n'importe quelle bande de potes en vadrouille. Becca se couvrit la bouche d'une main, scrutant l'écran pour mieux discerner Nick avant qu'il disparaisse avec ses deux amis à l'intérieur.

Sur le côté de l'entrepôt, deux membres de l'équipe se serraient près d'un accès secondaire tandis que le troisième – Miguel – faisait le gué. Puis, la porte s'ouvrit et l'équipe Bravo disparut à son tour de l'écran.

Dans un soupir frustré, Jeremy se lamenta :

—Voilà, on est aveugles. Fait chier.

Pendant de longues minutes, rien ne se produisit. Ils attendirent une éternité, puis encore une autre, les yeux rivés sur les images montrant les bâtiments figés. Même les mouchards placés par l'équipe de reconnaissance ne donnaient rien en raison de la musique assourdissante qui faisait vibrer l'intérieur du club et couvrait tout autre son. Becca ne pouvait rien faire sinon patienter.

Ce fut à cet instant qu'un cortège de véhicules passa devant le club de strip-tease, ralentit pour traverser le parking entre les voitures serrées les unes contre les autres et contourna le bâtiment. Étaient-ce les gars de la fameuse « organisation » qui faisaient leur entrée ? Ou bien l'escorte de Charlie ? Ou encore autre chose sans aucun lien avec leur affaire.

Jeremy aussi avait remarqué le convoi.

— Alpha, vous me recevez ? Trois véhicules viennent de franchir le périmètre et se sont garés à l'arrière.

— Autre chose à signaler ? demanda Nick d'une voix tout à fait calme qui contrastait étrangement avec les basses que l'on entendait résonner derrière lui.

— Négatif, répondit Jeremy avant de placer sa main contre le micro pour s'adresser à Becca. J'ai réussi à voir personne dans les voitures à cause du reflet de ce lampadaire. Et toi ?

Elle secoua la tête, regrettant de n'avoir pour angle de vision que celui, limité, des caméras de surveillance. Elle angoissait de ne pas voir ce qui se passait.

Soudain, ce fut le chaos qui se déversa par les enceintes de l'ordinateur.

— Eileen. Mayday. Tirs ennemis. Répète, Bravo essuie des tirs ennemis. (En arrière, on entendait des détonations qui se réverbéraient.) Dis à Alpha de se bouger le cul.

— Oh, merde, gémit Becca, les mains tremblantes contre ses lèvres.

La jeune chienne se mit à couiner et à lui renifler le visage.

— Alpha, ici Eileen, réagit Jeremy, rapide comme l'éclair. Bravo essuie des tirs. Répète, Bravo essuie des tirs. B1 conseille de vous bouger le cul.

Nick fit semblant de siroter sa bière et de reluquer la danseuse en string qui se frottait contre la barre de *pole dance*.

— On a deux problèmes, dit-il aussi calmement qu'il le put tout en couvrant le bruit ambiant. Bravo se fait tirer dessus.

— Meeeerde, éructa Shane.

— Et ? interrogea Easy incitant Nick à poursuivre, si tendu qu'il était sur le point d'exploser la bouteille de bière qu'il tenait.

— Trois véhicules viennent de se garer à l'arrière.

Ensuite, Nick adressa un sourire à la danseuse, prétendant apprécier le spectacle. La demoiselle vint se tortiller près de lui à quatre pattes, faisant ballotter sa poitrine nue et cent pour cent pur silicone. Alors, espérant s'en débarrasser rapidement, il tira un billet de 1 dollar de son portefeuille.

La danseuse balança la tête pour faire passer ses cheveux noirs par-dessus son épaule avant de se mettre à genoux et de lui faire signe de glisser le billet dans l'élastique de son string. Sans céder à l'énervement, Nick s'exécuta, écœuré de toucher une autre femme alors qu'il ne voulait caresser, sentir et apprécier que le corps de Becca. C'était encore plus vrai maintenant qu'elle lui avait dit qu'elle l'aimait. La stripteaseuse s'éloigna en rampant pour rejoindre le prochain billet vert.

— On devrait aller jeter un coup d'œil à ces bagnoles maintenant. Ça ne peut pas être une coïncidence, vu ce qu'on a appris aujourd'hui, déclara Shane.

— Tout doux, messieurs, dit Easy d'un calme plat. (Tous trois se levèrent.) La moitié des gars qui sont ici ont un flingue. Alors on n'éveille pas leurs soupçons. Regardez là-bas, à l'arrière.

Nick aussi l'avait remarqué. On entrapercevait sous les vestes de certains la crosse d'une arme ou le holster former une bosse sous leurs vêtements. D'autres n'avaient même pas pris la peine de dissimuler leur pistolet. À la moindre incartade, la situation risquait de tourner à la fusillade d'OK Corral.

Easy ouvrit la marche en direction du couloir réservé au personnel. Sans surprise, ils virent un gorille qui portait un tee-shirt aux couleurs de *Confessions* leur bloquer le passage.

— C'est privé, déclara-t-il d'une voix de basse.

— Et c'est tant mieux, rétorqua Easy en fronçant les sourcils. Vous voyez, on est là pour lui rendre visite, et on veut pas étaler nos affaires devant tout le monde.

Nick retint son souffle et conserva une expression figée. *Ce con d'Easy avec ses couilles en acier trempé.* C'était d'ailleurs en partie cela qui les avait sauvés ce jour-là.

Le gorille haussa les sourcils et regarda autour de lui comme pour vérifier que personne ne l'avait surpris à faire une telle bourde.

— Je vois. Désolé, monsieur. Euh. Bienvenue, dit-il en écartant de son bras massif le rideau tressé de perles.

De l'autre côté, ils se retrouvèrent dans un couloir mal éclairé qui courait sur toute la longueur du club.

Shane regarda Nick dans les yeux, tout bonnement stupéfait de constater que la ruse avait fonctionné, et ce dernier hocha la tête.

Ensuite, McCallan se remit en marche et percuta de plein fouet une jeune femme aux jambes de mannequin et aux longs cheveux auburn.

— Houla, s'écria-t-il.

— Oh, mon Dieu. Pardon, monsieur, s'excusa-t-elle avant de baisser les yeux sur ses chaussures à talons cloutés roses. Je vous demande pardon. S'il vous plaît.

— Vous en faites pas, m'dame, répondit-il avec un sourire ravageur.

Nick bouillait d'impatience. Ils n'avaient pas de temps à perdre à regarder Shane faire du gringue à une minette – même si celle-ci était la créature la plus normale qu'ils avaient vue depuis qu'ils avaient passé les portes du club. Pas d'implants pour elle. Non pas que Nick ait bien regardé, mais cette fille semblait trop naturelle pour un endroit comme celui-là. Il s'éclaircit la voix ostensiblement pour faire comprendre à son ami de se magner le train.

— Dites, reprit Shane à l'intention de la jeune femme. On est là pour une visite assez spéciale mais on s'est paumés en allant au bar. Vous sauriez pas où faut aller pour rejoindre les autres ?

— Euh, hésita la demoiselle en s'aplatissant contre le mur derrière elle, ses seins visibles sous son body rose transparent.

Elle jeta un coup d'œil des deux côtés du couloir comme pour s'assurer qu'aucune oreille ne traînait. De quoi pouvait-elle avoir autant peur ? Est-ce que Church maltraitait ses filles ? Ce serait le comble de l'ironie étant donné comment il avait baptisé ce club.

— Ben, reprit-elle, hésitante. Y en a qui sont allés dans la salle privée, un peu plus loin, là-bas, et puis les autres sont descendus au sous-sol avec le… euh… le malade. On m'a dit de lui apporter de quoi manger.

Nick sentit une alarme se déclencher dans sa tête. Son instinct lui soufflait que « le malade » n'était autre que Charlie Merritt.

— Génial, c'est aussi là qu'on doit se rendre, dit Shane en se fendant d'un sourire. On a un message à faire passer. (Il adressa un clin d'œil à la jeune femme.) En bas des escaliers ?

— Oui, sur la gauche, précisa-t-elle.

— Merci pour votre aide précieuse. Mademoiselle... ? demanda le don Juan.

Ce type avait ça dans la peau. Même une femme aussi nerveuse, il parvenait à la faire danser comme une marionnette, tirant les ficelles avec un naturel incroyable.

— Crystal, se présenta-t-elle. Avec plaisir, monsieur.

— Peut-être qu'on se reverra.

— D'accord, répondit-elle avec un sourire crispé.

Dès que Shane se recula, elle déguerpit dans le couloir. Ils prirent la direction opposée pour rejoindre l'entrée de service et, apparemment, l'escalier qui menait au sous-sol.

— Vous avez vu comme elle balisait ? demanda Shane.

— Ouais. Mais t'as bien géré. Mon instinct me dit que « le malade » est notre homme, déclara Nick à voix basse.

— Bon, annonça Easy en prenant une inspiration tendue. Maintenant qu'on a le point de ralliement, je vais aller me mettre en position pour l'extraction. Je vous attends derrière cette porte dans cinq minutes. (Puis, il fixa sur eux un regard sévère.) Vous faites pas descendre. Y a la place que pour un éclopé dans cette bagnole, c'est pas un train couchettes.

— Bien reçu, répondit Nick alors qu'Easy franchissait la porte de service.

Puis, Rixey dit à Shane :

— Allez, *go*.

Ils s'engagèrent prudemment dans l'escalier et entendirent bientôt des voix provenir du sous-sol. L'oreillette de Nick grésilla.

— A1, ici Eileen. A3 en visuel. Traverse le parking à pied. Normal ?

— Affirmatif, acquiesça-t-il tout bas en appuyant sur le bouton de transmission.

— Reçu, répondit Jeremy.

Nick était soufflé de voir son frère gérer cette situation comme un chef, et il ressentit une immense fierté en repensant à la manière dont il s'était porté volontaire.

Lorsqu'ils eurent atteint la dernière marche, Nick chassa toute pensée parasite. Ils avaient devant eux un long couloir avec une porte sur la gauche et deux sur la droite, au fond. Crystal leur avait appris que le « malade » avait été emmené dans la pièce sur la gauche. D'un signe de la main, il indiqua à Shane de se préparer à passer à l'action. Alors, ils enfilèrent leurs masques.

Juste à ce moment-là, la porte s'ouvrit brusquement.

— Hé, vous…

L'Afro-américain au style bling-bling baissa bien évidemment la main sur son flingue, mais Nick ne lui laissa pas le temps de l'attraper. Il lui donna un coup de poing dans la glotte qui l'obligea à porter les mains à sa gorge tout en l'empêchant de crier. Puis, arme au poing, ils se précipitèrent dans la pièce en poussant le gangster et refermèrent vivement la porte. Un contrôle rapide leur permit de vérifier qu'il n'y avait pas de caméras de surveillance.

Nick effectua un balayage du pied qui souleva le garde de terre. Ce dernier tomba lourdement sur le dos, ses poumons se vidant sous le choc.

— Plus un geste, ordonna Shane en menaçant de son pistolet deux adolescents occupés à pianoter sur leurs téléphones, avachis dans un canapé fortement rembourré. Posez-les par terre. Pas de geste brusque. Maintenant, mains en l'air. Faites pas les cons.

Ils obéirent et se mirent au sol, face contre terre.

Le garde recouvra ses esprits et son regard se porta sur le canon de Nick pointé droit sur lui. Alors, il se figea.

— A1, ici Eileen. (Nick dut appuyer sur son oreillette pour mieux entendre à cause du bruit des différents jeux sur les nombreux écrans dans la pièce.) Informons que A3 se prépare pour extraction, à l'arrière du bâtiment.

C'était pas trop tôt.

— Reçu. Le taxi nous attend, transmit-il à son équipier.

— *Go*, dit Shane en lui indiquant la porte située derrière les deux gamins.

Nick traversa la salle de jeux et, l'œil sur le viseur, ouvrit la porte. Il contrôla rapidement le périmètre. La pièce contenait un lit sur lequel était allongé un homme blond, une couverture négligemment rabattue sur lui. Il ressemblait comme deux gouttes d'eau à Frank Merritt, mais en beaucoup plus jeune.

Ils avaient retrouvé Charlie.

— Je l'ai, lança-t-il par-dessus son épaule.

Il ressentit un immense soulagement pour Becca. Ça allait être génial de lui ramener son frère sain et sauf.

— Eileen, vous me recevez ? reprit Nick. Paquet sécurisé.

Ensuite, il s'accroupit près du lit et examina les nombreuses blessures de Charlie. Plaies, contusions, lèvres complètement gercées, les orbites creusées, un bandage autour de sa main droite. Il n'avait apparemment aucune blessure grave, ce qui signifiait qu'ils pourraient le remettre sur pied une fois de retour à *Hard Ink*.

Charlie poussa un léger gémissement et ses paupières se mirent à battre.

— C'est Becca qui m'envoie, Charlie. Est-ce que tu m'entends ? On va te sortir de là.

L'espace de quelques secondes, Charlie sembla revenir à lui, mais il sombra de nouveau dans l'inconscience. Nick allait devoir le porter sur son dos.

Il le décala juste au bord de la couchette, lui rabattit les bras par-dessus son épaule gauche, puis poussa sur ses jambes pour soulever ce poids mort. Nick sentit son dos protester douloureusement. *Putain!* Charlie avait beau être grand et maigre, il n'était pas pour autant un poids plume. La situation risquait de se compliquer s'ils avaient de la compagnie.

Charlie chargé sur son épaule, il sortit de la pièce et vit que Shane n'avait pas chômé : les deux gamins ainsi que le garde étaient ligotés et bâillonnés.

— On se tire, déclara Nick.

Shane posa la main sur la poignée de la porte et compta jusqu'à trois sur ses doigts. Ensuite, il l'ouvrit, passa la tête pour vérifier le couloir, puis hocha la tête, et ils s'engagèrent dans l'escalier.

À la moitié des marches, une ombre surgit au sommet.

Putain de merde!

Le chemin le plus simple était toujours miné. Sauf que, dans leur cas, il n'y avait qu'un chemin. Nick refusait d'être arrivé si près du but pour se faire pincer cinq mètres devant la porte de sortie.

Une silhouette fluette portant dans les bras un plateau apparut en haut de l'escalier et descendit la première marche. C'était Crystal. Celle-ci écarquilla les yeux.

— Les autres arrivent. Ils ont reçu un appel. (Puis, elle se recula pour leur dégager le passage.) Il faut que j'appelle à l'aide. Et vous, vous devez me frapper.

— Quoi? se récria Shane, faisant écho à la réaction intérieure de Nick.

—Si vous me frappez pas, ils sauront que je vous ai aidés. Et je peux pas… (La panique déforma son doux visage.) Il le faut. Je vous en prie.

S'excusant du regard, elle se mit à hurler à pleins poumons.

—S'il vous plaît, supplia-t-elle.

—Fais semblant d'être tombée et tiens-toi le ventre, dit Shane en lui balançant un faux coup de poing.

La serveuse se jeta en arrière, sa tête et son dos cognant contre le mur, le plateau dans ses mains se renversant.

Le commando, quant à lui, s'élança par la porte de service.

Nick aurait pu baiser les pieds d'Easy. Il avait amené le SUV qu'ils avaient loué juste derrière l'issue et attendait avec la portière arrière grande ouverte. Shane plongea à l'intérieur en premier tandis que Nick déchargeait son épaule du poids de Charlie pour le faire entrer dans le véhicule avec l'aide de Shane. Nick avait encore les pieds en dehors de la voiture lorsque Easy mit pied au plancher à l'instant où des hommes armés sortaient du bâtiment par la porte qu'ils venaient d'emprunter.

Des détonations retentirent et des impacts résonnèrent à l'arrière du véhicule.

Shane et Nick se baissèrent sur la banquette et protégèrent Charlie, qui avait totalement perdu connaissance – ce qui était probablement mieux ainsi.

D'autres coups de feu furent tirés et la vitre arrière explosa dans une pluie de verre.

—Fais tout ce qu'il faut pour les semer, mec, cria Nick.

—J'y travaille.

—Putain de merde, pesta Shane.

— Quoi ? s'enquit Nick alors que le véhicule sortait en trombe du parking de *Confessions*, coupant la route à plusieurs voitures qui pour éviter la collision firent un tête-à-queue, bouchant ainsi par un heureux hasard la route aux poursuivants.

— Je suis touché, annonça Shane en enlevant la main de son épaule droite, les doigts couverts de sang. Je suis quasi certain que c'est superficiel. Les enculés !

— T'as besoin d'un coup de main ? demanda Rixey.

— Nan. Putains d'enfoirés de merde !

Il continua alors à marmonner des insultes dans sa barbe, ce qui voulait dire qu'il n'avait rien de trop grave.

Nick regarda par la vitre arrière brisée. Forcément – ça aurait été trop facile. Deux SUV étaient passés sur le trottoir pour franchir le barrage de voitures.

— On a de la compagnie.

— Ouaip, confirma Easy.

— Alpha, ici Eileen. Véhicules à vos trousses. Tout le monde est à bord ?

Les coups de feu n'avaient pas cessé et quelques balles venaient encore trouer la tôle du SUV. Alors, Nick baissa la vitre du côté du passager et se pencha suffisamment par la portière pour pouvoir viser. Il appuya sur la détente et vit la première voiture faire une embardée, puis le conducteur perdit le contrôle et entra en collision avec un véhicule garé.

— Easy, dégage-nous de là, brailla-t-il ensuite.

Ils grillèrent un feu rouge et Nick ne le comprit que lorsque des pneus crissèrent violemment des deux côtés de la route. Il valida l'initiative. Pourtant, leurs poursuivants n'abandonnaient pas. La route devant eux s'élargit sur deux voies bordées par des boîtes de nuit, des bars et des restaurants, la circulation se faisant plus dense. Impossible de tirer dans ces conditions. Nick se rassit sur son siège au moment où Easy se rabattait entre plusieurs voitures pour prendre un virage à droite à la toute dernière seconde.

Rixey fut projeté sur le côté, contre Charlie et Shane, dont l'épaule cogna durement contre la portière, lui arrachant un nouveau chapelet d'insultes.

Le slalom ne s'arrêta pas là. Easy prit la première à gauche, puis de nouveau à droite. Ensuite, encore à droite pour revenir en arrière. Aucun signe de leurs poursuivants. Avaient-ils réussi à les semer? Nick continua de scruter leurs arrières. Easy bifurqua bientôt à gauche pour traverser la ville d'est en ouest, toujours en zigzags pour s'assurer que personne ne les suivait plus. Il roulait toutefois à une allure modérée et respectait scrupuleusement le code de la route. La pire chose qui pouvait encore leur arriver était de se faire arrêter pour excès de vitesse ou refus de priorité alors qu'ils étaient enfin sortis de ce merdier.

Rixey soupira longuement en s'affalant sur son siège. Puis, il prit ce qui lui sembla être sa première véritable inspiration depuis ces quinze dernières minutes.

— Tout le monde va bien? (Il reçut deux réponses affirmatives et appuya sur le bouton de transmission.) Eileen? Ici Alpha. Rapportons le paquet. Je répète, rapportons le paquet.

— Ils l'ont sauvé, entendit-il Jeremy dire.

Nick ne perçut que de la friture dans son oreillette pendant quelques instants, puis Becca s'exclama:

— Vous l'avez? Pour de vrai?

En entendant la joie dans la voix de cette femme, Nick eut l'impression d'être le plus grand et le plus fort des hommes.

Ouais, mon soleil. Je te le ramène.

Chapitre 23

Becca était restée au chevet du lit de fortune de Charlie pendant huit heures d'affilée, priant de toutes ses forces pour qu'il reprenne suffisamment longtemps connaissance afin de lui dire qu'il était maintenant en sécurité. Avant même d'être rentré à *Hard Ink*, Nick lui avait fait le bilan de toutes les blessures de Charlie qu'il avait pu identifier. Celui-ci souffrait de déshydratation, certainement de côtes cassées, de multiples plaies et contusions, de marques de brûlures et les moignons des deux doigts qu'on lui avait sectionnés s'étaient infectés. La liste n'avait fait que commencer et elle avait dû cesser de considérer Charlie comme son frère pour pouvoir le traiter comme un patient, car il leur était impossible de faire confiance aux hôpitaux étant donné qu'elle avait failli être enlevée à l'intérieur de l'un d'eux.

Sur le chemin du retour, l'équipe Bravo avait rejoint l'équipe Alpha pour l'escorter. Marz avait reçu trois balles dans le mollet de la jambe droite – celle qui était en fibre de carbone. Son jean avait plus de trous qu'un gruyère mais mis à part cela, l'équipe Bravo s'était sortie indemne de la fusillade au centre de stockage.

À l'arrivée des deux groupes, Becca et Jeremy avaient déjà fini d'installer leur propre centre de réanimation en utilisant une table de tatouage de *Hard Ink* ainsi que le matériel médical contenu dans la trousse de premiers secours de l'infirmière et dans celle de Shane, qui comptait fort heureusement des solutions intraveineuses et des antibiotiques.

Ensuite, Shane l'avait aidé à soigner Charlie avant qu'elle s'occupe de sa blessure par balle. Par chance, ce n'était qu'une égratignure.

Lorsque Charlie eut reçu tous les soins qu'elle avait pu lui administrer, qu'elle eut remercié chacun des hommes et accueilli leur retour comme il se devait, elle était tombée dans les bras de Nick et avait craqué.

Après qu'elle eut injecté à Charlie deux poches de solution saline et une d'antibiotique, ses compagnons avaient rapporté de l'appartement un matelas dans la salle de musculation afin de déplacer Charlie de la table dure sans le malmener.

Elle n'avait depuis quasiment pas bougé de sa chaise, passant son temps à dormir contre Nick qui était resté auprès d'elle, à contempler Charlie dans son sommeil, à prier pour qu'il se réveille et à jouer avec son bracelet jusqu'à ne plus pouvoir supporter le bruit des breloques. Elle avait fini par l'enlever et le déposer au pied du matelas.

Elle n'était pas seule au chevet de Charlie. Tous les membres du groupe avaient effectué leur quart auprès d'elle.

Même si elle l'avait déjà compris avant, elle voyait à présent exactement ce pour quoi Nick aimait chacun d'entre eux. Becca ne savait pas comment elle pourrait un jour suffisamment les remercier.

En fait, si, elle le savait. Il fallait que Charlie et elle les aident à laver leur honneur.

Une heure passa encore, et Becca s'endormit une nouvelle fois sur l'épaule de Nick.

— Becca ? Hé, on se réveille, petit soleil.

Les yeux lourds de sommeil, la jeune femme leva la tête. Là, elle se rendit compte que c'était Charlie, un peu groggy mais bien conscient, qui l'avait réveillée.

Elle se leva d'un bond, s'agenouilla près du matelas et se pencha sur son frère. Toutefois, ne sachant pas comment le prendre dans ses bras sans lui faire mal, elle s'arrêta net.

—Charlie. Merci, mon Dieu. Je suis désolée, dit-elle. Tu avais raison. Et je suis désolée.

Puis, elle lui écarta doucement les boucles blondes qu'il avait devant les yeux. Il avait toujours porté les cheveux plutôt longs – ce qui avait eu le don d'énerver leur père – mais les attachait généralement en une queue-de-cheval.

—Pas d'souci, répondit-il en secouant la tête dans un geste pataud. *(Charlie tout craché.)* Merci de pas m'avoir abandonné.

—Jamais, s'écria-t-elle avec véhémence. Tu m'entends ? Jamais. Je t'aime.

—Moi aussi, sœurette, dit-il avant de déglutir avec une grande difficulté. Ah, c'que je donnerais pas pour un Sprite.

Becca s'esclaffa.

—Et si on commençait par un peu d'eau ?

Il protesta d'un grognement mais but à grandes gorgées le verre qu'elle porta à ses lèvres.

—Où on est ? demanda-t-il ensuite en regardant autour de lui la salle de musculation encore en chantier.

—Chez un ami, se contenta-t-elle pour le moment de dire.

Elle adressa toutefois un sourire à Nick, qui lui rendit un clin d'œil.

Charlie fit passer son regard sur chacun des hommes regroupés autour de son lit. Tous s'étaient levés lorsqu'elle avait crié son nom. Il sembla alors les reconnaître au premier coup d'œil.

— Ah. L'unité du colonel. (Cela faisait des années que Charlie parlait de leur père en l'appelant « le colonel ».) Avec d'autres personnes, ajouta-t-il avec un regard pour Jeremy et Miguel.

— Comment est-ce que tu nous connais ? s'enquit Nick. D'ailleurs, moi, c'est Nick Rixey.

Charlie hocha la tête.

— Notre paternel avait mis des fichiers sur une clé USB. Il ne s'agissait que d'archives personnelles, comme des plannings de patrouilles et des rapports d'aptitudes, des dossiers militaires et des trucs dans ce genre, dit-il en haussant les épaules. J'ai réussi à trouver les noms de presque tous les membres de l'unité.

— Sérieux ? Il y avait les dossiers militaires ? s'exclama Marz en regardant ses équipiers. On aura la version de Merritt pour la comparer aux rapports officiels. Oh, moi, c'est Derek DiMarzio, au fait. Est-ce que par hasard t'aurais toujours cette clé USB ?

— Ouais, je l'ai encore.

— Comment c'est possible, Charlie ? demanda Becca en s'asseyant sur le bord du matelas. Ces types ont retourné ton appartement. Ma maison aussi, d'ailleurs.

— J'ai caché les clés USB dans un mur d'une des chambres que j'ai louées, expliqua-t-il en fronçant les sourcils tout en se tournant pour trouver une position confortable.

Bon sang ! Ils étaient sûrement rentrés dans cette chambre, alors.

Nick ouvrit de grands yeux et s'approcha du matelas, baissant le regard sur Charlie.

— Est-ce que tu pourrais tout nous raconter depuis le début et nous révéler ce que tu as découvert, ce que les gars de Church cherchaient et pourquoi tu as dit à Becca de venir me trouver ?

La jeune femme fit passer son regard entre les deux hommes qu'elle aimait par-dessus tout et souhaita de tout son cœur que son frère ait quelque chose à offrir à l'équipe.

— D'abord, encore un peu d'eau, s'il vous plaît, dit Charlie en tendant la main. (Ils se rapprochèrent tous pendant qu'il buvait et lorsqu'il lui rendit le verre, Becca regretta de ne rien pouvoir faire de plus pour l'aider.) Il y a deux mois, j'ai trouvé dans mon courrier une lettre d'une banque de Singapour. Elle était destinée à mon père mais à mon adresse, ce qui m'a bien fait rire parce qu'il a jamais foutu un pied chez moi et qu'il ne m'aurait jamais fait confiance pour m'occuper de sa paperasse. La lettre disait qu'à la demande expresse du bénéficiaire du compte, une notification était adressée pour cause d'inactivité prolongée sur le compte, et que celui-ci serait fermé si un bénéficiaire ne se manifestait pas sous une période de quatre-vingt-dix jours.

Charlie posa sur Becca ses yeux bleus si proches de ceux de leur père. Tout son visage, d'ailleurs, ressemblait à celui de Frank Merritt.

— La banque a refusé de me transférer les fonds ou de me donner d'autres détails sur le compte sous prétexte que mon nom ne figurait pas sur la liste des bénéficiaires et que je ne connaissais pas le code de sécurité, même lorsque j'ai annoncé que le titulaire du compte était mort. J'ai même envoyé une copie de l'acte de décès, mais ces gens n'ont rien voulu savoir. Alors j'ai piraté le compte. Tous les dépôts effectués proviennent de la même source. Il s'agit *a priori* d'une société, la WCE. Elle a crédité le compte de douze millions de dollars.

Becca faillit s'étrangler. Des jurons et des murmures déconcertés emplirent la pièce. Voilà donc que le montant exact était confirmé. C'était pour cette somme que son père avait renié toutes ses valeurs. C'était à ce prix qu'il avait marchandé les vies des six camarades de Nick tombés ce jour-là sur les pistes poussiéreuses d'Afghanistan. Cela lui donnait la nausée.

— C'était à ce montant que faisait référence le « 12 M » du message caché dans ma boîte à bijoux ? demanda-t-elle en levant la main vers Nick.

Ce dernier bouillonnait intérieurement d'une colère sur le point d'éclater. Il s'assit, la main de Becca toujours dans la sienne.

— Ah, tu l'as trouvé ? Ouais. Quand ça a commencé à dégénérer, j'ai senti qu'il fallait que je sème des copies de sauvegarde de ces infos. J'en ai laissé une dans le médaillon de maman, mais ensuite je l'ai perdu.

— Je l'ai retrouvé au motel. D'ailleurs, comment ça se fait que c'est toi qui l'avais ?

Charlie, son visage creusé de fatigue, prit un air penaud.

— J'ai crocheté la porte de ta cuisine. Il fallait que je dissimule des trucs sans que tu le saches.

— Charlie ! Je pensais devenir folle ! Qu'est-ce que tu as caché d'autre ?

— Deux de mes ordis sont planqués dans ton vide sanitaire.

Becca secoua la tête, totalement abasourdie par l'histoire de son frère.

— Attends une minute. C'est quoi, WCE ? s'enquit Derek.

— J'ai jamais pu le découvrir. Dès que je me suis mis à fouiller, mes pare-feu ont été attaqués. Quelqu'un a dû installer un traqueur qui a averti ces gens d'une recherche lancée pour ce mot-clé, et le système a tenté d'identifier la provenance de cette recherche. C'est là que j'ai commencé à bouger constamment. Ça a marché pendant un temps, mais pas indéfiniment. (Il haussa les épaules.) Les gars qui m'ont chopé étaient très, très, très curieux de savoir comment j'avais appris pour WCE, mais j'ai pas lâché un seul mot. Je me suis dit que de toute façon ils allaient me tuer.

Becca sentit surgir en elle la fierté ainsi qu'une profonde tristesse. Charlie avait fait preuve de beaucoup de courage. Elle baissa les yeux sur les bandages à sa main droite en songeant qu'il avait dû payer un lourd tribut pour ce courage. Les hommes réunis autour de lui le considéraient d'ailleurs avec un grand respect.

— Ben, dis donc, heureusement que tu mentionnes ce traqueur avant que je lance les recherches sur ce que signifie WCE. Je vais m'assurer que l'adresse IP est si bien camouflée que personne pourra remonter jusqu'à nous, annonça Derek.

— Marz est l'expert informatique de l'équipe, expliqua Becca.

Charlie et lui échangèrent un signe de tête, et elle voyait déjà qu'ils n'auraient aucun mal à s'entendre.

— Parallèlement à mes recherches sur WCE, je me suis mis à fouiller dans le passé du colonel en Afghanistan. C'est là que je me suis rendu compte que les rares rapports disponibles sur cette embuscade laissaient penser que personne n'en était sorti vivant alors que les rapports que j'avais récupérés en piratant le Pentagone pour essayer d'en découvrir davantage mentionnaient des survivants. En plus, vos dossiers militaires ne correspondaient pas à ceux trouvés sur la clé USB. Les circonstances de la mort du colonel étaient loin d'être claires. Alors j'ai pensé que vous pourriez vouloir nous aider à creuser tout ça, dit-il en levant les yeux sur Nick.

— Putain, souffla Beckett. Vous les imaginez un peu, Marz et lui ensemble ? Ça fait peur.

Charlie fronça les sourcils et Derek se contenta de sourire.

— Le colonel recevait des pots-de-vin, reprit Charlie en chassant ses cheveux de devant ses yeux tout en bâillant à s'en décrocher la mâchoire. Et pas d'un petit poisson. C'est un gros requin suffisamment blindé pour pouvoir retrouver mon empreinte numérique et me faire enlever en claquant des doigts. C'est pas le premier quidam venu. Ça a un rapport avec l'héroïne. Elle représente la principale et la plus lucrative des activités économiques en Afghanistan, en plus d'être la drogue la plus vendue par Church. Tout ça additionné, ça fait trop de coïncidences quand ça brasse autant de pognon.

Charlie s'arrêta net, les yeux rivés sur le pied du matelas, où Becca avait déposé son bracelet. Il le pointa du doigt.

— Qu'est-ce que c'est ?

— Ça ? Juste un bracelet que papa m'a offert à mon anniversaire l'année dernière. (Elle prit le bijou en main.) Un cadeau bizarre, venant de lui, mais bon..., observa-t-elle dans un haussement d'épaules.

— Je peux le voir ? demanda Charlie, les sourcils froncés. (Elle le lui tendit et il l'étala sur ses genoux.) Becca. Les breloques... C'est du binaire.

— Je comprends pas, dit-elle en se penchant sur le bijou.

Charlie ouvrit de grands yeux et tous se resserrèrent autour de lui.

—C'est du binaire, des « 0 » et des « 1 ». Quelqu'un a un bout de papier ?

—Putain de merde ! Il a raison, s'écria Marz en lui tendant un grand bloc-notes et un stylo.

—En fait, je vais avoir du mal, dit Charlie en levant sa main droite entourée d'un bandage.

—Dicte-moi, décida Becca en prenant le bloc-notes. (Il déchiffra le code à voix haute.) J'arrive pas à croire que je porte un message codé au poignet depuis plus d'un an.

Elle aurait pensé qu'une fois Charlie en sécurité elle obtiendrait toutes les réponses, mais la situation semblait encore plus surréaliste à présent.

—Note aussi le code dans l'autre sens, maintenant, dit son frère en tournant le bracelet et en dictant le résultat à sa sœur.

—Tu crois qu'il s'agit du code de sécurité dont tu parlais ? demanda Nick.

—Pas ça, mais peut-être l'équivalent en décimal – et le colonel me savait capable de le retrouver. Bon sang, ces types m'interrogeaient sans arrêt sur ce code de sécurité. Et en fait c'est toi qui l'avais autour du poignet tout ce temps. Mon Dieu, s'ils avaient su…

La voix de Charlie se brisa. Il secoua la tête et se concentra sur la suite de chiffres.

—Alors, dans ce sens ça donne : « 631780 ». (Puis il suivit du doigt la seconde série de chiffres.) Et là : « 162905 ».

—Bordel, c'est ça, s'écria Marz en apportant son ordinateur portable près du matelas. T'as fait la transcription de tête ?

Charlie répondit d'un haussement d'épaules.

— Mais pourquoi tous ces mystères ? interrogea Becca d'une voix tendue de frustration. Si notre père voulait nous faire parvenir des informations, pourquoi ne pas l'avoir fait franchement ? Est-ce que tu crois qu'il cherchait en douce à nous faire mettre la main sur cet argent ? Franchement, je veux même pas en voir la couleur.

— Le problème, c'est que le code de sécurité de la banque est un nombre à sept chiffres – une des seules choses que j'ai pu apprendre, dit Charlie. Là, ça fait que six. Ça signifie que c'est pas pour la banque.

— Il nous mène à quoi alors ? demanda Nick, au bord de la crise de nerfs.

Becca serra sa main dans la sienne, parvenant difficilement à intégrer toutes ces informations à cause de la fatigue.

— Nom d'un chien, s'emporta Shane. On dirait bien que l'histoire de Charlie soulève autant de questions qu'elle apporte de réponses.

Celui-ci se mit à bâiller et grimaça de douleur.

— Merde. J'ai l'impression d'avoir été battu à mort et ressuscité.

— Tiens, prends ça, lui dit Becca en lui tendant un antalgique et un verre d'eau.

Becca était si heureuse de voir qu'il était vivant. Elle le devait à tous les hommes réunis là.

Nick se retourna pour faire face au groupe, regardant chacun dans les yeux.

— Ce n'est pas terminé. Quoi qu'il faille affronter, ce n'est que le début.

— Ouais, mais c'est qui, ou quoi, ce WCE ? Et quel est le lien avec Merritt ? Avec Church ? Qu'est-ce que ces types cherchaient chez vous deux ? Qui sont ces « gars de l'organisation » qui étaient là-bas, au club de strip-tease ? À quoi mènent ces codes ? Quand ces enfoirés frapperont-ils de nouveau ? On sait tous qu'ils s'arrêteront pas là. Et la liste des interrogations est encore longue.

L'assentiment de tout le groupe les unit comme un seul homme.

— Je veux retrouver mon honneur, ma réputation et ma carrière, déclara Easy, assis sur un banc de musculation. (Ses yeux foncés semblaient lancer les éclairs d'une ire cosmique, et il se mit à faire des gestes impérieux.) La seule façon d'y arriver, c'est de rester ensemble et de suivre les pistes où qu'elles nous mènent.

— Ouais. T'as raison, putain ! renchérit Shane. On tient quelque chose. Peut-être qu'au bout on trouvera la rédemption.

Beckett fit un pas en avant, les épaules tendues et la mine grave.

— On n'a rien fait, nous. Il est temps qu'on reprenne ce qui nous a été enlevé. Je suis avec vous.

— Ouais, putain de sa race ! J'suis prêt à me battre, gronda Marz.

— Qu'est-ce qu'ils…, commença Charlie.

— Ceux avec qui fricotait votre père, l'interrompit Nick, étaient suffisamment puissants pour enterrer l'histoire et nous mettre l'embuscade sur le dos. On a été renvoyés de l'armée, complètement discrédités. Tous les survivants de l'unité, nous étions des soldats des forces spéciales depuis plus de dix ans et ils nous ont foutus à la porte, ces enfoi

Becca lui posa la main sur l'épaule pour lui té son soutien. L'angoisse qui se mêlait à la rage de Nick lui était insupportable.

— Comptez sur moi. J'ai jamais vraiment porté le colonel dans mon cœur, déclara Charlie avant de lever sa main droite mutilée. Et j'ai maintenant une revanche à prendre sur la Church.

Becca songea avec tristesse à ce que tous avaient perdu. Ils avaient déjà tant souffert. Pourtant, ils n'étaient encore pas au bout de leurs peines.

— Sur moi aussi, dit-elle. Après tout ce que vous avez fait pour moi, je suis prête à faire n'importe quoi pour chacun d'entre vous.

— Je vous suis, annonça Miguel. Je sais que je fais pas partie de l'unité, mais je suis impliqué maintenant.

Jeremy se leva.

— T'es mon frangin. Je resterai à tes côtés quoi qu'il arrive.

Tous acceptèrent ce serment collectif. Quoi qu'ils aient traversé par le passé, le lien qui les unissait fut scellé en cet instant.

Becca, la gorge serrée, eut bien du mal à ne pas craquer.

Nick hocha la tête et se leva.

— Très bien, dans ce cas. Je baptise donc notre unité d'élite la « *team Hard Ink* ». (Des éclats de rire résonnèrent dans la salle et la tension sembla s'envoler.) Je suis vraiment fier de vous avoir à mes côtés, et je dis ça aussi pour Miguel, Jeremy, Becca et Charlie. On ne choisit pas toujours ses amis, mais vous avez amplement prouvé votre valeur.

Des murmures d'approbation suivirent. Puis, le chiot sauta sur le matelas.

— Cool, ce chien, s'exclama Charlie. (Il leva de nouveau main droite.) Hé ! Regardez, on est pareils. Trois pattes, is doigts. C'est quoi, son nom ?

Malgré leurs efforts, les hommes furent incapables de contenir leur hilarité. Tous se tournèrent vers Becca, qui secoua la tête. Comment pourrait-elle appeler sa chienne autrement alors que c'était « Eileen » qui avait coordonné les opérations et avait permis à son frère d'être sauvé. L'équipe affectionnait particulièrement ce nom ridicule – et à vrai dire, elle aussi.

— Cette petite boule de poils s'appelle Eileen.

— Hein? s'étonna Shane, tout souriris. Vraiment? C'est moi qui l'ai baptisée?

— Non, mon grand. C'est moi qui ai chanté la chanson.

— Mais c'est moi qui ai proposé Eileen…

Ils continuèrent de se chamailler quelques instants encore jusqu'à ce qu'ils finissent tous par se mettre à chanter.

— Désolée, dit-elle en se penchant vers Charlie pour l'embrasser sur la joue. Je vais les faire sortir d'ici pour que tu puisses dormir. On est en pleine nuit. (Elle lui écarta une nouvelle fois les cheveux du visage.) Je suis si heureuse que tu sois de retour.

— À demain, répondit Charlie en acquiesçant.

Elle avait eu si peur de ne plus jamais l'entendre lui dire ces choses si banales que des larmes lui brûlèrent les yeux – au moins étaient-elles dues au bonheur, pour une fois.

— Allez, bande de voyous. Soit vous vous taisez, soit vous déguerpissez pour laisser Charlie dormir. Ordre du médecin.

Le chahut se calma peu à peu. Personne n'avait envie d'aller se coucher, mais ils avaient tous de nombreuses heures de sommeil en retard.

En se dirigeant vers la porte de la salle de musculation, Nick prit la main de Becca dans la sienne. Celle-ci lança alors un dernier regard à Charlie par-dessus son épaule et vit qu'il avait déjà du mal à soutenir le poids de ses paupières. Eileen avait choisi de se rouler en boule à côté de lui.

Sans faire de bruit, Nick et Becca se préparèrent pour aller dormir et se glissèrent sous les draps. Il la prit tout contre lui et la serra fort.

— Je veux que tu restes ici, dit-il.

— Comment ça ? demanda Becca en levant les yeux sur lui.

— Je veux que tu viennes t'installer avec moi. Ce n'est pas juste à cause de toute cette histoire et du fait que ta maison n'est pas un endroit sûr, mais parce que je veux t'avoir auprès de moi. Je suis un homme meilleur avec toi. Et je veux être là pour toi aussi, chaque jour et chaque nuit. Charlie aussi peut s'installer ici. Quoi qu'il se passe, vous faites partie de ma famille, maintenant. Je t'aime, Becca.

Elle ne se lasserait jamais de l'entendre lui dire ces mots. L'émotion lui étreignit le cœur. Comment se pouvait-il qu'elle soit passée grâce à la pire période de son existence de la solitude la plus complète à la découverte d'une toute nouvelle famille et de l'amour de sa vie ?

— Moi aussi, je t'aime, Nick. Et je ne veux être nulle part ailleurs qu'ici.

— Ah, mon petit soleil. Si tu savais comme ça me fait plaisir d'entendre ça.

Becca sourit et se lova entre ses bras protecteurs. Elle espéra de tout son être pouvoir demeurer à jamais la lumière et la chaleur de Nick car elle sentait au fond de ses entrailles qu'ils allaient vivre des heures encore plus sombres avant d'arriver au bout de cette histoire.

— Tu étais perdue dans tes pensées ? demanda-t-il en lui déposant un baiser dans le cou.
— Non, mon amour. Je ne suis jamais perdue avec toi. Jamais. Quoi qu'il arrive.

Découvrez aussi chez Milady Romance :

27 MAI 2016

- **Jaci Burton**, Wild Riders, *L'Instinct sauvage*

CE MOIS-CI

- **J.B. Salsbury**, Fight, *Corps à corps*

27 MAI 2016

- **Eve Jagger**, Sexy Bastard, *Arrogant*

CE MOIS-CI

- **Kristen Ashley**, Rock Chick, *À la diable*

27 MAI 2016

- **Tracy Bloom**, *La Revanche d'une célibataire*

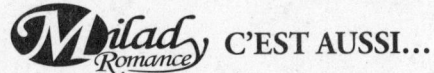 C'EST AUSSI…

… LES RÉSEAUX SOCIAUX

Toute notre actualité en temps réel :
annonces exclusives, dédicaces des auteurs, bons plans…

facebook.com/MiladyRomance

Pour suivre le quotidien de la maison d'édition
et trouver des réponses à vos questions !

twitter.com/MiladyRomance

… LA NEWSLETTER

Pour être averti tous les mois par e-mail de la
sortie de nos romans, rendez-vous sur :

www.bragelonne.fr/abonnements

Milady est un label des éditions Bragelonne.

Achevé d'imprimer en mars 2016
Par CPI France
N° d'impression : 3016505
Dépôt légal : avril 2016
Imprimé en France
81121708-1